国家古籍整理出版专项经费资助项目

国家社科基金重大项目『中国近代日记文献叙录、整理与研究』

（项目编号：18ZDA259）阶段性研究成果

晚清珍稀稿本日记

华金寿日记

主编——

徐雁平
马忠文

（清）华金寿 著

李开军 孙文成 整理

凤凰出版社

图书在版编目（CIP）数据

华金寿日记 / （清）华金寿著；李开军，孙文成整理. -- 南京 ：凤凰出版社，2023.8
（晚清珍稀稿本日记）
ISBN 978-7-5506-3972-0

Ⅰ. ①华… Ⅱ. ①华… ②李… ③孙… Ⅲ. ①日记－作品集－中国－清代 Ⅳ. ①I264.9

中国国家版本馆CIP数据核字（2023）第132149号

书　　　名	华金寿日记
著　　　者	（清)华金寿 著　李开军　孙文成 整理
责 任 编 辑	韩凤冉
装 帧 设 计	姜　嵩
责 任 监 制	程明娇
出 版 发 行	凤凰出版社（原江苏古籍出版社）
	发行部电话025-83223462
出版社地址	江苏省南京市中央路165号，邮编:210009
照　　　排	南京凯建文化发展有限公司
印　　　刷	江苏凤凰通达印刷有限公司
	江苏省南京市六合区冶山镇，邮编:211523
开　　　本	880毫米×1230毫米　1/32
印　　　张	14
字　　　数	364千字
版　　　次	2023年8月第1版
印　　　次	2023年8月第1次印刷
标 准 书 号	ISBN 978-7-5506-3972-0
定　　　价	98.00元
	（本书凡印装错误可向承印厂调换，电话:025-57572508）

光緒十三年十二月初五日晴

本日守兑之辰同城皆来祝俱未會

初六日晴

寫京信数封

初七日晴

早遣曹貴赴滿城与貢册郵物午後往会变訪少無錫
彭紹梅

本家華济安未拜丁卯同年何受軒太史来拜初蛰五九

此辛見

初八日晴

《督学中州日记》书影

《督学山左日记》内页一

土鐘赴王蔗庵觀察處並王蔗鐘約王蔗所程毅
卿何鑫甫飲酒晡時往海防題榜洗兒差四云奉此佳焉
城明日始到⋯⋯月⋯⋯

十一日

院房送稍曉日朋提李稿後徐東甫文宗信内有言及
主等選鄉試事文孜揚叙五信為渠薦何柱生委館地
何佳甫来言訂此事歲陵来含百三年到周貢册S深兒到
署幕古彬嶂瑞寫鹿年荟峯鶴四信少敝由往州

《督学山左日记》内页二

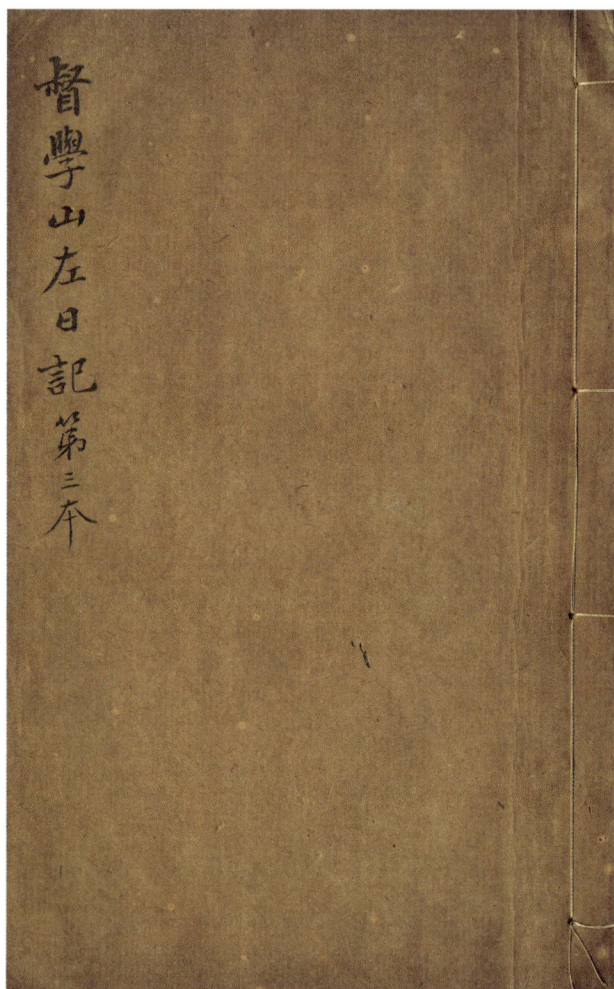

《督学山左日记》第三本封面

序

明清时期，写日记已是蔚然成风。不少文人、官员和学者，出于各种目的，基本都有记日记的习惯，只是本人刊行的日记比较少。究其原因，可能在时人观念中，日记还算不上"著述"，不值得去刊刻传世；当然，更主要的原因或许在于，日记的私密性太强，不便拿给外人看。所以，大部分日记还是以稿本或钞本的形式被保留在子孙、门生手里，一代代传承下来。自古迄今，经历种种劫难，存世的稿钞本日记已经不多了。据统计，有日记留存于世的近代人物只有 1100 人左右。因此，今天保存于公、私收藏机构或个人手里的稿本日记，无不享受着善本的待遇，备受世人的关注和珍爱。

如人们所知，日记属于一种比较特殊的文献，具有全面记载生活各个侧面的综合性特点。日记永远都能以第一现场的感觉，将阅读者带入特定场景，沿着作者的心路，去体会当年的生活、境遇与情感，熟悉已经远去的风俗习惯和历史细节；哪怕从其中的任何一天读起，也可以读得下去，因而被视为一种很容易与读者产生共鸣的"有温度"的文献。人们喜爱日记正是源于其自身所具有的独特魅力。当然，注重个性化材料和社会日常生活的研究取向，也推动了学界对日记的重视和利用，以日记为核心材料从事研究的学术成果也越来越多。

目前，日记的出版主要通过原稿影印和整理标点两种形式。原稿影印日记始于 20 世纪石印、珂罗版技术被大量采用的时代。20世纪 20 年代，商务印书馆陆续影印出版有李慈铭《越缦堂日记》和翁同龢《翁文恭公日记》。同为晚清著名日记，比起同时代排印的《湘绮楼日记》，李、翁的日记都是根据稿本影印的，因而使人们能够更为真切地感受日记的原始样貌，甚至作者的书法风格、涂改痕迹，都得以原原本本地保留下来。时至今日，先进的数字扫描和印制技术，进一步促动了新一轮稿本日记的大批量出版，使"久藏深闺"的珍稀稿本日记，得以更多地呈现在研究者面前。可是，对学术研究而言，影印本虽然保存了日记原貌，出版周期也相对较短，但卷帙庞大，且日记多为行草书书写，字迹不易辨识，阅读和利用并不及整理标点本方便。所以，根据原稿本或影印本将日记内容加以点校，一直是文献整理者的重要任务。近些年影印出版的近代人物日记，如钱玄同、绍英、皮锡瑞、朱峙三、徐乃昌、江瀚、张枏、王伯祥等人的日记，也陆续经学者整理后出版了点校本，大大方便了学者利用和研究。由凤凰出版社推出的"中国近现代稀见史料丛刊"，自2014年以来，已经出版9辑100余种，其中日记占到三分之一以上，诸如孙毓汶、有泰、张佩纶、邓华熙、袁昶、耆龄等人日记都是据稿本或稿钞本影印版整理出来的，上述日记一经刊行就受到学界的广泛欢迎。整理本还有一个优势，便是对日记中的讹误做出校订，加补公元纪年，方便读者查核。不惟如此，整理本日记除学者外，也受到不同兴趣读者的欢迎。这几年，出版界、读书界兴起的"日记热"，都与整理本日记的大量印行密切相关。可见，持续推进稿本日记的整理出版工作，对普及中国传统日记知识，增进读者对传统文化的亲切感，具有积极的作用。

在全国古籍整理出版规划领导小组和凤凰出版社的积极支持下，"晚清珍稀稿本日记"得以立项，精选十二种有重要价值的晚清珍稀稿本日记邀请专家进行整理。这批日记分藏于中国社会科学院近代史研究所、清华大学图书馆、上海图书馆、浙江图书馆、苏州博物馆、常熟市图书馆等机构，一部分尚未影印出版。这次整理，在做好字迹辨识、释文、标点的前提下，更提倡以研究为基础，撰写有学术深度的导言，搜集传记资料作为附录，并尽可能编制人名索引，来为读者和研究者提供更多的学术支持和便利条件。这十二位日记作者，既有位列封疆的李星沅,状元洪钧,探花潘祖荫、吴荫培,传胪华金寿,翰林秦绶章,也有满洲官员、驻藏大臣斌良,兵部侍郎文治,还有像楼汝同、黄金台、柳兆薰、萧穆这样的地方官员、学者和士绅贤达。这批日记的内容十分丰富,举凡晚清重大历史事件、典章制度、教育考试、金石学术、社会风俗、人物交往、文艺创作、生活琐事等,靡所不包,合而观之,不失为观察晚清社会的一面镜子。另外,此次所选日记多为首次整理。也有例外者,如《李星沅日记》,此前已有据上海图书馆藏钞本整理的刊本,这次整理所用底本则是中国社会科学院近代史研究所珍藏的稿本,较前整理本篇幅大为增加,更加完善。

总之,这批稀见稿本日记具有极高的学术价值,是研究文学史、政治史、经济史、社会史、军事史、教育史、文化史、生活史、气象史、思想史的珍贵史料,参加整理者都是长期从事文史研究和文博事业的专家学者,具有扎实的文献学功底和整理经验。相信这套书的出版,将对传播优秀传统文化、推进中国近现代历史和文化研究发挥重要作用。当然,由于在文字识别等方面实际存在的困难,难免会存在一些问题。在此,我们诚恳希望读者不吝批评指正,以便今后的工作精益求精,不断提高。

目　录

前　言

华金寿(1840—1900),本名铸,御笔改金寿(贡士覆试榜题"华铸",朝考榜题"华金寿",进士榜题"华金寿"),字铜士,号竹轩,清代直隶天津县人。始祖万良于明朝时由无锡迁天津,后称"北华",以与清朝时迁津之华氏(称"南华")相区别。祖烈,祖母白氏。父玉墀,道光元年辛巳(1821)恩科举人,乙未(1835)会试大挑一等,本掣陕西,告近改掣山东,历知福山、昌邑、蓬莱、绛县等县,及陕西大荔、岐山、西乡等县;母刘氏,维岳长女。

华金寿生于清道光十九年己亥(此据其乡试履历,应是官年,实际出生可能要早二、三年)十二月初五日(1840年1月9日),后娶同县周承业女。同治六年(1867),金寿参加顺天乡试,头场首艺《慈者所以使众也康诰曰如保赤子心诚求之》,房官誉为"是炉火纯青之候"(乡试硃卷),中式第二十四名举人,主考官为武英殿大学士、翰林院掌院学士贾桢,同考官为瑞常、单懋谦、汪元方。同治十三年甲戌(1874),入京会试,以二甲第一名(后其书法作品时钤"甲戌传胪"章,即以此)改翰林院庶吉士,光绪二年(1876)散馆授编修。光绪五年(1879)五月二十二日,派为湖南乡试正考官,同考官是光绪二年(1876)状元、山东潍县人曹鸿勋。光绪十一年(1885)八月至十四年(1888)十月(此为交卸时间,新学政陈琇莹八月即已钦命),任河南学政。光绪十七年(1891)京察一等。光绪十八年(1892)闰六月补授詹事府右赞善员,次年五月补左赞善员,十一月补授右春坊右中允,十二月补左中允。光绪十九年(1893)五月至二十三年(1897)十月(此为交卸时间,新学政姚丙然八月即已钦命)任山东学政。光绪二十一年(1895)十二月补授翰林院侍讲,次年三月转补侍读,九月补授右春坊右庶子。光绪二十三年(1897)二月转补左春坊左庶子,三月补授翰林院侍讲学士。光绪二十四年(1898)十月补授詹事府少詹事、詹事,十一月充日讲起居注官。光绪二十五年(1899)三月授内阁学士,五月署理工部左侍郎,十二月派经筵讲官直阁事。光绪二十六年(1900)二月补授工部右侍郎兼管钱法堂事务,四月调补户部右侍郎兼管钱法堂事务。同年五月十二日,派充福建乡试正考官,吴郁生副之,五月二十二日离京赴任,六月十五日上谕因战事乡试暂停,改为明年三月,所有途中考官即行回京供职,而华金寿竟于七月初一日以"急症"卒于常州——"午后尚会客,俄而觉不适,随即舌强至筋下垂,医来,云脉象如故,无何竟长逝矣"(《华学澜日记》光绪二十六年闰八月十二日),得年六十有二。

王照在《方家园杂咏纪事》第五首之附记中言:其兄王燮在义和团入京开坛之际,拟辞去左营游击一职,打道还家,往告母舅华金寿,金寿怒斥道:"你曾祖刚烈公被洋人打死,今国仇家仇一齐报复,你反而出此泄气的话,天良何在?"其时金寿为"直隶京官领袖",遂与高赓恩等"召集同乡,补行团拜,演剧庆贺"。后派充福建主考官,实负有"宣传""劝化鲁苏浙闽四省督抚"之大计。其子学涑以天津北京将失、正可"借此逃难"为言,金寿训之曰:"你小孩子懂什么!天道六十年一变,今灭洋之期已近,我岂逃哉?"王照所记,大体可以见出华金寿庚子年间的政治立场,和对洋人的隔膜。

华金寿一生长居清秩之职,屡出衡文,多以通经致用、读书植品、有勇知方等勉励文武士子。亦善书,时下市面上可以见到不少他的书迹。其存世之著作,当以日记为大宗,且最为重要,其它还有同治六年顺天乡试卷、同治十三年朝考卷和一些零星信札文章。

目前所见华金寿日记凡三种,存历史研究院近代史研究所,已影印出版,为《近代史研究所藏稿抄本日记丛刊》之一种。日记第一种无题名,共一册,实即光绪五年(1879)湖南乡试主考日记,所记起自五月二十二日得旨充湖南正考官，止于同年十一月二十六日还京覆命。第二种题作《督学中州日记》，共四册，所记起自光绪十一年(1885)八月初一日奉旨出任河南学政，止于光绪十四年(1888)四月初六日巡考行至郑州。光绪十四年(1888)八月初一日河南学政放陈琇莹，十月八日华、陈始交接完毕，可知日记提前终止，或者另有它册。第三种题作《督学山左日记》，共六册，起自光绪十九年(1893)五月十二日奉旨出任山东学政，止于光绪二十三年(1897)十一月初四日还京蒙召见。因有光绪二十年(1894)八月一日毋庸更换、光绪二十二年(1896)正月八日留任之谕旨，华氏山东学政一职前后延续四年多。《督学中州日记》有附录一种，题作《中州视学录》，所收主要为视学告示、条规，河南学政题名录，河南境内路程尖宿，考试过程中的各种谕示等，似是华氏幕府书吏抄成，或是上任学政冯文蔚移交之物，是一份重要的晚清教育、尤其是考试制度方面的史料。

　　三种日记记录了华金寿主考和督学的往来行程，湖南、河南、山东三地省城、府县的官场往来，湖南乡试的闱中生活，河南、山东全境的考试奔波等，较细致地呈现了一个考官、学官的日常生活。其实，学政的日常工作大多都是"规定动作"，何时出都、如何接待、如何接印、如何考试、如何阅卷、学额多少、如何奖罚等等，《学政全书》里都有详细规定和说明，学政须得照章办事，才能"从心所欲不逾矩"。兹举一例：光绪十九年(1893)华金寿出任山东学政时，六月二十一日"拜印"，二十二日即"谒文庙，拜至圣，拜崇圣祠。更衣讲书毕，随即拜客谢喜。"(《督学山左日记》)此前光绪十一年(1885)提学河南时，接印在十月十三日，中隔一日，十五日"谒文庙"行礼。(《督学中州日记》)如此紧凑的日程安排，乃是因为《学政全书》规定：按临次日，学政须"诣学行香，即行讲书"。前者可谓严格遵行，后者则略有展延。学政从京城来到地方，接拜络绎，士子从风，当然十分风光，但结合着督学日记中巡考的奔波、阅卷的繁重等记载和《学政全书》里事无巨细的规定来看，学政实是一件苦差，这种辛苦，华金寿的日记里都有很好的呈现。

除了这种一般的考官日常生活记录,为我们提供有关学官历史的感性认知之外,从科举考试的角度来看,华金寿日记还有二点较为重要的价值:一是提供了丰富的晚清生员录取数据;二是录存了大量岁试、科试和院试等试题。

清代童生,一般要经过县试、府试和院试三关,才能入学,晋身生员,而院试一关,即由学政主持。学政在三年任期内,要完成面向全省生员的两次考试,即岁试和科试,而岁试、科试的同时,举行二次院试,将童生录取为生员,俗称"秀才"。生员享有一定的特权,这是清代读书人功名之路的起步,也是极重要的一步,有此一步,才能参加后面的乡试,晋身举人,然后再赴京参加会试,中个进士。但生员录取,各有定额,竞争十分激烈,张仲礼曾估算录取率仅为百分之一、二(《中国绅士》)。华金寿督学豫、鲁,其日记中对各府县参考童生人数有精确或约略记载,对录取生员的人数记录较为精确,给我们提供了计算十九世纪八九十年代河南、山东生员录取率的可能。此处以督学河南主持岁考时的院试数据为例,看一下光绪十二年(1886)二月至十三年(1887)六月河南院试十四府的录取率。为避免繁琐,我们先将每府各县参考童生的总人数予以汇总,然后列为下表:

属地	参考童生总数	录取生员数目	录取率	属地	参考童生总数	录取生员总数	录取率
彰德	2 730	117	0.043	郑州	3 119	无数据	
卫辉	3 410	158	0.046	开封	3 941	189	0.048
怀庆	4 080	173	0.042	陈州	5 428	133	0.025
陕州	1 070	55	0.051	归德	5 010	172	0.034
河南	6 600	157	0.024	光州	4 130	123	0.030
汝州	3 400	66	0.019	汝宁	6 560	142	0.022

属地	参考童生总数	录取生员数目	录取率	属地	参考童生总数	录取生员总数	录取率
许州	4 000	83	0.021	南阳	9 350	205	0.022
				合计 （不包括郑州）	59 709	1 773	0.030

这里需要说明的是，因为华金寿日记中记录参考童生人数时，虽有精确记录，但多为类似于"三百余人"的约略方式，此种情况我们统计时只记作 300，因此多地参考童生总数当比实际数量略少，这导致表中录取率会比实际的偏高些。把这些因素考虑进去，这一次河南生员平均录取率大概在百分之二、三之间，约比张仲礼的数据高百分之一左右。虽只有百分之一，却不可小觑，它意味着河南新增生员五六百人。河南为科举中省，这个生员录取率不足以推及大省和小省，甚至不足以作为其它中省的参照，来说明竞争情况。各省有各省的实际情况，不可一概而论；但这个数据至少可以提醒我们，张仲礼的估算或许还有商榷空间。

清代科举考试，乡、会试试题因为有上谕档、硃墨卷和其它科举文献的记录保存，我们今天很容易看到，而相比低些层次的岁试、科试和院试的考题，则比较难以追溯，在后一方面，华金寿日记是个宝库，华氏于日记的天头处详细记录了每一次考试的试题。如光绪十二年(1886)三月初三日日记云："阴。考淇、延、滑、浚、封五县生，共九百五十余人，寅初点名，昏黑始扫场。"天头处录存本日考题：

> 五处题："有进而与右师言者"二句。"孟子不与右师言"三句。"诸君子皆与欢言"二句。"是简欢也"至"礼"。"礼朝廷"至"我欲以礼"。经："星言夙驾"二句。诗："诗成△啸傲凌沧洲"。

这是河南卫辉府淇县、延津、滑县、浚县、封丘五县生员岁试题。清代乾隆二十三年之后，岁试考一道四书题、一道五经题和一首五言六韵诗，书题同考诸县必须相异，经题、诗题则同。本日五县四书题依次截自《孟子·离娄下》"公行子有子之丧"一章，五经题出自《诗经·鄘风》之《定之方中》，诗题出自李白《江上吟》，以"成"为韵。

又如光绪十三年（1887）八月初七日日记云："雨竟夜竟日。考彰德合属八学生员，共七百五十余人，府学百廿人，安百四十余人，汤百十余人，临百人，林百十余，武八十余人，涉四十余人，内八十余人。"天头处录存本日考题：

　　"为政以德"二章。"先进"二章。"子罕"二章。"如有周公"二章。"巧言"二章，"阳货"篇。"饭蔬食"二章。"公伯寮"二章。"四教"二章。问两汉循吏。"客衣△半湿松花雨"。

这是河南彰德府合属生员科试题。清代乾隆二十三年以后，科试考一道四书题、一道策论题和一首五言六韵诗，书题同考每县相异，策题、诗题则同。本日八道四书题出自《论语》诸篇，策题似为熟套，诗题出自卢琦《和林子苍玄妙寺值雨》，以"衣"为韵。

再如光绪二十二年（1896）四月初五日日记云："考菏泽、城武、巨野三县文童，荷五百五十七人，城武二百廿四人，巨野三百廿二人，共千一百三人。"天头处录存本日试题：

　　"是心足以王矣"。"百姓皆以王为爱也"。"臣固知王之不忍也"。"斯须之敬在乡人"。"扪萝登△塔远"。

这是山东曹州府菏泽、城武、巨野三县童生院试题。院试考二道四书题、五言六韵诗一首，第一道四书题各县相异，第二道则相同。本日院试第一道书题三县均出自《孟子·梁惠王上》，第二道亦来自

《孟子》，诗题出自宋之问《灵隐寺》，以"登"为韵。

除了岁试、科试、院试试题外，还有生古、童古题，考贡、考监、补考等试题。这些试题一起，布满华金寿日记考试日的天头，此处仅举岁试、科试、院试三例，略予展示，至于华金寿出题的兴趣指向、试题与士风之关系等问题，有兴趣的读者可作进一步探讨。

华金寿日记底本复印件由马忠文先生提供，亦由其推荐，得以收入他与徐雁平教授主编的"晚清珍稀稿本日记"丛刊，于此一并致谢。本书的录入、标点、校对工作由我和孙文成合作完成，孙文成编纂了人名字号音序索引。日记的释读、标点肯定有不少错谬之处，恳请各位读者批评指正。

2021 年 12 月 15 日

整理凡例

一、本书所据乃国家图书馆出版社影印本《近代史研究所藏稿钞本日记丛刊》中《华金寿日记》一种，原稿本 12 册，藏历史研究院近代史研究所图书馆。

二、《日记》主体由三部分构成：光绪五年（1879）五月二十二日至十一月二十六日，湖南乡试主考日记；光绪十一年（1885）八月初一日至光绪十四年（1888）四月初六日，河南学政日记，原稿题《督学中州日记》；光绪十九年（1893）五月十二日至光绪二十三年（1897）十一月初四日，山东学政日记，原稿题《督学山左日记》。另，《督学中州日记》附有一册条规集，原稿题《中州视学录》。

三、《日记》正文用宋体，原稿本中之双行夹注皆排作一行，用较正文小一号宋体区别。稿本中行间旁加之文字，酌情叙入正文或处理成夹注。天头文字多为试题记录，单独置于本日日记正文之后。

四、《日记》稿本采用旧历纪年，整理时增加公元纪年，括注其后。

五、《日记》稿本无标点，本书标点以简洁明了为宗旨，主要是标记句读，夹注标点则以保持正文文气顺畅、避免割裂破碎为原则。

六、全书除涉及辨义和苏州码子计数等特殊情况外，所有文字均改用通行简化字。原稿空缺又未能补足者，约略计其字数，用◇表示。原稿漫漶不清或未能释出之字,用□表示。凡对原稿空缺处或脱字处予以补充之文字,用[ ]括出,以示区别。原稿误字,以( )括出,亦以[ ]括出改字。原稿衍字,用【 】括出。

光绪五年(1879)

光绪五年己卯五月廿二日(1879 年 7 月 11 日)　得旨以金寿充湖南正考官,曹鸿勋副之。

廿三日(7 月 12 日)　黎明,趋赴午门,九叩首谢恩毕,即与竹铭修撰商订行期。

六月初五日(7 月 23 日)　自夜雨,侵晨未歇。冒雨行,出广安门数里,雨止。十五里至大井村,舆夫小憩。未刻至长新店,候竹铭修撰至,同饭毕,行。酉刻至良乡行馆,县令彭虞臣同年遣迎,以柬答之。

初六日(7 月 24 日)　卯刻行,二十五里至豆店。饭罢又行三十五里,申刻至涿州,住。途中积潦甚多,艰于行,凡过长桥三,短桥五。涿郡因修理行馆,权以逆旅为行台,狭隘殊甚。州牧陈君镜清,号小亭,山东济宁人,公出,遣仆以帖来,以柬答之。次早送结甚迟。

天头:涿州北门悬联云:日边冲要无双地,天下繁难第一州。

又联:蓟门锁钥今冠盖,河朔膏腴古督亢。

初七日(7 月 25 日)　辰初刻行,十五里松林店。四十五里至高碑店,新城辖地。饭罢行二十五里至定兴县,入北门,换舆夫,出南门,行十里渡北河,至南岸北河镇住。是日早,舆夫惫甚,竹铭舆夫遁去二人。自出都门三日,天气俱阴晴参半,尚觉凉爽。野含雨润,禾黍铺菜,早谷已有结穗者,垂垂半尺许,可望丰年。晨发,蛙鼓在陂,蝉琴在树,山色青青,含云若絮,耳目间致多佳趣。定兴令毛君羽丰,辛未进士。

初八日(7 月 26 日)　卯刻行,三十里固城镇,镇有杜征君祠,又额"紫峰书院"。饭罢行,三十里至安肃县,驻。县令丁公崇雅,号鹿村,行二,其尊君曾任南路同知,戊子举人,戊戌进士,讳希陶,号菊畦。

初九日(7月27日)　卯刻行,二十五里渡漕河,至漕河镇,镇中有慈航寺,左有方恪敏祠,右有周司空祠元理,原任直督。寺僧养性、惠修留茶,云恪敏微时在镇,疾不能起,寺僧识其非凡,留之于寺而养疴焉,后恪敏总督畿疆,复修此寺,故至今寺田三百余顷,僧众亦盛。茶毕,又行二十五里至保定省会。署藩丁乐山寿昌、署臬叶[冠卿]伯英、署清河道刘[景韩]树堂、保定府李静山大前辈培祜、清苑县萧廉甫师、中军协镇冷庆俱以帖来,亦以帖答之。

初十日(7月28日)　寅刻行,四十五里泾阳驿,尖,满城辖境也。邑令胡寿嵩,号仁山,以帖来,亦以帖答之。饭罢热甚,行四十五里至望都,县城如斗大,入东门,出南门,宿于南关,以旅店为行馆,甚隘。邑令李君丕智,号愚溪,行一,己酉拔贡。

十一日(7月29日)　晓发,行二里许即雨,午刻方止,途中上淋下滑,舆人蹭顿者屡矣。三十里至清风店,尖。午后行十余里渡大清河,河至天津入海,溜大而浅。又十余里至定州,住。此日共行六十里。州牧李君璋,号莪亭,河南人,辛亥举人,丙辰进士。是日发星字第一号家信。

十二日(7月30日)　早阴午晴,天极凉爽。寅刻行,三十里过明月店,又十五里至新乐县,尖。饭罢行里许渡沙河,唐郭子仪败史思明即此地。河浅而宽,闻土人云,五月十八日雨后,山水涨发,波浪汹涌,船不得渡者数日。今水已消矣。又行二十余里,渡木刀沟,沟较沙河少窄,亦少浅,须臾而过。沟南有碑,题"闵子饮泉处"。又有碑云"新乐县交界处藁城县交界处"。又行二十余里至阜城驿,宿。此处乃正定应差。午后共行四十五里。新乐令张君恒吉,号迪斋,山东济宁州人。正定令贾君孝彰,号叔延,山东黄县人,贾文端夫子文孙也。文端乃崇文勤师之师,又范新黼师之师,亦称太夫子。

十三日(7月31日)　早发阜城驿,午刻至正定,府城极雄阔。

入北门，馆于南街。太守恭钧，号甄甫，满洲人，邑宰贾叔延，俱来见。典史于渐海，号东元，亦来。俱烦作字。饭罢，未刻行，数里至滹沱河，浅而宽，渡一时许方过。土人云，此水今消，若值大雨之后，山水冲溢，则浩瀚盈溢，数十里皆成巨浸。昔光武渡河，冰合，冯大树进麦饭，即此地。又行十余里至二十里铺，茶尖。又行十里杨陵，时方演戏，观者如堵。又行十里随河，时已薄暮，舆人小憩。又行二十里至栾城县，时将子初矣。入北门，出南门，宿于南关。城外闾阎比栉，街市整齐，过于他处。县宰陈君以培，号序东，安徽合肥人。出都向西行，过芦沟折而南行，嗣遂南行时多，西行时少。过保定又似西行时多，南行时少。过正定似又向正南行，亦有时微向东南行。

十四日（8月1日） 卯正行，三十里至赵州西关，换夫马。又行五里至大石桥，尖。镇桥相传为春秋时公输子所造，桥畔有阁，额曰"古桥仙迹"。午后行十里过沙河店，又行里许渡一河，亦名沙河。又行十余里为王莽城。又数里为刘秀庙，庙祀汉光武帝，门前有碑，题曰"汉光武帝千秋亭遗址"，又碑题曰"汉光武帝杀石人处"。按光武经营河北，灭王郎，降诸贼，即帝位于鄗南，疑即此处。而王莽平生未至河北，此间何得有王莽城，疑是王郎城，土人不知，误为王莽，未可知也。又十余里至柏乡县，宿。自大石桥至柏乡共六十里。赵州杨刺史蔚本，号文庵，丁酉举人，贵州遵义；邑宰褚君登瀛，号穆轩，丁卯、甲戌同年，安徽当涂人，亲迎至郊。

十五日（8月2日） 早发柏乡，天气凉爽，行三十里至尹村，自饭于村店。饭罢行，过一河，水深仅数寸，询之土人，亦名沙河。午刻行三十里至内丘，住。此本半站，因前二日住宿太晚惫甚，暂息半日焉。署邑宰孙君春溥，号蓉轩，安徽人，因考试未毕，不便出拜。内丘以书院为行馆。

天头：尹村南北，地多顽石，盖近于山麓也。

十六日（8月3日） 卯刻发内丘，行三十里至梁原店，食烧饼于村中。又行三十里至顺德府，入北门北门额曰"拱辰门"，出南门。北门内外尚寥落，隙地有种田者，至南街则人烟稠密，市廛整齐。北门外五里许有豫让桥，忆丁巳岁侍先君由陕回里，路出赵城，曾有豫让桥，云系豫让刺赵襄子处，与此未知孰是。顺德为春秋邢国地，后乃为卫所灭，春秋之宋为晋所有，属赵，典午为襄国，石勒据焉，亦河朔要地也。将至正定，即见西面太行绵亘，冈峦起伏，不名一峰，数日行，尚未尽。顺德守李君赞元，号伯华，川人，军功，遣迎于北门外。署邢台令褚君维垕，号子方，行四，浙江余杭人。午正即到，因前路甚长，日期尚宽，遂驻于此。自赵州以北，禾稼甚茂，雨水已有过多之虞，以南则得雨较迟，近又未沾雨泽，微觉亢旱，禾稼亦稀。顺德城外有水田数顷，稻长尺许，北地所罕见也。护城河中小荷花大放，颇可观。

天头：城南有国士祠，祀豫让。

十七日（8月4日）　卯刻发轺，行三十五里至沙河县。此间例不办差，于南门外小憩，食饼毕将行，闻沙河水涨，向县借取水夫护行。河水尚不甚大，而流甚湍急，且宽至十余里，水六七段。行人扶轿，乱流而渡，心为惕然者久之。闻此水于大雨之后，太行山水奔流而下，其势汹涌，十数里间，顷刻皆成巨浸，人马皆不得渡。此日非雨后，故虽艰尚易也。又行卅五里至临洺关，关北即洺河，水势甚浅。关西接太行，北控燕赵，诚为要害。唐叛镇田悦尝曰："邢、洺如两眼在腹中，不可不取。"知自古称雄镇矣。沙河县李君福田，山东长山人，进士。临洺关属永年县，令夏诒钰，号范卿，江苏江阴人。

天头：临洺关属永年县，关内有冉夫子祠，祀冉伯牛。

十八日（8月5日）　晓发洺关，行二十五里至吕祖祠，即卢生遇吕翁处。祠前八字壁有"蓬莱仙境"四字，相传是吕祖仙笔，字迹雄劲活泼。入门为八角亭，亭两旁红荷大放，楚楚可观。又入一门，颜曰"风雷隆一仙宫"，前殿祀汉钟离牧，中殿祀吕纯阳，后殿祀卢生，卢生作睡像。壁间诗句极多，大约刻石者佳，余则雅俗不一，妍媸参半，惜不能记忆矣。夫浮生若梦，古有是言，卢生事亦前人设言以警世者，予年来已入梦境，欲醒而不可得，即今日乘轺南下，凡过郡邑村市，观者皆如堵墙,似有羡之之意,是予梦而世人皆梦梦也。又行二十里至邯郸县。邯郸古赵都,战国时最称繁盛,今则城中多种禾黍,人烟寥落,廛市萧条,乃叹古今之变迁不少也。城中有蔺相如回车巷,过其旁,肃然起敬。按完璧归赵,击缶辱秦,固属快事,然特秦王之重于负约耳,倘秦王愤怒,肆其兵力以临弱赵,恐邯郸之围,不俟长平之役也。惟重念国家之事,屈己以下廉颇,使秦不敢遽肆凭凌,此非有学问者不能为。战国之士,多报私愤,而不顾国是,安有此公忠为心者哉?邯郸令文铺,号序东,前刑部侍郎文俊秋山之弟,满洲人,以考试未出接。行馆甚陋,与仲铭异居。

十九日(8月6日) 雨晴参半。晓发邯郸,五十里至杜村铺,自尖。距邯郸廿里余,地中突起一冈,冈多巨石,又数里则地尽鹅卵石,漫漫盈路,直至杜村,过此则无石矣。饭罢行廿里至磁州,住。午后道途泥泞难行,大约雨较大也。磁城系新修者,北郭门四字曰"冀北屏藩",北门二字曰"迎恩",城中鼓楼额曰"雄镇滏阳"。行馆在南街,额曰"皇华馆",屋颇宏敞。州牧张君宝善,号受之,行二,安徽桐城人,遣仆迎于城外。明日入河南界矣。

天头:磁州有曹瞒疑冢七十二。

廿日(8月7日) 晴,尚不甚热。早发磁州,卅里渡漳河,至丰乐镇,尖。已入河南界。查漳河有清浊二水,俱发源于山西,后合而为一,复曰交漳,下流入运河,至天津入海。天津夏令运河水浊,俗云麦黄水至,实即漳河水涨也。饭罢行四十里至彰德府,住。彰德古邺郡,曹魏、后赵、前燕、高齐皆都之,诚河北要地。城北五里有洹水,战国苏秦相赵肃侯,盟六国于洹水之上,合从以摈秦,疑即此。郡古迹最多,乃铜雀高台、韩陵片石、魏文贞宅、韩魏公昼锦堂,今皆无可考矣。行馆在城内,甚宏敞。太守清瑞,字辑庭,行一。安阳县邑尊王枚,字遵周,行四,浙江人。邑尊迎于城外。自栾城至此,皆向正南行。洺、磁一带,禾稼畅茂,阳雨应时,丰年可卜,粮价亦贱。

廿一日(8月8日) 晴。早发,安阳王遵周大令送于城外,行三十里有文王演易处,又十五里至汤阴县,尖于岳忠武王庙内,星使例应拈香。庙颇宏敞,正殿祀忠武,两旁立像则张宝、施全也。殿前有纯庙御碑,镌御制七律一首,两旁石刻林立,以舆人促行,不及遍观。殿中有石刻忠武手迹,后殿乃忠武及夫人木主,旁殿祀公子五人。门外跪铁囚五,乃秦桧及妻王氏、张俊、万俟卨、王雕儿也。饭罢,有忠武二十六世孙永昌以手版来谢,以柬答之。遂行,又廿五里至宜沟驿,住。中过吕祖冈,地多大石。今日所行,又逼近太行矣。汤阴邑侯杨亦韩同年迎于郊外,又见于岳庙。

> 天头:安阳有羑里。是日立秋。汤阴城外有碑,题曰"韩魏公故里"。宜沟驿村外有碑,题曰"先贤子贡故里"。

廿二日(8月9日)　早阴,巳刻大雨。晓发宜沟驿,行二十五里大来店,少歇又行,五里过淇水关。关外有桥,水势汹急,桥旁有碑,题"淇水"二字,关上额曰"淇澳菉竹"。又行三十里至淇县,住。雨时路途泥泞难行,去城四五里许,山水大至,冲成一沟,水深而急,颇艰于渡。公馆在南关,邑尊梁君朝瑞,号熙人,陕西大荔县人,甲子补壬戌举人,辛未进士,遣执事迎于城外。

廿三日(8月10日)　早尚有微雨,移时始晴。辰初发轺,绕道循山麓而行,路极泥泞,积潦甚多。西望太行,青紫相间,冈峦层叠,洞口白云,岩腰碧霭,觉名手画本不过如是。行卅里顿坊店小歇,食饼毕,又廿里至卫辉府,住。府为古朝歌地,纣都之,春秋时为卫地。城北有比干墓,碑碣存焉。北郭额曰"北拱神京"。今日共行五十里。河北阳雨应时,禾稼畅茂,早谷已有收割者,其晚谷仅数寸,询之土人,云有割麦后而始种者,有遭蝗灾而补种者。邑侯贾君联堂,号槐三,直隶蔚州人,癸酉孝廉,丙子庶常,迎郭外,又见于旅馆。卫辉府李君德钧,顺天宝坻人。

> 天头:蝗灾今已息矣。

廿四日(8月11日)　早发卫辉。城西即卫河,有石桥跨其上,河之下流即天津城北河也,睹此颇动乡关之思。五十里至新乡县,尖于东关。邑侯汪君庆长，号云芝，丁卯、甲戌同年，山东泰安人，迎于城外，见于驿馆，复送于西门外。午后行，四十里过小冀镇，寨极坚固，亦极繁庶。又二十里至亢村驿，住。驿属获嘉，邑侯丁君秉燮，江苏武进人。此日不见太行矣。

廿五日（8月12日） 寅刻发轺，行二十余里至王陆寨，自尖。又行二十里渡黄河，河势极宽，自午初登舟，泝流而渡，三时尚未及半，晡时忽得顺风，扬帆而前，须臾已到荥泽口，下船日已曛矣。又行十余里，亥刻至荥泽西关之草屯坡，住。此日计行六十里。邑令马君鬻，号右轩，接见于驿馆。

> 天头：荥泽有广武山，即楚汉对垒处，唐太宗破窦建德亦于此。

廿六日（8月13日） 辰刻行，是日大热，舆中薰蒸难耐。四十里至郑州，宿。州为古郑国地，牧为李君树基，号少莲，山东诸城人，来见。大河南北，地尽膏腴，秾麻菽谷，业将成熟，粮价既平，人欣乐岁，回忆前年荒歉，载道饿莩，其气象迥不侔矣。自出京以来，皆向西南行，今日忽向东南行。

> 天头：出荥泽数里，渡一小河，云是汴河，又名贾鲁河。

廿七日（8月14日） 寅刻起程，是日大热，行五十里至郭店，尖。中过小河二道，不知何名。午后行四十里至新郑县，住。县为古桧国地，郑灭桧都之，韩灭郑又都之。城北门外有碑，题曰"轩辕故里"。又有碑曰"宋太师欧阳文忠公墓"。东门外有明高新郑坊，驿馆在东门外，有坊额曰"东里芳型"，盖子产所居地也。此间人烟稠密，廛市整齐，富庶之象，一望而知。邑令吕君耀辅，号仲湘，行二，江苏阳湖人。今日发星字第二号家信，由马递。

> 天头：早发时，李少莲州牧送至城外。

廿八日（8月15日） 寅刻行，是日渐凉爽。距城一里许渡洧水，俗名双洎河，溱洧合流处。行五十里至济众桥，少歇，亦名和尚桥，桥下之水不知何名。又行二十里至帐地，尖。济众桥，长葛辖地；

帐地,则许州境矣。午后行卅里至许州北关,住。州为古许男国,后入于郑,汉献帝都此,境内汉末古迹甚多,如荀氏八龙墓、曹丕受禅台、关公歇马处、挑袍处、徐庶奉母处,都以匆匆而过,不及游览。州牧孙君嘉臻,号苣堂,福建人,其尊人辛巳年伯,讳惠霖。今日共行百里,早间西望大騩山,一峰一岭,青紫可观,虽不及太行之雄,亦称秀特。

　　廿九日(8 月 16 日)　天气凉爽,因昨晚雷雨初过也。三十里石梁寨,俗名大石桥,自尖。又卅里住临颍县,入自北门,城中鼓楼额曰"颍川古郡"。尧时许由隐于颍水,即此。驿馆在鼓楼之南,颇宏敞。邑令王君燕祥,号叔玉,甘肃巩昌人,迎于郊外,又见于驿馆。本日尖时,询之土人,云夏初雨水稍大,田亩有被淹者。又云西行十余里,有蝗起许州城外。左城右塔,红日初升,烟笼密树,佳景可人。石梁河疑即枣祇河,曹魏枣祇募民屯田许下,引水以溉,民甚赖之,后即名为枣祇河。

　　卅日(8 月 17 日)　晴热。早发临颍,二十五里过小高桥,桥跨渚河即颍河也。有南北二寨,亦名杨将军寨,宋杨再兴随岳忠武北征,战殁于此,寨内有祠。又行十里,唤船渡水,宽八九里,一时许始渡,此水即颍溢出之水。又十余里至郾城县,郾城古属蔡国,即春秋召陵地,齐桓盟楚于召陵是也,又名溵阳,相传有子路问津处。邑明府曹君星焕,字子蔚,直隶武清人,辛亥举人,迎于郊外,又见于驿馆,意甚殷。本日行五十五里,次日曹子蔚明府送于郊外。

　　天头:是早王叔玉明府送于郊外。

　　七月初一日(8 月 18 日)　晴,早凉晚热。晓发郾城,五里船渡溵水,亦名沙河。南岸一村,曰元会寨,颇繁庶,盖溵河通周家口,船过则商贾集也。岸有溵亭,传为裴晋公所筑。又廿五里郭家店,茶尖毕,又行三十里至西平县。县属汝宁府,春秋时为柏子国,后为楚灭,所谓江黄道柏者,即此城。北有碑,题曰"管鲍分金处",又曰"封人见圣处"。许、汝之间,年岁大熟,面每斤十二钱,大米每斗三百,小米每斗二百。惟颍水溢出数十里间有被淹者,量亦无大害也。西平城北有一水,俗名洪河,两旁堤岸甚高,有桥可行。据县令云,此河若经泛涨,亦甚为患。源出于舞阳,经安徽颍州,疑即汝水。驿馆系借书院地。署令查君以钧,号赓廷,荫阶同年之叔。今日共行六十里。

初二日(8月19日)　微阴。晨发西平,查明府送于郊外,行三十里蔡寨,尖向无,仍西平办。饭罢行三十里至遂平县,住。城北十里王家店,有王祥桥,旁有王祥墓,土人云即卧鱼处,恐属附会。邑令张君守宪,号亦山,一号一山,山东武定海丰人,迎于郊外,又见于驿馆。

初三日(8月20日)　阴。晨发遂平,张明府躬送至城外。里许即渡一河,俗名沙河。行三十里界牌店,遂平备有茶尖。少歇又行,十五里至驻马店,入确山界。尖毕行,二十五里聚义庙,茶尖。僧云蜀先主与关、张聚义于此,因《三国演义》而附会也。又行廿里至确山县,四山环抱,地之险要可知。县令戴君文海,字铁珊,安徽凤阳人,公出未见。典史宋君庚长,字紫宣,江苏丹徒人,迎于郊外,见于驿馆。

天头:驻马店不可住。

初四日(8月21日)　晨行,出东门,市廛络绎。郭门外有碣,题曰"汉范孟博故里"。十余里遇戴明府公回,途中立谈数语。三十余里狮子河,茶尖。又十余里新安店,尖,仍确山豫备。尖前渡武寨河,水浅易渡。饭后行,四十五里至明港驿,住,已入信阳州境矣。今日缘山行,山无多石,亦无树木,有时从山上行,乃坡陀而上,不觉其为山也。州牧张君嗣麒,号仲甫,苏常(洲)[州]人,以帖来。今日共行九十里。

天头:新安店不可住。

初五日(8月22日)　卯刻出明港驿,四十里长台关,尖。此处无店,乃借铺家暂歇、吃饭而已。饭罢行,五十里至信阳州,住。出长台关门即渡淮水,较近日所渡诸水为深,舆马皆用船渡。州城北有石碣三,一题曰"古申伯国",一题"先贤子贡作宰处",一题"明何大复故里"。此地为楚豫之交,南有二关,一名平靖关,亦名恨这关,即古冥阨;一名武胜关,即古直辕。《左传》"还塞大隧、直辕、冥阨"即此,皆要害也。大隧亦去此不远。一路行来,竹木阴浓,秧畦绣错,层冈叠巘,苍翠可人,牧童樵子,往来于路,风景殊有可观。张仲甫州牧来,见于驿馆。

　　天头:南汝光道陈君世勋,号墨樵。

　　初六日(8 月 23 日)　出信阳州一里许即渡一河,曰浉河。河南岸有小城,穿而过。行二十里至东沙河。又五里至彭家湾,自尖。又行三十里至李家寨,住。寨属信阳州。明早即渡武胜关,入湖北界矣。自渡河以来,皆向东南行,今日风景与昨日同,虽山行,路皆平坦,而山则多石矣。

　　初七日(8 月 24 日)　大热。晨发李寨,十五里新店换马,入湖北界,山路崎岖,颇觉难行。又十五里渡武胜关,关在两山之间,陡绝雄绝,诚有一夫荷戈、千人坐废之势。关北有炮台三,极得形势。又十里东皇店,尖,地属应山县界。饭罢行,三十里广水驿,住,仍属应山。县令吴君茂先,号华亭,四川南溪人。今日风景与昨日同,肩舆中偶成一律:云山一路擅清雄,入望风光迥不同。岩脊秋烟遥铸碧,峰头晓日近分红。数畦秧水泉声外,几个人家竹影中。果是天然图画好,牧童又到小桥东。

　　天头:东皇店不可住。

　　初八日(8 月 25 日)　大热。晨发广水驿,仍山行,较昨稍平。卅里至郭店,尖,仍应山辖境。午后有雨一阵,行四十里小河溪,住。先渡一河,即名小河溪,地属孝感县,有代理县丞韦君炳号翰如,徽人来谒,乃宗人府主事韦煐之兄。令孙君传慤,号冠三,癸酉拔贡,燮臣侍郎之弟也。小河溪市廛稠密,传舍宏敞,传是光武时王常起兵处。

　　天头:郭店不可住。

　　初九日(8 月 26 日)　晴,天气暑热,等于三伏。晓发小河溪,卅里刘店,尖。午行六十里杨店,住。二处均孝感属地。今日路多平旷,山色渐远,自信阳州以南,尽属稻田,早熟者已丰场矣。

天头:刘店不可住。

初十日(8月27日)　晴,大热。晓发杨店,六十里双庙驿,住,地属黄陂辖境,公馆甚陋。明府瞿君元灿,号彤云,湖南人,子玖前辈之叔。

十一日(8月28日)　微阴,仍热。晨发双庙驿,四十里澴口,尖。饭罢登舟行,四十里汉口,住,地属汉阳县。明府林君瑞枝,号墨香,福建人,过江来见。汉黄德道何君维键,号芷舲,安徽人,以帖来。

十二日(8月29日)　晴,大热。辰刻渡江,船遇顺风,须臾而过。东望汉阳,则晴川阁、鹦鹉洲也;南眺武昌,则高耸云表者,黄鹤楼也。大江滔滔,形势极盛。过江后入城,行数里至公馆,住。学使梁斗南前辈以帖来。

十三日(8月30日)　晴,大热。因限期太宽,逗遛一日。(晨)[辰]刻明府陆君祐勤,号彦颀,来谒,江苏常州府武进人。发第三号家信,由信局寄。

天头:陆彦颀送《白燕堂遗集》四本。

十四日(8月31日)　晨发江夏,卅里娄家港,茶尖。又廿里油坊岭。又廿里五里界,住朝阳庵内,仍江夏辖境。是日晴热,黄昏大雨一阵。

十五日(9月1日)　早晴。行卅里上地塘,茶尖。又卅里山坡镇,住,仍江夏境。巡检陈捷,号祥征,苏人,来见。午刻大雨一阵,晚又雨。

十六日(9月2日)　雨晴参半。行十五里贺胜桥四十五里横沟桥,茶尖。又行七里官铺桥。二镇均为繁庶。又八里咸宁县,住。县令陈君树楠,号筱园,陕西鄠县人,迎于郊外,又见于驿馆。典史高君佶,号吉人,苏人,亦来谒。

十七日(9月3日)　夜有大雨。巳刻始行,陈明府躬送至城外。

行卅里丁巳桥，茶尖，尚属咸宁境，过此则蒲圻界矣。又十五里官塘驿，住。今日所见山水颇为明秀，山间松树成林，田间秧水流激，风景甚属可观。渡江后仍向东南行，自昨日又似向西南行矣。稻已刈毕，尚有犁田种荞麦者，询之土人，知前岁患旱，去岁患涝，今年丰稔云。

十八日(9月4日)　晴，天气渐爽。晨发官塘，廿五里五里界，茶尖。又廿里蒲圻县，住。一路山水明秀，野花苍松，掩映成趣。县之北门倚山枕水，山顶高塔凌云，俨若笔峰，宜此地文风之盛也。入城先渡一河，水深以船渡，河中行船亦多，未知此河何名。城中廛市颇盛，人烟稠密，富庶之邦也。县令姚君绳瀛，号富珊，山东黄县人，以病未来谒。学官刘君秉谦，号吉阶，丁卯同年；邹兆棠，号甘泉，典史洪锡镃，号春田，皆以帖来。

十九日(9月5日)　辰刻行，廿五里茶安岭，茶尖。又行廿里港口驿，住。一路山景甚佳，横岭侧峰，不一其致。港口有小河，桥跨其上，曰万年桥。所宿之地曰万年寺，寺僧道远能诗，来谒，云寺建于前明，有董思白先生题额曰"歇心处"，此额已毁于兵矣。雍正时吴荆山先生有《题万年庵》诗，二百年来，星使过此无不奉和，裒成一集曰《谂余录》，持一本相赠，因索和诗，率成二律应之，诗曰："湘北接湘南，江山界一庵。云连荆树白，水染洞庭蓝。乡思鸿音远，前途马足谙。澧兰沅芷好，此去快穷探。""佳咏荆山唱，联题二百年。我来秋雨后，驻向晚风前。敢作群公继，聊为一笑缘。催诗烦钵挈，惭愧写吟笺。"港口巡检叶根新，号铭三，福建汀州人，来迎，并见于驿馆，与寺僧、贺世兄良槐号玮人，云师之侄，俱烦书对扇等件。

廿日(9月6日)　晨发港口，行十五里洋楼司镇，有桥，为两楚交界之地，其地多茶庄，因山中多茶树也。市镇尽处便有湖南轿夫民壮来换班。又行三十里阡子堡，尖，已属临湘办差，有封轿官来见，系巴陵县丞邹崇澍，号雨田，湖北公安人。临湘县令潘君介繁，号树坡，壬子举人，苏州人，亦遣人来接。邹雨田持有抚、藩、臬、粮道、岳州府帖来。饭毕行,二十里至长安驲,住关帝庙内。巡捕二人来,一名史敬钧,候补府经历;一名李庆熙,候补从九品。史大兴人,号云衡;李湖北监利人,号长卿。巡捕持帖十四分来候:

监临抚邵亨豫,号汴生,顺天人,庚戌翰林。

藩司崇福,号星阶,满洲人。

盐道兼臬惠年,号菱舫,陕驻防旗人。

粮道夏献云,号芝岑,江西人,己西拔贡。

提调候补道张修府,号东墅,江苏人,丁未翰林。

内监试吴起凤,号才九,江苏人,壬戌进士。

候补道谢廷荣,号晓庄,川人,甲午,辛丑进士。

童大野,号砚芸,浙人,丙午,壬子。

刘镇,号定夫,江西人,辛未进士。

朱鬯侯,号秬泉,徽人,癸卯举人,乙巳进士。

陈丕业,号少轩。

陈宝善,号贻珊。

但湘良,号少村。

长沙府何枢,号相山,河南济源人,丙辰进士。

　　天头:岳州府庄赓良。

二十一日(9月7日)　竟日雨。辰发长安驿,廿里潞口堡,茶尖。又四十里云溪驿,住,仍临湘境。尽日云出山际,一望溟濛,雨尽夜方止。

二十二日(9月8日)　阴。晓发云溪,廿五里郭家嘴,临湘备有茶尖。又十五里冷水铺,巴陵备有茶尖。又廿里岳州府,住。府古麇国地,春秋时属楚,首县巴陵县即巴丘,三国时为吴要地,所谓“东增巴陵之守”是也,《禹贡》“过九江至于东陵”,亦此地,倚江枕湖,形势极盛。邑有岳阳楼、君山诸胜,惜在关防之时,未能眺览也。公馆借考棚,甚大。

府庄赓良,号心庵,浙江人。未见。

通判徐继锵,号若笙,广东人。见。

县姚诗德,号厚田,广东人,柽甫同年之叔。迎见。

府经历汪德森,号柏丞,四川人。见。

典史鲍国英,号春珊,苏人。见。

参将张惟贵,号小亭,湖南人。未见。

守备高寿田,◇◇◇,湖南人。未见。

卫守备叶培,号松麓,浙人。见。

　　天头:邑有三江口:岷江为西江,澧江为中江,湘江为南江,皆会于此。洞庭湖即在城外,入城之先,过一河,名横桥河。

廿三日(9月9日) 以向例俱以初一日到省,日期太宽,在巴陵暂住一日。申刻雨。

廿四日(9月10日) 阴雨。晓发岳州,卅里郭镇市,茶尖。卅里青冈驿,住,巴陵令送至此。自入楚北界,土皆深红色,乃知《禹贡》所谓赤埴坟、《三国志》所谓赤壁,或即此耶?数日皆向东南行,云溪、岳州、青冈三站,名曰六十里,实不过五十里。

廿五日(9月11日) 晴。晨发青冈,行十五里渡新墙河,河入洞庭,湘水之支港也。过河即新墙镇,长二里许,极为热闹。镇之南有三闾故宅。又十八里长湖,茶尖,仍巴陵辖地。又廿七里大荆驲,住。大荆驲巡检孙维翰迎于三里外,又见于驲馆。孙号文轩,贵州人。长湖之南数里,路旁有南岳行宫,又有万寿宫,大荆驲有荆山庙,(其)[甚]宏敞。大荆,湘阴辖地。

廿六日(9月12日) 晓发大荆,四十里至皇姑寺,茶尖。出村即渡一河,名小河,水极清澈。又行廿里渡汨罗江,水势较大,亦较宽,即三闾怀沙、贾傅投诗之处。二水皆以二舟连载而过。渡汨罗即归义铺,住。今日共行六十里。

廿七日(9月13日) 晓发归义,卅里六塘铺,湘阴令於公学琴,号桐轩,江苏丹阳人,迎于此。地有金陵庙。茶尖后又卅里至湘阴县,县丞胡鼎臣,贵州松滋人,典令黄家俊,湖北人,来迎,随即进城。

城外有夏忠靖公祠庙,貌极宏丽。入城数武,寓于考棚,於、胡、黄三君皆来见。湘阴古罗国,春秋时属楚。城北五里有黄陵庙,刘表所建祀舜之死。晚间长沙府何公枢、长沙县王公必名、善化县张公鸿顺皆遣人持帖来。何,河南祥符人,号相山,辛亥、丙辰。王,广西临桂人,戊午、戊辰,号实卿。张,直隶安肃人,辛酉拔贡,号子遇。

廿八日(9月14日) 天气晴爽。因定例于八月初一日到省,计程尚余一日,故仍(故)[于]湘阴驻焉。预拟乡试录序。

廿九日(9月15日) 出湘阴文星门,城外双桥相连,先过恩波桥,后过文星桥。桥南有塔七级,又有南岳行宫。桥旁之水,左曰东湖,右曰西湖。行十里,过涝溪桥。又二十里文家铺,茶尖。又十里界头铺,入长沙界。又十五里戴公桥,路旁有镇南宫,祀唐张睢阳。又十五里桥头镇,宿。共行七十里而遥。

八月初一日(9月16日) 晴。黎明自桥头行,三十里花石坳,茶尖后渡落刀河,又渡陈家渡,水清而碧,大约皆湘水支也。又廿里至长沙府北关外迎恩亭,抚、藩以下皆以帖来迎。随即进湘春门,大街极其热闹,转数弯皆大街,观者如堵。进城数里始至鱼塘行台,随令号房备帖答拜各官。

初二日(9月17日) 晴。无事。晚间监临备文送来简明条例六本,历科题目一本。条约一本,条款一本,程式一本,仪节一本,事宜一本,简明磨勘条例一本。

初三日(9月18日) 晴。无事。晚间首县备文送来口味册一本,夫役名册一本。

初四日(9月19日) 晴。检点联扇,寄外道、府、州、县共十七分,交巡捕送首县转寄。又联七十九付,亦由巡捕交首县,作匣装轴。又扇一柄,作样照作锦盒。

初五日(9月20日) 晴。为巡捕书对数联。

初六日(9月21日) 晴。辰正早饭。巳刻派家人三名先将行李送入闱中。午初,监临遣送盃盘、金花、红绿大缎,并五人请帖,以五名片附之，随二次请帖至，少刻三次请帖至，即穿朝服，坐显轿赴抚署。大堂下轿，各就坐，三献茶毕，谢恩，行三跪九叩礼毕，即入宴，须臾而毕。随后乘显轿赴贡院，道旁观者如堵。转数弯到贡院至公堂，监临等俱在，各一揖就坐，三献茶毕，即入内帘，监临等送至内龙门，三揖而别。内监试吴君起凤，号才九，亦随入，少时来见。酉刻内收掌、十一房同考官俱来见。傍晚回拜监试，并调取书籍，交图章式，随拜同考官，皆挡驾。外帘送入帘宴席，每人一桌，皆有烧烤，公同商酌，送同考官一桌。

　　　天头：五帖乃抚台邵、藩台崇、署臬惠、粮台夏、提调张也。

　　初七日（9 月 22 日）　同竹铭拟定头场题三道，诗题一道。晚间将添注涂改式样发交刻匠，先行刻出。

　　初八日（9 月 23 日）　卯正，内监试带领宋字匠、刻字匠、刷印匠在内院刻题，子初刻毕，计一万三千五百余纸。丑刻发出，监临及提调、外监试在门外，两主考、内监试及各官在门内，各三揖，立谈数语而别。均穿补服。

　　初九日（9 月 24 日）　阴。拟订二场题目。

　　初十日（9 月 25 日）　阴。将拟订三场题目写出清单。外帘送来中卷誊批簿一本，收卷簿一本，收条一束，批条一束。晚间监临来文，知会中额五十五名，边号一名，田号一名，共五十七名。

　　十一日（9 月 26 日）　晴。监刻二场题纸，酉刻印就，亥刻发出，如前仪。

　　十二日（9 月 27 日）　晴热。刻三场题板。

　　十三日（9 月 28 日）　晴，大热。午刻升衡鉴堂阅卷，十一房及监试皆列坐，一时许各房皆荐卷数本而退。阅卷十九本，得佳卷二。

　　十四日（9 月 29 日）　晴，大热。阅卷卅二本，得佳卷五。监临及首县送节礼。亥时送题纸，仪如初。

　　十五日（9 月 30 日）　晴。辰刻监临拜节，在龙门谈片刻，又到内监试处谈片刻。阅卅二本，得佳卷二。

十六日(**10月1日**)　阅卷四十本,得佳卷六。

十七日(**10月2日**)　阅卷卅五本,得佳卷六。

十八日(**10月3日**)　阅卷卅二本,得佳卷六。

十九日(**10月4日**)　阅卷卅六本,得佳卷八。

廿日(**10月5日**)　阅卷廿三本,得佳卷六。

廿一日(**10月6日**)　阅卷卅二本,得佳卷六。

廿二日(**10月7日**)　阅卷卅四本,得佳卷八。

廿三日(**10月8日**)　阅卷卅六本,得佳卷七。

廿四日(**10月9日**)　阅卷卅本,得佳卷六。监临出闱。

廿五日(**10月10日**)　覆阅头场佳卷。

廿六日(**10月11日**)　覆阅头场佳卷。

廿七日(**10月12日**)　阅中卷二场。

廿八日(**10月13日**)　阅中卷二场。

廿九日(**10月14日**)　阅落卷二场。

九月初一日(**10月15日**)　阅备卷二场。

初二日(**10月16日**)　阅备卷二场。

初三日(**10月17日**)　阅中卷三场。

初四日(**10月18日**)　阅落卷三场。

初五日(**10月19日**)　阅落卷三场。

初六日(**10月20日**)　写草榜。

初七日(**10月21日**)　写应酬字,写家信。

初八日(**10月22日**)　酉刻写榜,得谭荧等五十七人。

初九日(**10月23日**)　子刻发榜。提调粮道夏、监试道张、藩台崇、臬台惠俱来拜。

初十日(**10月24日**)　磨勘硃墨卷。监临来拜,首府、首县皆来,诸客陆续来拜。

十一日(**10月25日**)　鹿鸣宴。

十二日(**10月26日**)　磨勘硃墨卷。

十三日（10月27日）　辰刻出闱，即拜抚、藩、臬、道、学、首府、首县、监试道张。酉刻到鱼塘公馆。

十四日（10月28日）　抚台邵大前辈招饮。

十五日（10月29日）　巳刻拜客，申刻回。晚间，同年房考张、杨、孙、聂招饮于贾公祠。

十六日（10月30日）　午刻善化县题主。午刻藩、臬、粮道、监试张招饮于贾公祠。

十七日（10月31日）　巳刻拜客，申刻回。各衙门扇对俱送去。

十八日（11月1日）　朱肯夫师招饮于学署。

十九日（11月2日）　拜客数家。

廿日（11月3日）　终日见客。申刻首府、首县招饮于贾公祠。

廿一日（11月4日）　终日见客。

廿二日（11月5日）　同年诸君招饮于福建会馆，观剧。

廿三日（11月6日）　写应酬字。见客。

廿四日（11月7日）　同乡诸君招饮于湖北会馆，观剧。

廿五日（11月8日）　夏芝岑观察招饮于定王台，作陪乃游汇东前辈、刘定夫观察。台为汉长沙定王所筑，故址犹存，夏观察从而新之，自六月兴工，至此始落成，地虽不宽，而丘壑颇佳。

廿六日（11月9日）　写应酬字。晚内外帘诸君招饮于贾祠。

廿七日（11月10日）　写应酬字。

廿八日（11月11日）　各处辞行。晚山东诸同乡招饮于贾祠。

廿九日（11月12日）　写应酬字。

卅日（11月13日）　收拾行李。

十月初一日（11月14日）　收拾行李。

初二日（11月15日）　收拾行李。张子遇明府少君琳，以弟子礼见。

天头：新抚军李玉墀来拜。

初三日（11月16日）　早发行李下船。申刻至抚署贺喜，旋即登舟,各官俱于大西门外候送。登舟后,学使、首府、首县及房官络绎来送。

初四日(11月17日)　阴。巳刻开船,傍晚行六十里至青港泊。

初五日(11月18日)　竟日雨。黎明开船,行六十里,晡时至湘阴泊。雨彻夜不止。湘阴令於桐轩、县丞胡鼎臣、典史黄家俊皆来见。

初六日(11月19日)　雨,北风甚大。船不得行,暂住一日。早到城拜於、胡、黄三君。

初七日(11月20日)　雨止,北风仍大。勉强开船,数里而泊。於明府来送,畅谈许久。

初八日(11月21日)　雨,北风仍大。守风一日。

初九日(11月22日)　雨止,尚属北风。行三十里芦林潭泊。

初十日(11月23日)　晴,晚仍阴,北风。行三十里云亭泊。

十一日(11月24日)　阴。行四十里,北风,至磊石山泊。

十二日(11月25日)　阴,北风。折戗行数里,风急浪大,仍回泊磊石山下。

十三日(11月26日)　晴,北风仍大,不能行。

十四日(11月27日)　晴,风微浪静。午后风色渐顺,自寅刻开船,未刻即达岳州一百廿里,湘中君山、舳山皆遥遥可见。太守庄心庵明府、姚厚田都司、贺石泉、邓正扬俱来见。岳州镇陶立忠,号莐臣,亦来拜。随即入城答拜诸君。参将张惟夫、通判徐继锵、典史某皆以帖来。

天头:岳州城内有鲁肃墓,岳阳楼尚未修毕。

十五日(11月28日)　早晴。因县中供给未齐,午正开船,行三十里至观音洲泊。

十六日(11月29日)　晴。顺风扬帆,行一百八十里至嘉鱼县,住。距城尚十里,中过临湘矶、新堤镇、陆溪口等处。

十七日(11月30日)　晴,晚阴。午刻行,三十里蒿洲泊。

十八日(12月1日)　晴。早开船,傍晚行百二十里至冬瓜脑泊,中过小林、夹簰洲诸地。

十九日(12月2日)　晴。寅刻开船,午刻行百里到武昌,首府陈建侯,字仲耦,江夏县陆彦顾,皆来见。随即入城,拜制、抚、学、藩、臬、粮道、盐道、首府、首县,傍晚回船,知自督以下皆来拜。

两督制府李瀚章,号筱筌,合肥爵相胞兄。

湖北抚军潘霨,号伟如,江苏人。

学台梁斗南。

藩台王大经,号晓莲,浙江平湖人,癸卯举人。

臬台姚觐元,号彦侍,浙江归安人,癸卯举人。

粮道恽彦琦,号莘农,顺天大兴人,少薇同年之兄,己未进士。

盐道蒯德标,号蔗农,安徽合肥人,甲辰举。

武昌府陈建侯,号仲耦,福建人,己未举。

署江夏县陆祐勤,号彦顾,浙江人。

二十日(12月3日)　晴。汉阳府、汉阳县皆来拜,俄前任湘抚邵来拜。申刻入城,拜沈、胡两前辈,俱见。沈印锡庆,号鲁卿,候补道;胡印瑞澜,号小泉,前任侍郎。汉黄道以帖来。

汉黄德道何维键,号芷舠,安徽人。

汉阳府严昉,号琴生,云南宜良人,丙辰进士。

汉阳县林瑞枝,号墨香,贵州朗岱人,廪贡。

二十一日(12月4日)　晴。早沈、胡二前辈先后来拜,午刘祝谷号尊楼,天津人,味庵之叔明府来拜。申刻登黄鹤楼,远眺江景,楼在城上,高出云表,四面皆轩窗,西南北三面江汉环抱,形势极盛。江中帆樯往来如织,扁舟如叶,长江顿狭,不过一衣带水耳。

二十二日(12月5日)　辰刻渡江到汉口,寓长沙会馆。随即渡汉答拜汉阳府、汉阳县严、林二君。至江干,识秦雨亭广西学政弟已到,即往拜之,伊有托带京信。发家信一封。

二十三日(12月6日)　申刻行,四十里至滠口,住。

（三）［二］十四日(12月7日) 晴,天骤寒。早行四十里至双庙驿,尖。饭罢行,六十里至杨店驿,宿。晤湖南学政陶子缜同年。

（三）［二］十五日(12月8日) 阴。早行四十里至杨家冈,尖。饭罢行,六十里至小河溪,宿。晤湖北学政臧景傅前辈,臧系庚午补丁卯举人。

二十六日(12月9日) 早阴午晴。卅里郭店,尖。四十里广水驿,宿。居停杨君,忠烈公九世孙也,以遗集见示,其家只此一部,阅数则而还之。

二十七日(12月10日) 晴暖。早行三十里东皇店,尖。十五里度武胜关,又廿五里李家寨,住。已入河南信阳州境,时山树尽凋,泉流已涸,较夏间风景顿殊矣。

二十八日(12月11日) 晴暖。行六十里信阳州,宿。州牧张君仲甫来见。

二十九日(12月12日) 晴,午起北风甚大。早行五十里渡浉水长台关,尖。午行四十里明港驿,宿。

十一月初一日(12月13日) 有风。早行四十五里新安店,尖。午行四十五里确山县,宿。县令周君开济,号子奇,浙人,以疾未见。典史宋君迎送如去时。

初二日(12月14日) 早晴,有风,午阴。四十五里驻马店,尖。又行四十五里遂平县,宿。县令张君来迎,并见于驿馆。

初三日(12月15日) 晴。行三十里蔡寨,茶尖。三十里西平县,宿。明府查君来见,委书字数幅。

初四日(12月16日) 晴。寅刻行,六十里郾城县沙南镇,尖,明府曹君来见。午行六十里临颍县,宿,明府王君来见。晚李古香五兄北滇令弟来谈,委书楹帖四幅。

初五日(12月17日) 晴。寅刻发轺,行六十里许州北关,尖。又行三十里丈地,宿。刺史孙君遣人来赠送。

初六日(12月18日) 晴。寅刻行,七十里新郑县,尖。明府吕君来谈。午行四十五里郭店,宿。

初七日(**12月19日**)　晴。寅刻行,五十里郑州,尖。又行四十里荥泽县,宿。明府李瀛,字蓬樵,江苏上元人,与李问白亲戚,来见。

天头:郑州牧李君来见。

初八日(**12月20日**)　晴。巳刻行,十余里渡黄河,风平浪静,申刻即登彼岸。又行五十余里亢村驿,宿,已子刻矣。行李次早始到。

初九日(**12月21日**)　晴。巳刻行,六十里申刻至新乡县,宿。汪云芝同年迎于郊外,见于驿馆,嘱书对件数幅。

初十日(**12月22日**)　寅刻行,五十里卫辉府,尖。汲县令贾槐三来谈,太守李君以帖来。午行五十里淇县,宿,明府梁君来拜。

十一日(**12月23日**)　晓行六十里宜沟驿,尖。又行二十五里汤阴县,宿,明府杨同年来见。

十二日(**12月24日**)　晓发汤阴,四十五里彰德府,尖。太守清辑廷来拜,安阳县明府王君以县试未来。午行四十里丰乐镇,宿。

十三日(**12月25日**)　晓发丰乐镇,即渡漳水,水势较夏令转大,奔腾湍急,宛然黄河小样,许久方渡彼岸,行李车绕数里过桥。行三十里至磁州,尖。城南即滏河,水颇澄清,亦甚湍急。鼓楼南面悬额曰“畿南第一楼”。州牧张君赴大名,未在城内。饭后又行二十里至杜村铺,有额曰“杜桥故里”。又五十里邯郸县,住。明君何君云诰,号凤五,安徽人,何地山侍郎之侄也,到公馆来见。

十四日(**12月26日**)　雪。晓发邯郸,四十五里临洺关,尖。午后行卅五里沙河县,小歇,日已曛矣。又行卅五里顺德府,住,时已将三鼓。邢台令陈君咏,号与堂,山东临清州人,乙未举人。

十五日(**12月27日**)　晴寒。晓发邢台,行六十里内丘县,尖。饭罢行,六十里柏乡县,住,时已二鼓。内丘令余君文炳,字焕卿,号星如,安徽当涂人,甲子举人,柏乡褚同年来见。

十六日(**12月28日**)　晴寒。晓发柏乡,行五十五里赵州大石桥,尖。又行四十五里栾城县,宿。王莽城有额曰"古鄗城",其北有汉冯唐墓,有碑,题曰"汉车骑将军冯公讳唐佳城"。

十七日(12月29日) 晴。自栾城行四十里至二十里铺,自尖。又行二十里渡滹沱,此时已搭草桥,毫无阻滞。又数里至正定府,分府郭君斌寿,号少槎,明府贾叔言,典史于东元,均来拜。太府恭甄甫,以赴省未见。辛椒圃槃亦来谈。晚间书屏对数件,郭、贾、于三君所烦者,贾送帖一部。

十八日(12月30日) 晴暖。晓行四十五里伏城驿,尖。午行四十五里渡木刀沟、东沙河,俱有草桥,至新乐县宿。

十九日(12月31日) 晴。晓发新乐,五十里定州,尖。李君蕚亭烦写对件数幅。午行六十里望都县,宿。李愚溪大令亦烦书横竖对幅数件。

廿日(1880年1月1日) 晴寒。晓发望都,四十五里泾阳驿,尖。午行四十五里保定府,宿。督、藩、臬、道、协、府、县均以帖来,随即往拜诸君。王福来,接到家信。

制军爵相李少荃鸿章,见。

藩司任筱沅道镕,未见。

臬司丁乐山寿昌,未见。

署清河道刘树堂号景韩,见。

保定府马松圃绳武,未见。

署清苑县吴正斋绳曾,未见。

协镇冷[景云]庆,未见。

山长黄子寿彭年,见。

候补道吴峻峰华年,见。

候补县邹岱东振岳,见。

二十一日(1月2日) 雇车,午刻行五十里安肃,宿。

二十二日(1月3日) 卯刻行,六十里至北河镇,据办差者云,号中现在无马,无从替换,只得暂住半日。安肃北二十里有田孙堡,其南有碣,题曰"燕田光墓"。

二十三日(1月4日)　丑刻发辂,行四十里天始明。又二十里抵涿州,换马。又行七十里至良乡,住。

二十四日(1月5日)　二十五里长新店,住。

二十五(1月6日)　入京城。

二十六日(1月7日)　覆命。

光绪十一年(1885)

光绪十一年八月初一日(1885年9月9日) 奉旨:"河南学政着华金寿去。钦此。"午后沈亲家来,言谢恩折件礼节等事。

初二日(9月10日) 晴。丑初进内谢恩毕,谒各师,晤面者李、董、徐及崇世兄。在朝房晤陆、李、高、秦、林、陆、张、戴、盛诸学使。

初三日(9月11日) 晴。拜客。

初四日(9月12日) 晴。丑初进内,在朝房少憩,至神武门碰头谢恩,是日上诣北海看精捷营技勇也。出朝门,拜客数家。午后往李兰师处贺喜署吏右。申刻新甫四哥来京,住寓中。

初五日(9月13日) 晴。拜客。裕竹村观察昆来拜河南河北道。

初六日(9月14日) 晴。早到西鼎和借银,就便拜客数家。午后到兰师处请教,就拜客数家。小林大哥来京。

初七日(9月15日) 晴。早至高升店回拜小林大哥。午在家写信数封,并料理刻图章、木戳等件。

初八日(9月16日) 晴。早拜客数家。午检点书籍,并买礼扇、礼对。

初九日(9月17日) 晴。早新甫四哥、姚阶平甥俱回津。午后至兰师处谈半日。

初十日(9月18日) 阴。早覆仲卿信一封。午杨子通招饮朵园,流连数刻,就近拜客数家。陈纪山表侄及卫瞻侄先后来京。

十一日(9月19日) 晴。午后进城拜客,兼向师门拜节,晤者云舫前辈、吴东竹部郎、张子青大司寇、谢星海侍御。晚间书贾邓峻山携书数种来售,略披阅焉。

十二日(**9 月 20 日**)　晴。巳刻出门拜客数家。是日吴祖繁同年宛平令在乐椿园招饮,戴艺郛同年在家招饮,俱赴,晡时回家。王少莲兄来舍畅谈,留宿。

十三日(**9 月 21 日**)　晴。午后赴贡院前与亲友接场。

十四日(**9 月 22 日**)　晴。早赴师门拜节。午沈鹿苹亲家招饮。

十五日(**9 月 23 日**)　晴。早到辛蔚如处一谈,回游嵩云草堂,又游松筠庵,晡庞省三际云方伯。

十六日(**9 月 24 日**)　晴。午后急雨一阵,有雷。早至兰师处,将对扇送交梅、辛两君代写。午潘问楼同年招饮。晡时刘竹春、王少莲两君来谈,留宿。

十七日(**9 月 25 日**)　阴晴参半。早杨鼎甫先生出场来寓。午詹少菊茂才来,少时锐安侄出场来,文字俱佳。申刻娄鹤田兄来,谈至夜分。

十八日(**9 月 26 日**)　晴。早徐翰臣中翰招饮,与鹤田同往。晚辛蔚如昆玉招饮。

十九日(**9 月 27 日**)　晴。早王少莲率生徒朱氏昆仲二人来,长名式钧,号仲洪,次名式曾,号叔沂。午后拜客,晡者陆凤石、郭曼安、徐子光、刘湄舟。

二十日(**9 月 28 日**)　晴。巳刻赴先哲祠直隶公局。午后宝佩蘅夫子招饮,座中王逸吾、贵午桥、李荫墀、陆凤石、高理臣、秦雨亭、盛星旋诸学使。

二十一日(**9 月 29 日**)　晴。早程子恩、程瑞林二君自津来,片刻即回。随到花市同盛鱼店晤娄鹤田,以要言托之。午后拜匡晴皋先生,未遇。拜严子万先生,晤谈。随即拜客,晤面者韩子衡、孟志青、王敬臣、李蠡纯、翟保之、黄楣川诸君。

二十二日(**9 月 30 日**)　早阴雨,午晴。早瑞安侄偕陆性初来。写楹帖数事,致芷庭兄信一封。午拜李如川先生,晤谈。随拜客数家,晤者李价人、张文川。

二十三日(**10月1日**) 晴。午王鹤田水部、王兰池、蒋艺圃二太史在松筠庵招饮,毕拜客数家,晤者韩镜孙。

二十四日(**10月2日**) 晴。早晤沈鹿苹亲家。午至乐椿园赴饮,主人杨一亭景孟、王子兰宝仪、高熙亭庆恩、谢星海祖源、王子箴槵、刘润生沛然、李子深俊,随又赴畿辅先哲祠饮,主人兰师、张子青之万司寇、焦桂樵祐瀛太仆、桑叔雅太守彬、王云舫侍讲文锦、李菱洲农部耀奎、张安圃侍御人骏、沈鹿苹驾部恩嘉、鹿乔笙比部瀛理,至暮方归。

二十五日(**10月3日**) 晴。早至贤良寺拜合肥中堂。午后何寿南同年、吴聘侯同年各招饮,同在乐椿园,赴焉。晡时晤韩旭东。新选新安县屠塈来拜号敦庵。

二十六日(**10月4日**) 晴。早祝沈鹿苹亲家寿,未遇,又到兰师处晤谈。午庞绹堂、劬盦两世兄招饮。

二十七日(**10月5日**) 晴。早发陈桐巢关书,答冯莲塘信。午后桑素雅世兄、刘博泉前辈、苏意如前辈、鹿遂侪比部在聚宝堂招饮,郭曼生驾部、孙春山驾部、王少农水部、张南湖中翰、王子鹤明府在福隆堂招饮,晚王少莲广文、朱崧生驾部在便宜坊招饮,各赴焉。便道贺王少莲喜新选怀来教谕。

二十八日(**10月6日**) 晴。毕苇亭水部、孙英园、孙仙实铨部、鹿遂侪比部在先哲祠招饮,郑黼门昆仲、方昆吾、朱子衡、张光宇、胡鼎臣六同年在嵩云草堂招饮,冯申甫、张晴崖、郑月卿三同年在乐椿园招饮,吴飏臣昆仲在福隆堂招饮,姚栓甫、沈笔香二同年在沈宅招饮,各赴焉。

二十九日(**10月7日**) 晴。早晤朱适庵同年,又访戴艺郭同年,未遇。午于觐臣仪部来谈许久。书对联数事。

(**十**)〔**九**〕月初一日(**10月8日**) 晴。早发程子恩信一件。午赴余庆堂丁卯同年公局,又赴李蠡莼同年招饮之约。

初二日(**10月9日**) 晴。早崇文山夫子遣世兄葆孝先初在同和堂招饮。午至观音院吊贾仲文世兄。又甲戌公钱,在安徽会馆,同邑公钱,在松筠庵,各赴焉,日晡始归。

初三日(**10月10日**)　晴。午李菱舟亲家、汪笙叔同年各招饮,皆赴焉。晚至福隆堂赴孟志青比部、张文川中翰、齐稻安农部、曹星槎太史、韩镜孙农部、韩鄂田水部之约。新甫四哥自津来寓。

初四日(**10月11日**)　晴。早谒兰师,谈许久。午蒋仲仁、蒋艺圃、吕小初三太史在松筠庵招饮,沈立三驾部在聚宝堂招饮,万世兄在家招饮,以次赴焉。

初五日(**10月12日**)　早新甫四哥回津。军机苏拉李广林来,订于初六日请训。

初六日(**10月13日**)　早阴,巳刻雨。丑正起,寅初登车,寅正至朝房,辰初入朝请训。先询在何署当差,次问当差几年,次问某科进士,次问某处人,次问幕友几人,次问几时起身,次训以关防严密,次问行若干日,一一奏毕,跪安,出朝回家,小憩半日。

初七日(**10月14日**)　晴。早至兰师处。寄木箱四个、小木箱四个、书箱四个于沈亲家宅内。午至文昌馆,同乡公请合肥相国。

初八日(**10月15日**)　晴。早至东城,拜客数家。午至安徽馆,壬午公局,又陈金门、钟静丞、万佩珊、藩芝堂四同年在乐椿园招饮,赴焉。

初九日(**10月16日**)　晴。早至沈鹿苹亲家处,午赴兰师之招。

初十日(**10月17日**)　晴。尚雅珍同年请写寿屏,晡时方归。

十一日(**10月18日**)　贺古阶平孝廉喜。同乡卢存甘农部、刘味唐农部、徐子光比部、苏雨亭中翰招饮。毕看红录,同县获隽者廿人。

十二日(**10月19日**)　晴。贺万二世兄续弦之喜,又贺崇文山上公聘女之喜,便道拜客数家。

十三日(**10月20日**)　晴。早至兰师处,谈许久。又至李子和前辈处,谈许久。午津南六邑公局,在衍庆堂招饮,赴焉。

十四日(**10月21日**)　晴。收拾书箱竟日。晚赵益三在福隆堂招饮,亥初归。

十五日(10月22日) 晴。拜东城各师辞行,日晡归。

十六日(10月23日) 晴。早拜西城各师辞行,便至西鼎和将帐目算清。午后收拾字画。

十七日(10月24日) 早至兰师处,晤少兰弟、诏卫侄孙。午收拾行李。程子恩、瑞安侄均到京。

十八日(10月25日) 收拾行李。午后涂海屏同年招饮,席次陈伯双兄谈及考试等事颇详,因借得考试事宜及告示牌示等三本阅抄。

十九日(10月26日) 晴。巳刻在东麟堂请匡晴皋、严子万、程子恩三位老夫子,兼请王、陈二位,申刻归。

二十日(10月27日) 晴。早厩长来。午至兰师宅辞行。晚阶平甥来。

二十一日(10月28日) 微阴。早收拾行李。午戴艺郛、高理臣、严子万、姚警吾、沈鹿苹、张文川、韩镜孙皆来送。

二十二日(10月29日) 晴,风。早先装行李,大车四辆,至长新店等候,匡晴皋先生、程子恩先生、姚阶平甥俱先行。午后李菱舟、周少莲、曹星槎、王襄臣、姚柽甫、辛蔚如昆玉皆来送。河南唐子涵骓路明府及候补州吏目焦樾号丽松皆来见。

二十三日(10月30日) 晴。巳刻起程,卅五里未刻至长新店,卅五里酉刻至良乡。明府杨谦柄持帖来候号子英,江苏阳湖人。

二十四日(10月31日) 晴。早发良乡,廿五里至窦店,自尖。午行四十五里至涿州,住。署州牧刘竹坡枝彦来拜,晤谈,随即回拜,未遇。自豆店行十二里至琉璃河,河水清且绿。河面有桥甚长,桥南北石路各三四里。桥之北插一铁篙,自桥面至颠尚余三尺许,体巨而方,上有二叉,相传五代时王彦章之物,未知确否。涿州北门外五六里亦有一长桥,俗云忽凉桥。又有一九间亭。城门"日边冲要无双地,天下繁难第一州"及"蓟门锁钥今冠盖,河朔膏腴古督亢"二联尚存。城中有一楼，上书"通会楼"。城中地颇长，约有五里。城内外人甚多，亦有市廛，但无衣帛者，无穿长袍者。风俗之朴欤？民生之凋敝欤？未可知也。

二十五日（11月1日）　早阴，大风，辰刻晴。晓发涿州，四十五里至高碑店，自尖。二十五里定兴县，换夫马。又十里至北河镇，住。共行八十里。涿州南十里许有村，名张飞店，村外有石碣，题云"汉张桓侯故里"。又有一井，亦有碣，题云"汉张桓侯故井"。涿州南二十里，村名松林店，亦有逆旅，可尖宿。定兴城内三里许，中有一四面亭，题"琴鹤清风"四字，值集，买卖物者尚多。北河即古易水，水清而浅，亦有小船，有一草桥，无庸舟渡，颇觉捷便。北河镇有明杨忠愍公祠，门外碑题曰"明太常寺少卿谥忠愍杨椒山先生墓道"，祠为嘉庆七年县令赵锡蒲山东人立，祠中有前总督熊枚所篆碑，少南又有杨椒山先生读书处，今为关帝庙。仰前哲之遗徽，不胜景仰，饬仆人抄其碑文存阅。定兴县令严公祖望以帖来候。严，浙秀水人。

二十六日（11月2日）　晴。辰刻自北河镇起行，卅里至固城店，自尖。午刻又行卅里至安肃县北关，住。定兴、安肃交界之南少许，有麒麟冢，系一大土堆，竖一碑碣，未暇观览，旁有一碣，题曰"麒麟冢"，"冢"字已淤入地中。又南行二里许，有一村，题一碣曰"燕田光故里"。自涿以南，潢潦中多有种荷苇者，莲叶皆烂，蒹葭已苍，树脱柳黄，满目秋色。安肃明府叶常芳，河南光山县人，号柏芗，行二，云赴河工，遣办差家人持帖来候。

二十七日（11月3日）　不甚晴，有风。晓发安肃，二十五里渡漕河，水极浅，尚有一渡船，轿从船渡，车马乱流而渡焉。村中之慈航寺，仍前精洁，从外而观，地势甚大。方、周二祠如故。至此少憩。又行二十五里，至保定府西关三元店，店狭而秽。同城自藩、臬而下，皆以帖来候。杨鼎甫先生来到，因随行。李屿三世兄来拜，且送席。

署藩司松椿峻峰，旗人，新升湖南藩司。

署臬司候补道刘树堂景韩，云南人。

清河道刘汝翼献夫,安徽人。

保定府知府朱靖旬敏斋,戊午举人,己未进士,河南人。

清苑县知县朱乃恭允卿,己未举人,戊辰进士,奉天人。

中营副将陈本荣华轩,安徽人。

城守尉奎恒乐轩,旗人。

参将胡金元。

二十八日(11月4日)　晴,有风。天尚未明,自保定起程,二十五里至大吉店。又十五里至泾阳驲,属满城,换马少憩。又十五里至方顺桥,尖。午行卅里至望都县南关,住。泾阳驲南有郭村,村口题碣曰郭隗故里。望都县先名庆都县,以城南有尧母陵,因改庆为望。尧母陵在城东南隅门外,碣题曰"尧母庆都氏墓道"。门内殿三楹,殿旁碑篆书"尧母陵"三大字,明万历时刘天与书。又有一碑,云康熙十七年重修,碑文乃邑人麻琠撰。殿后即陵,陵大亩余,周以红墙。陵上树数株,蒹葭满焉。墓前有井,土人云鸡鸣井。井上有亭,井口覆以铁钟,明天启年间铸。院中有碑,碑文汤文正公斌撰。前院又有碑二,一系乾隆年间重修碑记赵锡蒲修,一系道光年间重修碑记王榕吉修。旁院时为康衢书院,陵西即县署。闻城东有丹朱墓,城北有尧祠,不在通衢,未及见焉。满城令张主敬,字子安,壬戌补行辛酉己未举人,丙子进士,贵州贵筑县人。望都令溥祥,字履廷,行四,甲子举人,满洲人。

二十九日(11月5日)　晴。晓发望都,卅里至清风店,又卅里至定州,尖。午行廿五里至明月店,又廿五里新乐县,住。定州之北十里许有一河,俗云沙河,亦曰清水河,建有草桥,甚便行旅。定州买眼药数瓶。新乐县北数里许有一碑,题云"黄公修道处",数里又有一碑,题云"羲皇圣里"。定州街市颇整齐,新乐则不如。定州牧陈庆滋。新乐令雷鹤鸣,号仕亭,行一,壬戌举人,江西余干县人,辛未大挑。

三十日(11月6日)　早阴午晴。辰刻自新乐起程,四十五里伏城驲,尖,正定属。又四十五里正定府,住。出新乐数里有河一道,极宽,亦有草桥。伏城驿之北十余里又有一河,极窄,而沙滩极宽,名木刀沟,尚未建草桥,车马乱流而渡,轿则水手抬过。此沟发源于山西繁峙,至灵寿而伏,至此又现,下流入大清河,而为患于无极。近年下流分为二渠,患稍减焉。沟旁有碑,题曰"闵子饮泉处",今已卧于道侧。正定北关有碑,题曰"汉南粤王赵佗故里"。南关有碑,题曰"汉赵顺平侯故里"。甕城有碑,题曰"古常山郡"。城内有大佛寺,佛身七丈,又有一佛稍小。店对过有一七层塔。城十里许,大而空,麦陇菜畦,葭苇甚多。正定府王立清,正定县徐铭勋,各以帖接,皆来拜,随即往拜。王号鉴亭,辛酉拔贡,湖北郧阳府竹溪人。徐号子澍,庚午补丁卯举人,丁丑进士,散馆知县,陕西咸宁人。静海张汝明号禹臣在正定县幕中,亦来谒,并送李宝臣帖一部,点心一匣。

　　天头:原名木刀沟,发源之地有木姓、刀姓,故名。

十月初一日(11月7日)　早阴午晴。晓发正定,路出钟楼,上书"博厚高明"四字。南门外十里许过滹沱,时建草桥未成,故仍用船渡,河面不过两箭有余,来往四船,八刻许轿、车皆渡毕,骡马则自河中走过,水及马腹以上。又行十里至二十里铺,自尖。午后又行四十里至栾城县,住。栾城城有三里许,城中民居整齐,无十分破碎之处。自保定以南,地多种棉,故村市中卖棉者居多。且多种落花生者。自京以南,省则保定,府则正定,州则涿、定,县则良乡、望都、新乐、栾城等处,地无论大小,而衣帛者极少,可见民风之朴矣。栾城,春秋时晋地,栾武子食邑,故名。明府柴澍棠,号茝南,甲子举人,大挑一等,山西河津人。

初二日(11月8日)　大雾,向夕始霁。卯初即起,夫马来得甚迟,故天大明方行。廿里至夹店,又二十里至赵州,换夫马。又五里至大石桥,尖。午行廿里至沙河店,又里许过沙河,亦有草桥。又廿里至王莽城,又廿里至柏乡县,住,共行百〇五里。赵州在城外行,城长约四五里,已残缺,女墙多不全。大石桥上有阁,题"古桥仙迹"四字,相传公输子之神所修。桥上有驴蹄迹,相传张果老之驴。又有车

辙一,腿迹一,相传五代周世宗微时车迹,可谓荒唐。王莽城上题"古
鄗城",汉光武即位地。距城五里有光武庙,俗谓刘秀庙。庙外二碑,
一题"汉光武千秋亭遗址",一题"汉光武斩石人处"。庙中仅有殿三
楹,殿前有石人二,皆两段。有明碑,八分书"千秋旧址"。又有碑三,
皆修庙记也。此事甚奇,大约亦如李广射石饮羽、刘备挥剑断石之事
与?柏乡城中棹楔甚多。署赵州牧容裕,号乐庭,行四,柏乡令松龄,
号梦九,皆旗人。在赵州桥,张橘坪同年来拜,送点心二匣,茶叶一
瓶,荐家人一名陈秋喜,未收。

初三日(11月9日)　阴,有风。六点钟自柏乡起程,卅里至尹
村,小憩。又卅里至内丘县,尖。中过一河,名牛尾河,有草桥。午行
卅里至连营店,小憩。又卅里至顺德府南关,住。府北数里有一河,
名白马河,冬则干涸,夏则水至不时,沙深难行。入城时绕小路,未走
豫让桥。顺德城亦有五六里,北颇寥落,南则严密,南关街市甚长,市
廛络绎。内丘令陈缙,号仲惺,癸酉拔贡,己亥举人,甘肃武威人,未
来见。顺德府李赞元,号伯华,四川人,赴省,遣人送一品锅,一个菜,
点心数品。邢台令张谐之,号公和,己未举人,乙丑进士,河南陕州
人,来见。又同知邵景龙,差帖接。

　　天头:共行一百廿里。

初四日(11月10日)　阴。晓发邢台,七里许即渡一小河,名七
里河,窄而无桥,有数石,步而渡。卅五里至沙河县,城中凋敝已甚。
出南门,一望白沙十数里。极南有一小河,即沙河也。夏月雨后山水
至,则汪洋十数里,人不能行,水退则干涸。又十五里有搭连店,有店
可以打尖。又十五里渡洺河,有板桥。河南即临洺关,大名练军副将
武韶刚排队迎至公馆,尖。早共行七十里。午行廿五里至黄粱梦,游
吕祖祠,门有"邯郸古观"额。己卯湘南之役曾游,今亭院如前,而冬
夏之景异矣。又廿里至邯郸县南关,住。城中亦凋敝,己卯年见有回
车巷,今仍在焉。临洺关属永年,明府沈昌宇,号子佩,行一,甲子举
人,江苏武进人。邯郸明府彭倬,号子亭,行一,甲子举人,丙子进士,

安〔徽〕全椒人。皆未来见。

缅迹相如迹，回车说到今。客贤名相度，忧国大臣心。小忿诚能弃，强邻岂畏侵。璧完何足道，此事意深沉。过回车巷口占

望都店中有《过黄粱梦吕祖祠》七古一首，颇佳，补录于此：昔日钟离渡吕祖，吕祖复把卢生渡。迄今区区千百年，卢生醒后归何处。现存衣钵不肯传，空留仙枕人羡慕。我本天涯沦落人，潦倒穷途嗟失路。归去苦无松菊存，年华况复桑榆暮。衣奔食走那自由，又向邯郸来学步。神人慈悲肯济人，当必飘然一下顾。纵不予我换骨丹，点金亦可少周助。仙乎仙乎唤不应，梦中之梦难觉悟。吁嗟乎！人尚不遇仙胡遇？

　　　　天头：共一百十五里。

初五日（11 月 11 日）　晴。八点钟自邯郸起身，行五十里至杜村铺，自尖。又行廿里至磁州，住。邯郸南四十里有一村，名车骑关。杜村铺前后数十里皆山麓，碎石累累，至磁州则无矣。栾城以南至磁，皆有大名练军接送。磁城有"冀北屏翰"四字，城中钟楼三层，极高，上有"雄镇滏阳"四大字。城南有滏河一道。州牧韩培元，字心农，安徽凤阳人，因州考未来接。

初六日（11 月 12 日）　晴。晓发磁州，三十里渡漳河，时水涸，而桥梁未成，仍用船渡，河中起沙渚，必绕越而过，故甚迟，行李渡毕，已午刻矣。渡河即丰乐镇，河南安阳所属，一切供应，加厚于前。渡漳后即有民壮伞来接。饭后行四十里至彰德府，住。府、县、分府、参将、学师皆来接，行台为主考寓，故寓于考棚内。随即通城来谒，会毕回拜，并拜周鹤亭龄、曾与九培祺二星使，回寓已昏黑矣。周星使随即来拜，饭后已至亥初。发冯莲塘学使信一封，定于十三日接印，烦安阳县转递。学署书吏、承差、快手、号房皆来接。安阳城北有安阳河一道，有石桥，过桥数里即城矣。彰德古邺郡，曹魏都此，城大而实，气象雄盛。此日夜分方就枕。

彰德府知府清瑞，号辑廷，旗人。

通判钱思济,号步川,清苑人。

安阳县赵锦章,号褧斋,安徽人,丁卯举人,丁丑进士。

候补县韩经授,号苏生。

徐肇铭,号容斋。

候补州同贾业,号亿轩,山西人。

典史马朝清。

参将何绍昌,号辅言,汉军旗人。

守备周占魁,号梅亭。

千总刘铭勋,号雁题。

彰德府教授张星午,号尹洲,甲辰举人。

训导王麟书,号瑞亭,壬戌举人。

安阳县教谕查嵩成,号秀生,乙亥举人。

训导石道生,号本立,廪贡。

初七日(11月13日) 晴,午后大风。八点钟自彰德起程,出南门,诸官皆送行。四十五里汤阴县,尖于岳忠武庙内。庙中备有礼生,行香,有忠武二十六世孙陪祭。庙中间一亭,中有乾隆御题碑,其他碑碣林立,最奇者有光绪年间越南二碑。后殿镌石刻《出师表》,忠武遗笔也。午后行二十五里至宜沟驿,住。汤阴城北七里有文王演易处,即羑里。后有文王庙,庙中有禹碑一,字皆鸟篆。汤阴南北皆山麓,宜沟乃子贡夫子故里,有子贡祠。至汤阴时,知县及学官、典史皆来接。

汤阴县黄源,号星槎,湖北咸宁人,庚午优贡。

教谕康应科,号芝棠,廪贡。

训导刘永清,号敬海,岁贡。

初八日(11月14日) 晴暖。天未明即行,六十里至淇县,尖。中经大赉店距宜沟十五里、淇水关廿五里,关在淇水之南。淇水清而急,极浅,济水伏流,故近处泉颇多。午行五十里至卫辉府,住。府北数里有比干墓庙,影壁甚新,惜天晚不得游。淇县令接至十里,送至十里。汲县令接至十里,自府以下皆在关外接,学署军皂来接。

淇县何桐青，号云生，山东历城人。

淇县教谕侯伯良，号崧乔，安阳人。

卫辉府陈希谦，号岫轩，行三，宛平人，己酉举人。

汲县杜元勋，号鸿轩，湖北陨阳府竹山县，癸酉拔贡。

卫辉营参将郭广泰，号松亭，徐州府人。

卫辉府学教授程绍洛，号雪堂。

训导陈锡绥，号佩之。

汲县学教谕钟金善，号芝亭，戊午举人。

训导陈丕烈，号绍庵。

典史袁鼎勋，号少浦，宛平人。

候选县周元钊，号勉轩，江苏人。

守备高金甲，号殿一。

千总夏占魁，号梅亭。

初九日（11月15日） 晴暖，午后有风。向晓时起，先拜客，回寓起轺，行三十五里至龙王庙，尖。此地已入延津县界。午后行三十五里至延津县，住。此地非沙即城，可耕之地甚少，民极贫苦，村落亦稀，城中尚好。县令在城外接，教官亦在焉。

延津县郭古陶，号镕之，行一，江苏砀山人，甲子举人。

教谕薛凌云，号步月，行四，捐纳。

训导董莼青，号蓴村，行一，壬戌举人。

初十日（11月16日） 晴暖。八点钟起轺，行四十五里至金龙宫，住。地属封丘，供给则祥符备办。因渡河恐晚，故住。

十一日（11月17日） 晴暖。十点钟行，十五里至黄河，祭河登舟，风定浪静，三刻而过。行廿五里至东门外接官厅，自护院以下皆在焉。周旋片刻入城，至行台，河督、护抚、前学、署藩、臬、王仲培、焦丹丞、武瀛洲皆来拜。

十二日（11月18日） 晴暖。早李建山、李菊溪名恭辰、陈潏来拜。午出门拜通城，河督成、前学冯、开归道鞠子联名捷昌皆见，余皆未见,抚、藩、臬因武乡试未在署。

十三日(11月19日) 晴暖。辰刻接印,先谢恩,后接印,府、县皆来谒见。午料理折件,请院中文案钮丽生金庚来包封,随即拜发。

十四日(11月20日) 晴暖。早会客,午拜客。

十五日(11月21日) 晴暖。辰刻谒文庙,行礼毕,至学谢恩,座班听读《卧碑》《训饬士子文》毕,听堂听生员讲书,毕回寓。首府首县学官咸在学,陪行礼。已刻放告。午后写京信三封,一上高阳书,一致辛蔚如书,一致沈鹿苹书,兼寄印花咨文。

十六日(11月22日) 晴。早发京信,随出门赴粮道拜寿,随拜仓绍平前辈,皆未见。未正后至八旗奉直会馆赴召,座中惟冯联棠及我为客,自河督以下至候补道及首府、首县皆在,惟护院孙文起前辈以目疾未至,观剧,至十一钟归。

十七日(11月23日) 晴。早点卯,书役八十余人。午后看题本、用印、标签。晚成子中河帅招饮,赴焉,座中冯联棠太史、刘楠卿观察、鞠子联观察,九钟后归。

十八日(11月24日) 晴。辰刻拜本。午后拜客,见者冯联棠学使、刘楠卿观察彝山书院山长,拜史小琴前辈,印崧秀游梁书院山长,未遇。发学字第一号家信,由日升昌寄。

十九日(11月25日) 晴。早发沈亲家信一封,内寄咨奏事文书四件。史小琴前辈、凌芝青太守来拜。午批各处文书数十件,发咨送幕友姓名文书。

二十日(11月26日) 有风,不甚晴。辰刻赴北门外接官厅送冯联棠学使,随进城(送)[到]裕竹村寓(到)[道]喜,又到学署阅视房间。归时刘楠卿来拜,申刻李石臣太守来谒。

二十一日(11月27日) 晴。早李建三明府、华帽山司马来谈,申刻詹少菊茂才来谒。

二十二日(11月28日) 晴。早朱佩言司马来谒,随又袁星若、徐上林二县佐来谒,午董绪堂观察来拜。

二十三日(11月29日)　晴暖。早宋谢山同年、余子澄明府来拜。午与卫观察桂森(到)〔道〕喜,以其署粮道也。便道拜荣子永昌太守、承佩之直牧,二君现为八旗奉直会馆值年。

二十四日(11月30日)　晴暖。卫观察、汪观察皆来拜,大挑知县王璠珮珊、河工知县陈熙垲、闸官王鼎元、候补典史杨登瀛、承佩之直牧、荣子永太守皆来谒。

二十五日(12月1日)　晴。早成子中河帅荐家人二名孟顺、高禄皆来服役,穆吉斋参戎来拜。午陈笠青来谒,并下同乡请帖。

二十六日(12月2日)　晴。早赴院拜寿,未见,随即移署。午安排一切。

二十七日(12月3日)　晴,晚阴微雪。早王仲培同年来拜,午李石洲明府新乡县,名壔、汪云芝明府沈丘县,庆长、华帽山司马皆来谒。

二十八日(12月4日)　晴。早挂对画。开封营马在逢号蓬山来拜,西平县凌梦魁、新安县屠堃来辞行。午拜客,见者署藩台许、署粮道卫小山。日暮至焦丹丞寓饮宴,天津同乡公请也,九钟时归署。

二十九日(12月5日)　晴。开归道鞠子联、藩司许仙屏俱来拜,汤阴县陈其昌号子生来谒,傍晚詹少菊来见。许方伯荐家人一名候福。

十一月初一日(12月6日)　晴。早至文庙行香,随至焦丹丞观察寓拜寿。回署祭神拜圣,随候补通判庄沅子鸿、新选扶沟县沈祖煌秋舲、朱佩言司马俱来见。

初二日(12月7日)　晴。早首县郑季雅来见,云欲修署。午后拜客,见面贾湛田、署臬司荣子永太守也。折差回,折件已批。

初三日(12月8日)　晴。天津李季农春瀛经历、马伯言典史来谒。

初四日(12月9日)　大风,午后雪。鞠子联观察送来倭、袁二公祠联额纸样属书,纸之长短俱不合式,送回。

初五日（12月10日） 早雪，午后晴。鞠子联又将联额纸式送来，午后写毕。

初六日（12月11日） 晴，有风。河工候补分府张锡三洁来谒。倭、袁词联送交鞠观察。

初七日（12月12日） 晴，有风。詹荣麟少菊、袁成惠星如、朱佩言、徐世光友梅来谒。

初八日（12月13日） 晴暖，有风。候补藩经历葛丙南号春乔、直隶曲周训导张锡三号鹭舫，己酉拔贡来谒。

初九日（12月14日） 早晴，午后阴，晚有风。日间无事。晡时杨小峰来诊学涑，就送程仪。晚间东河候补知县陈熙垲来谒。

初十日（12月15日） 晴。早詹少菊茂才来辞行，带津信二封一致四哥，一致三侄。晡时赴贡院监发武闱榜，共中武举五十八名，第一赵治军，十一点钟归。

十一日（12月16日） 晴。早检书籍。午前尽先守备郭守元来见，明日鹰扬宴。晡时藩司遣人送金花银盏。

十二日（12月17日） 晴。辰刻赴鹰扬宴，朝服至抚署大堂，与抚军俱坐，司道以下陪座。先上茶三道，即谢恩毕入座。赴宴武举先谢抚，次谢学，又次谢司道，又次谢执事各员。退即开戏，少坐急退，俟时即抢宴矣。宴毕至抚署少坐，归拜客数家。沈秋舲、杨亦韩两大令来拜。

十三日（12月18日） 晴。忌辰无客。傍晚朱佩言司马便衣来谈。

十四日（12月19日） 晴。贾湛田廉舫、武吟舟太守、刘素庵、李建三两明府皆来拜。

十五日（12月20日） 晴。早赴文庙行香。午朱佩言之二位世兄皆来谒，候补县陈秉信来。

十六日（12月21日） 冬至，早晴，晚阴，亥刻雨。卯刻祗赴行宫，拜牌行礼后坐班，迟班后至官厅少坐归。午初赴倭、袁二公祠行香饮福,未正归。

十七日(**12 月 22 日**)　小雨竟日。无事。

十八日(**12 月 23 日**)　阴。午后拜护院,晤面。又拜李子丹星使。早李筱轩太守自归德来,见面,午后顺道答拜。晚武吟舟太守来谈。

十九日(**12 月 24 日**)　早大雾,午晴。早候补县丞吴廷玉、河工知县陈熙垲、候补府王敬熙均来见。晚许仙屏前辈招饮,赴焉,亥初归。

二十日(**12 月 25 日**)　早晴午后阴。早批阅公事兼买书籍。午后往贾湛田廉访处吊唁,伊夫人逝世矣。

二十一日(**12 月 26 日**)　阴。早新乡令李铭勋石洲来辞行。

二十二日(**12 月 27 日**)　晴。无事

二十三日(**12 月 28 日**)　晴。焦丹臣观察、徐上林巡政来谈。发致李俊三信一件由盐店。

二十四日(**12 月 29 日**)　晴。早黄振河观察自河北道署任回省来拜。午武吟舟(来)[太]守来,谈许久。

二十五日(**12 月 30 日**)　晴,不甚光明。早黄海楼观察送窦氏丛书六函,窦克勤号静庵柘城人,康熙间翰林,理学。午前谢培根立本,丁卯、丙子明府来谒。

二十六日(**12 月 31 日**)　早阴午晴。早李建山明府来,谈许久。午后出门回拜黄海楼观察、谢培根明府,拜许署藩,未遇,申刻归。朱佩言司马来,谈许久。致焦桂翁信一件。

二十七日(**1886 年 1 月 1 日**)　晴,风。早陈叔玉文骏明府来谒,午华友于明府蓁来谒。陈系仲英同年之弟,华浙人,云系明嘉靖年间自江苏无锡迁往者。

二十八日(**1 月 2 日**)　晴。巳刻署藩许仙屏来拜,随又周荣浦前辈来拜。周系丁卯举人,辛未进士,庶常散馆知县,曾任山东海丰、章丘等县,祥符人,现奉讳家居。午刻到李子铮、子丹同年处吊,随拜

客数家。回署后朱佩言司马来谈,晡时始归。午刻城守尉斌杰号子俊来拜。

二十九日(1月3日)　晴。无事。

三十日(1月4日)　晴暖。早吴智臣县佐来谒。巳刻武吟舟太守来谈,就留便饭。酉刻接到绍敏侄来信,知敏卿兄逝世。

十二月初一日(1月5日)　晴。早至文庙拈香,随拜斌子俊、华友于。回署后陆吾山太守来拜,谈许久,随又张芙仙典史来谒。陆之尊翁现任山西平鲁县县丞,昔年曾与少岩二哥同寅。申刻寄山东信,由日升昌。

初二日(1月6日)　阴。早写信四封:一贺王云翁续弦,寄京;一致陈桐巢,寄津;一贺荣大叔年禧,寄安徽;一致山东周绍敏。午后写对联数事。

初三日(1月7日)　晴。无事。

初四日(1月8日)　阴。早与武吟舟太夫人拜寿,通城送寿礼皆璧。

初五日(1月9日)　晴。过生日,通城来拜寿,皆挡驾。

初六日(1月10日)　晴。陈叔玉明府、姚锡朋上舍来谒。接到周贡珊信、李俊三信。

初七日(1月11日)　晴。周少敏自山东来署。志卿二侄自津赴舞阳来署,带有卫占侄信二封,仲卿信一封,旋即回店。午后赴各处谢寿。夕时张锡三洁司马来谈。

初八日(1月12日)　晴。赴枭署吊贾世兄之夫人。薛云溪福年观察来拜。

初九日(1月13日)　阴。午刻为贾夫人点主赴枭署。

初十日(1月14日)　大风,晴,日色甚白。早周少敏回东,已登车又回,风大不能渡河也。午后沙静斋遂良通判、张芙仙青榕典史来谒。

十一日(1月15日)　不甚晴,冷。早周少(绍)[敏]渡河回东,差人(送去)［去送］。王九如祝庵河工县丞来见。

十二日(1月16日) 有风。发京信，寄高阳并致辛蔚如各一封。严子万来署。

十三日(1月17日) 暖晴。早出曹门接新抚边润民中丞，先请圣安，旋至官厅少坐，边入城，随即入城拜客数家，又拜边中丞。回署，申刻朱佩言来谈。

十四日(1月18日) 晴暖。早郎明府益厚号玉昆、武吟舟太守、蒋晓楼名文海明府皆来见。午后王明府道隆号铁孙来谒，仓少平大前辈来回拜，边中丞来回拜，皆见焉。

十五日(1月19日) 晴，早有风。早赴文庙行香。午刻藩文涛江、刘素庵际唐两明府来谒，申刻王一卿明府薪传来谒。

十六日(1月20日) 晴。李子铮铁林前辈来拜。

十七日(1月21日) 晴。边中丞、孙方伯俱接印，许廉访交卸藩篆，亲往贺焉，边、许皆见。

十八日(1月22日) 不甚晴。早许仙屏来拜，午后华帽山冕臣、刘明轩作哲、候补道何福奎星桥皆来拜。拔贡优贡卷册、举人亲供卷册、岁贡卷册、武生名册俱用印达部，尽日方毕。

十九日(1月23日) 晴。发达部各件已交提塘寄京。午后写对联数事。申刻边中丞来拜，查赓廷明府、张锡三司马来谒。

廿日(1月24日) 阴。早封印。差帖与通城官贺喜，彼亦以帖来贺。

廿一日(1月25日) 大风。批发各处公文，阅观风卷。晚武吟舟来谈。寄戴艺郙信。

廿二日(1月26日) 晴。寄陆凤石信。汲县但弼号肖丞、山东候补县方学海号子敬来谒。

廿三日(1月27日) 晴。早寄家信，由日升昌寄往。登封县马骏清号润泉来谒，随又王仲培观察来谈，随又焦丹臣观察来谈，午后考城县郭藩号翰亭来谒。晚祭灶。

廿四日(1月28日) 阴冷。早寄周鉴泉、沈声甫信各一件,由马递寄往。午后成子中河帅来拜。

廿五日(1月29日) 晴。李建三明府来谒。

廿六日(1月30日) 晴。午后拜客,见者成子中河帅、焦丹丞观察。晚接锐庵侄来信并硃卷五本,知芷哥业已赴任。

廿七日(1月31日) 晴。卫小山观察来拜,潘文涛江明府来谒。接到李理臣同年信。

廿八日(2月1日) 晴。午后郏县令马阶平号鲁昌来谒,傍晚刘明轩来谒。

廿九日(2月2日) 晴。无事。

卅日(2月3日) 除夕。晴。逼近年除,往来文书信件愈多。晚间守岁。

光绪十二年(1886)

光绪十二年正月初一日(2月4日) 元旦。阴,微雪。寅刻在署祭神,毕随即到行宫拜牌,河、抚、藩、两道、首府、首县皆至,行三跪九叩礼毕,门外廊下坐班片刻,仍赴官厅。随又到门外团拜,又到官厅少坐,出赴文庙行香,即拜通外各官。申刻祭先太宜人。

初二日(2月5日) 阴,午雪随住。卯刻起祭神,所谓祭财神也。午后臬司许来辞行,随往送之,便道拜年。

初三日(2月6日) 晴。无事。

初四日(2月7日) 晴。早李建三明府来谒,坐谈许久。随府、县学三教官来谒,坐片刻。武吟洲太守来谒,谈许久。

初五日(2月8日) 晴。张锡三司马来谒。

初六日(2月9日) 晴。早汪明府际泰绍甫代理高丘来禀辞,山东大挑知县方学海来禀贺禀辞。午后焦丹丞观察来拜,刘明轩来谒,随出门拜客,晡时归。

初七日(2月10日) 晴。早署内乡潘文涛来拜,午后朱佩言来谈,候补府荣子永、直牧承佩之来见,请于十六日团拜。

初八日(2月11日) 晴。午后拜客,见者成子中河帅、边润民中丞、河道粮道鞠、卫二观察,余皆未见。

初九日(2月12日) 早阴午晴。早候补同知李馨俊三及候补知县熊奉章芷怡皆来见,随又署兰仪任兆麟竹轩来见,午后河帅成、河道鞠相继来拜。

初十日(2月13日) 阴。早发荣轩叔、李蠡莼同年信各一件。县丞袁成惠来谒。

十一日(2月14日) 阴。阅临漳观风卷七本。朱佩言来谈。

十二日(2月15日) 阴。早首县郑季雅、河工同知李俊三、候补县陈文骏皆来谒。午后送李俊三行。

十三日(2月16日) 阴晴不定。洛阳府承恩号枫亭、河北道裕竹村、署臬贾湛田、候补道王维翰仲斐、南阳府濮文暹青士皆来拜。

十四日(2月17日) 晴。发致王杏洲表兄信一封,致叶山侄信一封。

十五日(2月18日) 阴冷。新选南阳游击王景元来拜。晚有龙灯。

十六日(2月19日) 不甚晴。候补直牧吕宪瑞芝岩来谒,河陕道耆绅少峰来拜。午后至八旗奉直会馆团拜,河、抚院皆至,九点钟回署。

十七日(2月20日) 不甚晴。光州杨修田号竹农来谒。午李训庭弟彦和、翰林院庶吉士李振鹏号抟霄皆来拜。晚至河道署饮酒,九钟时归。

十八日(2月21日) 不甚晴,有风。候补府龚毓采号彰廷来谒,午后河帅幕宾穆清号竹村来拜,候补巡检徐嘉树号上林来谒。发李菱舟贺函,华孚侯回信。

十九日(2月22日) 不甚晴,有风。十一钟赴粮道卫小山饮,晡时归。发绵老师唁信,奠敬八金,由日升昌寄。

二十日(2月23日) 不甚晴。早余子澂明府、朱佩言司马、准补渑池傅芝如樗俱来见,午候补典史刘作哲、候补府武吟舟俱来谈。

二十一日(2月24日) 阴,午渐晴。卯刻开印。午后有未殿试进士满城嵩寿号符三来见。

廿二日(2月25日) 晴,有风。早候补县李锇、华蓁来见。午后拜客,与抚军边润民谈许久。傍晚候补县徐嘉猷、华帽山司马来见。晡时周贡珊侄自京来汴。

廿三日(2月26日) 晴。检点书籍。

廿四日(2月27日)　晴暖。王仲培同年巳刻招饮,便道拜客。晚武吟舟来谈。

廿五日(2月28日)　晴暖,晚阴。候补县熊奉章芷培、候补道何维楷小山、陈州府吴重憙仲彝先后来谒,抚军边润民前辈拜会。晚成子中河帅招饮,夜分始归。

廿六日(3月1日)　阴暖。早发起马牌,升大堂,升炮发出。武吟舟来谈,涉县黄源星槎来谒,朱佩言来谈。

廿七日(3月2日)　晴暖。早李建三、武吟洲、沙敬斋、张锡三、吴仲彝皆来拜。午后各处辞行。聘曹念庭上舍襄阅试卷,曹子蔚先生之胞侄也。

廿八日(3月3日)　晴暖。早曹念庭来拜,订明随棚襄校。粮道卫、候补道王、河督成、开封李皆来送,即用县恩钟、庶吉士朱祖谋皆来见。晚请幕中诸友饮。

廿九日(3月4日)　晴暖。前郾城县曹星焕子蔚来拜。午后接到王云翁、辛蔚如信各一件。检点行李。

三十日(3月5日)　晴暖。早出拜客,甫回,边中丞、贾廉访、穆观察奇先、何观察小珊、开封府李、祥符县郑、武吟舟太守、刘继堂明府、陈笠青少尉皆来送,并订明日起身不宜太早,以行香求雨,同城不能躬送,遂以卯刻改用午刻。申刻车皆来。

二月初一日(3月6日)　晴,大暖。辰刻饭,幕友先行,余于巳正起轺,出曹门,各官自抚、河两院以下,皆在官厅送,惟藩台孙以目疾未出。坐片刻即行,未正至河,申初到北岸,顺风扬帆,五刻遂济。渡河后,又行二十余里至辛店,住。此日计行五十里,本拟住金龙宫,因彼处系封丘,属祥符,预备不便,故改在辛店,大约绕越十余里。

初二日(3月7日)　晴,大暖。卯刻起打坐尖,行七十里至延津县,住。路过封丘西关,封丘距延津四十五里,县令郭、两学薛董俱出郭接,县令两次来谒。此处地皆沙城,荒地甚多,村落少凋敝。

初三日(3月8日)　晴,大风。早打坐尖,始行。卯正起轺,申初抵卫辉府，行七十里。太守因府考未出接，汲县但明府弼及教官四人皆郊迎，但迎至十里外。

初四日(3月9日) 晴，大风，凉。卯初起程，行五十里至淇县。午又行六十里至宜沟驲。汲县城北十余里有比干墓，大亩余，前有碣，题"殷比干墓"，额题宣圣亲笔，但字系隶书，恐宣圣时尚无此体，或先圣所题已佚，后人补书，托名宣尼，亦未可知。此外碑碣颇多，皆元以后物，无宋以前者。前院有殿三楹，院有纯庙御制诗碑，覆以亭，尚完好。墙垣已多倾圮矣。汲县但效丞送至十里外，淇县王薪传一卿送迎皆在十里外。至宜沟驿，有彰德派来内巡捕王桢来接清甫。

初五日(3月10日) 雪。早行二十五里至汤阴县，仍尖于岳庙。午行四十五里至彰德府考院，轿至南关，观者如堵。到考棚后，府、县及各学教官、巡捕皆来见，到时不过未正，至见客毕，已将暮矣。自巳刻雪，至戌刻止，大约不及二指。

初六日(3月11日) 早阴，申刻晴。卯刻起，洗漱毕，拜谒文庙，坐班听宣读钦颁《卧碑》及钦定《训饬士子文》。随即更衣升座，听廪生讲书毕，回署，阅号阅墙，尚无隙，惟石凳高低不齐，颇难坐。进署又见府县，随即放告，收呈十余纸，皆不甚要紧，尤可笑者，乃报喜人控武案首不给喜钱也。午后标发各项牌示，催一切应用物件。

初七日(3月12日) 晴霁。本日考生古，卯刻起，点名入场者八十余人，日入方净场。

天头：贤不家食赋以"大畜利贞不家吉"为韵。"鲜伻晨△葩"。春雪。

初八日(3月13日) 晴。本日考临漳、林县、武安、涉县、内黄五县生，入场者七百五十余人。午后放场，出生古案，取苏斯倬等廿人。寅刻点名，日入始净场。

天头："不见诸侯宜若小然"五句。"终日而不获一禽"至"请复之"。"一朝而获十禽"至"良工也"。"简子曰我使掌"至"良不可"。"吾为之范我驰驱"四句。"小桥野店依山前"。

初九日（3 月 14 日） 晴，风。考文童古场，入场者一百六十余人。

> 天头：韭日丰本赋韭以根本丰盛为主。"潭树暖春云△"。铜雀台瓦砚。

初十日（3 月 15 日） 阴。考彰、安、汤三学文生，入场者六百九十人。酉刻发前场案，日入方扫场。

> 天头："敏而好学"至"其行己也恭"。"其事上也敬"至"久而敬之"。"久而敬之"至"山节藻棁"。"天骥呈才△"。

十一日（3 月 16 日） 阴，有风。覆试文生古，取◇◇◇◇。

> 天头：安乐窝以康节所居名安乐窝。"将军下笔开△生面"。

十二日（3 月 17 日） 晴。考临、林、涉、内四县文童，临漳四百四十余人，林县五百余人，涉县一百七十余人，内黄二百九十余人。寅刻点钟，日入方净场。午后发文生二场榜。

> 天头："上也学"。"次也困"。"又其次也困"。"民斯为下矣"至"有九思"。次题：水之道也。"虎气必腾△上"。

十三日（3 月 18 日） 晴。考优生、教官、考贡、补考，优生卅人。

> 天头：优："信则人任焉"二句。

十四日（3 月 19 日） 阴。考安、汤、武三处文童，安阳八百余人，汤阴二百七十余人，武安二百六十余人。午后发文童头场榜。

> 天头："少则洋洋焉"。"既而曰"。"久而敬之"。"犹益之于夏"二句。"潭树暖春云△"。

十五日（3 月 20 日） 阴。提覆头场文童，各县均余三四人。午后发榜。

> 天头："是社稷之臣也"后二□。

十六日（3 月 21 日） 阴。文生一等覆试，共九十七人。

> 天头："再命曰"二段

十七日（3 月 22 日） 晴。提覆二场文童，午后发榜。

> 天头："不踰矩"至"问孝"渡下。还下。

十八日(3月23日) 晴。合覆合属文童,共一百十七人,辰刻点入,申刻净场。发文生大案。

天头:"所谓立之斯立"。"晓窗花气润"。

十九日(3月24日) 晴。早考武生内场,共六百余人。净场后一等(腾)［誊]卷。

廿日(3月25日) 晴,早有风。寅刻起,卯刻赴校场阅武童马箭。到时先祭旗纛,随即更衣升座。酉刻阅毕回院。

廿一日(3月26日) 晴。阅内黄、涉县、武安武童步箭。

天头:每日可阅二百余人。

廿二日(3月27日) 晴。阅武安、林县、临潭武童步箭。发涉、内二县榜。

廿三日(3月28日) 晴。阅临潭、汤阴武童步箭。发武、林二县榜。

廿四日(3月29日) 晴,午后有风。阅安阳武童步箭。发安、汤、临三县榜。

廿五日(3月30日) 晴。合覆武童。发起马牌。

廿六日(3月31日) 晴暖。辰刻奖赏各生童,生三揖,童三叩首又三揖,各勉励数语。武生童亦然。退堂后即出拜客。

廿七日(4月1日) 晴暖。辰刻起节,行四十五里至汤阴,仍于岳庙小憩进馔。午刻行,二十五里至宜沟驿,住,时方申初。汤阴之北八里许有文王演易台,内有殿三楹,供文王像。傍有台甚高,惜梯板皆缺,不可登矣。庙门外有明时摹刻岣嵝禹碑一通,颇有搨者,购其一焉。

廿八日(4月2日) 早微晴,午后晴。早发宜沟驿,午刻至淇县。因此站甚远,且须换车,故住。

天头:巡捕茹兆葵来接。

廿九日(4月3日) 早微雨,申刻以后渐大,至寅刻止。卯刻自淇县发轺,午刻到卫辉府,自府以下皆在郭外接。汲县但肖丞弼接至交界,至试院后府、县各学及巡捕官皆来见。途间山云初吐,缕缕出岫,新柳才黄,掩映村落,春阴之景,如在画中,虽非山阴道上,亦足观也。

三月初一日(4月4日)　雨止,尚阴晴不定。卯正谒文庙,听《卧碑》,讲书。辰刻四府县来见,随即放告。

初二日(4月5日)　阴。考生古童古,生九十余人,童百六十余人,生东童西,卯正点名,昏黑始净场。童有一七十六岁者,默经;有十二三岁者六人,默经背经。

天头:生:胥臣蒙马以虎皮赋。"移△花兼蝶至"。喜雨。

童:雨后有人耕绿野赋。"花柳村村次第春△"。杏花雨。

初三日(4月6日)　阴。考淇、延、滑、浚、封五县生,共九百五十余人,寅初点名,昏黑始扫场。

天头:五处题:"有进而与右师言者"二句。"孟子不与右师言"三句。"诸君子皆与欢言"二句。"是简欢也"至"礼"。"礼朝廷"至"我欲以礼"。经:"星言夙驾"二句。诗:"诗成△啸傲凌沧洲"。

初四日(4月7日)　早阴午晴。生古覆试,共十五人。

天头:三不朽赋经久无废此谓不朽。"新莽△泛沚"。

初五日(4月8日)　晴。考卫、汲、新、辉、获五处生,共八百八十余人。晚裴西园孝廉来幕。

天头:"是故汤事葛"。"文王事昆夷"。"故大王事獯鬻"。"句践事吴"。"此匹夫之勇敌一人者也王请大之"。"雨水润之日以暄之"。"暖风△迟日醉梨花"。

初六日(4月9日)　阴,晚雨。考教官,考优生,补考,考贡,优卅二人。

天头:"一乡之善士"二。"插竹为篱护药苗△"。

初七日(4月10日)　夜雨,至晓方住,即霁。考滑、浚、封三处文童,滑八百七十余人,浚四百人,封丘二百余人。

天头:"尝独立"至"又独立"。"鲤趋"至"而过庭"。"学诗乎"至"学礼乎"。次:"此之谓三有礼焉"。诗:"柔桑蔽野麦初齐△"。

初八日(4月11日)　早阴午晴。覆合属一等文生,共一百廿人。

天头:"伯夷叔齐不念旧恶"二章。"文章有神交△有道"。

初九日(4月12日)　晴。考新乡、获嘉、淇县、延津四属文童,共一千三百余人。

天头:"或谓寡人"。"勿取"。"或谓寡人"。"取之"。次:"子比而同之"。"舞雩归△咏春风香"。

初十日(4月13日)　晴。提覆头场文童八十余人,午后发榜。

天头:"附之以韩魏之家"。"孟献子百乘之家也"。(整理者案:"附之以韩魏之家"旁有一△标记,当是弃用,后于十二日用之。)

十一日(4月14日)　晴。考汲、辉二县文童,汲二百八十余人,辉三百六十余人。

天头:"是以难也齐人有言曰"。"今时则易然也"至"之盛"。次:"而人爵从之"。"暗水流△花径"。

十二日(4月15日)　晴。提覆二场文童九十余人,午后发榜。

天头:"附之以韩魏之家"。

十三日(4月16日)　晴。提覆三场文童六十余人,午后发榜,兼发文生长案。

天头:"悦周公仲尼之道"。

十四日(4月17日)　晴。合覆一府文童,共一百五十八名。

天头:"谓其台曰灵台"。"小栏亭午转春禽△"。

十五日(4月18日)　晴,晚阴。武生内场,共到八百余人。一等文生誊卷。

十六日(4月19日)　阴,午后微雨,片时即住,夜雨。向曙即赴校场阅武童骑射，至晡时共阅一千二百人，尚有浚、封二县未阅。

十七日（4月20日）　阴。曙时仍赴校场阅武童骑射，十钟时回院。午后阅步箭一百七十余人。

十八日（4月21日）　晴，晚阴。早即登堂阅步箭，至晡共阅三百余人。发浚、封二处榜。

光绪十二年岁次丙戌三月十九日（4月22日）　在卫辉试院。本日早晴，午后阴。考武童三百余人，滑、延、淇三县。

二十日（4月23日）　夜雨晓住，终日阴。考武童三百五十人，获、辉、新。晡时发滑、延、淇、获、辉各处武童榜。

廿一日（4月24日）　晴。考武童二百七十余人，汲、新二处，申刻毕，酉刻即发榜。卯刻发起马牌。

廿二日（4月25日）　阴。覆试武童。午料理数日公事。

廿三日（4月26日）　阴晴不定。早辰刻奖赏一等文武生员、入学文武童毕，汲县但效丞来谒，随参将郭松高来谒，又卫辉府陈岫轩来谒。随即出门拜客，回进早餐。午后河北镇崔廷桂号季芬来拜，未刻回拜崔镇。即赴府、县公局，申刻还院，收拾行李。

廿四日（4月27日）　晴，午后大暖。卯刻自卫辉试院起程，本府参将、学官等俱在关外送，汲县但送至交界。行卅里入新乡界，李令名壔号石洲接至界，临清店茶尖。又行二十里至新乡，尖。午后李令又送至十里外，距城廿五里之◇◇◇新乡，有茶尖。又行廿五里至获嘉，住。斯日共行一百里。获嘉令李步云号莲卿，接至界，典史马逢魁号◇◇接至城外。

廿五日（4月28日）　阴。卯刻自获嘉发轺，行五十里至修武县，尖，中间狮子店茶尖。知县康曾定麦生接至城外。午后行五十里至宁郭驿，驻。驿属武陟，县令贾联堂槐三来接。

廿六日（4月29日）　早阴微雨，午晴。卯刻自宁郭驿至清化镇，共卅里，河内令袁镇南号葆臣接至驿馆，清化通判李瑞桐亦来接送，府经历陶应麒来接。饭后出镇西，竹园甚多，小桥流水，密护万竿,甚有风景。贩竹者络绎不绝,镇中繁富整齐,良以此耳。行四十里至怀庆,武营先排队接,后即卓守名景濂,号友莲及同城接。城中市廛颇密,盛于彰、卫,观者填咽街巷。怀庆考院甚小,号舍尤陋。

廿七日(4月30日) 晴。早谒文庙,回即放告,收呈十余纸。

廿八日(5月1日) 晴。考生古,应考者一百十余人,取廿人。

天头:蔺相如引车避廉颇赋以爱国忠君屈己容人为韵。"河阳一县花△"。拟东坡《石鼓歌》。盘谷。沁园。

廿九日(5月2日) 夜雨早住,仍阴。考武陟、孟县、温县、原武、阳武五县文生,武陟百九十余人,孟二百人,温二百五十余人,原八十余人,阳百〇九人。

天头:"问社"章。"孟之反"章。"公叔文子"章。"臧武仲"章。"三家者"章。经题:"命典礼考时月定日"。"野绿全经朝△雨洗"。

三十日(5月3日) 早阴午晴。童古应试者一百九十余人,取十二名。

天头:比德于玉赋"言念君子温其如玉"。"春来相与护龙雏"邻。竹床。竹几。

四月初一日(5月4日) 晴。本日换戴凉帽。考府学、河内、济源、修武四处文生。府学二百八十余人,河内三百余人,济源百八十余人,修武百七十余人。申刻发前场一等榜。

天头:"法语之言"两章。"君命召"两节。"子张问政"两章。"不在其位"两章下论。经:"立政任人准夫牧作三事"。"黄河落天△走东海"。

初二日(5月5日) 晴。申刻雷雨一阵。是日立夏。覆生古。

天头:文笔鸣凤赋藻耀高翔文笔鸣凤。立夏之日。

初三日(5月6日) 晴。考修武、武陟、孟县三处文童,修武三百八十余人,武陟、孟县各五百余人。申刻发二场一等榜。

天头:"昔者齐景公"。"昔者鲁缪公"。"昔者赵简子"。次:

"今既数月矣"。诗:"不薄今人爱古人△"。

初四日(5月7日) 晴。文生一等覆试,共一百廿七名。

　　天头:"未有仁而遗其亲"二节。"钓竿△欲拂珊瑚树"。

初五日(5月8日) 晴。考济源、温县、原武三处文童,济源七百人,温县六百余人,原武百余人。

　　天头:"可不慎与左右"。"未可也诸大夫"。"未可也国人"。"能与人规矩"次。"一径入寒△竹"。

初六日(5月9日) 晴,晚阴。提覆修、武、孟三处文童,申刻发榜:修武十八名,拨府二;武陟十九名,拨府四;孟县十八名,拨府三。

　　天头:"周公之封于鲁"。

初七日(5月10日) 阴,午后雨。考河内、阳武二处文童,河内一千一百余人,阳武二百人。点名时经廪保指获顶替二名司金鉴、栗毓秀。

　　天头:"五世矣"。"四世矣"。次:"夫人幼而学之"。"十日一雨"得丰字。

初八日(5月11日) 早雨止,仍阴。卯刻提覆济、温、原三处文童,申刻发榜:济源十六名,拨府六名;温县二十三名,拨府三名;原武十二名。

　　天头:"以其小者信其大者"。

初九日(5月12日) 晴。考优生,考教官,补考,优生卅人。

　　天头:"友其士之仁者"优。"佳△士如香固可熏"。"人伦明于上"二句教。"先生△有道出羲皇"。

初十日(5月13日) 晴。提覆河内、阳武二县文童,申刻发榜:河内额进廿八名,拨府七;阳武十四名。

　　天头:"北方之强与"。

十一日(5月14日) 阴,夕雨。卯刻先考武生内场,出场后即文童覆试,共一百七十三人。

　　天头:"君子信而后劳其民"。"松△高任鹤巢"。

十二日(5月15日) 雨竟日。本日先拟考武童骑射,因雨改为步箭场。自卯至戌,共阅阳武武童二百人,原武百廿余人。

十三日(5月16日) 雨住仍阴。阅温县武童百廿余人,孟县八十余人,武陟八十余人,修武五十人。

十四日(5月17日) 晴。阅修武武童七十余人,济源二百人,又挑武、温遗童卅余人。

十五日(5月18日) 晴,午后阴。阅济源武童七十余人,河内武童三百人。

十六日(5月19日) 早阴,午后雨,夕晴。早阅河内武童七十余人。巳刻赴校场阅骑射,申刻回辕,西刻发榜。箭技勇济源、阳武为最,原武、河内次之,余皆不佳。

十七日(5月20日) 晴。合覆八属武童。

十八日(5月21日) 晴。早奖赏一等生、新进童毕,卓友莲来拜,随即出门拜客。夕时府、县招饮,晚归。统计河北三府,彰之安阳,卫之新乡、辉县,怀庆之武陟、温县较胜,林县、汤阴、涉县、获嘉、河内、修武、阳武、济源、孟县次之。地方之繁庶,怀胜于彰,彰胜于卫。自入怀境,麦盈于野,绝无隙地,村落亦密,二三里许必有人家。盖地肥皆由于水利,怀之王屋山,济水出焉,在地伏流,随处得泉,故野多井塘,随时浇灌,地之沃饶,实由于此。且地通山右,太行诸[山]经此较平坦,因多商贩。更兼太行之铁、清化之竹以及煤药,皆足致富,故沃饶甲于河北。

十九日(5月22日) 早阴,少刻雨,午后止,晚晴。卯刻自怀起马,同城皆送至南关外,新生及一等生送者亦不少,多有簪金花者。行五六里即雨,九点钟至崇义镇,尖。幕友车及行李皆因道路泥滑,许久不至,迟至未正,尚有裴、陈二君不到。予恐道滑天黑,肩舆难行,故令仆人守候,即先发轺。西刻至孟县,同人陆续至,惟行李车有至次日辰刻始到者。孟县地亦富饶,二麦遍野,与河、武等处同。是日共行六十里。明府李待时,直隶永年人,号聘珍。

二十日(5月23日) 晴。辰刻行李车皆至,始发轺。行四十余里至渡口,尖,明府李君在此送渡。午刻登舟,申正登南岸,至铁谢镇宿。距镇里许有光武原陵,又祠宇旁有阴后陵,又有三贤冢,问之明府,不能举其名。地属孟津,即武王伐纣渡河处,春秋桓王以盟与郑,即此铁镇。至县尚有八里。明府陈理裕号子余苏人,及二学师,皆接至河干。是日行李车渡毕,天已昏矣。

廿一日(5月24日) 晴。卯刻发轺,行五里许即出孟津界,洛阳已遣执事来迎。行四十五里至河南府城,太守承恩号枫庭、通判汪垣号◇◇、令王道隆号◇◇及学官、武弁皆接至城外。本日先拟宿新安县,乃行李车来得甚迟,未正方到齐,不能到矣,止得宿此,卷箱及幕友用不着之物,皆存于此。渡河之后,路多狭隘,两边土坡陡立,中间止容一车。因忆十二岁随侍先大夫赴陕时,曾经此地,迄来卅六年,回想音容,不禁泣下。洛阳为周、汉、魏、晋都城,人烟稠密,市井亦繁。城外有护国寺,旁有碑,大书"夹马营"三字。酉刻太守送会试题名来,知瑞安侄及凤章皆捷南宫。

廿二日(5月25日) 晴。卯刻发轺,行四十里至磁涧,尖。中有地名谷水,茶尖,仍属洛阳,磁涧则新安矣。磁涧之东二里许,有一小庙,祀孝子王祥,旁有小河,相传即卧冰处。午后行三十里至新安县,即寓县署内,云无他处可宿也。县以山为城,山上安有垛口,诚属险要。城东里许有一关,为汉之函谷关,盖从杨仆所请而徙关于此,若秦之函谷,则在灵宝以西矣。关外有一小河,即涧水。入新安境,山多石,不仅如孟津、洛阳之土山。明府屠堃号敦庵,接于磁涧,学官、典史接至函关。

二十三日(5月26日) 晴。晓发新安,行三十里至铁门镇,尖。仍系新安管辖,出镇里许,即属渑池。午行六十里至渑池县,宿。自铁门行二十里至义昌驿换马,又二十里至石河茶尖。今日所行,路多石子,时有流泉。新安境颇有稻田,入渑境则无矣。此地涧河漾漾,山泉尚多,颇可兴水利,是所望于贤有司也。渑池令傅檃芝如接至石河,学官及典史接至城外。陕州派来内巡捕候补吏目黄鼎元自陕州来见。申刻省中寄会试题名到。

二十四日(5 月 27 日) 晴。卯刻发渑池,二十里英豪镇,茶尖。已刻至观音堂,尖,行四十五里,已入陕州界矣。午后又行廿五里至硖石驿,宿。渑池城西门外数里许有碑,题"秦赵会盟处",志云先有二俱利城,今圮,言战国秦、赵会时各据一城,秦王击缶,赵王鼓瑟,两国俱利,故以名城。英豪镇,《渑志》云先名土豪,即杜少陵所咏之石壕村也。乃《陕州志》又云硖石即唐之石壕,亦引杜诗为证,未知谁是。过此则张茅,志云二处即崤之二陵。本日所行之路,皆曲折登山,且多石难行,上下坡甚多。陕州牧赵希谦号幼谦,接至观音堂。

二十五日(5 月 28 日) 早雨,午后有晴意。晓发硖石,行四十里至磁钟,尖。午后又行三十里至陕州。今日所行之路,较昨日为平,其曲折及上下坡则同。官员自道以下皆接至城外,道及州、教、巡皆来见。

二十六日(5 月 29 日) 晴。卯刻恭谒文庙,毕回辕,随即放告,收拾书籍,挂各牌示。

二十七日(5 月 30 日) 晴。考生童经古,生四十余人,童七十余人。

天头:生:"说筑傅岩之野惟肖"。"缑山△之鹤"。童:蔽芾甘棠赋。"华顶之云△"。砥柱山。桃林塞。茅津渡。函谷关。

二十八日(5 月 31 日) 阴。考合属生员,陕州百六十余人,灵宝一百七十余人,阌乡百人,卢氏八十余人。午后发经古榜,生取八人。

天头:"舜之居深山之中"章。"尧舜性之也"章。"柳下惠不以三公易其介"。"舜之饭糗茹草也"章。经:"王公设险以守其国"。诗:"水光千里抱城△来"。

二十九日(6 月 1 日) 阴晴不定。覆生古。

天头：虎负子渡河"为政三年仁化大行"。汲黯论。"意以文为马"得以字。

五月初一日(6月2日)　阴,夕晴。考灵、阌、卢三县文童,灵三百余人,阌、卢俱百二十人。发生榜:陕取十四名,灵取十二名,阌取十名,卢取十名。

天头："君赐食"。"君赐腥"。"君赐生"。次:"必因其材而笃焉"。"开轩△对绿畴"。

初二日(6月3日)　晴。覆文生一等。

天头："祭如在"二句。"盘中共解青菰粽"。

初三日(6月4日)　晴。考陕州文童,共五百卅余人,不完卷即交卷者五十余人,曳白者数人,文不对题者数十人。是日挂灵、阌、卢三处提覆牌。

天头："而况不为管仲者乎陈臻问曰昔日于齐"。"予私淑诸人也"。"河鲤登△龙门"。

初四日(6月5日)　晴,有风。考优生,共十人。申刻挂陕州提覆牌。

天头："故声闻过情"二句。"蝶衣△晒粉花枝午"。

初五日(6月6日)　阴。提覆合属四处文童,共八十七人,申刻发榜:陕州取进十七人,灵宝取进十五人,阌乡取进十二人,卢氏取进十一人,一等誊卷廿二人。

天头："南人有言曰"。

初六日(6月7日)　早阴午晴。早试武生内场毕,合覆四属文童。

天头："义然后取"。"雨我公田遂及我私"。"割麦插禾"禽。

初七日(6月8日)　晴。早赴校场校阅武童骑射,共五百六十余人,未刻毕,还辕。校场在城南里许,出城过涧沟二道,沟水清浅西流,浣妇多在此涤衣。校场在山下,四望皆山,城堞在山中。到院署稍歇,即阅步箭百数十人。

初八日(6月9日) 晴。阅步箭三百六十人。午发阌、卢两乡榜。陕州武童共三百四十余人,灵宝五十余人,阌、卢各八十余人。

初九日(6月10日) 晴。早阅步箭六十余人,一律完毕。午刻发陕、灵两处榜,发起身牌。陕州进武童廿二人,灵宝进十五人,阌乡进十二人,卢氏进九人。

初十日(6月11日) 晴。卯刻武童覆试毕,即发长案。本州赵幼谦来谒。

十一日(6月12日) 晴。卯刻奖赏各学文武生童毕,随即拜客,本州见面,河陕汝道者少峰因病未见。午刻本州在州署招饮饯行。州衙在山中,即在北城上,花园后墙即城垣也。立墙边北望,四面是山,大河横亘,山西平陆县城亦在望中。园中有亭有轩有泉有水有桥有树有竹有花有石,丘壑最佳。西有空地一片,亦有树,种菜种菊,其高坡上望河望山尤明显。园东即北城门,门外有人家聚集,名万锦滩,滨临万河。园中北墙边有一巨石,古色斑斓如铁,有金星,八九尺高,斜立,相传系分陕界石,未知确否。申初归。天津来信,知九哥逝世,随即写回信寄省,由省寄津。又接省署来信,知瑞安侄二甲第九名,凤章三甲第七十名。

十二日(6月13日) 晴。卯刻自陕起马,行廿五里至磁钟,尖。又行四十五里至硖石驿,宿。州牧及教官、巡捕皆送至城外,新生、一等生送者共四处,较彰、卫、怀尤多。野中二麦已收,秋禾出土矣。

十三日(6月14日) 晴。早发硖石,行二十五里至观音堂,尖。午后行二十里至英豪镇,茶尖,此系渑池所备。又行二十五里至渑池县,住。今日所经之处,麦尚有未刈者,然皆黄矣。渑池令傅芝如接至英豪。

十四日(6月15日) 晴。早自渑池起轺,行六十里至铁门镇,尖。午后行三十里至新安县,住,仍宿署内。令屠君接至铁门。

十五日(6月16日) 晴。早自新安起马,行三十里至磁涧,尖。午行四十里至河南府洛阳县。洛、新交界之东数里,有晋太保王祥祠,止屋三楹而已。距河南府城二十里有谷水镇,洛阳备有茶尖,令王铁孙迎至此,自守以下皆迎至郭外。

十六日(6月17日)　晴。卯刻恭谒文庙,观者甚多,较前数处倍觉阗咽。归即放告,收呈六十余纸,此地之好讼甚于他处可知矣。

十七日(6月18日)　晴。考试合属生童经古,生百数十人,童五百余人,间有考经解论者。有偃师生杨鸣琴向童林芬抛递赋本,拿获,交提调。

> 天头:生:吴公治平为天下第一赋"政平讼理""良二千石"。"天中△贡赋均"。童:李郭同舟"众宾望之以为神仙"。"四方环镇嵩当中△"。缑氏山。达摩洞。绿野堂。独乐园。

十八日(6月19日)　晴热。考合属文生正场,共千七百余人。发生古榜,共取廿四人。

> 天头:"天子一位公一位"。"天子一位公一位侯一位"。"公一位侯一位伯一位"。"侯一位"三句。"子男同一位"二句。"凡五等也"二句。"凡五等也"三句。"君一位"二句。"卿一位"二句。"上士一位"三句。"上士一位"四句。经:"学古入官"三句。诗:"风动龙槐△舞交翠"。

十九日(6月20日)　阴,微雨。覆生古。

> 天头:吟风弄月"有吾与点也之意"。"欲语羞雷同"功字。

二十日(6月21日)　晴。考巩、新、渑、嵩四处文童,巩七百余人,新、渑各三百人,嵩九百余人,共二千三百余人。午后发文生榜。

> 天头:"自西"。"自东"。"自南"。"自北"。次:"中道而立"。"紫李黄瓜△村路香"。

二十一日(6月22日)　晴。考教官、优生、补考,优生共三十四人,补考生共六人。

> 天头:教:"大匠诲人"节。优:"仕而优"节。"早晚荐雄文似者"。

二十二日(6月23日)　晴。考偃、孟、登、永四处文童,偃师七百余人,孟津五百余人,登、永各四百余人,共二千一百余人。午后挂头场提覆牌。

　　天头:"其孰能知之诗曰衣锦"。"可与入德矣诗云潜"。"其唯人之所不见乎"至"尔室"。"不言而信"至"无言"。次:"不之益而之启"。"蒲荷香里听泉声△"。

二十三日(6月24日)　晴。提覆巩、新、渑、嵩四处文童。

　　天头:"微管仲"。

廿四日(6月25日)　晴。考洛阳、宜阳二处文童,洛千六百余人,宜六百余人,共二千二百人。午后发头场文童榜,并挂二场童提覆牌。

　　天头:"是犹恶湿"。"是犹执热"。次:"固不可耕"至"治天下"。诗:"山鸟自呼△名"。

廿五日(6月26日)　晴,午后阴。提覆偃、孟、登、永四处文童,午后发榜。

　　天头:"邠人曰"。

廿六日(6月27日)　阴,微雨。覆试合属一等文生。午后挂三场童提覆牌。

　　天头:"多闻阙疑慎言其余"。"洛阳纸贵"都。

廿七日(6月28日)　阴。提覆洛阳、宜阳二处文童,午后发榜。

　　天头:"敬其所尊"。"昔者先王"。

廿八日(6月29日)　晴。合覆通属文童,共一百五十七人。早发文生大案。

　　天头:"学而不厌"。"君子以恐惧修省"。"先中中"。

廿九日(6月30日)　晴。武生内场,共千余人。午后发童生大案,文生一等。誊卷者五十余人,内有偃、永二处各一人未到。发寄省包封一件。

三十日(7月1日)　晴。寅正赴校场阅武童骑射,共阅洛、偃、巩三县一千二百余人。晡时回院。

　　六月初一日(7月2日)　早晴,午后雷雨。寅正赴校场阅武童骑射。日甫过午,雷雨大风,不能再阅。少时雨止,马道已有水,止得回院。共阅六百余人,孟、登二县,永宁未完。

　　初二日(7月3日)　早晴午阴。寅正仍赴校场阅骑射,午正回院。申初又阅步箭,嵩县一百五十人。

　　初三日(7月4日)　阴晴不定。阅武童步箭,卯正升堂,日晡退堂,共阅三百五十余人,嵩、渑二县,新安未完。

　　初四日(7月5日)　阴晴不定。阅武童步箭,新、宜二县,永宁未完。

　　初五日(7月6日)　阴晴不定。阅武童步箭,永、登二县,孟津未完。

　　初六日(7月7日)　阴晴不定。阅武童步箭,孟津、巩县俱完。

　　初七日(7月8日)　阴晴不定。阅武童步箭,偃师一县完。

　　初八日(7月9日)　晴。阅武童步箭,洛阳共六百人,本日阅四百人。

　　初九日(7月10日)　晴。阅洛阳武童步箭,已毕,即发案。本日脚微肿。

　　初十日(7月11日)　晴。合覆武童,共一百五十四名。

　　十一日(7月12日)　早晴,午后雷雨一阵。卯正升堂,奖赏毕,出门拜客。

　　十二日(7月13日)　晴。卯正起马,行二十五里至白马寺,茶尖在村店内,极热。茶毕至白马寺一游,寺为佛入中国所居,乃寺之最古者。殿五层,甚大,而破旧不堪,顶瓦多不全,壁画尤俗,前面墙尚完好,余三面皆倾圮,配殿多无后壁。寺僧亦僧,碑碣皆本朝物,无明以前者,不知何故。行十里至义井铺,尖,此地已属偃师。午后行二十五里至偃师城内,住。出府城时,自府以下皆送于城外,洛阳令送至白马寺,请至茶尖处一谈而别。偃师令吕烈骏接至义井铺。洛阳东门外有一碑,题"孔子问礼于老子处"。偃师以考棚为公馆,极宽大。

十三日(7月14日)　早晴,未刻雷雨一阵,不大。卯刻自偃师起轺,行二十里至孙家湾,属偃师,茶尖。又行十五里渡洛,洛水浊似河而无沙,其底极坚,片时而渡。渡南岸即黑石关,地属巩县,尖。午后行二十五里至巩县城内,宿,亦在考棚。偃令送至城外,巩令吕佐周号渭川,接至黑石关。

十四日(7月15日)　晴。早颇凉爽,夜雨初霁,归云满山。自巩县起轺,直上山顶,举目四望,白云在地,如群峰竞秀,黄洛皆在烟雾中,北则白云,南则黑云,而且动宕变幻,诚巨观也。巩县城内荷花数顷,一望无际,晨放馨浓,居然可赏。东门外市廛颇长,东望则洛水在北,仅南面有居人,其势类天津之单街,城内莲池则类京师之十叉海。行二十余里至老间集,过巩关,关形则深沟,尽有一门,因门设关,出关稍觉平旷。关内又有一关,上署“虎牢关”。是古虎牢否,(出)[不]可知也。自巩县得六十里至汜水县,尖。汜水南门外有一水,即汜水,须用船渡,水清而绿,甚窄,其流入黄。闻盛夏大雨之时,山水直上,黄流亦涨,水势倒灌,颇为地方之害。刻下汜城无南面,仅有一坡,云即城垣旧址。县令冯尔炽,山西人,至公馆中来谒,并托作书院匾对。尖毕行,四十里至荥阳县,宿,亦在书院,地势极小,天亦闷热。县令李树藩号翰臣,山东人,接至十里外。汜水书院曰龙山,荥阳书院曰汴源。巩城外有碑,题“唐工部杜甫故里”。

十五日(7月16日)　晴。早发荥阳,行四十里至宿水镇,属荥,尖。荥阳城外有一水曰索水,此镇名宿水,大约即索水因土语而讹也。水极小极清,皆叠石而过。荥阳有京城,《史记》汉高祖拒项王于京、索间,大约即此地。广武山亦在荥、郑之间。尖毕行,三十里至郑州,宿考院。郑州城内外市廛较他处稍为整齐。郑即春秋时郑之北地,荥阳之京城即叔段所居之地。自巩而西,终日行深沟中,稍有平旷或村落,不数里又入狭路矣。将至郑州数里,出沟入坦途。郑牧马玉麟,四川人,号石生,接至西关。

十六日(7月17日)　晴,傍晚阴雨。卯刻自郑州起马,行四十里至白沙镇,尖。地属中牟县,令杨溶号砚农,闽人,接至此。尖后又行,三十里至中牟县,宿。中牟,春秋郑地,汉为中牟,循吏鲁恭政致三异即此,墓尚在县。自郑州出四望,绝无大山,而地渐多沙滩矣。郑、中之交多种稻者。

十七日(7月18日) 早阴午晴。卯刻自中牟起身,行三十里至韩庄,尖。此地系中牟境,祥符办差。尖毕行四十里至省,进南门,河、抚、藩、臬皆在城外接,未初入署。

十八日(7月19日) 晴。早署藩许、署臬贾皆来拜,武吟舟来拜,湖南门生罗升藻、曹广渊来谒。午后料理折件。王仲培来拜。

十九日(7月20日) 晴,申刻阴雨一阵。早写折,午刻写毕,包好。申刻出门拜客,见者河、抚、粮道卫。晚将折件发出。

二十日(7月21日) 晴,午后阴。写天津信。同知朱衣德、知县沈维垣来谒,晚刘作哲及罗升藻均来谒。

二十一日(7月22日) 阴晴不定。写津信。祥符县郑言绍、候补巡检王庆琛仲玙来谒。

二十二日(7月23日) 自夜雨,至午后方止,深透。发天津信:卫瞻一封,新四哥一信,娄允鹤共一封,刘竹春一封,兼发天津帮项及还债,交日升昌。出拜成竹铭廉访,户部主事孙显家来拜。

二十三日(7月24日) 晴阴不定。巡抚边、河督成、山东臬司成、开封李、候补道刘鱻、候补县余嵩庆俱来拜,候补县松堉来谒。

二十四日(7月25日) 晴阴不定。早出北门送河督成赴工,兼拜客。候补府荣昌、候补县李伯勋、候补巡检徐嘉树俱来谒。

二十五日(7月26日) 早阴,午后雨。候补县张琨、恩琨、通判毛大猷俱来见。两学师来请月课。写京信。

二十六日(7月27日) 早阴晚晴。早赴行宫朝贺拜牌,兼与边、孙、许道喜加级。回署后料理京信。晚请客,本署幕友及陈、周、李。

二十七日(7月28日) 晴。书院监院陈辑五、同知华冕臣、门生曹广渊、罗升藻俱来谒。发京信:李高阳一封,辛蔚如一封,张文川

一封,王云舫一封,沈鹿苹一封,王湘岑一封,华芝亭、瑞安共一封,华
少兰一封。

二十八日(7月29日) 晴。无事。

二十九日(7月30日) 晴,晚阴。朱佩言、陈介如来见。

七月初一日(7月31日) 阴晴不定,有微雨。早谒文庙毕,便
道与许方伯道禧升江南方伯,又拜客数家。署郾城王豫征、新布经历
周元熙来见。

初二日(8月1日) 阴晴不定。袁成惠来见。

初三日(8月2日) 雨。无事。

初四日(8月3日) 阴晴不定。吴芝麓来见名祖起,许方伯亲家
侄。寄冯莲堂信,并例款银,《毛诗》一部。

初五日(8月4日) 晴。无事。发山东周少莲信。

初六日(8月5日) 晴。内子生日,各官俱来,俱挡驾。

初七日(8月6日) 早雨午晴。三点钟拜客,抚台边会。荥阳
教官郑逢春来谒。

初八日(8月7日) 晴。赴大梁书院考课,诸生共到三百四十
余人。四点钟回署并拜客。

天头:"多见阙殆慎行其余"。"年丰△廉让多"。

初九日(8月8日) 晴。武吟舟、王永年、罗升藻、曹广渊来见。

初十日(8月9日) 晴。陈文骏、沙致良来见。

十一日(8月10日) 晴。成竹铭来辞,边中丞来拜,新首县朱
升吉槐卿来谒。日夕往送成行。

十二日(8月11日) 晴。早往许方伯处道喜。陈源潾、李伯
勋、刘宗瀚来谒。刘号绍蘐,陈师门人,陕西人。

十三日(8月12日) 晴。无事。

十四日(8月13日) 晴。发山东周少莲、周少年、周少敏信三
封交龚奉。

十五日(8月14日) 晴。早谒文庙。

十六日（8 月 15 日）　晴。陈熙垲、曹广渊来见。

十七日（8 月 16 日）　早雨午晴。朱佩言来见。

十八日（8 月 17 日）　晴。发大梁书院月课榜。

十九日（8 月 18 日）　晴。无事。

廿日（8 月 19 日）　晴。无事。

廿一日（8 月 20 日）　晴。通许县谢立本培根进士、知县余嵩庆子澂来见，谢又送黄左田先生诗集一部。周鉴泉赴县幕。

廿二日（8 月 21 日）　晴。无事。

廿三日（8 月 22 日）　晴。

廿四日（8 月 23 日）　晴。

廿五日（8 月 24 日）　晴。赴相国寺吊焦丹丞观察令弟，又拜许藩司，会面。

廿六日（8 月 25 日）　晴。

廿七日（8 月 26 日）　晴。

廿八日（8 月 27 日）　晴。许藩司回拜，谈之许久。又李守国和、李令伯勋俱来谒。

廿九日（8 月 28 日）　微雨。

八月初一日（8 月 29 日）　晴。早赴文庙拈香。午后周鉴泉、武吟洲来。

初二日（8 月 30 日）　晴。

初三日（8 月 31 日）　晴。早通许县谢立本来谒。午后何小山观察招饮，随赴抚拜，会。座中晤孙文起方伯。

初四日（9 月 1 日）　阴。午后赴北城祝城守尉斌子俊寿，又预祝鞠子联夫人寿。送津信二封，一致卫瞻，一致瑞安。

初五日（9 月 2 日）　自昨晚微雨，辰刻止。郑季雅来谒辞行，即用县王玉山静庵来谒。

初六日（9 月 3 日）　晴。边中丞来拜并辞行，李建三明府来谒。

初七日（9 月 4 日）　自昨晚雨，至寅刻甚大，卯刻止，仍阴，午后尚微雨至晚。丑正赴文庙丁祭，后殿主祭，寅刻祭前殿，仪节乐章与津同，祭时大雨淋漓，祭毕雨住。

初八日(9月5日)　晴。辰刻赴北关送中丞至河北阅兵，巳刻回，武吟洲太守来谈，又便道拜客辞行。午后收拾行李。酉刻周鉴泉来。

初九日(9月6日)　晴，日赤无光。陈叔玉来。晚请各师爷酒。熊芷培明府来，见。

初十日(9月7日)　晴，日赤。早出辞行，九点钟回。随开封李小轩太守、祥符朱槐卿大令来送行，华友于綦，候补县来送行。午后华冕臣帽山、朱佩言两司马、许藩、贾枭、武吟州太守、李建三、李竹村明府皆来见送行，又焦丹臣、陈峻梧两观察亦来送。

十一日(9月8日)　晴。卯刻起马出南门。是日有秋祭，各官均未来送，祥符朱出关送，熊芷培大令送。行二十五里茶庵，茶尖。入停又行二十里朱仙镇，尖。镇属祥符，从前贾鲁河水旺，商贾往来聚集，此地街市人烟极为繁众，自此至省市廛不断，自道光末年荥泽决口，将贾鲁淤垫，水势遂微，不能至镇，今则寨围甚大，而内空旷无人，惟有近南一面尚有居人店铺。饭后行三十里至鲁观，茶尖，已入尉氏界矣。明府许序东文铺，直易州人，壬戌举人接至此。又行十五里至县城，宿。此日共行九十里。

十二日(9月9日)　晴。晓发尉氏，行四十五里至朱曲镇，尖。镇属洧川，古之东里也。有子产庙，村外有吕蒙正墓，有文穆祠，有碑题"吕蒙正养晦处"。洧川令董国良来接，董号余◇，直隶河间人，其尊人曾任南阳总镇，阵亡难荫。午行四十五里至小召镇，茶尖，地属许州。又行三十五里至许州，宿于州署。本日共行一百廿五里。朱曲南十余里渡双洎河，河即溱、洧合流也。溱、洧皆出密县，流数十里即合，故名双洎。河甚窄，轿由船渡，车马皆由河中走过。州署地甚宽，房间甚多。其花园曰平园，道光末年州牧徽人汪小孟所修根敬，屋宇亭台尚不俗，今则不甚多，盖由历任不甚加意故也。南面壁嵌石刻,有汪公《平园记》及当年诸人觞咏之作。北轩后有土山,有石数枚,尚可观,云先时尚多,后常为人移去。又有一亭,亦近失修。州牧方庆甫胙勋接至城外,方苏人,乙榜。

十三日(9月10日)　晴。六点钟自许州发轺,出西门,行至八里桥,州牧方君在此送行。桥西有关帝庙,在此行香茶尖,稍憩。相传地为魏武送关侯处,中殿龛中有侯骑马行像,傍有张辽、许褚二立像,张手捧金盒,许手捧袍。殿角有魏武骑马送行像,又有徐晃像。西北殿角有一车,中有甘、糜二夫人像,石刻有关帝挑袍故事。此皆出于演义,未必足据,至于挑袍一事,则演义亦无之。行五十里渡(颖)[颍]河,至(颖)[颍]桥镇,尖,河已属襄城矣。许州西十余[里]有一寨,名长店,本日正集,人甚多。廿余里又有一寨,甚大,名椹涧,内有蔡孝子祠,云即孝子故里。(颖)[颍]桥寨中有(颖)[颍]考叔墓,有考叔祠,有碑题"郑(颖)[颍]谷封人考叔墓"。午后行四十里至襄城县,宿。县在春秋时即郑之氾地,因襄王居此,故后曰襄城。城内颇整齐,地皆立石砌满,城亦不小,河南县城中如此者不多。自省南行,地皆饶沃,刻高粱、早谷皆已登场,在地者尚有晚谷、豆荞、芝麻而已,岁甚丰登。县令杨逢春号洪士,固安人,甲子举人,接至(颖)[颍]桥。

十四日(9月11日)　晴。六点钟自襄城行,三十里至长桥,尖,地属郏县。借民居作行台,主人冯姓,房甚大,有乾隆三年匾额,盖旧家也,午刻濒行,求写联幅数事。饭后行三十里至郏县,宿于西关,以客店为行台。郏城中民居尚整齐,虽逊于襄城,尚不寥落。县令马阶平因赴州办考,未来接,典史接至长桥,巡捕承有庆号青云,接至县东关外。郏即周时郏鄏地。

十五日(9月12日)　中秋,晴。早发郏县,行三十里至薛店,茶尖,地属郏县,人物不似繁盛。又行二十里至长阜,尖。汝牧潘钟瀚稚纯、郏令马阶平鲁昌、内巡捕候补县丞承有庆景云皆接至此,已入汝州界矣。午后又行四十里至汝州贡院,到处观者如堵,此处尤觉阗咽。提调官、供应官、巡捕官、各学官皆来见,晚马令送月饼、栗、蓬、梨、榴。

十六日(9月13日) 晴。六点钟祇谒文庙,礼成讲书毕,回院放告,收呈廿余纸。鲁山教官谭传瑄少樵送元次山碑。

十七日(9月14日) 晴。考生童古,生六十余人,童二百余人,生取十二人。

天头:白受采赋"忠信之人可以学礼"为韵。童:"纫秋兰以为佩"以题为韵。"诗△成客见书墙和"。拟杜甫十六、十七夜玩月。荞麦、芦花七律。

十八日(9月15日) 晴。考合属文生,汝二百五十余人,鲁一百三十余,郏二百人,宝、伊均百人。

天头:"乐只君子"三句汝。"仪监于殷"三句鲁。"康诰曰惟命不于常"三句郏。"是故君子有大道"二句宝。"为之者疾"四句伊。"月明△荞麦花如雪"。

十九日(9月16日) 晴。覆生经古。

天头:以虫鸣秋"择善鸣者而假之鸣"。"尖塔孤撑△界夕阳"。

二十日(9月17日) 晴阴不定。考鲁、宝二县文童,鲁六百余人,宝五百余人。

天头:"则不远秦楚之路"鲁。"引而置之庄岳之间"宝。"急亲贤之为务"。"涧水向田分△"。

二十一日(9月18日) 阴。覆文生一等,共六十一人。

天头:"大人者"二章。"画阑桂树悬古香△"。

二十二日(9月19日) 阴,微雨。考郏、伊二县文童,郏七百余人,伊四百余人。

天头:"为台"郏。"有囿"伊。"苍苔满径竹斋△秋"。

二十三日(9月20日) 阴。提覆鲁山、宝丰二处文童,鲁山取进十三名,宝丰取进十人。

天头:"赵简子使王良"。

二十四日(9月21日) 夜微雨,昼阴。试汝州文童,共一千二百余人。接到天津信新、卫。

> 天头:"周公其达孝矣乎"至"春"。"今之与杨墨辩者"。"竹光△团野色"。

二十五日(9月22日) 晴。考优生,共十八人,教官八人。发天津信新、卫各一封。

二十六日(9月23日) 晴。提覆汝、郏、伊三处文童,汝进十九名,郏进十六名,伊进八名。

> 天头:"是社稷之臣也"。

二十七日(9月24日) 晴。早武生内场,共四百余人。默武经毕,即覆试合属文童,共六十六名。

> 天头:"宗族称孝焉"。"瑞在得贤△"。

二十八日(9月25日) 晴。考武童步箭,伊阳一百三十余人,宝丰一百七十余人,均阅毕,又阅郏县五十人。

二十九日(9月26日) 晴。阅武童步箭,郏县二百廿余人,鲁山百人。

三十日(9月27日) 晴。阅武童步箭,鲁山七十余人,汝州二百五十人。

九月初一日(9月28日) 晴。阅武童步箭,汝州百二十余人。午后提调来。

初二日(9月29日) 晴。阅武童马箭,共五百余人,午后毕,随即发榜。

初三日(9月30日) 晴。武童覆试。午后写扇对数事。

初四日(10月1日) 晴。卯刻奖赏毕,提调潘稚莼请游风穴山白云寺。山距城十八里,入山到处皆柏树,树株虽不甚大,而枝柯颇古。山僧云,唐开元时,有贞禅师至此,袖柏子遍洒山间,祝云:"此地佛法若行,柏子皆生。"后果生,遂卓锡焉。凡坐禅七年,二虎为伴,圆寂后,遂于其处建塔,今此塔尚极坚固,共七级。寺在山中,其殿宇室庐皆随山之高下曲折,入山门后,大殿极宏阔。左转而东有一院落,屋三楹,四面有窗,开窗则山泉柏桥,皆在目中,中多联语诗句。小憩出院,自东而北,陂陀而下,其旁流泉灏灏,时作雨声。行数武,有一方池,云泉之所出,其水清澈见底,上覆以屋,寒气逼人。相连一殿,内供八臂观音像,面蓝发赤,狰狞可畏,盖变相也。殿后一片竹林,茂密万竿,干霄蔽日,内有泉二。其地又陂陀而上,余与诸君披翠入焉,遇难行之处则扶竹竿,颇能得力。回时又至池北观音殿,登楼,上供四面观音像。下楼又转而西,至小兰亭,乃一六角亭,泉水回绕,上有小楼,供奉吕祖。在亭中啜茗小坐,爽气入怀,烦襟尽涤。出亭入西至一处,其地甚高,阶数十级至望州亭,南望州城,葱葱郁郁,近则与塔尖相平,盖寺中最高处也。下亭又至方丈小坐,其屋高广深邃,院中有白松二株,又有秋海棠数盆,尚不俗。又至窑洞观玉佛,云系明周王雕就供奉者。随又至初坐之处,饮酒畅谈。饭罢回院,书二联交潘刺史与寺僧,此处亦属可游之处矣。晚潘又照例招饮,十点钟归。同游者幕友严子万明经、程黼廷、杨季香二茂才及主人,共五人。

　　天头:绕寺林篁凝一碧,听泉心迹喜双清。卓锡企前踪,尽饶贞塔慈泉留传佳话;披襟来胜地,最喜白云红树点缀秋山。

初五日(10月2日)　晴。卯刻发轫之先,马鲁昌明府来谒,随将什物点交陈子英巡捕。行四十里至长阜,尖。午后行五十里至郏县,宿。

初六日(10月3日)　晴。卯初发轫,行三十里至长桥,茶尖。又行三十里至襄城县,尖。午后又行四十里至颍桥,宿。

初七日(10月4日)　晴。晓发颍桥,渡颍水,已有草桥。行五十里至许州下马,午初到,未正即赴文庙行香讲书,回院放告。

初八日(10月5日)　晴。考生童古,生五属共九十二人,童共百〇四人。覆贾湛田信,覆张文川信,发包封。又将所收之呈尽行批示。接贾湛田信,代开封求缓期。

天头：生题：秦穆公享重耳赋六月赋以"称佐天子者命重耳"为韵。"文字郁律蛟蛇走"歙字。童：太暤以龙纪官赋题韵。德星聚。晁错、灌夫、李膺、荀彧。采菊、插菊、吟菊、餐菊。

初九日(10月6日)　晴。考五处生正场，许三百余人，临百六十余，襄二百余人，郾二百余人，长葛百六十余人。发古案，取十五人：许四人，襄六人，临一人，郾二人，长二人。

天头："子之所慎齐战"。"子所雅言诗书"。"子以四教文行"。"子不语怪力"。"子罕言利与命"。"县象著明莫大乎日月"。"菊花开日即重阳△"。

初十日(10月7日)　晴。覆文生经古，共十五人。

天头：鸿雁来宾赋季秋之月鸿雁来宾。"远水长穿绿树来"。

十一日(10月8日)　晴。试襄城、长葛文童，襄一千余人，长七百余人。是日发生员一等榜，许十八名，临颍拾名，襄城十五名，郾城十二名，长葛十名。

天头："兴曰"首句。"兴曰"次句。"孔子尝为委吏矣"。"秋山瘦益奇△"。

十二日(10月9日)　晴，晚阴。覆文生一等。

天头："舜人也"至"为乡人也"。"诗△中端合爱陶潜"。

十三日(10月10日)　夜微雨，午后又雨，日落转大。试临颍、郾城文童，临颍八百余人，郾九百余人。出头场提覆牌。

天头："曰""问社"章。"曰""待孔子"章。"若伊尹莱朱"。"归△牛自识家"。

十四日(10月11日)　雨竟夜，晓方住。提覆襄、长二县文童，襄卅人，长廿二人，午后发榜。

天头："谋于燕众"。

十五日(10月12日)　晴。试许州文童六百余人。发头场提覆牌。

天头："则有馈其兄生鹅者"。"使之居于王所"。"褒露掇其英△"。

十六日(10月13日) 晴。提覆临、郾文童,临廿二人,郾廿八人,午后发榜。

> 天头:"天子使吏治其国"。

十七日(10月14日) 晴。考教官、优生,优生卅余人。发许州提覆牌。

> 天头:优:"民可使由之"节。"云霞△冠秋岭"。教:"壮者以暇日"四句。"肆成人有德"四句。"斫梓染丝"初字。

十八日(10月15日) 晴。提覆许州文童,共四十人,午后发榜。

十九日(10月16日) 阴晴不定。合覆文童,五属共八十三名。

> 天头:"问人于他邦"。"思乐泮水"二句。"水静楼△阴直"。

廿日(10月17日) 阴晴不定。武生内场毕。一等文生,誊卷共三十一名。

廿一日(10月18日) 阴竟日。赴校场试武童骑射,许州八百人,临颍三百余人,又阅襄城百五十人,晡时归。

廿二日(10月19日) 阴,午后雨,申刻雨止风起。赴校场阅武童骑射,又阅襄城百七十人,郾城二百余人,长葛三百余人,未刻归。发包封一个。

廿三日(10月20日) 自昨日风雨竟夜,辰刻始止,深透。阅武童步箭,长葛县二百五十人。

廿四日(10月21日) 雨住,阴晴不定。阅步箭,长葛百人,郾城二百人,完。

廿五日(10月22日) 晴。阅步箭,襄城三百廿余人,完。出郾、长二县榜。

廿六日(10月23日) 晴。阅步箭,临颍三百廿余人,完。出襄城榜。

廿七日(10月24日) 晴。阅步箭,许州三百卅人。

廿八日(10 月 25 日)　阴。阅步箭,许州三百五十人。出临颍榜。

廿九日(10 月 26 日)　辰刻雨竟日。阅步箭,许州百廿余人,完,随即出榜。

[十月]初一日(10 月 27 日)　雨竟日,大风亦竟日,夜仍雨。辰刻武童覆试,共七十七人。

初二日(10 月 28 日)　卯刻雨住。辰刻奖赏。午后中丞边润民来拜,随即往拜,兼拜方庆甫州牧及州判杜征甫。

初三日(10 月 29 日)　早晴,午后仍阴。辰刻发轺,行三十里至丈地,尖。又行七十里至新郑,宿。县令邹金生号莘田,接至关外。新郑在春秋为郑国都,战国时韩灭郑又都之。城南有子产庙,有溱洧水,名双泊河。王小峰亦于是早回省。

初四日(10 月 30 日)　阴晴不定。辰刻自新郑起马,行四十里至郭店驿,尖。又行五十里至郑州下马,提调王梦熊号渭臣,直隶成安人,及知州马玉麟,皆来见,时已将日入矣。

初五日(10 月 31 日)　晴霁。早谒文庙,归即放告,次又阅场。申刻姚阶平甥来院,随发包封一个,内有洪兰楫致周蕙信。

初六日(11 月 1 日)　晴。考文生经古,八处共百〇六名。

天头:拟唐李程《披沙拣金赋》"求宝之道同乎选才"。"青山仍展绿云图△"。拟李白《登广武古战场怀古》。

初七日(11 月 2 日)　阴晴不定。考汜水、禹州、密县、新郑四县生员,共七百余名。午后发经古榜,取十八人。汜水百十余人,禹州百五十余人,密县百五十余人,新郑百四十人。

天头:"周公之封于鲁"二句。"地非不足"二句。"太公之封于齐"二句。"地非不足也"二句。"其崇如墉"二句。"林间暖酒烧红△叶"。

初八日(11 月 3 日)　晴。考童经古,共一百八十余人。

天头:春酒介寿赋"为此春酒以介眉寿"。"惟有读书声最佳

△"。紫菊、白菊七律。

初九日(11月4日)　阴。考郑、荥泽、荥阳、河阴四处生员,共七百余人,郑州二百数十人,荥泽百六十余人,荥阳百四十余人,河阴百十余人。发前场生榜。

> 天头:"足则吾能征"至"禘"。"吾不欲观"至"之说"。"指其掌"至"如神在"。"吾不与祭"至"于奥"。"门依古柳抱溪斜"。"一日寿二日富"。

初十日(11月5日)　阴。覆生经古。

> 天头:成竹在胸赋"成竹在胸振笔追之"。"水色山光△总入诗"。

十一日(11月6日)　阴晴不定。考荥、荥、河、新四处文童,荥泽百廿八人,荥阳百九十一人,河阴百九十人,新郑五百人。午后发二场生一等榜。

> 天头:"与舜"。"使禹"。"要汤"。"师文王"。"人之所学而能者"节。"木落又添山一峰"。

十二日(11月7日)　阴晴不定。覆生员一等。

> 天头:"象不有为"二句。"树远池宽月影多△"。

十三日(11月8日)　阴晴不定。考汜水、禹州二处文童,汜水三百七十余人,禹州七百卅余人。发头场提覆榜。

> 天头:"攘羊而子"。"与之食之其兄"。"岁十一月"一节。"月明松影寒"。

十四日(11月9日)　阴晴不定。提覆荥、荥、河、新四处文童,午后发榜。考优生、教官。

> 天头:"伯夷隘"。"富贵不能淫"四句优。"信及豚鱼"。"道之以德"一节教。"宵雅肄三"二句。"师道立则善人多△"。

十五日(11月10日)　阴晴不定。考郑州、密县二处文童,郑州四百七十余人,密县五百四十余人。午后发二场提覆牌。

> 天头:"乐其乐"。"而利其利"。"其君用之则安富尊荣"。

"窗前风入琴△"。

十六日(11月11日)　阴晴不定。提覆二场文童,申刻发榜,并发三场提覆牌。

天头:"亦有献子之家"。

十七日(11月12日)　阴晴不定。提覆三场文童,午后发榜。发省包封一个。

天头:"其文则史"。

十八日(11月13日)　晴霁。考武生内场,共六百人。合覆八处新进文童。

天头:"能言距杨墨者"。"正欲清△言闻客至"。

十九日(11月14日)　晴,午后阴,申刻微雨。黎明赴校场阅骑射,八处共一千六百余人。阅至申刻,约有千人,微雨回院。

二十日(11月15日)　阴,午后晴。黎明赴校场阅骑射,午正毕回院。随又阅步箭百余人,新郑武童。本日发文童长案。

二十一日(11月16日)　晴。阅步箭,新郑百余人,密县百余人,禹州百人,共三百余人。本日发武生长案。

二十二日(11月17日)　晴。阅禹州武童步箭二百人,又阅汜水武童步箭百人,共三百人。午刻发密、新二处案。

二十三日(11月18日)　阴,大风。阅汜水武童数十人,又阅河阴步箭二百二十人,又阅荥阳五十人。

二十四日(11月19日)　阴,有风。阅荥阳武童二百二十人,又阅荥泽八十人,共三百人。午刻发河、汜、禹三处案。

二十五日(11月20日)　晴暖。阅荥泽武童三十人,又阅郑州二百人,未刻毕。提调王公来拜。酉刻发郑、荥泽、荥阳案,并发起马牌。

二十六日(11月21日)　晴。早发包封一件,又接包封一件。巳刻升堂,覆试武童毕,随发长案。午后书对联数事。

二十七日(11月22日)　晴,有风。辰刻奖赏毕,拜提调王君及郑州马君,皆未见。

二十八日(11月23日) 晴,无风。卯刻起,辰刻发轺,提调王渭臣及教官送至东门外,马君感冒,不得出。行四十里至白沙,尖。午后行三十里至中牟县,宿,杨令溶、砚农迎至白沙。迤西地干道平,行走甚易。在中牟接包封一件。

二十九日(11月24日) 晴。辰刻发轺,由中牟行三十里至韩庄,尖。中牟令杨君送至关外。午正又行四十里至省,径入核学。学系就府学明伦堂为之,堂甚大,号舍系新修者。后院极大而屋少,仅敷栖止,书差则多以席棚为屋焉。提调陈太守桂芬号秋圃、首县朱升吉号槐卿来见,又点名官赵贵字子良来见,巡捕三人及各学师来谒。

三十日(11月25日) 晴。辰刻谒文庙,讲书毕,放告。朱令来见。

十一月初一日(11月26日) 晴。考文生经古,府学三十余人,祥符四十余人,余皆数人而已,共一百十余人。

天头:朋酒斯飨赋以两尊曰朋乡人用飨。"穷高树表"经字。信陵君。梁孝王。

初二日(11月27日) 夜微雨,竟日阴。考通、尉、洧、鄢、中、兰、仪七学文生,通许共百五十余人,尉氏百八十余人,洧川百五十余人,中牟二百余人,鄢陵二百廿余人,兰仪百四十余人,仪封七十余人,共一千百四十人。接沈亲家信。

天头:"吾从周子入大庙每事问"。"是礼也"至"射不主皮"。"古之道也"至"饩羊"。"我爱其礼"至"尽礼"。"人以为谄也"至"君使臣"。"子闻之曰成事"至"小哉"。"以成"至"不得见也"。经:"芃芃棫朴"四句。"闲为水竹云山△主"。

初三日(11月28日) 阴。文童经古,祥符三十余人,余各十余人、数人不等,共九十余人。

天头:凿壁偷光赋穿壁引光映书而读。"芸始生△"。盆梅。瓶梅。

初四日（11月29日）　晴。试旗学、府学、祥符、陈留、杞县五学文生，旗十余人，府学二百余人，祥符二百六十余人，陈留百卅余人，杞县二百四十人，共八百七十余人。发头场生一等榜。

天头："一乡之善士"二句。"一国之善士"二句。"天下之善士"二句。"以友天下之善"二句。"不知其人可乎"二句。经："同心之言其臭如兰"。"未腊山梅△树树花"。

初五日（11月30日）　晴。覆文生经古，共廿六名府七，祥十，杞三，余或一、二或无。

天头：鹤立鸡群如野鹤之立鸡群。"玉蕴山含辉△"。

初六日（12月1日）　晴。试鄢陵、中牟、兰仪、仪封四处文童，鄢六百余人，中牟四百人，兰百五十余人，仪封乡百七十余人。午后发二场生一等榜。

天头："虽曰""臧武"章。"岂不曰"。"则人将曰"。"则将应之曰"。"忠焉"次。"旭日散鸡豚△"。

初七日（12月2日）　晴。覆文生一等，共一百卅四人。

天头："故说诗者"至"是为得之"。"夜寒△应耸作诗肩"。

初八日（12月3日）　晴。试杞县、尉氏、洧川三处文童，杞五百余人，尉五百人，洧四百余人。挂头场提覆牌。

天头："是则章子已矣"至"居武城"。"易地则皆然"至"瞷夫子"。"尧舜与人"至"齐人"。"强恕而行"。"迎寒葺旧庐△"。

初九日（12月4日）　阴。提覆头场童，共八十余人，申刻发榜。

天头："有宋存焉"。

初十日（12月5日）　风。试旗营、祥符、陈留、通许四处文童，旗廿一人，祥六百余人，陈三百余人，通三百余人。挂二场提覆牌。

天头："必也射乎"。"必也狂狷乎"。"必也正名乎"。"必也狂獧乎"。"乃所愿"次。"雪岭先看耐冻枝"梅。

十一日（12月6日）　晴，风。考试十一学优（人）［生］，共四十八人，补考六人。挂三场提覆牌。

天头:"朋友切切"两句。凤皇衔书。

十二日(12 月 7 日) 晴。提覆二三场文童,共百七十余人,申刻发榜。

天头:"北方之学者"。

十三日(12 月 8 日) 晴。辰先试武生内场,毕,合覆文童,共一百八十九名。

十四日(12 月 9 日) 大风竟日。黎明赴校场阅武童骑射,共阅千三百余人,旗、祥、陈、杞、通五处。

十五日(12 月 10 日) 晴。黎明赴校场阅骑射,共阅千三百余人,计尉、洧、鄢、中四处。

十六日(12 月 11 日) 晴。黎明仍赴校场阅骑射,共阅百六十余人,计兰仪、仪二处,已初归。午初阅步射,至黄昏共阅二百余人,计兰仪百十余人,仪封乡五十余人,中牟五十人。幕友归署。

十七日(12 月 12 日) 晴。阅步射,中牟二百五十余人,鄢陵八十余人。

十八日(12 月 13 日) 早阴,有风,午后晴。阅步射,鄢陵三百七十余人。

十九日(12 月 14 日) 晴。阅步射,洧川二百五十余人,又尉氏五十人。

廿日(12 月 15 日) 晴。阅尉氏二百七十人,又通许五十人。

廿一日(12 月 16 日) 晴。阅通许二百余人,又阅杞县百余人。

廿二日(12 月 17 日) 晴。阅杞县一百六十人,又阅陈留一百余人,又阅祥符八十人。

廿三日(12 月 18 日) 晴。阅祥符四百余人,完,亥刻出案。

廿四日(12 月 19 日) 晴。早阅旗童五十余人,随即出案。申刻合覆诸武童,晚发长案。

廿五日(12 月 20 日) 晴。辰刻奖赏文武生童,已刻回署。午后即出门拜客,见者抚、藩、臬三处。

廿六日(**12 月 21 日**)　晴。藩台刘、河道鞠、抚台边、候补道何筱山皆来拜,新选封丘县李寿康建侯、新选嵩县沈传义次端、即用县恩钟、候补巡检王庆琛皆禀见。午后拜客,会者河帅成、署粮道卫、候补道王仲培。

廿七日(**12 月 22 日**)　冬至。晴。卯刻赴行宫拜牌,随拜客数家,皆未见。回院后料理折件,即写二十七日。新庶吉来谒者柯劭忞凤孙,山东胶州人,庚午补丁卯举人、孙综源号象庵,荥阳人,师竹前辈令郎、王荣先号仲午,湖北襄阳,又有小京官袁玉锡号季九,襄阳人亦来谒,又有赵仲固同年令郎赵仪年号稚圭,又号棣威,江苏阳湖人来谒。陈桐巢回津。

廿八日(**12 月 23 日**)　阴,午后晴。粮道卫来见,即用县徐元瑞麒征,乐亭人、候补县余嵩庆、赵贵、陈源潾、陈熙垲皆禀见。早发折件,寄张文川信,托寄勅书。

廿九日(**12 月 24 日**)　晴。候补县魏一德咸亭、李伯勋、河工同知华冕臣皆来见。

[**十二月**]初一日(**12 月 25 日**)　晴,有风。候补道李正荣号子木,合肥人、开封游击马在逢皆来拜,候补县熊奉章、同知沙致良、县丞袁承惠、知府武吟舟皆来谒。

初二日(**12 月 26 日**)　晴。庶常徐世昌菊人来拜,知县贺柏寿龙友,拔贡,同年贺勚之子、府经李春瀛来谒。

初三日(**12 月 27 日**)　晴,有风。候补道陈运瑛峻梧、王仲培、焦丹臣皆来拜,候补通判王世镛号振清天津人、候补县张琨琢如来谒。早姚阶平甥回津,带有家信并各送款。午严子万回家。

初四日(**12 月 28 日**)　晴。署臬贾、候补道薛福年云溪来拜。午后与武瀛洲令堂祝寿,又拜藩台,与贾湛田同会。

光绪十二年十二月初五日(**12 月 29 日**)　晴。本日予览揆之辰,同城皆来祝,俱未会。

初六日(**12 月 30 日**)　晴。写京信数封。

初七日(12 月 31 日)　晴。早遣曹贵赴满城与贡珊取物,午后往各处谢步。无锡本家华济安号绍梅来拜,丁卯同年何受轩太史来拜,县丞王九如禀见。

初八日(1887 年 1 月 1 日)　晴。李小圃、武吟舟太守来拜,县丞刘豫立、巡检卢英育禀见。写京信数封。

初九日(1 月 2 日)　晴。藩台刘来拜,河工同知华冕臣来见。写京信数封。

初十日(1 月 3 日)　阴冷。对京信,此外无事。

十一日(1 月 4 日)　阴,仍冷。仍对京信,毕,包封固,此外无事。周鉴泉来坐竟日。

十二日(1 月 5 日)　晴。早发京信,并寄各处敬意,共信(二)[四]百廿封辛二百〇五封,沈二百十五封,椒吟三千零六韵。午后李巽亭来谈。

十三日(1 月 6 日)　晴。早南汝光道耆少峰来拜,开封府陈秋圃、即用县刘愈号绍韩、候补典史朱尔昌俱来谒。午后出门拜客,见者仓少平大前辈。

十四日(1 月 7 日)　阴晴不定,有风。即用县杨锦江号袖海、闸官王鼎元来谒。

十五日(1 月 8 日)　阴。早赴文庙行香。午后陈熙垲、刘豫立来拜。姜淮莲舫拜会,天津人,姜钟喆之子。

十六日(1 月 9 日)　大雪竟日竟夜。仓少平来拜,未见。新安教谕李光第来谒。折差自京回,赍有回折、勒书及张文川信。

十七日(1 月 10 日)　辰刻雪始止,仍阴。内阁中书王明德号怀新湖北人、即用县史宜内号阁臣陕人,俱来见。

十八日(1 月 11 日)　仍阴,早树挂甚大。河道鞫拜会。

十九日(1 月 12 日)　仍阴。无事。

廿日(1 月 13 日)　仍阴。已刻封印。午后华济安来。

廿一日(1 月 14 日)　雪。冯叔惠太守来谒。送内阁中书王明德程仪八金。

廿二日(1月15日)　阴。午刘景臣师招饮,座中焦丹丞观察、武吟舟、冯叔惠两太守。

廿三日(1月16日)　雪竟日。无事。午后王世瑝巡捕来见。

廿四日(1月17日)　阴,午微晴,申时又阴。无事。午后武吟舟来谈。

廿五日(1月18日)　大雪竟日。无事。

廿六日(1月19日)　晴。早沙静斋司马来谒。午出门拜何翰林福堃,谈许久,又拜刘方伯、冯太守,皆未遇。

廿七日(1月20日)　早大雾,午晴,寒甚。午何受轩同年来拜。

廿八日(1月21日)　早大雾,午晴,寒甚。无事。

廿九日(1月22日)　早阴,巳刻晴,申刻又阴。无事。

卅日(1月23日)　早阴,午刻雪。午刻何筱山观察来拜,申刻祭神。

光绪十三年（1887）

光绪十三年正月初一日（1月24日）　大雪竟夜竟日，酉刻住，日出。寅刻署中祭神，卯刻赴行宫拜牌，毕，赴文庙行香，毕，赴抚、藩、臬、河、粮道、开归道、首府拜年，辰刻回署。

初二日（1月25日）　晴。早亚祭，随出门拜客数家，午初回署。

初三日（1月26日）　晴。无事。

初四日（1月27日）　晴。午后边润民中丞来拜。

初五日（1月28日）　辰刻雪，竟日。无事。

初六日（1月29日）　晴。早拜抚、藩、臬，会边、刘二君。午后贾湛田来拜。

初七日（1月30日）　阴晴不定。无事。

初八日（1月31日）　阴晴不定。早出拜客，俱未见。

初九日（2月1日）　阴晴不定。知县余嵩庆、松垿、陈熙垲、同知朱衣德俱来见。

初十日（2月2日）　阴晴不定。武吟舟来拜。

十一日（2月3日）　阴晴不定。无事。

十二日（2月4日）　阴晴不定。无事。

十三日（2月5日）　阴晴不定。早出拜客，俱未见。午后会馆直年。知府荣昌、华济安俱来见，李培元西园来见。接卫瞻信。

十四日（2月6日）　阴晴不定。无事。

十五日（2月7日）　阴晴不定。五鼓赴行宫拜牌亲政，随赴文庙行香。午后在八旗奉直会馆同城公请，赴焉。亥初回【回】署。

十六日（**2 月 8 日**）　阴晴不定。河南府知府承恩来拜。申正月食。

十七日（**2 月 9 日**）　晴，早晚尚阴。张洁、周元熙来见。午后发天津信，赴会馆团拜，亥初回署。

十八日（**2 月 10 日**）　大晴。祥符县送喜神。周鉴泉自县署移来，渑池傅槩，举人穆嗣修慎斋来见。

十九日（**2 月 11 日**）　大晴。无事。发家信一封。

廿日（**2 月 12 日**）　晴。无事。

廿一日（**2 月 13 日**）　阴。早陈竹卿自东明来。午刻开印。

廿二日（**2 月 14 日**）　晴。永城县郑言绍季雅、署临漳县华蓁友于、本任临漳徐本立绰云、候补县刘冠英菊泉俱来谒。又往拜抚、藩，俱见。晚边中丞招饮，赴焉。

廿三日（**2 月 15 日**）　晴。布经历送养廉。朱佩言、武吟洲来见。

廿四日（**2 月 16 日**）　晴暖。洛阳县王道隆铁孙、候补县郎益厚王昆、张琨、王薪传一卿、鹿邑县李荣基勖斋、同知张洁俱来见。午赴各处辞行，晚至河督处饮酒。

廿五日（**2 月 17 日**）　晴暖。早藩台刘、粮道卫、开封陈俱亲来送行，知县陈源潾、李伯勋、贺柏寿、汝州藩钟瀚俱来见。午赴各处辞行，见者成、边、贾。

廿六日（**2 月 18 日**）　晴。河督成、豫抚边、臬司贾、武吟舟、余嵩庆、洪大本、朱衣德、陈熙垲、徐倬云均来送行，西平县凌梦魁若生、唐县李普润小荷、陈留县李清龄松甫，直隶河间、桐柏县于光明熙甫，山东蓬莱、归德府文梯仲恭、考城县吕耀辅仲湘均禀见。

廿七日（**2 月 19 日**）　晴。卯刻发轺，出宋门省之东南门也，同城俱差人送，府、县俱亲送。行四十五里至赤仓，尖，祥符属。饭后行四十五里至通许县，住，知县舒敏捷卿接至界。雪初融化，野有余润，泥途渐（躁）〔燥〕，尘土不飞，路颇好走。通许在春秋时为许东偏地，汉唐为陈留雍丘地,元始建县,相治至今。知县、两学来见,又有盐店高彦昌椿轩,桐轩之弟来见。晚间舒明府送指头画一本。

廿八日(2月20日) 不甚晴,有风。早发通许,行廿五里至底阁,茶尖。又行十五里至江村,尖。地属扶沟,明府沈祖煌秋舫来接。午后行卅里至崔桥,宿。地为太康西境,明府李铼金斋来接至崔桥,尚不及申初。

廿九日(2月21日) 大雾,申酉之间始晴。辰初自崔桥发轺,行卅五里至清集,尖。巡捕钮镛虞臣来接,知文武童数,文共六千五百余人,武共一千五百余人。饭后行卅五里至太康城内,住,时尚未正,以书院为行台。太康有夏太康陵、少康陵。

卅日(2月22日) 夜雾如雨,晓树滴水。辰刻发太康,巳正至老冢,尖,地为太康南境,出村数武则淮宁界矣。午行四十里至陈州府,府城北三里许,有太昊伏羲陵,陵极高峻,竹藤满焉。陵前为庙,庙甚广廊,头层门为太极门,二层门为太始门,两层殿俱宏丽,碑碣匾对颇多,而皆近今之物,无明以前者。陵后生薯,云可购诸道士。二月一月皆庙会,买物者甚多。申正到察院,太守吴重憙仲彝、明府程钟觉山及各教官、巡捕皆接至城外,到院后皆来见。

二月初一日(2月23日) 早晴,巳刻阴,晚微雨。辰刻谒文庙,赴明伦堂谢恩讲书毕回院,随即放告,收呈卅余件,告顶改名禀卅三件。

初二日(2月24日) 阴,午后雨。考八学文生经古,共七十九名。阶平同陈苣堂到棚。

> 天头:汉文帝却千里马赋题韵。"种药家僮踏雪锄△"。汲长孺卧治阁。苏颖滨读书亭。

初三日(2月25日) 早阴午晴,晚仍阴。考项、沈、太、扶四学生员,项城百五十人,沈百八十余人,太康二百八十余人,扶沟百五十余人。午后发文生考经古榜,共取十八名。

> 天头:"友也者"至"无献子之家者也"。"献子之与此五人"

至"献子之家"。"此五人者"至"亦有之"。"费惠公曰"至"亥唐也"。经："寂然不动"二句。"夜雨剪春△韭"。

初四日(2月26日)　晴,晚阴。考文童经古,共百〇七名。

天头：土膏初动麦苗青题韵。"鱼戏水知△春"。

初五日(2月27日)　阴。考府学、淮宁、西华、商水四学文生,府学共二百二十余人,淮宁二百七十余人,西华二百一十余人,商水一百七十余人,共八百九十人。午后发头场榜。

天头："陈良楚产也"二句。"悦周公仲尼"二句。"北学于中国"二句。"北方之学者"三句。经："仓庚鸣鹰化为鸠"。"友风子雨"云字。

初六日(2月28日)　雨。覆生员经古,共十八人。

天头：郑子皮授子产政赋题韵。"一生开口爱谈△山"。

初七日(3月1日)　阴竟日,晡时微雨。考项城、扶沟二县童生,项城七百余人,扶沟五百余人。午后发二场生榜。

天头："与仁达巷"。"知之次也互乡"。次："发而皆中节"。"春风吹又生△"。

初八日(3月2日)　晴。覆试合属文生一等,共九十八人,不到者二人。

天头："齐明盛服"三句。"颜闵相与期"怀字。

初九日(3月3日)　阴竟日,晡时微雨。考沈丘、太康童生,沈四百四十余人,太康一千人。午后出头场童提覆牌。

天头："昔者公刘"。"昔者大王"筑薛章。次："富岁子弟多赖"。"霭霭停△云"。

初十日(3月4日)　阴竟日,晚微雨。提覆项、扶二处文童,共五十余人,申刻发榜。

天头："古之矜也廉"。

十一日(3月5日)　早阴,午后先雨后大雪,晡时住。考西华、商水文童,西华七百余人,商水六百余人。午后出二场童提覆牌。

天头:"独何与权"。"可使高于岑楼金"。"故民不失望焉"。"春城雨色动微寒△"。

十二日(3月6日) 阴。提覆沈、太二处文童,沈二十四人,太三十六人,午后发榜。考优生,共三十三人。

天头:"知我者其惟春秋乎"。优:"叶公问孔子于子路"二章。"蛰虫△启户"。

十三日(3月7日) 阴晴不定。考淮宁文童一千四百八十八人。午后发三场文童提覆牌,又发生员长案。

天头:"摩顶放踵利天下"。"若夫润泽之"。"鹊声穿树喜新晴△"。

十四日(3月8日) 晴。提覆西华、商水二处文童,西华廿六人,商水廿一人,申刻发榜,并发淮宁提覆牌。

天头:"君赐食"。

十五日(3月9日) 晴。提覆淮宁文童,共五十人,申刻发榜。

天头:"与屈产之乘"。

十六日(3月10日) 晴。早考武生内场,共到八百余人。已刻合覆文童,共一百卅三人。申刻发教官优生榜。

天头:"升堂矣"。"庸言之信庸行之谨"。"以鸟鸣春△"。

十七日(3月11日) 雨。此日本悬牌校骑射,因自夜雨至晓不止,改校步箭,是日共阅扶沟武童二百廿余人。

十八日(3月12日) 晴。阅太康武童步箭二百八十余人,又阅沈丘步箭三十人,共三百人。

十九日(3月13日) 晴。阅沈丘武童步箭七十余人,又阅项城九十余人,又阅商水一百七十余人,共三百五十人。

廿日(3月14日) 晴。阅西华武童步箭二百四十人,又阅淮宁百人,共三百四十人。

廿一日(3月15日) 晴。阅淮宁武童步箭三百三十人毕,七属共一千五百六十余人。

廿二日(3月16日) 阴。考各处武童骑射，除步箭场所扣者，尚有七百余人。未刻毕，回察院，酉刻发榜。

廿三日(3月17日) 晴。覆试武童。午后提调吴仲怿来谒。

廿四日(3月18日) 晴。辰刻奖赏发落。巳刻拜客，与吴仲怿太守晤谈。未刻至弦歌台谒圣像，大殿五楹，供圣像及十哲像，云康熙年所修。殿后为弦歌书院，地亦不多，斋房亦隘。小憩。至太王庙，前殿供神，后有厅三楹，院中小松为径，厅后有池有桥有竹。自桥过，有吕祖亭，亭后又有佛洞二处，二层。予与仲怿太守、觉山大令俱登其上，复自东而下，仍在厅中小憩，遂入席，日暮归。

廿五日(3月19日) 晴。辰刻起马，行二十五里至临蔡城，太守及各官送至北关，大令送至此。饭后行，四十五里至安平集，宿，地属鹿邑，大令李荣基勘斋迎至此。鹿邑春秋鸣鹿地，属宋又属陈。是日牛升病，令曹贵送回省，又将周绍敏信二封带交。

廿六日(3月20日) 晴。辰刻发韬，巳正行四十五里至柘城县，尖。午后行三十里至胡襄城，住。柘令候补通判单履谦进园接至境，归德派来巡捕二人陈作霖、余嘉珏，接至安平。

廿七日(3月21日) 晴。辰刻发胡襄城，行三十里至毛堌堆，尖，已入商丘界矣。又行三十里至府城。县令汪际泰接至境，自镇、府以外皆郊迎。入察院后各官以次见，随即谒文庙，讲书毕回院。

廿八日(3月22日) 早阴午晴。考文生经古，十学共八十八人。发省包封一件。

　　天头：袖中有东海赋以"持此石归袖有东海"。"前身作马通△马语"。拟杜子美《观打鱼歌》。

廿九日(3月23日) 晴。考宁陵、虞城、夏邑、睢州、考城、柘城六学文童，共九百余人。午后发古榜。本日严子万到棚。

　　天头："达乎诸侯大夫"。"及士庶人"。"父为大夫"。"子为士"。"父为士"。"子为大夫"。"管仲镂簋朱纮"一节。"望杏开田"。

卅日(3 月 24 日)　考九邑童古,共一百六十余人。

　　天头:"频来语燕订新巢"题韵。"一窗晴△日写黄庭"。

三月初一日(3 月 25 日)　晴。考归德府学、商丘、永城、鹿邑四学文生,共八百余人。午后发头场生榜。

　　天头:"有不虞之誉"二章。"无罪而杀士"二章。"人有不为也"二章。"仲尼不为"二章。"蚕月条桑"。"不知细叶谁裁△出"。

初二日(3 月 26 日)　晴。覆文生经古,共廿二人。发省中包封一个,内有严子万致纪山信一纸,外银乂亖、信二件。

　　天头:有脚阳春赋仁民爱物朝野归美。"得意唐诗△晋帖间"。

初三日(3 月 27 日)　晴。考宁陵、夏邑、睢州文童,宁陵三百五十余人,夏邑四百六十余人,睢州六百余人,共一千四百余人。晡时曹贵自省来。发二场生员榜。

　　天头:"寡人之囿方四十里"。"有囿方四十里"。"则是方四十里"。次:"闲先圣之道"。诗:"渔艇往来春△浪碧"。

初四日(3 月 28 日)　晴。覆试合属生员,共一百二十三名。

　　天头:"子游对曰昔者偃也"至"偃之言是也"。"馨香△盈怀袖"。

初五日(3 月 29 日)　晴。考鹿邑、虞城、柘城三处文童,鹿邑六百余人,虞城四百余人,柘城四百余人,共一千五百余人。发省包封一个,挂头场童提覆牌。

　　天头:"不知足"。"岂爱身"。"盎于背"。"而况于亲炙之者乎"。"草以春抽△"。

初六日(3 月 30 日)　晴。提覆宁、夏、睢三处文童,共八十余人。是日兼试教官。申刻发榜。

　　天头:"附之以韩魏之家"。

初七日(3 月 31 日)　阴,晡时雨竟夜。考永城、考城二处文童,永城六百余人,考城不及三百人,共九百余人。申刻发二场提覆牌。

　　　天头："则在君与子矣"至"言者恶能治国家墨者"。次："树
墙下以桑"。诗："养花天气半晴阴"。

　　初八日(4月1日)　晓仍雨,午刻住。辰刻接诏,因考试未毕,
委提调往接,本官于大门跪接,随入,先拜后宣读,毕又谢恩,礼毕,请
入内供奉。已刻提覆二场文童,共八十余人,申刻发榜。是日兼试优
生,共三十人。

　　　天头:童："菲饮食"。优："斐然成章"二句。诗："风衔紫诏
下云端△"。

　　初九日(4月2日)　晴寒。考商丘文童,共一千二百人。申刻
发三场提覆牌。接到省发包封一个,内有沈信及京信一包。

　　　天头:"莫如德"至"其尊德"。次:"举于市"。诗:"寒生△帘
幕深春雨"。

　　初十日(4月3日)　晴。提覆三场文童,共五十余人,申刻发
榜,并挂牌提覆商丘童。

　　　天头:"在人"。

　　十一日(4月4日)　晴。提覆商丘文童四十八人,未刻发榜。

　　　天头:"敬其所尊"。

　　十二日(4月5日)　晴。武生内场毕,接文童覆试,共一百七十
二名。早发包封一个,内有致沈鹿苹亲家信一件吉字第一号。

　　　天头:"禹掘地而注之海"。"说于桑田"。"海棠时节又清
明△"。

　　十三日(4月6日)　晴,有风。早赴校场阅武童骑射,共阅商
丘、宁陵、永城、鹿邑、夏邑六处一千二百人,日暮归。

　　十四日(4月7日)　晴,有风。早赴校场阅骑射,共阅睢州、考
城、柘城三处(文)[武]童六百余人,午前归。饭后阅武童步箭百五十
人,柘城未完。

　　十五日(4月8日)　晴暖。阅武童步箭,柘城百四十人,考城百
廿余人,睢州百人,共三百六十余人。发文童、武生长案。

十六日(4月9日)　晴,日暮雷雨一阵。阅武童步箭,睢州百廿人,夏邑百四十余人,虞城七十余人,鹿邑四十人,共三百八十余人。午刻发考、柘二处案。

十七日(4月10日)　早阴午晴。阅武童步箭,鹿邑二百人,永城百二十余人,宁陵五十人,共三百七十余人。午刻发夏、睢二处案。

十八日(4月11日)　早阴午晴。阅武童步箭,宁陵九十余人,商丘二百五十人,共三百八十人。午刻发永、鹿、虞三处案。接省城包封一个,晚发省信一件。

十九日(4月12日)　晴。阅武童步箭,商丘百五十余人,申刻发商、宁二处案。辰刻发起马牌。

廿日(4月13日)　微雨,午刻晴。早覆试武童,共一百七十四人,午发长案。

廿一日(4月14日)　晴。辰刻奖赏发落文武生童,毕,出院拜客,见者牛慕琦总镇,余俱未(请)[见]。已刻牛慕琦来拜,申刻通判英季仁惠来谒,戌刻太守文仲恭、明府汪绍蘭皆来谒。

廿二日(4月15日)　晴,有风。辰刻起马,行三十里至毛塥堆,尖。午后行六十里至柘城县,宿。途中梨花盛开,满树如雪,柳色初青,长条犹嫩,麦已有吐穗者,高者近尺,下者亦数寸,未种麦之田,亦皆布种,土膏含润,春意盎然,风景洵佳。

廿三日(4月16日)　晴,有风。卯刻发柘城,行三十五里至安平,尖。午后行五十里至临蔡城,茶尖。又行廿五里至陈州府,住。是日共行百十五里。两日共加一站,鹿邑令李荣基赶至十余里之外晤面,淮宁因不知加站,过临蔡舆夫始至,故九钟方至。太守以下皆郊迎,至公馆来见。沈丘汪云芝同年适在府,亦来见。

廿四日(4月17日)　晴,早有风,午后止。辰刻自陈府发轺,行五十四里至周家口,尖。地有沙河一道即颍水,下游通安徽、清江、贾鲁河自西来注之。河通三面,故地为百货所集,有南北西三寨,寨墙较小邑之城大而且坚,寨内市廛比栉,地甚殷富。三寨之外即永为界,分属淮宁、商水两邑,中有通判驻扎,其中通判许葆清绍源来见,又有厘局委员李聚奎星阁,丁卯副车来见。淮宁令送至此,商水令李焕新明轩接至此。又拜曹子蔚山长,曹松生误拜,津人,在周家口作盐务,星槎之弟,俱见面。午后渡河,行十八里至商水县,宿,令及教官来见。

廿五日(4月18日)　晴和。晓发商水,行三十五里至扶台,尖。午又行五十五里至上蔡县,住。上蔡县北二十五里东洪桥,茶尖。洪河自襄城发源,东南与汝水合,寨外有桥,水不甚大,尚可行舟。商水南三十余里有邱生庙,塑夫妇双像,生一目一手,云是定律令者。庙后有墓,即邱之墓也。上蔡即春秋蔡国治城,东有蔡仲庙。城东三十里有伏羲庙、画卦台,亦生蓍草。又有孔厄庙,云即厄于陈蔡处。又有问津处,未知确否。又有宋儒谢良佐显道祠。县令高袖海云帆暨学师、捕厅皆接出关,并来见,又同年宋谢山来见。

廿六日(4月19日)　早阴午晴,晚又阴。卯刻自上蔡起马,行二十五里至召店,茶尖。又行十里至锦香铺,尖。午后又行三十五里至汝宁府,宿。府即唐蔡州,南北朝谓之悬瓠城,汝、淮皆在境内。府李德洞酌卿及教官等接至城外,明府狄云锦伯绅接至锦香铺。是日适耆少峰观察亦至,耆、李、狄皆来见。

廿七日(4月20日)　晴。卯刻发汝宁,行四十五里渡汝水,至黄冈尖。汝水清且浅,用渡船过,两岸颇高大,约夏月水势涨发,必深且宽矣。午后行四十五里,甚短,不过卅里,至正阳属之寒冻店,宿,时方未正。署县令通判何桐青云生来见,借民宅为行台。正阳淮在其南,汝在其北,春秋属楚,汉慎阳县,属汝南郡。城内有黄征君祠宪并墓,盖故里也。至寒冻又渡汝水,有桥,店即在汝旁,汝东南流,故渡两次。

二十八日(4月21日)　阴,午后雨。卯刻自寒冻起辂,行六十五里至彭家店,尖。地属息县,令傅钟俊迎至此。午后行四十五里至县城,宿。息县即春秋时息国,后属楚,汉为新息县,马伏波封新息侯即此,又析置褒信县,唐为息州,后又为县。至此尚通车,再向东南尽属稻田畦沟，车不能行，须换小车或挑夫。傅明府号香泉，浙人。

二十九日(4月22日) 丑刻雨止，晡时晴。辰刻车担俱装齐启行，三十里至关家店，尖。此地仍息属，其地即淮正河，渡用船，水清，宽不过数丈。午后行三十里至堡子口，茶尖，地属光州。此三十里渡河二，北为淮之分流，南为澴河，俱以二船相并为浮桥，水亦不深。又行三十里至光州。此一站共九十里而近，虽不通车，路尚平坦，不过改用小车挑夫较为散碎耳。州【为】周为蓼、弦、蒋国地，汉属汝南。州牧杨修田竹农及武营教官皆迎至郊。

四月初一日(4月23日) 晴。早谒文庙，讲书回即放告察号。午发省信一封。悬示考试日期牌。

初二日(4月24日) 晴。考试生童经古，生百卅余人，童二百四十余人。生童皆光山为多，商城亦多，光州、固始相埒，息县最少。

天头：生：火龙黼黻赋"火龙黼黻昭其文也"。"雨蒸△花气入窗纱"。童：楚材晋用"杞梓皮革自楚往也"。"蚕子生时桑柘青△"。通：葛陂杖。贾庙碑。

初三日(4月25日) 晴。考光、光、固、息、商五处文生，光二百六十余名，光山二百卅余名，固始、商城皆一百九十余名，息县一百七十余名，共千余名。

天头："在下位不获乎上"、"获乎上有道"、"信乎朋友有道"、"顺乎亲有道"、"诚身有道"各一段。"命大师陈诗以观民风"。"野阔风摇△麦浪寒"。

初四日(4月26日) 晴，申刻阴，太燥。覆文生经古，光州五名，光山六名，固始四名，商城六名，共廿一名。接到省包封一个。

天头："麦陇风来饼饵香"题韵。"清词丽句必为邻△"。

初五日(4月27日) 晴，申刻阴，热。考固始、商城二处文童，固始六百五十一名，商城七百八十九名。申刻发五处生榜，光州取廿名，光山取廿二名，固始取廿名，息县取十二名，商城取廿名。

天头："曰何哉"首节。"曰何哉"次节。"然则治天下"二句。

"篱外清阴△接药栏"。

初六日(4月28日)　雨,午后晴。覆文生一等,共九十四名。

天头:"未有仁"二节。"黄花如散金△"。

初七日(4月29日)　晴。考光山文童,共一千五百余人。申刻发前场提覆牌。

天头:"亦异于曾子矣"至"木者"。"岂人之情也哉"。"断云含雨入孤村△"。

初八日(4月30日)　晴。提覆头场文童,固始四十人,商城卅五人,午后发榜。是日并考教官。

天头:"初命日"。教:"夫子循循然"节。"观民设教"。"风流儒雅亦吾师△"

初九日(5月1日)　晴,午后阴,晡时雨竟夜,晓始止。考光州、息县二处文童,光州七百九十余人,息县四百人。午后发光山提覆牌。省来包封一个,内有沈鹿苹庆字三号信一封。

天头:"虽有此"。"及是时"。"欲知舜与蹠之分"。割麦插禾。

初十日(5月2日)　晴。考优生、补考,优共卅七人,补考廿人。申刻发光、息二处提覆牌。发省信一件。

天头:"公孙丑曰乐正子强乎"至"好善"。日课一诗△

十一日(5月3日)　晴。提覆光、光、息(二)[三]处文童,光州三十五人,光山四十人,息县二十八人,申刻发榜。

天头:"为赵魏老"。

十二日(5月4日)　雨。早考武生内场,巳刻毕。接试文童覆试,共一百廿二名。

天头:"亦各言其志也已矣"。"蜻蜓立钓丝△"。

十三日(5月5日)　早仍雨,巳刻住。是日本悬牌校武童骑射,因雨改阅步箭,是日阅商城三百余人不到者五六十,又阅息县一百七十人。

十四日(5月6日) 晴。阅武童步箭,息县五十余人共二百廿人,不到者四十人,又阅固始武童二百余人不到者二三十人,又阅光山二百人。

十五日(5月7日) 晴。阅光山武童四百五十人。早提调杨竹农来见。

十六日(5月8日) 晴,晚阴,雨竟夜。阅光山武童步箭二百五十人共八百五十人,不到者三百余人,又阅光州武童二百五十人。晚固始盖训导致荣来见。

十七日(5月9日) 雨。阅光州武童步箭二百四十余人共五百四十余人,不到者二百余人。

十八日(5月10日) 早仍阴,午晴。辰刻赴校场阅武童骑射,五属共三百六十余人,午正毕,未初回院,酉初发榜。

十九日(5月11日) 晴。早写京信、津信、省信。午刻覆试武童。午后写对联、扇各数事。申刻发包封一件,内有沈鹿苹信一封吉字二号,又有卫瞻信一封。

二十日(5月12日) 晴。早发落生童毕,提调杨竹农来见,随出拜客。回来候补县张祖荫来见祚甫,同年张筱传之侄。午后贾游击名敦宪,号剑泉来见。

二十一日(5月13日) 晴。卯刻自光州起马,行六十里至关家店,尖。过水二道,水较来时大长,皆用船渡,不能以两船作渡桥矣。午后渡淮,水势尤大,宽似有半里许。渡淮后又行三十里至息县,住,时方申初,晤傅明府。接省包封一个,知仆人牛升初二故。

廿二日(5月14日) 早阴午雨。早发息县,行四十里至彭家店,尖。饭后又行六十五里至寒冻,宿,晤正阳县何别驾。汝宁巡捕方铭福号瑞甫、王维植号子培来迎。是日因雨五点钟方到,姚阶平九点钟方到。

廿三日(5月15日) 雨竟日。早自寒冻起身,行四十五里至黄堋,尖。此路甚近,不过如三十余里。汝阳狄明府来接。午后行四十五里至汝宁,府以下皆在城外接,因雨大不能为礼,皆辞去,至院面晤。本日雨大路滑,十分难行。

廿四日(5 月 16 日) 阴,间有日光。早谒文庙,完回院,又放告,收呈四十余张,收禀六十余张。辰刻提调李酌卿太守来见。

二十五日(5 月 17 日) 阴。考生古,共九十六人。

天头:孔颜登太山(登)[见]吴阊门外白马赋以"至圣登高目极千里"为韵。"先后笋争△滕薛长"。戴次仲凭、袁邵公安、许叔重慎、范孟博滂。咏史四首。

二十六日(5 月 18 日) 阴,午后雨。考新蔡、西平、遂平、信阳、罗山五学生员,共六百八十余人。

天头:"无欲速"二句。"欲速"一句。"见小利"一句。"父为子隐"。"子为父隐"。"侯尔笾豆"四句。"乍寒乍暖麦秋天△"。

二十七日(5 月 19 日) 阴,间有日光。考文童经古,共二百三十余人。早接到包封二个,内有卫瞻信一封,新甫四哥信一封。卫信系卫字十六号,内有言占地一弓事。四哥信言后门楼欲倒等事。

天头:"介葛卢闻牛鸣"。"侵帘草色连朝△雨"。李愬入蔡。孟珙灭金。

廿八日(5 月 20 日) 阴晴不定。考汝宁府学、汝阳、上蔡、确山、正阳五学生员,共八百三十余人。午后发头场生榜。

天头:"孔子谓季氏"三句。"三家者"四句。"季氏旅"至"曾谓泰山"。"夏礼"至"杞"。"殷礼"至"宋"。"日肃时雨若"二句。"松下横琴待鹤归△"。

廿九日(5 月 21 日) 晴。覆生古,共二十人。午后发包封一件。

天头:"峄阳孤桐"题韵。"继长增高△"。

三十日(5 月 22 日) 考信阳、罗山二县文童,信七百余人,罗六百余人,共一千三百余人。

天头:耦。耰。次:"若固有之"。"时还读我书△"。

闰四月初一日(5 月 23 日) 阴,申刻微雨。覆试合属一等生员,共一百廿四名。

天头:"他日见于王曰王之为都"一节。"绿润轩窗△午饷余"。

初二日(5月24日)　阴晴不定。考新蔡、遂平二处童,共一千二百余人,新蔡四百余人,遂七百余人。发头场童提覆牌。

天头:"近之"。"远之"。"晋国亦仕国也"。"山色上楼多△"。

初三日(5月25日)　阴晴不定,夜雨。提覆信、罗二处文童,信三十三人,罗三十五人,申刻发榜。

天头:"知我者其惟春秋乎"。

初四日(5月26日)　早阴午后晴。考上蔡、确山二处文童,上蔡一千余人,确山三百九十余人,共千四百余人。申刻发二场提覆牌。

天头:"一处"。"一处"。"地丑德齐"。次:"禹之声尚文王之声"。"修竹引薰风△"。

初五日(5月27日)　阴。提覆新蔡、遂平(三)〔二〕处文童,新蔡二十七人,遂平二十五人,申刻发榜。

天头:"且志曰"。

初六日(5月28日)　早微雨,午后晴。考正阳、西平二处文童正场,正阳三百七十余人,西平千人,共一千四百余人。午后发上、确二处提覆牌。

天头:"百姓闻王"二句次节。"百姓闻王"二句次节。"吾岂若于吾身亲见之哉"。"槐夏午阴清△"。

初七日(5月29日)　阴晴不定。提覆上蔡、确山二处文童,午后发榜。

天头:"伯一位"。

初八日(5月30日)　晴。考汝阳一处文童,共一千二百六十余人。午后发正、西二处提覆牌,并发生大案。早接省中包封一件。

天头:"修我墙屋"。"必有圭田"。"水深△鱼极乐"。

初九日(5月31日) 晴。试优生,共四十三人。补考十余人。午后发汝阳提覆牌。

天头:"道盛德至善"二句。"槲叶风△微鹿养茸"。

初十日(6月1日) 晴。提覆汝阳、正阳、西平三处文童,午后发榜。

天头:"地非不足"。

十一日(6月2日) 晴。先试武生内场毕,又试文童合覆,共一百四十二名。发省信一件,内有致卫瞻津信一件。

天头:"由也果"。"菁菁者莪"一节。"凤铜△添闰"。

十二日(6月3日) 晴。卯刻赴校场阅武童马射,共阅一千六百余人,至信阳州止,尚有罗山一县未阅。

十三日(6月4日) 晴。卯刻赴校场阅武童马射,罗山百七十余人,辰刻回院。午刻阅步箭,罗山一百七十余人,信阳百人。

十四日(6月5日) 晴。阅武童步箭,信阳百人,遂平百九十余人,西平百五十人,共四百余人。

十五日(6月6日) 晴。阅武童步箭,西平百五十余人,新蔡百五十余人,正阳百人,共四百余人。发遂、信、罗三场榜。

十六日(6月7日) 雨。阅武童步箭,确山百人,上蔡二百七十余人,汝阳八十人,共四百余人。发新蔡、西平二处榜。接省包封一件。

十七日(6月8日) 早阴午晴。阅武童步箭,汝阳二百人,午后发汝、上、确、正四处榜。接省包封一件。申刻提调李酌卿来酌。信阳耆寿农、遂平延子和均来。

十八日(6月9日) 晴。辰刻合覆武童,午后发长案。写对联数事。发省包封一件,内有致卫瞻信一件,致姚警吾一件。又发贺藩台刘午节信一件。

十九日(6月10日) 早奖赏文武生童。巳刻拜客。

廿日(6月11日) 早阴午晴。早接包封一件。卯刻起马,诸官皆送至郊外,新生送者亦不少。辰刻至金乡铺,尖。九点钟又行,未初即到上蔡,大令高云帆接至郊外。三点钟,同年宋谢山来见。野外麦已登场,十分丰稔,麦根尚在田,亦有耕者,秋禾苗已甚茂。本日无风无雨无日,甚为宜人。宋谢山送张仲诚所注十三经一部,高云帆送蓍草一付。

廿一日(6月12日)　早晴午后阴。卯刻行,三十五里至崇义桥,尖,已入西平界矣。午行二十五里至西平县,宿。共行六十里。西平春秋时为柏子国,明府凌梦魁苕生接至崇义桥。

廿二日(6月13日)　晴。卯刻行,三十五里至权寨,尖。西平令凌公送至郊外。午后行五十五里至舞阳县,宿。距舞阳二十余里有吴城,茶尖。寨甚大,人烟亦稠密,相传唐时吴元济所筑,在前朝为县,后并入舞阳,舞阳以潕水得名,春秋楚之不羹即此地,相传城西北四十余里为西不羹城,今废,汉樊哙封舞阳侯即此。令戴作乂晓林,行二,接至吴城,南阳巡捕谈国镛来迎,戴作霖泽民亦来见。

廿三日(6月14日)　晴。晓发舞阳,行二十五里至薛店,茶尖。寨亦甚大,仍属舞阳,出寨数武即叶县地。又行二十五里至新店,尖。午后又行三十里至保安驿,宿。新店、保安驿俱属叶县,叶即春秋楚之叶也,地近山,多碎石,又有山水数道。闻赴广西之钦差恩露圃相国、薛云阶少司寇在后,与驿丞白锡九瑞甫,交河人商议,令其发信与裕州南阳,嘱以明日裕州早尖,赵河住宿,三点钟发信。

廿四日(6月15日)　晴阴不定。卯发保安驿,行六十里至裕州,尖。驿近山,路(近)[多]石子,不甚易行。裕州即春秋时楚方城地,四面皆山而无山口,非如城皋、巩、洛之险也,何以古人盛夸乃尔?然楚恃此以抗衡中国,且屡言方城之外,则又似甚为险峻,岂古今地之险夷有殊耶?距裕州北三十里有地名扳倒井,茶尖。地有井,方口水满,上覆以亭,地既光武庙,相传井为光武遗迹。庙之北院有玉照堂,颇有题咏。堂前有一方池饲鱼,墙阴饶竹树。庙正殿塑光武像,壁绘廿八将。井傍有荷二池,甚茂。午后行三十五里至赵河,宿。本日过小河数道,皆清且浅,大约皆山泉也。赵河仍属裕州,州牧白文光接至保安驿之南五里许。

廿五日(6月16日)　阴晴不定。早自赵河起程,行三十里至博望驿,茶尖,晤南阳令陈君履忠字卓如。又行三十里至新店,尖。午后行三十里到南阳下马。南阳春秋时属楚而战国时属韩,岂春秋之后战国之前为晋所侵夺耶?南阳镇、南阳府皆接至郊外,镇杨桂芳字琼丹,湖南人,府濮文暹号青士,江苏人。南阳城大而人密,市井亦喧阗,街道狭窄,大约路通两湖,人之所聚而然也。察院轩敞,号舍亦多,通于通省。

二十六日(6月17日)　晴。早谒文庙,回即放告,收呈八十余纸,而更名、节孝、耆民、告顶不与焉。午后批呈词,催试卷,发省包封一件。

二十七日(6月18日)　早晴午阴。考合属生古,通二百〇六名。晚李常来院,接到省信一封。

天头:为布为荃赋"至哉坤元万物资生"。"山水方滋△"诗。直不疑、卓茂、张堪、宗资七律四首。

二十八日(6月19日)　早阴,午后雨,至夜住。考邓、内、新、淅、裕、舞、叶七学文生,入场者共一千三百余人。午后发经古榜,共取廿六人。

天头:"孔子曰殷有"至"直道而事人"。"何必去父母之邦"合下章。"不得与之言"至"问津焉"。"岂若从辟世之士哉"至"而谁与"。"使子路反见之"至"其废之"。"君子之仕也"合下章。"我则异于是"合下章。经:"蔡侯郑伯会于邓"。"水面回风聚落花△"。

二十九日(6月20日)　早阴午晴。考文童经古,共二百八十余人。晚接包封一件,又接四老爷信一件。

天头:芙蓉出水赋谢诗如芙蓉出水。"清泉白石识初心△"。光武井。诸葛庐。

五月初一日(6月21日) 晴。考府、南、南、唐、泌、镇、桐七学文生,共一千一百三十余人。午后发前场生榜。

天头:"是诗也非是"至"养父母也"。"劳于王事"至"此莫非王事"。"曰此莫非王事"至"贤劳也"。"曰此莫非"至"不以辞害志"。"以意逆志"至"云汉之诗曰"。"诸侯能荐"二句。"大夫能荐"二句。经:"萧萧马鸣"四句。"翠蔓离离熟早瓜△"。

五月初二日(6月22日) 晴。覆生古,共廿六人。发省包封一件。

天头:霆击昆阳赋"赫然发愤应若兴云"。"异苔同岑△"。

初三日(6月23日) 晴,申刻阴,晡时微雨。考邓州、桐柏二处文童,桐柏百七十余人,邓千四百八十余人。午刻发二场生榜。

天头:"得其门者"桐。"若大路然"邓。"蒸藜炊黍饷东菑△"。"亲亲而仁民"次。

初四日(6月24日) 早微雨。覆合属一等,共百六十五人。又补考,共二十余人。

天头:"文武之道"至"焉不学"。"赋拟相如诗△似陶"。

初五日(6月25日) 晴。考唐县、舞阳二处文童,唐千余人,舞七百余人。午发头场文童提覆牌。

天头:"迩之"。"远之"。"书同文"。"菰叶萦丝楚粽香△"。

初六日(6月26日) 晴。提覆邓、桐二处【二处】文童,并考教官,午后发邓、桐二处榜。

天头:"驱飞廉于"一句。

初七日(6月27日) 晴。考镇平、裕州二处文童,镇千余人,裕七百余人。午后发唐、舞二处提覆牌,发包封一件。

天头:"齐景公问政"至"对曰"。"卫灵公问政"至"对曰"。次:"居易以俟命"。"鹊喜傍檐时数声△"。

初八日(6月28日) 阴,申刻微雨。提覆唐、舞阳二处文童,酉刻发榜。

天头："为赵魏老"。

初九日（6月29日） 雨。考新野、淅川、叶县三处文童，新八百余人，淅四百余人，叶六百余人。午后发镇平、裕州二处提（调）〔覆〕牌。

天头："今王与百姓"至"方七十里有诸"。"民以为大不亦宜乎"至"有道乎"。"民惟恐王"至"雪官"。"人知之亦嚣嚣"。"荷气上薰风 △"。

初十日（6月30日） 早阴午晴。提覆镇、裕二处文童，酉刻发榜。

天头："夫有所受之也"。

十一日（7月1日） 晴。考南召、泌阳、内乡文童，南召三百人，泌阳五百余人，内乡千人。午后发新、淅、叶提覆牌。是日早接包封一件，酉刻又接包封一件，知绍敏得卫小山观察荐成两淮盐馆，边润民中丞告病，倪豹岑新放豫抚。

天头："大哉居乎"二句。"王子官室"二句。"而王子若彼者"二句。次："脍炙所同也"。"新晴△锦绣文"。

十二日（7月2日） 晴。提覆新、淅、叶三处文童，酉刻发榜。

天头："其兄"。

十三日（7月3日） 晴。考南阳文童，共一千七百余人。午后发南召、泌、内三处提覆牌，发省包封一件，内贺信廿封。

天头："象喜亦喜"。"归斯受之而已矣"。"薰风自南△来"。

十四日（7月4日） 晴。提覆南、泌、内文童，申刻发榜。

天头："虽褒"。

十五日（7月5日） 晴。考合属优生，共五十六人。申刻悬南阳提覆牌。

天头："待文王"二章。"菽粟如水火"丰。

十六日（7月6日） 早阴午晴。提覆南阳文童，申刻发榜。发省包封一件，内贺节信十封。

天头:"譬诸草木"二句。

十七日(7月7日) 晴。武生内场毕,覆试合属文童,共二百五人。

天头:"行不由径"。"竹露滴清响"。

十八日(7月8日) 晴。武童外场,自南阳阅至桐柏,共一千五百余人。

十九日(7月9日) 早晴,午后雨,酉刻大雨。自邓州阅至裕州,共一千一百余人,大雨骤至,不能再阅,回院,街中水深尺许。

二十日(7月10日) 雨,申刻止,仍阴。阅武童步箭,淅川百七十余人,新野二百余人,内乡百人。

廿一日(7月11日) 雨止仍阴。阅武童步箭,内乡百余人,邓州三百余人,桐柏五十人,镇平百人。

廿二日(7月12日) 阴晴不定。阅武童步箭,镇平百余人,泌阳百余人,唐县三百余人。

廿三日(7月13日) 晴。赴校场阅裕、舞、叶三处马箭,午初毕回院。午后又阅步箭,唐县百余人,南召五十人。

廿四日(7月14日) 晴。阅武童步箭,南召七十余人,叶县百八十人,舞阳百余人。接省封一件。

廿五日(7月15日) 晴。阅武童步箭,舞阳百余人,裕州二百余人,南阳二百人。

廿六日(7月16日) 早微雨,午晴。阅南阳步箭三百余人,午正毕。各处均随时发榜。寄省包封一件。

廿七日(7月17日) 晴。合覆武童,共二百五人。午写对联十数付。

廿八日(7月18日) 天未明大雨,辰刻止。辰刻奖赏一等及新生,并发贫生银。毕,提调濮、南阳县陈履忠、唐县李普润皆来见。随即拜客,见者南阳镇杨桂芳琼丹、南阳府濮青士。回院,复又有樊璟同年之子樊文蔚敏斋来见,又南阳镇来拜。未刻在医圣祠公请,祠祀汉名医张仲景,其墓即在祠后。中有荷池、梅林,又有一亭。荷池中有船屋,雨中池水盈溢,荷香四射。后院有厅事三楹,可为宴集之地。东院有戏台,对台有厅事三楹,台有额,题"以观其妙"分书四字,系鞠子联观察守南阳时所制,旁有联,未能看清。是日本约游卧龙冈、元妙观,因雨不果。座中有杨镇、李小圃太守,酉刻归。

廿九日(7月19日)　早阴午晴。辰刻起马,同城皆送至郊,县令送至十里铺。十五里至白河,水势盛涨,渡时较来时迥异,至午未之间,行李车尚有未渡毕者。午刻行三十(店)[里]至新店,尖。白河北岸数日前因大雨,山水涨发,河水溢出,五六里许尽被沙压,田庐树木,皆被冲去。稍远则蜀秫谷苗,极为畅茂,皆已吐穗扬花,可卜有秋。午后行三十里至博望驿,宿。驿门有碑,题"汉博望侯张骞故里"。此日道路泥泞难行,大车到者不过七辆,余皆住新店。

卅日(7月20日)　晴。早发博望,三十里至赵河,尖,裕州白牧名文光,号庆生接至此处。午后行,出寨门即渡赵河,亦较去时为大。行三十里至裕州,宿,寓在东关新街。此日较昨日道路稍好,仍不免泥途未干。共渡小河五道,水皆大于出时。禾黍愈茂。

六月初一日(7月21日)　早午阴,雷未雨。早发裕州,行至扳倒井三十里,道人出前卷请题,因卷已满,别书一笺,题七律一首与之。午后甫登轺出村,即闻西南雷声,卒未雨。行三十里至保安驿,宿。路多泥泞,过小河数道。叶令刘素庵继唐来迎,驿丞白锡唐亦来见。

初二日(7月22日)　早阴午后晴。卯刻自保安驿起马,行三十里至旧县,尖。地系古昆阳,即汉光武破莽兵处。村中有碣,题"止子路宿处"。出村门即过一河,名澧河,水不甚深,轿用船渡,车则乱流而渡焉。又三十里至叶县城内,宿,令来见。

初三日(7月23日)　阴晴不定。早行二十里至汝坟桥,渡一河即入村寨,地仍属叶县。午行四十里至襄城县,宿。叶县之北有黄帝访道处、沮溺耦耕处、孔子使子路问津处、长沮桀溺墓。襄城宿南关店内,公所有损坏,不能住也。令杨洪士来见。

初四日(7月24日) 阴晴不定。早行即渡汝水,穿城走水,有平桥,水涨则出桥上焉。行四十里至颍桥,尖。午后出村即渡颍,行五十里至许州,宿于州署之西园内,州牧方君胙勋庆甫来见。

初五日(7月25日) 阴晴不定。晓发许州,行三十五里至小召,尖。午后行五十里至朱曲镇,宿。地属洧川,令董国良巨山来见。

初六日(7月26日) 阴晴不定。卯刻自朱曲起程,行四十里至尉氏县,尖,令许文镛来见。午又行四十五里至朱仙镇,宿。

初七日(7月27日) 阴晴不定。卯刻自朱仙镇行四十五里到省,藩台刘、署臬鞠、粮道钟俱出城接,尚有候补道三人及知府陈、祥符朱亲接。路途难行,行李车本日到者止十九辆。

初八日(7月28日) 阴晴不定。早出门拜客,见者河督成、抚台边、藩台刘、署臬台鞠、粮道钟、候补道朱寿镛曼伯,客之来见者城守尉斌子俊、候补道黄海楼振河、候补府龚毓采、王梦熊、候补县朱其焯号次卿、即用县梁卓午号炳南、候补道朱寿镛。

初九日(7月29日) 阴晴不定。河督成、藩台刘、粮道钟、首府陈、祥符县朱、候补县熊奉章、梁卓午、县丞刘豫立、典史刘作哲俱来见。

初十日(7月30日) 阴晴不定。署臬台鞠、候补府武登弟、陆登钺、候补县查乘汉、朱其焯、洪大樾、宋嘉炳、国子监典簿华懋祺、署新乡县余嵩庆俱来见。本日发折件差,承差李润,酉刻发,带有致沈亲家信吉字三号。

十一日(7月31日) 阴晴不定。早出拜客,会者藩台刘、候补道卫,客之来拜者卫小山、翰林院裴淮安、张爕堂、候补道刘成身、王玉山、魏一德、徐元瑞、李伯勋。

十二日(8月1日) 晴阴不定。早赴河督署拜寿,未入署,又拜署开归道李子木,晤面。候补典史屠宗仁来见,屠号杞生,湖北人,梅生之侄。

十三日(8月2日) 晴。候补县刘传任继臣来见。

十四日(8月3日) 晴。武瀛洲、苏静波、刘藩台来拜。发京信三件。

十五日(8月4日) 晴。寅刻月食,卯刻复圆,行礼三次。赴文庙行香,即拜客。发京信,李、王、辛三封,由提塘。

十六日(8月5日) 晴。候补县陈銎少辅,徽宿松,候补刑部主事刘孚京镐仲,江西南丰县人,壬午举人,丙戌进士,前陕西知县刘良驷之孙,来见。

十七日(8月6日) 晴。署新乡余嵩庆、候补县丞朱大镛来见。

十八日(8月7日) 阴晴不定。无事。

十九日(8月8日) 阴晴不定。立秋。候补巡检王世瑾、候补典史刘作哲禀见。

廿日(8月9日) 阴晴不定。绍敏起身,赴正阳关。

廿一日(8月10日) 阴晴不定。李彦和巽亭、武吟舟来见。写家信数封。

廿二日(8月11日) 阴晴不定。陈纪山表侄回家,带有家信、芝信、允堂信,遣承差王乐明送之。新开封府孙云锦海岑、辛裕如来见。发京信一封,世振之,交日升。

廿三日(8月12日) 阴晴不定。武吟洲来见。

廿四日(8月13日) 晴,午后大雨一阵。早出拜客,晤孙海岑。候补县赵贵来见,辛裕如来见,并借银交库。

廿五日(8月14日) 晴。武吟洲、华帽山来拜。

廿六日(8月15日) 晴。赴行宫贺万寿,寅刻去,卯刻归。午后辛裕如来见,还银四百。

廿七日(8月16日) 晴。无事。

廿八日(8月17日) 晴。李建三来见,刘季明来见。

廿九日(8月18日) 晴。知县刘宗瀚少轩、吴文坦平如、通判毛大猷佐周、县丞刘豫立平甫俱来见。

七月初一日(**8月19日**) 阴晴不定。早赴文庙行香,候补县张琨琢如来见。午后日食,救护行礼三次。发秦雨亭信。

初二日(**8月20日**) 阴。李宝臣渭滨来见。致冯莲堂信,致华锡三信。

初三日(**8月21日**) 阴晴不定。候补道陈运瑛峻梧来拜,县丞袁成惠、典史屠宗仁禀见。

初四日(**8月22日**) 晴。通判王恩保梅臣、前教谕保举知县李光第来禀见。午后拜客,晤者边中丞、刘方伯。又查阆仙来见。折差回汴,硃批"知道了"。又接沈鹿苹信四号。

初五日(**8月23日**) 晴。无事。

初六日(**8月24日**) 晴。出关接倪中丞,四钟方归,接时先请圣安。

初七日(**8月25日**) 阴晴不定。早出门拜客,兼与倪中丞贺喜,晤面。午刻边中丞来拜,又巡检方炳坤来见。

初八日(**8月26日**) 自夜大雨,午后住。倪中丞来拜。

初九日(**8月27日**) 晴。武吟舟来见。

初十日(**8月28日**) 阴雨。无事。

十一日(**8月29日**) 早阴午晴。在八旗馆公请倪中丞,未刻去,戌刻归。

十二日(**8月30日**) 阴晴不定。无事。午后张洁捷三来见。

十三日(**8月31日**) 阴晴不定。新首府孙云锦、候补典史杨登瀛来见。接到辛蔚如信一件、二姑太太信一件。

十四日(**9月1日**) 阴。知县松礼门来见。覆二姑太太信,交武吟舟。

十五日(**9月2日**) 晴。早赴文庙行香,兼拜客。午后知县李聚奎星阁来见。

十六日(**9月3日**) 晴。早归德镇牛师韩慕琦、知县李伯勋、辛元炘、赵新、县丞朱大镛来见。午后拜客,会者倪、边、刘、鞠、钟、全。

接到荣轩大叔信一件，并还银廿刄。

十七日(9月4日)　晴，午后阴。旧抚军边来拜。又接荣轩大叔及仲卿二弟信。

十八日(9月5日)　夜雨。发安徽当涂信一件。昨晚藩刘、臬鞠、河北镇崔、候补道卫小山、朱曼伯、候补府王梦熊、武登第均来拜，巡检胡金淦来见。申刻赴院署饮酒，同座者边、成二公。用报部册卷印。

十九日(9月6日)　晴。署河道李正荣子木来拜，河北道曹纪山亦来拜，辛元炘、潘江来见。用报部册卷印。

廿日(9月7日)　晴。候补府白文清鉴堂来见，布经历周元熙、知县查阆仙俱来见。用报部册卷完。

廿一日(9月8日)　晴。早出拜客，陆襄钺来见。早发报部册卷。

廿二日(9月9日)　阴。早曹子蔚来见，刘豫立来见。午后至浙江馆，公请边润民中丞。

廿三日(9月10日)　阴。早武吟舟、朱尔昌来见。午后成河帅招饮，赴焉。

廿四日(9月11日)　阴。知县赵贵子良、同知张洁捷三来见。午后赴各处辞行，会者成、倪、刘、李。

廿五日(9月12日)　阴。致陈竹卿信，寄镶蓝旗头◇◇重恩。焦丹丞来拜。晚请查阆仙、辛裕如吃饭。

光绪十三年七月二十六日(9月13日)　晴爽。署臬鞠、候补道卫、黄俱拜会，候补府陈桂芬、祥符朱、署沈丘黄璜、前卢氏县李锡祺、中书杨彦修、知县李伯勋、典史朱尔昌俱来见。午后各处辞行，晤者边中丞。随到江苏馆赴武营招饮，十一钟归。

二十七日(9月14日)　晴。武吟舟、查阆仙、辛裕如皆来见，巡抚倪豹岑来拜。检点笔砚等件。午后赴江苏会馆同乡公请边中丞，九钟回署。本日辰刻发辛蔚如信一件。

廿八日(**9 月 15 日**)　阴晴不定。卯正起节,巳正至河口,河水颇大,渡口距省城约五十里,申初方到北岸,中流汹涌,较冬春迥异。渡河后行五六里至陈桥,宿。地属祥符,村外有小桥,旁有碣,题曰"古陈桥",又有"黄袍加身处",又有古槐一株,旁有碣曰"系马槐"。

廿九日(**9 月 16 日**)　早晴午后阴。河宽船少,昨日尚有两船,未到,候至辰初仍未到,打坐尖。行二十五里,路过封丘,不办差。又四十五里至延津,宿,县令郭古陶镕之及学师来见。

八月初一日(**9 月 17 日**)　夜微雨,又雨竟日。辰刻打坐尖。自延津发轺,行三十五里至龙王庙,茶尖。又行三十五里至卫辉府,宿。天雨地滑,低洼之处复有积水,甚属难行,日暮始抵公署。太守陈君往接,臬台未在城,县令刘体恒立斋,山西辽州人来见,候补县周元钊勉斋亦来见。

初二日(**9 月 18 日**)　阴晴不定。辰刻打坐尖。自卫辉起马,行二十里至□□,茶尖。遇贾湛田廉访,谈二刻许。先于途中遇陈岫轩太守,刘立斋明府亦送至此。又行三十里至淇县,宿。此日本拟驻宜沟驿,因泥滑难行,止得宿此。县令吉元抡伯来见。

初三日(**9 月 19 日**)　阴竟日。打坐尖。行六十里至宜沟驿,宿。淇水之势颇大,桥下声如雷吼,回波激甚。本日仍难行,较昨日稍好。淇水以北,宜沟以南,三十余里皆属浚县,立有界碑。彰【彰】德巡捕李文翰生来见,带有职官、差役文书一角。

初四日(**9 月 20 日**)　阴晴不定。早行二十五里至汤阴县,尖,仍在岳庙。奉祀生送王帖三种,明府陈其昌子生来见。午后行四十五里至彰德府下马,参将郭什春芳斋、府清瑞号丰廷、县郑言绍季雅皆来见,又见各学教官,又见巡捕。

初五日(**9 月 21 日**)　阴。卯刻恭谒文庙,回即放告,收呈十三纸。随又查号,发包封一件。

初六日(**9 月 22 日**)　自夜雨竟日。考合属生童经古,生一百廿余人,童二百十余人。

天头：生：锥处囊赋以"柔以外表刚而内居"为韵。"露华初上鹤声高△"。拟鲍明远数诗。童：夫子之墙赋行式渊謇言称本路。"石泉△秋水煮茶香"。拟陆士衡《招隐诗》。

初七日（9月23日）　雨竟夜竟日。考彰德合属八学生员，共七百五十余人，府学百廿人，安百四十余人，汤百十余人，临百人，林百十余，武八十余人，涉四十余人，内八十余人。杨季香于戌刻到棚。

天头："为政以德"二章。"先进"二章。"子罕"二章。"如有周公"二章。"巧言"二章，"阳货"篇。"饭蔬食"二章。"公伯寮"二章。"四教"二章。问两汉循吏。"客衣△半湿松花雨"。

初八日（9月24日）　忽晴忽雨。覆试生古，共十八人。

天头：高山流水伯牙妙致钟期能听。"相马以舆△"

初九日（9月25日）　雨竟日已雨四昼夜矣。寅初点名，考四处，共千五百人，临潭五百人，林县五百人，涉县百八十余人，内黄三百余人。天雨泥滑，入场者艰苦万状。六钟二刻净场。接到省中包封一件。申刻发生榜。

天头："必有酒肉"。"必请所与"。"必曰有"。"必有酒肉"。"七八月之间雨集"二句。"灯△为雨频挑"。

初十日（9月26日）　晴至此始晴。覆文生一等，共百人。

天头："夫子喟然"至"何如"。"鸟临窗语报天晴△"。

十一日（9月27日）　阴。考安、汤、武三处文童，安阳八百余人，汤阴三百人，武安三百余人，共千四百余人。接到仲卿信。【发】申刻发头场提覆牌。

天头："虽有镃基"至"之盛"。"秋省敛"至"夏谚曰"。"为仁不富矣"至"而贡"。次："孟子之平陆"二句。"云△行雁弟兄"。

十二日（9月28日）　阴。提覆头场文童，共九十余人，申刻发榜。

天头："而王子若彼者"。

十三日（9月29日）　晴。考试官、贡、监，共十人。申刻发文生长案,发二场文童提覆牌。发省中包封一件内有贺节信十封,覆仲卿信一件。

天头:"反身而诚乐莫大焉"。韵学源流。桂馨△一山。

十四日(9月30日) 晴。提覆安阳、汤阴、武安三(等)[处]文童,共九十人,申刻发榜,兼发起马牌。

天头:"虽大国之君亦有之"。

十五日(10月1日) 晴。覆试合属文童,共一百十七名,申刻交卷齐,戌刻发长案。

天头:"子路终身诵之"。"满山桂子月中秋△"。

十六日(10月2日) 晴。早奖赏生童毕,提调及安阳县皆来见,随出拜客。午刻华少梅来见。

十七日(10月3日) 阴。辰初刻自彰德起马,行四十五里宝莲寺茶尖,距彰德二十五里,午刻到汤阴,尖。午后又行二十五里至宜沟驿,宿。桥虽可行车,仍有泥泞,令陈子生送至此。

十八日(10月4日) 晴。辰初刻自宜沟行,三十里至淇水关,巡捕郑如洋接至此。又行三十里至淇县,住。令吉抢伯来见,知黄河于十三日决口,中牟、尉氏被灾。

十九日(10月5日) 晴。辰初自淇县发轺,行五十里距淇县二十里顿坊店茶尖,至卫辉下马。总镇崔季芬在卫来拜,府、县、学师、巡捕皆来见。

廿日(10月6日) 晴。辰刻恭谒文庙,行礼毕,讲书毕,回辕巡墙,随即放告,收呈十八纸。发包封一件,内有贺节信廿九封。

廿一日(10月7日) 晴。考文生经古,共百十七人。

天头:过书举烛赋向明者举贤任之也。"前值东风后值秋△"。拟何敬宗《游仙诗》。

廿二日(10月8日) 晴。考合府生员,府学百四十余人,汲县百二十余人,新乡百四十余人,辉九十余[人],获九十余人,淇六十余人,延百余人,滑百五十余人,浚百廿余人,封八十余人,共千一百余人。接省包封。钦差从卫郡经过。

天头："论笃是与"二句。"将入门"三句。"得见有恒"一句。"子路曾晳"至"知也"。"侍坐"至"知尔"。"夫子何哂"四句。"南人"二节。"既而曰"至"果哉"。"夫子为卫"至"得仁"。"文之以礼乐"[至]"何必然"。问《春秋》三传异同得失。"只在芦花浅水边△"。

廿三日(10月9日) 晴。考合府童古,共二百十余人。

天头:蟹执穗朝魁赋蟹执穗以朝其魁。"红日半檐秋雨晴△"。拟谢叔源《游西池诗》。

廿四日(10月10日) 晴。考滑、浚二县文童正场,滑八百五十余人,浚四百三十人,共千二百余人,拿获枪手二名,滑县刘超,浚县田继高,发交提调,将认保斥革,换保,革廪留附。申刻发生一等榜。

天头:"伯夷之所筑"至"为不义之室"。"伯夷之所树"至"为不义之禄"。次:"未闻以割烹也"。诗:"晴河渡雁高△"。

廿五日(10月11日) 晴。覆文生经古,共廿二人。发包封一件。

天头:楼观沧海日赋。"秋水蒲帆卖蟹船△"。

廿六日(10月12日) 晴。考辉县、获嘉、延津、封丘四处文童,辉三百八十余人,获三百四十余人,延津二百七十余人,封二百四十余人,共一千二百余人。申发头场童提覆牌。

天头:"存心"章:"我"。"我"。"我"。"我"。次:"在彼者皆我所不为也"。诗:"万家烟火夕阳深△"。

廿七日(10月13日) 晴。提覆头场文童,并覆试一等生,童共八十四人,生共一百〇九人。申刻发滑、浚二县榜。

天头:生:"民事不可缓也"三句。吕虔赠刀公字。童:"周公方且膺之"。

廿八日(10月14日) 晴。考汲、新、淇三县文童,汲三百三十余人,新五百四十余人,淇二百余人,共千余人。申刻发二场童提覆牌。

天头:"隘"、"迫"、"久""当路"章。"绿竹夹清△水"。

廿九日(10 月 15 日) 晴。提覆二场文童,共九十余人,申刻发榜。接到省城包封一件。

天头:"无易树子"。

卅日(10 月 16 日) 晴。考官、贡、监,共二十九人。申刻发三场童提覆牌。发省城包封一件。

天头:"恂恂如也"二句。问河防。"刻烛限诗成△"。

九月初一日(10 月 17 日) 巳刻雨,酉刻止。提覆三场文童,共八十余人,申刻发榜。

天头:"附于诸侯"。

初二日(10 月 18 日) 晴。合覆文童,共百六十二人,戌刻发长案,又发官、贡、监榜。

天头:"四时行焉"。"菊花天气近新霜△"。

初三日(10 月 19 日) 晴。辰刻奖赏毕,出拜客。回院后,陈太守、刘大令均来禀见。

初四日(10 月 20 日) 晴。辰刻自卫辉起马,行三十里至潞王坟,新乡属地,新乡令余子澂嵩庆备有早尖,并亲自在此接送。坟东西二围皆里许,东围系明潞王坟,西则潞王妃坟,旧日享殿,今则作为佛殿,上仍用琉璃瓦,两边配殿亦然。殿后有一台,中空甚高,台后即坟,亦甚高大,三四亩许,以砖甃成。殿前一大院,颇多古松。配殿之南,东西皆有房数楹,前则二门,门前院亦甚大,阶甚高,前则大门。坟墓尚如此,则当日之王府,雄丽可知矣。饭后又行二十余里至辉县古共城西北之五里外百泉,宿。泉为卫河之源,《诗》所谓"泉源在左"是也。其地为苏门山,泉在山麓,随出涌出,其泉无数,故曰百泉。水清澈见底,荇藻交横,游鱼可数。水向南流,有闸五道,灌稻田数千顷,至县之南,与丹河合,又东,则卫河矣。其地则砖石甃成一池,南则方,北则向西复多数十丈。池之中有清晖阁五楹,甚高。自南岸则有飞虹桥,以石为之。南则白露园七楹,予宿于此。又南为啸竹庐,满院皆竹,邑令郭君藻,字翰亭宿焉。白露园之东为思贤亭,东南角为课桑亭。池之东岸有耶律文正祠。池中东北偏有(涌)[亭],曰涌金亭。池中之西北偏有灵源亭,亭中有井,又西有喷玉亭。池之东岸有邵子祠,有孙征君祠,有静乐园,园中松竹交翠,北屋西屋各三楹,绿影凝窗,洵可爱也。池之北岸极西有一碑,题"程公泉",稍东又一碑,题"稣公泉",再东为卫源庙,中有唐碑一,再东为关帝庙,再东为苏门山,则直池之正北,周以墙,中有门,入门则有一碣,题"苏门山"三字,极有魄力,而仍圆润流走,传有东坡书。登山则上有◇◇,至圣庙,石坊额题"子在川上"四字,入坊则圣庙在中,有纯庙御笔诗。再北则大成殿,中供圣像,旁列四配,两庑左则六座,右则七座,祀当日从游诸贤及周、程、邵、孙征君、汤文正诸儒,后为孙。登啸台,登其巅,则山之最高处也,台下祀孙公和神位。北望太行如屏环抱,东有(饱)[饿]夫墓,墓为明末蠡县诸生彭之灿墓,云当时与夏峰先生同隐于此,明鼎革后先生薙发,彭弗善也,遂不食死,此与首阳可继美矣。东则有康节先生安乐窝。宣圣庙之东有吕祖阁,又东则共姜祠,先是冢与祠皆在县署,妇女多入拈香,弗能禁也,乃改建祠于此。道士云每年四月庙会,商贾聚集,墙外多有阛阓,非其时无人也。游毕,天已暮矣。

初五日(10月21日)　夜微雨,早有风,午后晴。行五十余里至获嘉县,宿。获嘉令谢立本字培根来见,并送百泉碑记十六种,《中西纪事》一部。

初六日(10月22日)　晴。自获嘉起轺,行五十里至修武,尖,胡明府昶英,号少湘来见。午后又行五十里至宁郭驿,宿。驿属武陟,大令李标凤号蠹霄来见,并带有武吟舟信一封,吟舟来武陟察灾所发也。

初七日(10月23日)　晴。早发宁郭,行三十里至清化镇,尖,河内令袁保臣来接。又行四十里至怀庆府,入察院。

初八日(10月24日)　晴。早谒文庙,讲书毕,回院放告。午后发包封一件。提调卓太守来见。

初九日(**10 月 25 日**)　早阴午晴。考合属生童经古,生百卅余人,童百九十余人,共三百二十余人。

天头:生:王子安滕王阁序赋落霞孤鹜秋水长天。"晓风山郭雁飞△初"。望岳楼。深井里。童:刘梦得辍题糕赋"虚负诗中一世豪"。"孤△云带雁来"。菊酒。茰囊。

初十日(**10 月 26 日**)　早阴午晴。考合属生员,府学二百人,河内二百六十余人,济源百五十人,修武百十人,武陟百卅余人,孟县百廿余人,温百八十余人,原武五十余人,阳武二十八人。申刻发古榜。

天头:"或谓寡人勿取或谓寡人取之"。"以万乘之国"三句。"以万乘"四句。"取之而燕民悦"四句。"取之而燕民不悦"四句。"王速出令"三句。"反其旄倪"四句。"谋于燕众"二句。问《史记》《汉书》得失。"经训乃菑畬"经字。

十一日(**10 月 27 日**)　晴。覆文生经古,共廿五人。接到省发包封一件,内有姚、严信件。

天头:荣鞠树麦赋"荣鞠而树麦时急也"。"治国如张琴△"。

十二日(**10 月 28 日**)　晴。考温县、原武、阳武三县文童,温六百卅余人,原武百卅余人,阳武二百余人,共九百八十余人。申刻发合属一等榜。

天头:"胶鬲"一句、"孙叔"一句、"百里"一句"大任"章。"土地人民政事宝珠玉者"。"楼头燕雀驯△"。

十三日(**10 月 29 日**)　晴。覆文生一等,共百十九人。

天头:"使天下之人"一节。"浅沙△紫蟹衔泥出"。

十四日(**10 月 30 日**)　晴。考武陟、温县二县文童,武五百六十余人,孟五百十余人,共千七十余人。申刻发头场童提覆牌。

天头:"其父"。"其母"。"象喜亦喜"。"陶令东篱△菊。"

十五日(**10 月 31 日**)　晴。提覆温、原、阳文童,共八十余人,申刻发榜。

天头:"千乘之君求与之友"。

十六日(11 月 1 日)　晴。考济源、修武二处文童,济源八百人,修武三百三十余人,共千一百余人。申刻发武、孟提覆牌。

天头:"近者"。"远者"。"虽愚必明虽柔必强"。"起弄明月霜△天高"。

十七日(11 月 2 日)　晴。考试提覆武、孟二处文童,共七十余人,申刻发榜。

天头:"卿一位"。

十八日(11 月 3 日)　阴,晚微雨。考河内一县文童,共千二百卅余人。申刻发济、修二县提覆牌。

天头:"地利不如人和三里之城"。"若夫豪杰之士"。"黄菊清尊△更晚晖"。

十九日(11 月 4 日)　早阴午晴。考试官、贡、监,共廿人。发省包封一件。

天头:"敏则有功公则说"。"霜稻登场野色宽△"。

廿日(11 月 5 日)　晴。提覆河内、济源、修三处文童,共一百十七人,申刻发榜。

天头:"尊贤之等"。

廿一日(11 月 6 日)　晴。合覆文童,共一百七十三人。接到省城包封,内有沈亲家信一件,庆字七号。

天头:"又尽善也"。"红树吟风叶叶秋"。

廿二日(11 月 7 日)　晴,巳刻阴,晚微雨。辰刻奖赏发落毕,府县来谒,县丞陈熙垲介如来谒,刑部主事刘孚京镐仲拜会,修武教官刘九衢、张以忠来谒。随出拜客,见者崔季芬总镇、卓友莲太守,回院后午正矣。晚后崔季芬招饮,酉刻归。起更后,府县在潮音寺公请,九点钟归。潮音寺供大士,前院皆荷花,有活水,有小船一只,云夏日颇可观,惜天晚不及游览。是晚接到包封一件,又发家信一封,差李景顺回省,明早行,杨季香亦回省。

廿三日(11 月 8 日)　阴。立冬。辰刻起马,十钟三十里至崇义镇,尖。午后行三十里至孟县,宿。大令王兰森,安徽人,而久在直隶,号蔗香。孟县古河阳,潘岳为令,所(为)〔谓〕"河阳一县花"者是也。地有韩文公墓,有韩文公祠。孟县古亦曰南阳,《左传》云晋于是始启,南阳盖王赐文公以盟,盟即孟也。邑又有溴水,春秋晋会诸侯于溴梁,大夫盟,盖即此水。

廿四日(11月9日)　晴,有风。早发孟县,行廿五里至干沟桥,尖。又行二十里至白坡渡河,风顺水疾,片帆飞渡。王大令送至河边,孟津陈子余大令迎至河边,至铁谢宿。

廿五日(11月10日)　晴。早自铁谢发轺,行四十五里至洛阳,宿。发河南府齐集文书,又发包封一件,内有绍敏文一篇。洛阳令康乃猷,号远崖,直隶满城人,辛酉拔贡。

廿六日(11月11日)　晴有风。早自洛阳行二十里至谷水镇,茶尖。又行二十里至磁涧,尖。午后又行三十里至新安县,住,仍在署内,令仍是屠敦庵,接至境。

廿七日(11月12日)　晴,有风。早自新安行,三十里至铁门,尖,地属新安。又行六十里至渑池,宿。中过义昌驿、石河镇,皆属渑池,大令仍是傅芝如,接至境。早在新安接到包封一个,内有卫瞻信。陕州巡捕黄鼎元来接。

廿八日(11月13日)　晴。早发渑池,行二十五里至英豪镇。又行二十里至观音堂,尖。地已属陕州矣,州牧赵幼谦来见。午行二十五里至硖石驿,宿。

廿九日(11月14日)　晴。辰自硖石行,四十里至磁钟,尖。又行三十里至陕州,河陕汝道铁珊绍裴来接,州牧赵及各学师、巡捕皆来见。

十月初一日(11月15日)　晴。辰刻谒庙讲书,回院后放告,止收呈一纸,前此所无。午发包封一件,内有致京高阳一封,辛蔚如一封。

初二日(11月16日)　晴。考生童经古,生四十余人,童八十余人。发秦雨亭信一封,接到四老爷信一封。

天头:生:聚米为山谷赋以"指画形势昭然可晓"为韵。"奚斯△颂鲁"。望鱼台怀古七古。童:柳往雪来"行彼周道""畏此简书"。"庭喜新霜为橘红△"。张芝墨池、魏野草堂七律。

初三日(11 月 17 日)　晴。考合属生员,陕州百四十人,灵宝百〇三人,阌乡五十八人,卢氏六十二人。申刻发古榜。

天头:"尝独立"二段。"贤者识其"四句。"贤者而后"二句。"曾子养曾晳"一段。问钱法。"老树饱经霜△"。

初四日(11 月 18 日)　晴。覆生员经古,共十二人。

天头:"远移山石作泉声"赋。"诗成多△是在车中"。

初五日(11 月 19 日)　阴,微雨。考灵、阌、卢三处文童,灵三百六十余人,阌、卢俱二百余人。申刻生榜发出。

天头:"乐正子强乎"。"有知虑乎"。"多闻识乎"。"尊德乐义"二句。"山水有清音"。

初六日(11 月 20 日)　晴。覆生员一等,共四十五人。

天头:"子击磬于卫"一节。"长松△吟风晚雨细"。

初七日(11 月 21 日)　阴。考陕州一处文童,共五百七十人。午后发提覆头场文童牌。晚接省中包封二件。

天头:"以季孟之间"。"亦不敢作礼乐焉"。"茶烹松火红△"。

初八日(11 月 22 日)　阴。考官、贡、监,共五人。补考共四人。申刻发提覆牌。发省中包封一件。

天头:"不患无位"二句。问历代漕运。"人闻清钟△"。

初九日(11 月 23 日)　晴。提覆合属文童,共九十二人,申刻发榜,并发贡、监榜。

天头:"好驰马试剑"。

初十日(11 月 24 日)　晴。卯刻在大堂拜牌。合覆合(覆)[属]文童,共五十五人,戌刻发长案。

天头:"五者天下之达道也"。"竹小春△"。

十一日(11月25日)　晴。辰刻奖赏后,赵幼谦刺史来见,随即往拜,并拜铁绍裴观察,晤面。回院后铁又来拜。午刻观察、刺史在羊角山招饮,赴焉,申刻归。山极小而高,滨临大河,对面即山西平陆县城,河水甚小,波流有声。

天头:接包封一件,又发包封一件,内有致沈鹿苹信一封,吉字五号。

十二日(11月26日)　晴。卯正自陕州起身,行三十里至磁钟,尖,赵牧送至此。午后行四十里至硖石驿,宿。

十三日(11月27日)　晴。辰正自硖石起轺,行二十五里巳初到观音堂,尖。又行四十五里未正至渑池县,宿。傅芝如来见。

十四日(11月28日)　晴,有风。早自渑池起马,行六十里至铁门,尖。又行三十里至新安,宿。

十五日(11月29日)　晴。早发新安,行三十里至磁涧,尖。又行四十里至洛阳下马,通城俱接至关外。入察院后,太守承枫亭、明府康远崖、通判张敷文、前通判汪坦、候补县徐嘉猷皆来见。发包封一件。

十六日(11月30日)　晴。谒庙放告。接到包封一件。挂考试日期牌。

十七日(12月1日)　晴。考生童古学,生共二百余人,童共四百余人。发省城包封一件,内有致兰翁信。

天头:生:代漏龙赋时至夜分鱼果三跃。"佳△句多于枕上成"。平泉庄怀古。童:为坚多心赋其于木也为坚多心。"邻火分△灯夜读书"。金谷园怀古。

十八日(12月2日)　晴。考合属十一学生员,府学百五十人,洛阳二百人,偃师百卅余人,巩百余人,孟津百余人,宜阳百余人,登封百余人,永宁七十余人,新安百余人,渑池五十余人,嵩县百余人,共千二百六十余人。午后发生古榜。

天头:"昔者先王"至"有言曰"。"昔者齐景公"至"夏谚曰"。"昔者文王"至"不孥"。"昔者公刘"至"可以爰方启行"。"昔者太王"至"不得已也"。"昔者太王"至"告之曰"。"昔者曾子"至"于夫子矣"。"昔者赵简子"至"良工也"。"昔者鲁缪"至"长者虑"。"昔者有馈"至"而逝"。"昔者王豹"至"睹之也"。问道学源流。孔壁金丝△。

十九日(12月3日)　晴。覆生古,共廿九人。

天头:衔书佛脐"吾腹中安可着此"。"谊合灵囿"。

廿日(12月4日)　晴。考登封、渑池、嵩县三处文童,登四百余人,渑三百余人,嵩千余人,共千八百九十余人。申刻发生榜。

天头:"俭""子禽"章。"俭""不孙"章。"俭""麻冕"章。"皆古圣人也"。"几株残菊散幽芬△"。

廿一日(12月5日)　晴,午阴。覆文生一等,共百卅人。

天头:"为能经纶"二句。"雄△文似相如"。

廿二日(12月6日)　晴。考偃、宜、新三处文童,偃八百余人,宜六百余人,新三百余人,共千七百余人。申刻发头场提覆牌。

天头:"无城郭"一句。"无诸侯"一句。"无百官"一句。"大匠不为拙工"一句。"钟△声烟外寺"。

廿三日(12月7日)　晴。提覆头场文童,共七十余人,申刻发榜。提调来见。

天头:"无易树子"。

廿四日(12月8日)　晴。考巩、孟、永三处文童,巩八百余人,孟津五百余人,永宁近五百人。申刻发二场提覆牌。

天头:"虽闭户可也"至"匡章"。"圣人之徒也"至"仲子"。"未有能直人"至"张仪"。"子归而求之有余师"。"远对长松疑是山△"。

廿五日(12月9日)　晴。提覆二场文童,共七十余人,申刻发榜。发包封一件。

天头:"将使卑逾尊"。

廿六日(12月10日)　晴。考洛阳一处文童,千六百五十人。申刻发三场提覆牌。接到省中包封一件,内有沈亲家信一件庆字八号。

天头:"不富矣夏后氏"。"孔子曰有命"。"晚天清坐竹窗寒△"。

廿七日(12月11日)　阴晴不定。考贡、监,共四十人。申刻发洛阳提覆牌。

天头:"君子学道"二句。历代治河之策。得意忘言△。

廿八日(12月12日)　阴。提覆三四场文童,共百廿人,申刻发榜。接省中包封一件。

天头:"置君"。

廿九日(12月13日)　早阴午晴,有风。合覆文童,共百五十七人。戌刻发长案。发省包封一件。

天头:"周有八士"。"杼柚予怀△"。

卅日(12月14日)　晴。早奖赏生童毕,出门拜客。晚间承枫庭太守来谒。

十一月初一日(12月15日)　晴。天甫明即行,二十五里至龙门山,尖于寺中。地两山对峙如门,伊水中流,山有泉河,西则宾阳洞,即三龛也。三龛成于元魏时,就山凿成圆洞,中左右共三,内有巨佛立像数尊,亦系就山石凿成者。自下至巅,皆系六朝及唐造像,不下数百事,最传者褚河南正书《三龛记》也。对宾阳洞有厅事五楹,可为游人憩息之地,俯观伊水,对视香山,亦胜境也。中悬一联云:"名借乐天振起,山从神禹开来"德林撰,最为浑括,余则自郐以下矣。午后渡伊水,登香山寺,寺颓败不堪,亦未见寺僧,虽有胜迹,殊觉凋残。行四十五里至白沙,宿,时已黄昏矣。汝州巡捕来接。距洛阳城南十五里有关林庙观,极为雄壮[庄]严。凡殿三层,前一层为正殿,中一层亦塑帝像,则便衣,后一层有行像,左间有卧像,右间有观书像。殿后即林矣，地大亩许，围以墙垣。三殿之前则庙门。墓前后左右及殿院皆老柏参天，别无他木，而庙中石刻皆明及本朝物，毫无古碑，殊可怪也。

初二日（12月16日） 晴。早发白沙，行二十里至临汝镇，茶尖，汝州牧潘稚纯来接。又行三十里至庙下街，尖。又行三十里至汝州，宝丰县张瑜森号幼琴，接至关。入察院后，州牧、张令及教官、巡捕以次来谒。

初三日（12月17日） 晴。辰刻谒庙，回院即放告，收呈十二纸。午后发包封一件。

初四日（12月18日） 晴。考生童经古，生六十余人，童二百七十余人，共三百卅余人。

> 天头：生：蒲轮车赋"轮合大规""蒲兼柔质"。"静连禽语树头云△"。冯异、马燧七律二首。"与人一心成大功"题韵。"清词丽句必为邻△"。崆峒山、洗耳河七律二首。

初五日（12月19日） 晴。考合属生员，汝州百四十余人，鲁山百人，郏县百三十余人，宝丰六十余人，伊阳七十余人。申刻发古榜，共取十二人。

> 天头："奢则不孙"二句。"尊五美"二句。"放郑声"二句。"不降其志"二句。"伯夷隘"二句。问《诗》学源流。"鼓琴得其人△"。

初六日（12月20日） 晴。覆文生经古。酉刻张友琴明府来谒。接包封一件。

> 天头：冬笋赋"渭川千亩在胸中"。"束带迎五经△"。

初七日（12月21日） 晴阴不定，有风。考鲁山、宝丰二县文童，鲁山六百四十余人，宝丰五百三十余人，共千一百七十余人。申刻发生榜。

> 天头："恭而安子曰泰伯"宝。"皆雅言也叶公"鲁。"出入相友"。"料得南△枝有早梅"。

初八日(**12 月 22 日**)　晴。冬至。卯刻在大堂朝贺,辰刻考覆一等文生,共六十二人。发包封一件。

天头:"启贤"一句。"吹葭六琯动飞△灰"。

初九日(**12 月 23 日**)　晴。试郏县、伊阳二处文童,郏七百余人,伊四百余人,共一千一百七十余人。申刻发头场提覆牌。

天头:"知我者"。"罪我者"。"行其所无事也"。"卷幔山泉入镜中△"。

初十日(**12 月 24 日**)　晴。提覆鲁、宝二处文童,共四十一人,申刻发榜。

天头:"无遏籴"。

十一日(**12 月 25 日**)　晴。试汝州文童,共千一百七十九人。申刻发二场提覆牌。

天头:"独乐乐"二段。"追王大王王季"。"梅竹野人家△"。

十二日(**12 月 26 日**)　晴。考试官、贡、监,共十余人。申刻发三场提覆牌。接到省包封一件。

天头:"敬大臣也"三句。问《周易》源流。"天势围平野"。

十三日(**12 月 27 日**)　晴,有风。提覆汝、郏、伊三处文童,共八十人,申刻发榜。发省包封一件。

天头:"地非不足"。

十四日(**12 月 28 日**)　晴。合覆文童,共六十六名。

天头:"君子义以为上"。"腹有诗书气自华"。

十五日(**12 月 29 日**)　晴,有风。辰刻奖赏生童,随拜客。回院后潘稚纯州牧、张友琴大令来见。

十六日(**12 月 30 日**)　晴,大风。辰刻起马,行四十五里长阜,尖。午后又行四十五里郏县,宿。汝州官送至郊,巡捕赵培薰送至长阜,郏令马阶平接至十里以外,到寓相见。在路接包封一件。

十七日(**12 月 31 日**)　晴,风住。辰刻行,三十里至长桥,尖。午后行三十里至襄城,宿。襄令饶拜飔来见,接至十里外。

天头:都司龚从岱同来见。

十八日(1888 年 1 月 1 日)　晴。辰刻行,四十里至颍桥,尖。又行五十里至许州下马,八里桥关帝庙行香,送庙祝楹帖一联,院中腊梅数树皆盛开。下马后方庆甫州牧来见,各学官暨巡捕皆来见。晚发京包封一件,寄省(马)[包]封廿五个。

十九日(1 月 2 日)　晴。辰刻谒文庙,回院放告,查号批呈。

廿日(1 月 3 日)　晴。考生童经古,生七十余人,童九十余人。发包封一件,内有致高阳相书。又发致陈州吴太守信。

天头:生:万松深处鹤巢云赋。"隔墙分送一枝春"梅。拟东坡《经颍》五古。童:南檐纳日冬天暖赋。"雪点梅花小院春△"。拟东坡《试院煎茶》七古。

廿一日(1 月 4 日)　晴,有风。考合属生员,许州二百人,临颍百人,襄城百四十人,郾城百廿人,长葛百人。放头牌时发生古榜。晚接省包封一件,十三日所发,内有卫瞻信一件,蕙孙信二件,升卿信一件。

天头:"人之其所亲爱而辟焉"。"之其所贱恶而辟焉"。"之其所畏敬而辟焉"。"之其所哀矜而辟焉"。"之其所敖惰而辟焉"。问治河之策。

廿二日(1 月 5 日)　晴。覆生员经古,共十二人。

天头:疏影暗香赋。"志士惜日短"勤字。

廿三日(1 月 6 日)　晴。考襄城、临颍二县文童,临颍七百余人,襄城九百余人。申刻发生榜。

天头:"日"、"月""好学"章。"予虽然岂舍王哉"。"吟冷砚生冰△"。

廿四日(1 月 7 日)　晴。覆试生员一等,许十五人,临十人,襄十五人,郾十二人,长十人。发省包封一件。

天头:"樊迟请学稼"一节。"因方△为珪"。

廿五日(1 月 8 日)　晴。考郾城、长葛文童,郾千人,长七百余人。申刻出头场提覆牌。

> 天头："为台为沼"。"一游一豫"。次："用之以礼"。"满山楼阁上灯初△"。

廿六日(1月9日)　晴。提覆临、襄二处童,共四十八人,申刻发榜。

> 天头："孟懿子问孝"。

廿七日(1月10日)　晴。考许州一处文童,千五百余人。申刻发二场提覆牌。接包封一件,内有卫瞻信一件,蕙孙信一件,西元信一件。

> 天头："直哉史鱼"。"斯出矣"。"鹊始巢△"。

廿八日(1月11日)　早晴晚阴。考官、贡、监,共十五人。申刻发三场提覆牌。戌刻发包封一件,内有致卫瞻、蕙孙信各一件。

> 天头："四方之政行焉"。问兵制。"聊赠一枝春△"。

廿九日(1月12日)　雪竟日。提覆州、郾、长三处文童,共九十人,申刻发榜。早发起马牌。

> 天头："爱其所亲"。

十二月初一日(1月13日)　阴。合覆文童,共八十三名,酉刻静场,戌刻发长案。

> 天头："巫其乘屋"至"其始"。"龙公试手行初△雪"。

初二日(1月14日)　雪竟日竟夜。辰刻奖赏。提调方庆甫州牧来谒,随出拜客。

初三日(1月15日)　雪竟日。辰刻自许州起马,州牧及同城俱送至关外,行三十里至丈地,尖。又行七十里至新郑县,宿。知县文荣欣甫接至关,到公馆时已戌刻矣。

初四日(1月16日)　阴。晓发新郑,行四十里至郭店驿,尖。又行五十里至郑州,宿。州牧马玉麟石生接至关,到时亦戌刻矣。

初五日(1月17日)　阴。巳刻打坐尖。行四十里至荥泽县,宿。县令连魁梅岩接至关外八里许。公馆地名草屯坡。

初六日(1月18日)　阴。卯刻行,十余里渡河,连大令送至河干。午初时已登北岸,换车又行五十里甚远,如七十里至亢村驿,宿,驿属获嘉。

初七日(1月19日)　阴。早发亢村,行六十里至新乡,宿,县令余子澂接至关外。

初八日(1月20日)　阴。早打坐尖。行五十里至卫辉府,宿,府县及同城皆迎至关。数日路皆滑沷难行。

初九日(1月21日)　阴。早发卫辉,行三十五里至龙王庙,尖。又行三十五里至延津县,宿。知县郭镕之来见。

初十日(1月22日)　阴。早发延津,行六十里至辛店,尖。又行三十五里至省城,日已昏黑矣。府县俱接至关外。

十一日(1月23日)　阴。午后拜客,晤者刘景臣师。晡时查阆仙来谒。

十二日(1月24日)　阴。李问白大令来谒。料理折件。

十三日(1月25日)　晴。早出拜客,午后钟芝生观察、焦丹丞观察、斌子俊俱来见。

天头:发折件。

十四日(1月26日)　早阴午晴,夕又阴。早藩、臬及黄海楼俱来拜,孙海岑首府来谒。午后出拜客,晤者斌子俊城守尉、仓少坪方伯,晡时回署。

十五日(1月27日)　阴晴不定。早谒庙,又拜客数家,随即出城接高阳师,午初归,未正又出谒。高阳师晤谈,又晤张、辛二君。

十六日(1月28日)　阴晴不定。午后往薛云溪观察处吊唁。

十七日(1月29日)　阴晴不定。李金斋大令来见,王仲裴观察来拜。早月食,五钟起救护。发陈、归二府手书。

十八日(1月30日)　阴晴不定。即用县宋嘉炳午园、李熙亭来拜。写京信三封发去,沈亲家信吉字第六号,王云舫信,周子伦。廿日发日升。

十九日(1月31日)　阴。李建三来见。写津信三封发去周鹤汀、华芝亭、卫瞻。

廿日(2月1日)　阴。武吟舟、胡金淦丽伯来见。写京信二封。封印。

廿一日(2月2日)　阴晴不定,大风。候补道陈峻梧来见。

廿二日(2月3日)　晴。无事。写信数封。

廿三日(2月4日)　晴。立春。祀灶。

廿四日(2月5日)　晴。出门拜客,会者倪中丞、刘方伯、贾廉舫、王仲培观察。

廿五日(2月6日)　晴。倪中丞来拜。

廿六日(2月7日)　晴。无事。

廿七日(2月8日)　晴。李建三来见,晚武吟舟来见。

廿八日(2月9日)　晴。

廿九日(2月10日)　大风。差孙升赴杨桥贺高阳年喜。

卅日(2月11日)　阴,雪。折差回,奉硃批"知道了"。随具文幕缴本年折件二扣,交沈亲家代递,由提塘发寄第七号。

光绪十四年(1888)

光绪十四年正月元旦大吉

初一日(2月12日) 晴。卯刻赴行宫拜牌，又赴文庙行香，随即各处拜年，巳初回署。

初二日(2月13日) 阴晴不定。辰刻祭财神，未刻出门，各处拜年。孙升自杨桥回。

初三日(2月14日) 阴。

初四日(2月15日) 阴晴不定。

初五日(2月16日) 晴。华振号云阁来见，原泉公二十六世孙，住无锡南门内大井头，在豫作幕。

初六日(2月17日) 阴晴不定。武吟舟、署洧川姚礼咸石杉、县丞王世瑾俱来见。午拜客，会者刘藩、钟、卫两道。

初七日(2月18日) 阴。无事。

初八日(2月19日) 阴。早出，抚军倪豹岑晤面。李建三、查阆仙早来见。午后倪抚军、钟粮道、卫候补道来拜。

初九日(2月20日) 阴晴不定。武吟舟、周元钊勉轩来见。寄京沈亲家信一件八号，内有致李世兄一书。

初十日(2月21日) 晴。刘成身惺斋来见。

十一日(2月22日) 晴。晡时查阆仙来见。

十二日(2月23日) 阴晴不定。陈州府吴重憙仲怡、候补县刘宗瀚少轩、李建三、署中牟顾守壎友篪来见。

十三日(2月24日) 晴。王仲裴观察、李问白明府、杨仙洲典史皆来见。

十四日(2月25日)　阴,大风。李建三来见。

十五日(2月26日)　晴。署淮宁县罗衍绪小帆、武陟县贾联堂槐三、祥符县舒敏捷卿、甘肃州判俞象乾健甫,小园同年之弟皆来见。

十六日(2月27日)　晴。陆吾山太守来见。午后各处辞行,晤者藩台刘景臣,余皆未见。

十七日(2月28日)　阴晴不定,大风。早刘方伯来送行,钟芝轩观察亦来送行。午后出辞行,兼吊刘南卿观察夫人丧。黄海楼、陈峻梧、蒋茂斋三观察、斌子俊城尉、郭镕之大令皆来送行。

十八日(2月29日)　雪竟日。易实甫、王仲培观察来拜,查阆仙明府、武吟舟太守皆来见。发天津寄卫瞻信。

十九日(3月1日)　阴。辰刻起马,蒋茂斋观察、孙海岑太守皆送至城外。行廿余里渡干黄河。又行十余里至金龙宫,尖,时至未初矣。又行四十五里至延津,宿,时已戌正。

廿日(3月2日)　阴。辰初发轺,行三十五里至龙门庙,尖。又行三十五里至卫辉府,宿,汲县令刘体恒立斋接至城外。

廿一日(3月3日)　阴。辰刻自卫辉起程,汲令送至郊。行五十里至新乡县,宿。大令余嵩庆子澄接至郊,殷裕儒字仲纯来见。

廿二日(3月4日)　晴。早发新乡,行六十里至亢村驿,宿。距亢村二十余(有)[里]小憩,寨甚大。此日天晴地平,行甚易。

廿三日(3月5日)　阴,午后微雨。卯初刻自亢村发轺,行三十余里至寨地俗名占店,自尖。又行十五里渡黄。本日风色甚顺,片刻飞渡,平生渡河十余次,此最迅速。又行十余里至荥泽北关草屯坡,宿。典史接至河口,两学至公馆来见,邑令因县试未出。

廿四日(3月6日)　早霜,大晴。晓发荥泽,行四十五里至郑州,尖,州及学皆来见。午后又行五十里至郭店驿,宿。

廿五日(3月7日)　早阴午晴。卯刻自郭店发轺,行四十里至新郑县,尖。大令文荣赴乡催料,未来见。午后行六十里渡双泊河,有草桥至石固驿,宿。驿属长葛县,大令王锡晋号仲蕃,山西黎城人来见。

驿极蕃庶,寨中整齐。有南北二寨,北属长葛,南属许州,长葛地沃饶而人富庶,石固即村市之罕见者也。

廿六日(3月8日) 早阴午晴。早发石固,行五十里至颍桥,尖。午又行四十里至襄城县,宿。颍桥渡颍水有草桥,襄城渡汝水有石桥,双洎及汝皆有船,而汝水之船尤大而多。襄城都司及大令、学官皆来见。

廿七日(3月9日) 晴,有风。早发襄城,中经汝坟桥,六十里至叶县,尖。午后行三十里至旧县,宿。县令刘际唐素庵接至汝坟。襄城南有轩辕访道处,叶县北有孔子使子路问津处,有沮溺耦耕处,旧县北有汉光武破莽兵处,叶县南有碣,题"汉逸民高文通故里"。南阳巡捕来接。

廿八日(3月10日) 晴,有风。卯刻自旧县起程,行三十里至保安驿,尖。又行三十里至扳倒井,光武庙茶尖。庙中腊梅迎春,虽残犹有余花,玉兰尚未放,竹青如故,池水尚盈。又行三十里至裕州,宿。

廿九日(3月11日) 晴。卯刻自裕州起马,行三十五里至赵河,尖。又行三十里至[博]望驿,宿,南阳令黄源星槎及外巡捕黄庆恩、驿丞葛家鍂来见。裕州有汉廷尉张公祠。

卅日(3月12日) 晴。卯初刻自博望起马,行三十里至新店,尖。又行三十里至南阳府下马,太守濮青士、大令黄源星槎同武营皆出关接。未刻谒庙,申刻放告,收呈廿九纸。

二月初一日(3月13日) 阴。辰刻考经古点名,生百八十余人,童二百七十余人。发包封初一日一件,又发光州齐集文。

　　天头:生:将飞得羽赋将飞得羽利登于天。"春江水暖鸭先△知"。拟少陵《高都护骢马行》。童:贵贤宝谷赋可贵者贤可宝者谷。"游鱼动圆△波"。拟杜少陵《王宰山水图歌》。

初二日(3月14日) 微雨竟日。考合郡生员正场,府学百卅六人,南阳百四十四人,南召六十三人,唐县九十五人,泌阳六十人,镇平百九人,桐柏廿三人,邓州百六十五人,内乡八十八人,新野九十八人,淅川三十五人,裕州九十七人,舞阳五十九人,叶县七十五人,共千二百四十七人。申刻发生经古榜,共取廿八人。

天头:"故君子语大"至"察也"。"匹夫不可夺"至"耻者"。"见冕者"至"必以貌"。"知我者其天乎"至"以告曰"。"兄弟也"至"苟合矣"。"奔而殿"至"非敢后也"。"又有微子"至"相与辅相之"。"夏后殷周之盛"至"其民矣"。"非所以内交"至"而然也"。"子路人告之"至"有大焉"。"齐人无以仁义"至"莫大乎是"。"欲有谋焉"至"不如是"。"今既数月矣"至"则善矣"。"尧以不得舜"一节。问《周易》名义源流。"诗成灯影雨声中"。

初三日(3月15日)　早阴,晡时微雨。考官、贡、监兼补考,共十余人。

天头:"其心休休焉"二句。问历代钱法。"随风潜△入夜"。

初四日(3月16日)　夜微雨,早阴午后晴。考邓州、桐柏二处文童正场,桐百五十余人,邓千三百人。

天头:"吾为之范我驰驱"。"一怒而诸侯惧"。次:"言将行其言也"。诗:"春山雨后青△无数"。

初五日(3月17日)　晴。覆生经古,申刻发生一等榜。早接省包封一件。

天头:陈平分社肉"得宰天下如是肉矣"。"诸峰△罗列似儿孙"。

初六日(3月18日)　阴,风。考镇平、新野二处文童,镇九百四十七人,新六百三十六人。申刻发头场提覆牌。

天头:镇:"亦喜"。新:"得侍"。"征于色"三句。"倚杖候荆扉△"。

初七日(3月19日)　晴,有霾。提覆邓、桐二处文童,共六十人,申刻发榜。又覆试一等生员。

天头：生覆："善人为邦"三章。"一一吹竽△"。覆童："猎较犹可"。

初八日(3月20日)　晴。考泌阳、舞阳、叶县三处文[童]，泌四百七十人，舞六百四十五人，叶五百四十八人，共千六百六十三人。申刻发二场提覆牌。接包封二件，知贡珊等到津，顺天学廿四五下马。

天头：捐阶。逾垣。为巢。次："宜民宜人"。"春△山如黛水如蓝"。

初九日(3月21日)　晴。提覆镇、新二处文童，共五十七人，申刻发榜。发省包封一件。

天头："施及蛮貊"。

初十日(3月22日)　晴。考唐、裕二处文童，唐九百七十一名，裕六百九十七人，共千六百六十八名。申刻发三场童提覆牌。

天头："三代之所以直道"至"阙文也"。"而亦何常师之有"至"子贡"。次："知耻近乎勇"。"窗近花阴笔砚香△"。

十一日(3月23日)　晴。提覆泌、舞、叶三处文童，共七十余人，申刻发榜。接到省包封一件，知京察履历封皮误书礼字驳回。

天头："秦穆公用之"。

十二日(3月24日)　阴。考南召、内乡、淅川三处文童，南召三百人，内乡八百卅五人，淅川三百廿一人，共千四百五十六人。发四场童提覆牌。发省包封，内有沈鹿苹一函九号，沈季蕃一函。又发吏部文，并咨明迟延缘由。

天头："亦可以即戎矣"至"邦有道"。"勇者不必有仁"至"躬稼"。"未有小人"至"爱之"。次："则天子不召师"二句。"轻云出东岑△"。

十三日(3月25日)　阴，晚微雨。提覆唐、裕二处文童，共五十七人，申刻发榜。

天头："民具尔瞻"。

十四日(3月26日) 阴,晚微雨。考南阳一县文童,共千四百四十人。申刻发五场提覆牌。

> 天头:"久假"。次:"岂爱身不若桐梓哉"。"已过社雨尚春寒△"。

十五日(3月27日) 阴。补考、贡、监,共十一人。申刻发南阳提覆牌。

> 天头:"内省不疚夫何忧何惧"。问东汉中兴诸将何功。"道是春风△及第花"。

十六日(3月28日) 晴。提覆五、六场文童,共百余人,申刻发榜。发汝宁齐集文书、郑州齐集文书。

> 天头:"是社稷之臣也"。

十七日(3月29日) 阴。合覆各属文童,共二百十人。发包封一件。

> 天头:"则必为之求牧与刍矣"。"青苗带雨锄△"。

十八日(3月30日) 晴。早奖赏毕,出门拜客,俱未见。回署后,游击张荣恩、都司高立本来见。午后至诸葛庵,府、县皆在。庵正殿塑武侯像,后院西为躬耕亭,院中杏花盛开,间以老柏,青红相间,殊觉可人。循东廊坡陀而上,至宁远楼,有抱膝长吟像,又有一亭,六角,亦颇清旷。庵之东院有三顾堂,中塑先主、武侯对坐像,前有一殿,有关、张像。游毕至元妙观,观颇大,景亦甚雅,花木亦多,闻又收藏字画不少,惜为时仓卒,不及细观,惟五桂堂极宏丽,院有大桂树五株。正殿前柏树甚多,上多鹭鸶为巢。正殿之东则鸳鸯巢树,西则反舌为巢,后则水鸥为巢,各不相乱,殊为异事。后院有一小亭,亭畔则莲池,亭额悬一额,题曰:"翠盖柄柄藕花朵朵,一片空明个中作我。"游毕饮酒,观例素食,府、县及两营作陪,晡时归。

十九日(3月31日) 阴,大风。卯刻起马,通城送至郊,行三十里至新店,尖。饭后又行六十里至赵河,宿。裕州牧迎至此谒见,牧仍白文光庆生。

廿日(4月1日) 阴,有风。卯刻起轺,自赵河行三十五里至裕州,尖。午行三十里至扳倒井,茶尖。光武庙后玉照堂前,玉兰花一树,高过于檐,花开如雪,旁又有铁梗海棠三树,亦正盛开,红白相间,极有生趣。坐移时,又行卅里至保安驿,宿,叶令秦本提玉屏来接。

廿一日(4月2日) 晴。晓发保安驿,行三十里至新店,尖,地仍属叶县。又行三十里至谢店,茶尖,地属舞阳,县令戴晓林接至此。又行二十五里至舞阳县,宿。接到省发包封一件,十二日所发,内有学涷文三篇、文珊诗稿四本、同官录一部、搢绅一部。

廿二日(4月3日) 晴。卯刻自舞阳发轺,行卅六里关城茶尖五十五里至权寨,尖,地属西平。又行三十五里至西平,宿。明府凌梦魁苕生来见,教官二人同来。

廿三日(4月4日) 阴,清明。晓发西平,行廿五里至崇义桥,尖,地仍属西平。又行卅五里至上蔡县,宿。明府汪云芝同年、山长宋谢山同年皆来见。

廿四日(4月5日) 晴。晓发上蔡,行四十里至金乡铺,尖,地属汝阳,县令邵承裕叔曼接至此。午又行卅里至汝宁府,宿。府、县、营皆接至关外,至察院,随见府、县,属以收拾考棚。

廿五日(4月6日) 晴。晓发汝宁,通城皆送至郊外,行四十五里渡汝至黄冈,尖,地属汝阳。又行四十五里至寒冻店,宿,地属正阳县,令何桐青云生来见。本日所行之路皆平而近,虽云九十里,不过七十余里也。

廿六日(4月7日) 晴。卯刻自寒冻店发轺,行三十五里至油坊店。又行三十里至彭家店,尖,地属息县,大令傅钟浚松泉迎至此。午后又行四十里至息县城内,宿,令又来见,光州巡捕来接。此日路虽百〇五里,不过九十余里。

廿七日(4月8日) 晴。卯刻自息县起轺,行卅里至关家店,尖,地属息县。又行三十里至堡子口,茶尖。又行三十里至光州,通城皆迎至郊,入贡院后察号等事。

廿八日(**4月9日**)　晴。卯初谒文庙,卯正归院,随即放告,收呈十余纸。即点名考经古,生百余人,童二百余人。发省包封一件。

天头:生:"汲黯少憨宽饶猛"赋东坡品茶最贵建溪。"开编时与古人△游"。拟杜少陵《诸将》五首。童:瀛洲玉雨"梨花为瀛洲玉雨"。"新笋掀泥已露尖△"。拟杜《重游何氏山林》五律。

廿九日(**4月10日**)　晴。考合属生员,光州二百人,光山百九十余人,固始百七十余人,息县百廿余人,商城百六十人。申刻发生经古榜。晚接到省城包封一件,内有沈亲家信,言除夕、正初所发之信皆收到,惟去腊所发之信未收到,知周少敏、贡三皆【入】进学。

天头:"鲁颂曰"至"子是之学"。"则梓匠轮舆"至"不得食于子"。"我何以汤之"至"亲见之哉"。"弥子谓子路"至"不得曰有命"。"宫之奇谏"至"可谓不智乎"。问历[代]循良弭盗之法。"柳絮飞时花满城△"。

三月初一日(**4月11日**)　晴。覆文生经古,共二十二人。申刻发省包封一件,内有致沈亲家一件十号。

天头:绕朝赠策赋"子无谓秦无人"。"高△摘屈宋艳"。

初二日(**4月12日**)　晴。考固始、商城二处文童,固六百八十余人,商八百卅余人。申刻发生榜。

天头:"五霸者"首节。"五霸者"次节。"不以规矩"。"戴胜降于桑△"。

初三日(**4月13日**)　阴晴不定。覆合属一等生,共八十六人。

天头:"吾尝终日"一章。"羽觞随波△"。

初四日(**4月14日**)　早阴午后雨。考光山文童,共千五百五十余人。申刻发固、商提覆牌。

天头:"消"。"文王生于岐周"。"红桃碧柳禊堂春△"。

初五日(**4月15日**)　晴。提覆固、商二处文童,固四十二人,商三十九人,申刻发榜。

天头:"王孙贾治军旅"。

初六日(4月16日) 晴。考光州、息县文童,光八百五十余人,息县四百六十余人。申刻出光山提覆牌。

天头:"殷周之盛"。"晏子之功"。次:"诗曰""性善"章。"山鸟一声催△布谷"。

初七日(4月17日) 晴。提覆光山文童,共四十四人。出场后又考合属贡、监,共三十人。又补考十余人。酉刻发光山榜,兼出光、息提覆牌。接包封一件。

天头:提:"晋平公"。贡监:"有教无类"。"华桐△发岫"。

初八日(4月18日) 早晴午后阴。提覆光州、息县二处文童,光四十人,息卅二人,未刻发榜,兼出贡、监榜。

天头:"宗庙会同"。

初九日(4月19日) 自夜雨竟日。合覆合属文童,共百廿二人,戌刻发榜。发包封一件。

天头:"又尚论古之人"。"入芝兰室"香。

初十日(4月20日) 晴。早奖赏毕,出院拜客。州牧杨君来见。

十一日(4月21日) 阴。卯刻起马,行六十里至关家店,尖。午后又行三十里至息县,宿。大令傅松泉至关店。

十二日(4月22日) 夜雨早住。行四十里至彭家店,尖。午后又行六十五里至寒冻店,宿。正阳令何君来见。早晚接包封二个,知贡珊回汴路遇贼。

十三日(4月23日) 晴。早行四十五里至黄冈,尖,大令邵叔曼来见。又行四十五里至汝宁府下马,通城皆接至关。

十四日(4月24日) 晴。早谒文庙,回院放告,随即考生古,共百人。发包封一件。

天头:"文字郁律蛟蛇走"赋赋韵。"犹春△于绿"。拟少陵《咏怀古迹》五首。

十五日(4月25日) 雨竟日。考合属童古,共二百五十余人。

发生古榜。

　　天头:壁闻丝竹声赋壁出遗经声闻丝竹。"鸣鸠乳燕青春深△"。拟少陵《天育骠骑歌》七古。

十六日(4月26日)　阴,时作濛濛。考合属生员,府学百人,汝阳百五十余人,上蔡百卅余人,确山五十余人,正阳七十余人,新蔡七十余人,西平百余人,遂平百余人,信阳八十余人,罗山六十余人,共九百五十余人。接包封一件。

　　天头:"刚毅"二章。"宪问耻"二章。"君子道者"二章。"贤者辟世"二章。"子路宿"二章。"原壤"二章。"不日如之何"二章。"君子义以"二章。"吾之于人"二章。"巧言乱德"二章。《春秋》三传异同得失。"石磴欲青△春雨足"。

十七日(4月27日)　雨竟日。考文生经古覆试,廿五人。

　　天头:"待燕归来始下帘"赋。"鲸△鱼跋浪沧溟开"。

十八日(4月28日)　雨竟日。考信、罗二处文童,信七百十九人,罗六百四十二人。申刻发生榜。

　　天头:"居邠"至"去邠"。"乃属"至"邠人曰"。"其为物不二"。"春田△雨足骑秋马"。

十九日(4月29日)　晴。覆文生一等,共百一十人。

　　天头:"肉虽多不使胜食气"。"儒△通天地人"。

廿日(4月30日)　晴。考正阳、西平二处文童,正阳三百四十余人,西平一千余人,共千三百六十余人。申刻出头场提覆牌。接包封一件,内有总理衙门公文一件。

　　天头:"往者"。"来者"。楚狂章。"其次致曲"。"鸟临窗语报新晴△"。

廿一日(5月1日)　微雨,晚晴。提覆信、罗二处文童,共六十六人,酉刻发榜。

　　天头:"孟懿子"。

廿二日(5月2日)　阴,晚晴。考上蔡、确山二处文童,上蔡千六十余人,确山三百余人,共千三百八十余人。申刻发上场提覆牌,又发省包封一件。

　　　　天头:"吾子与子路孰贤"至"蹴然"。"然则吾子"至"不悦"。"受地视侯"。"因风△润绮琴"。

　　廿三日(5月3日)　　阴。提覆正、西二处文童,共四十三人,申刻发榜。

　　　　天头:"伯夷隘"。

　　廿四日(5月4日)　　阴晴不定。考新蔡、遂平二县文童,新蔡四百余人,遂平六百余人,共千一百余人。申刻发上、确提覆牌。

　　　　天头:"等百世之王"。"察邻国之政"。次:"今日之事君事也"。"鱼△游清沼"。

　　廿五日(5月5日)　　阴晴不定。提覆正、西二处文童,共四十五人,申刻发榜。

　　　　天头:"附之以韩魏之家"。

　　廿六日(5月6日)　　阴,酉刻微雨。考汝阳一处文童,共千三百人。申刻发新、遂二处提覆牌。

　　　　天头:"其心日是"。"而曾子不忍食羊枣"。"樵路细侵云"。

　　廿七日(5月7日)　　阴。考合属官、贡、监,共三十余人。申刻发汝阳提覆牌。

　　　　天头:"宗庙会同"二句。问《诗》学源流。"渭川千亩在胸中△"。

　　廿八日(5月8日)　　阴晴不定。提覆汝、新、遂三处文童,共八十八人,申刻发榜。昨晚接省包封一件。

　　　　天头:"虎贲三千人"。

　　廿九日(5月9日)　　早微雨,晚晴。合覆通属文童,共百四十二人,戌刻出长案。接省包封一件,先发省包封一件。

　　　　天头:"且贵"。"紫樱桃熟麦风△凉"。

　　卅日(5月10日)　　晴。早奖赏诸生。提调李酌卿来见,随出拜客。午后大令邵叔曼来见。

四月初一日(5月11日)　晴。晓发汝宁,行三十里金乡铺,尖。又行三十五里上蔡县,宿,汪云芝、宋谢山两同年均来见。

初二日(5月12日)　晴。卯初刻自上蔡行,三十里至崇义桥,茶尖。又行三十里至西平,尖,时甫午初。饭后未正又行,三十里至郭店,茶,地属郾城。又行三十里至郾城县,宿。郾城南五里渡汝,俗名大沙河,下通周家口,上通汝州、郏县。襄城大令涂景濂号颖荃来见。

初三日(5月13日)　晴。卯正发轺,行三十里至小商桥,尖。又行三十里至临颖县,宿。小商桥两寨,南属郾城,北属临颖。临令甘汝济号云舫,丁卯举,川人,接至小商桥来见,至临颖又来见。

初四日(5月14日)　晴。晓发临颖,行三十里至大石桥,尖,地仍属临颖。午后又行三十里至许州,宿,州牧张士惠子骏来见。

初五日(5月15日)　晴。晓发许州,行三十里至丈地,尖。又行六十里至新郑县,宿,大令文荣欣甫来见,巡捕王绍豫来接。接到省发包封一件。

初六日(5月16日)　晴。辰刻自新郑起轺,行四十五里至郭店驿,尖。又行四十五里至郑州下马,提调候补府张师劼念慈,陕人,张文毅茆子也,同马牧玉麟石生接至关外,教官、巡捕、武营皆接至关,张、马至教官、巡捕皆来见。

附：中州视学录

关防告示长悬署前
劝诫告示长悬署前
关防告示行九府四州，与下稿同发
谕童考不准临场攻讦告示
诸生月课条约札一百十八学
严禁考试直顶札九府四州
谕犯事廪生不许出保札九府四州
禁生童夹带示在卫
禁止分韵诗抄示在卫
严禁临场诸弊示在怀
再条示场规告示在怀
禁劝教官生童勿吸鸦片示又
重申场规牌示在陕
严密府县考关防示牌行九府四州又
重申告诫示在河南
硃书禁吸雅片示又
校武禁止顶冒示在南阳
采访节孝示又
重申关防示在南汝
初次出棚硃书谕随棚书吏
二次出棚重申前规谕随棚书役人等条规

署前关防告示

钦命翰林院编修、提督河南学院冯为剀切晓谕严禁招摇撞骗事。照得本院奉命视学中州,到任之初,即牌行各属,严禁招摇撞骗,以肃关防而重功令,想已凛遵在案。但思省城为五方聚萃之区,难保无不肖之徒,藉端生事,或冒称本家亲戚,或假托同乡,或混充幕友家丁,或驾名年家世谊,诡谋万出,恐无知者堕其术中,为此合再剀切晓谕。本院关防慎密,门禁森严,所延幕友,皆品端学优之士,随带家丁等,亦随时管束,不许私自出外。至本院籍隶浙江,距中州较远,从无亲戚本家,在此居住,亦并无南来亲友年[家]世谊等,傥居旅店,赁住民房。如有不法棍徒,指称本院衙门名色招摇撞骗者,皆系假冒之人,许该生童及里甲店户,立即扭获禀究。本院必执法从事,且将扭获之人,从优给赏,与扭获枪手者一律。其有希图侥幸,堕其术中者,别经查出,亦即从严惩治,决不宽纵。各宜凛遵毋违。特示。十一月初十日发贴。

劝诫士子告示

为讲求实学,剔除积弊,剀切劝诫事。照得河南居天下之中,高嵩大河,山川灵秀,生其间者,类多颖异奇特之士。夫士为四民之首,必先器识而后文艺,本院恭膺简命,视学兹土,所望多士敦崇实诣,不徒以词章学问见长。或有士行不端,放佚于绳尺之外,是则使者之化导不力,有负圣天子培养人材、振兴学校之至意。兹当下车伊始,合行晓示,仰各士子知悉。尔等幸生中州文献之邦,务宜读书砥行,安分守己,勿干预词讼,勿抗欠钱粮,勿造言生事,勿背理为非。戒轻儇,务诚实。戒刻薄,务忠厚。以孝友相劝,以礼让相先。达而在上,将为国家之桢干;穷而在下,亦为乡党之楷模。端士习以正民心,是所厚望于尔多士者。溯此邦士风,向崇敦朴,乃迩来考试枪替等弊,闻亦不免。因念小试为士子进身之始,远大前程,由此发轫,岂可希图侥幸,有玷士林?况功令森严,何苦以身试法?至于枪替之人,罔顾刑章,惟贪财贿,一经发觉,两败俱伤,自误误人,莫此为甚。用特剀切晓谕,预为劝惩,除通饬各学,责成廪保实力整顿外,尔多士务当砥砺廉隅,束身自爱,勿谓言之不早也。再查向来临考时,有招摇撞骗等事,此皆狡狯之徒,贪缘罔利,为害匪轻,本院已饬各属地方官,密行访查,严拿究办,尔生童须各安义命,勿误堕其术中,致罹法网。自示之后,其各凛遵毋违。特示。十一月初十日发贴。

通行各属关防告示

为剀切晓谕事。照得本院恭膺简命,视学中州,剔弊厘奸,洁清自矢。恐有不法棍徒,冒充本院亲友家丁,在外招摇撞骗,若不预为申禁,恐无识者信以为真,堕其术中,为此示仰合属生童知悉。本院慎密关防,严加约束,凡幕友亲朋,下逮家丁人等,并无干预试事之人。尔等欲图上进,必须潜心力学,文艺通明,自能入彀,断勿为若辈所愚,侥幸求荣,及罹法网,致贻后悔。如遇前项撞骗之人,许尔等随时扭送地方有司,严行究办。本院言出法随,决不姑宽,各宜凛遵毋违。特示。十一月廿一日行。

严禁临场攻讦通行各属告示

为先行晓谕事。照得向来按临各棚,往往有以冒籍及身家不清等情,具禀呈控者,自应分其是否,以示扣考与考之别。但放告以后,即行示期考试,仓猝之际,不及行查,以致有志上进之人,往往为忌才者诬控,因行查需日,遂阻登进之阶,而告讦之风,亦由此而长,殊非作养人才之道,为此示仰各属生童知悉。如有前项违碍不应考试者,务于按临以先,在府州县等衙门呈明,预为扣考。迨本院下马以后,但凭州县文册收考,即有禀讦,亦不准理也。为此先行晓谕,毋违。特示。与上稿同日札行。

通行各学整顿月课条示

为整饬月课事。照得各学严立月课，功令昭然，所以劝学遴才，法至良意至美也。第恐日久懈生，训课不力，士子无所惩劝，为此通行札饬，并颁发条约一纸，仰即各该学，文到立即出示，遍谕诸生，务即按照遵行，不得任意旷课。各该学如果训迪有方，著有成效，定加保荐。倘或废弛不举，亦即奉参议处。各宜凛遵毋违，致干未便。切切。十一月廿三行。

计开月课条约

一、每月两课，有两学者各主一课，以朔望为期，学官届期出题，诸生走领，限五日内交卷，评定甲乙，发案晓谕。其原卷令本生领阅，俟下课交卷时带缴，存学申解。

一、每月课四书文一篇，五言八韵试帖诗一首，其不能作赋者听。

一、各学立课名册一本人数多者倍之，将合学生员悉数开列，临课不到者，注于名下。另列月课所列名次簿一本，均随月课卷解院。本院再当统加查核，或文艺优长，或功课勤密，除另加奖赏外，酌送省城大梁书院肄业，以昭激劝。其课卷仍发还本学，诸生随时领取。

一、每年定于二月朔开课，十二月朔收课。其课卷自开课日起至年终，分两次全数解院，勿得违误。

一、府学诸生有不在府城居住者，就近归各县学代理月课，以免跋涉。该生赴学，呈明按期遵照入课，该学官亦不得推诿。

一、月课著为功令，系各学师生分内之事，课卷诸生自备，簿册学官自备，不得藉端需索，违者重究。

一、各学月课诸生不许旷误不到，即有游幕等情，均令先行呈报，亦不得视以为常。如数月不到，由学戒饬，仍行补课。终年不到，详请暂革。各学书斗亦不准从中牟利，捏词诬隐，查出严行提办。

一、大小考试，皆有试帖诗，与四书文并重，诸生分应讲求。倘名列胶庠,于声律尚有舛误,殊属不合。学官阅卷,于诗尤宜加意,讹谬者详加批责。诸生更宜留心诗律,毋得草率了事。

一、文艺末也,诗文试帖又文艺之末也,本院与各学官所宜勉励诸生者,原不仅此。然功令以诗文取士,诸生有志上进,正宜悉心研求。则月课一端,事虽缓而实急也。若废弛不行,愈无以鼓舞士气。文到日各宜按期遵行,倘仍视为具文,师生并究。

一、诸生课卷,须端楷誊清,于避讳、破体字样,尤宜留意。窗下讲求有素,场屋中自无违式之虞。

一、各学诸生如有淹通经史、博学多闻者,该学饬查得实,准具禀详报,听候本院面试,以备荐举。

先期通行各属严禁顶替札子

为通行饬知事。照得考试以剔弊为先,夙闻河南地方,枪替极多,其最甚者,莫如直顶,自县考以至院考,皆系枪手入场。此等弊端,必由廪保通同渔利,断无不知情者。合先通饬,为此牌仰该府、州官吏,文到即便转饬各州县并儒学,务于州县考时,传集廪保,严为训诫,除曾犯停革不许出保外,其出保廪生,务须认真整顿,不得滥保。倘有仍犯前弊者,定即从严革究。本院言出法随,慎勿巧为尝试,致贻后悔。凛遵毋违。补前十四日发行。

先期通饬各属犯事廪生不准出保札子

为札知遵办事。照得该府州考试,业经饬催在案,所有文武生童,已于廪保画押,内有从前曾犯停革之廪生,现均不准出保,应令将认保改换,免滋弊端,合行札知。为此札仰该府州官吏,文到即便转饬各州县并儒学,饬令传集廪保,认真办理,毋得含混,致干查究。各宜凛遵毋违。补前十四日行。

禁止生童夹带示

　　牌示。照得考试为抡才大典,文必己出,方可遴选真才,怀挟之禁,本院已屡次晓谕。前日考试滑县,文生抄袭雷同者五卷,业经发学戒饬,以示惩儆。本日文童正场,怀挟诗文,仍复不少,实属不遵功令。兹特再行晓谕,以后生童入场,再有怀挟片纸只字者,定即扶出。即着各学廪保,传谕应试各童知悉,自示之后,务当各知自爱,倘敢故违,决不宽贷。凛之慎之。特示。三月初八在卫辉示。

禁分韵诗抄告示

　　为出示严禁事。照得本院按临卫郡,校阅生童试卷,不乏可取之士,而试帖诗每多出韵、失粘、雷同,殊属不解。及于怀挟中搜得《分韵诗抄》多本,始知诗中百病,尽基于此。检阅所刊诗句,皆恶劣不堪,而该生童等,竟奉为秘本,贻害匪浅,实堪痛恨。除饬提调查明,将书板销毁外,为此示仰该生童等知悉,自示之后,务各潜心诗学,互相讲求,勿再为此等坊刻书本所误。宜各凛遵毋违。特示。三月十三示。

按试怀郡剀切晓谕生童示

　　为严切晓谕事。照得本院昨按彰、卫二郡,严立考试条规,诸生童尚知谨守自爱,交卷亦各遵限定时刻。惟每次搜检夹带,文字盈筐,其中多系荒谬坊本如《分韵诗抄》等刻,误人不浅,殊属可恨。甚有顶冒以冀幸获,实属不成事体。若按功令遽加严处,恐诸生童难当其咎,本院亦不如是之忍也。但各生童既读书应试,记诵博赡,若怀挟以供抄胥,平日之用功安在?顶替而求侥幸,闲居之不善可知。况人人挟一兔园册子,剿袭雷同,必遭屏斥,欲图幸进,先自绝矣。若挟父兄窗课而来,一经搜出焚毁,则数十年之手泽,弃之如遗,更属可惜,窃为诸生童不取焉。今当按临之始,预为剀切晓谕,并仰各学教官严饬廪保,遍谕各童,务遵功令,片纸只字,不得携带入场。本院点名时,当堂按名搜捡,倘有怀挟,决不宽宥。场规务须静肃,交卷勿得逾限,[逾限]者不录。生场亦一体遵照。本院言出法随,慎勿视告示为具文,自贻后悔。至顶冒传递等弊,早经札学传谕,更勿以身试法。前在卫郡,曾获顶替陈启恩一名,业已枷示随棚,为尔诸童殷鉴。如有此等弊端,责成廪保临期举发,尽法严惩,举发之人,定当从优奖赏,庶几寒士可拔,鱼目不致混珠。本院终日堂皇查号盖戳,事事躬亲,至试卷之去取,尤必亲自决择提覆,皆一一面试。尔诸童文理通顺,自能脱颖而出,如有招摇撞骗之徒,幸勿堕其术中。总之,玩法舞弊,终归自误。中州夙多朴学,在敦品能文之士,父师督教有素,固不待使者之训言,第恐偷惰少年,平日不自攻苦,临试希图幸获,故不得不谆谆劝戒也。尔生童其各仰体朝廷遴选真才之意,务以品学自立,俾文风蒸蒸日上,使者与有荣施焉。凛之勉之,切切。特谕。三月廿发贴。

场规条示

为晓谕事。照得考试为抡才大典,本院严立规条,所以拔真才而杜幸道,第恐尔生童视告示为具文,临场误犯,用特逐条详列,俾各周知。自示之后,如敢故为,定当照例严办,决不姑宽,勿谓言之不预也。切切。特示。

一、生童入场,点名时当堂搜捡,不准携带片纸只字。倘经搜出,生童一体照例扶出。

一、正场丑初点名,寅刻出题,黎明誊真,半篇或小讲盖戳,倘真草俱无,即行撤卷。午刻听击头鼓交卷,放牌;未刻听击二鼓交卷,放二牌;未正听击三鼓交卷,放三牌。三鼓以后交卷者,虽有佳文,一概不录。自出题至交卷,计有五时之久,定限并不迫促。生童一本遵照。

一、考古复试,各场黎明点名,午刻交卷,未刻归场。生童一体遵照。

一、生童入场,领卷后归号静坐,不许交谈喧哗,违者扶出。

一、出题后不许下位乱号,违者即于卷面盖犯规戳,不录。

一、交卷后领照出签,静候放牌,不许交谈喧哗,违者查明坐号,扣卷不阅。

一、生童复试,诗文有草率完卷,与正场不符者,文生降等,童生扣除。

以上七条,简明易晓,有犯必惩,凛之慎之。三月廿四日发贴。

禁吸烟示

为剀切劝诫事。照得士子身列胶庠,必先振刷精神,方可力图上进。近今最易消耗精神者,莫酷于洋烟一物。奈人当初吸,罔知其害,一入迷途,虽悔莫及,良可悯焉。本院职司风教,不忍不言。该属生童,谅多束身自爱,善别薰莸,然千百辈中,难保无一二人沉于此。试思食之者,既不甘芳,又不饱暖,此何异蓼虫之食苦,诚不可解。且染他恶习者,纵不幡然思改,尚可作辍,独此癖为终身之害。父兄师保不能禁,亲友妻孥不能劝,掷春华于绮岁,俾白昼为黄昏。每有丰润之姿,不数年而变为鸠形鹄面。昔称志士,今则尸居矣。昔号勇者,今则颓靡矣。即无志大成远到,亦何不自爱惜身命耶?谚云:精神为福津之原。精神不振,福津安在。即偶有得之,欲望为国家效力宜勤,恐有志而不光济矣。本院按试所至,于文武生童入场时逐一审视,如有深瘾,必见于面,生则于发落时严加申饬,童则概不取录。此非使者一人之偏恶,实为尔等勖前程也。为此示仰阖属生童知悉,有则改之,无则加勉。查定例,职官、有功名人及营兵,不准吸食洋烟,自示之后,务当谨遵朝章,重爱身命,上勿贻父母之殷忧,下勿负妻孥之仰望。君子慎始,勿待[噬]脐,明哲保身,勿贻后悔。庶几读书立品,不徒存士之名也。至于各学,教官望重,师儒廪生,班推先进,尤宜勿犯,俾生童有所矜式,使者更有厚望焉。勉之凛之。切切。特谕。三月廿七日示。

重申场规牌示

牌示。照得本院所定场规,已先期出示晓谕,乃本日文生正场,自寅刻出题,至申刻已阅七时之久,交卷寥寥,场规亦不静肃,且有怀挟诗文者。是诸生等,竟视告示为具文,实属藐玩已极。恐童生因而效尤,为此再行牌示,仰各学教官,严谕各廪保,将场规七条切实晓谕各童,不得稍有违误,倘敢怀挟入场,定行照例严办。切切。特示。四月廿一日在陕州示。

行知慎重府县考事

为慎重考试事。照得童试为士子进身之始,严防幸进,正所以遴选真才。本院按试彰、卫、怀、陕四属,于州县考取前列之卷,加意校阅,固不乏可取之士,而文理荒谬者,亦复不少。推原其故,总由县考关防不严,各童怀挟枪替,以致侥幸前列,殊非慎重抡才之道。为此牌仰该府、县官吏,檄饬所属,以后考试时,务须严密关防,认真校阅,毋使滥学充数。将来本院按试时,倘有文理荒谬而州、县考列首选者,定行查究,不仅摈斥不录已也。牌到迅即檄饬所属,一体遵照毋违。在陕州行九府四县,四月廿七日。

按试河南重申告诫告示

为重申诰诫事。照得本院按试彰、卫、怀、陕四属,凡所以慎密关防、严杜弊窦者,原冀多得真才,以仰副朝廷培育之至意。现当按临该郡,嵩灵洛秀,多士如林,生童之守法通经,自当胜于他郡。使者衡文至此,亦必綦慎綦严,倘行险者侥幸以成名,将怀才者屈抑而谁诉?为此不惮烦言,重申诰诫,仰各学教官暨廪保等知悉,即日迅速传谕应试生童,并饬其亲来辕门,详观场规告示。本院言出法随,并非虚声恫喝,切勿藐视自误。又念诸童来自乡间,未必尽知功令,如有违犯,必廪保之训诫不力也。诸生中或有违犯,虽属自甘暴弃,亦必司训者董劝不严也。自今三令五申之后,再有以身试法,除将本人当堂发落外,教官、廪保分别记过注劣,决不姑宽,勿谓言之不预也。各宜凛遵毋违。特示。四月廿八日誊。

砾书禁烟示

照得(雅)[鸦]片烟流毒匪轻,本院业经随棚出示劝戒。今按试州属文武生童,留心查看,有烟瘾者不少,以致精神委靡,以致文字草率,技艺生疏,实于风俗人心,大有关系。本院职司风教,不忍不言,为此重申训诫,仰阖属文武生童知悉。尔等有志上进,务须痛除痼疾,爱惜精神。况吸烟之费,积少成多,若以供父母之旨甘,便是家庭孝子,或以周亲族之贫乏,亦足为乡里善人。何苦以无限之赀财,消耗有用之精力。雅片之害,无殊鸩毒。酖毒杀人,只在顷刻,雅片杀人,不过稍稽时日耳。可不惧哉! 可不戒哉! 自示之后,务各迷途早返,并力劝乡愚,勿使种植莺粟,以绝根株,庶无负本院苦口劝诫也。切切。特示。在陕州,五月初一日贴。

校武禁止顶替告示

为再行严切晓谕事。照得考试以剔弊端为先,闻该郡所属武童,向有双名顶替冒考等弊,本院今日已面谕各学廪保,认真稽查,不得滥保,谅已周知。诚恐不肖武童诡计舞弊,为此再行晓谕,倘有(煦)[瞽]不畏法之徒仍敢双名混考,许尔同考各童互相举发,尽法惩办,以绝弊端。廪保画押之时,务须互相稽查,自顾功名。倘或认识不真,慎勿滥保,致干重究。现距武童考试尚有旬日,各廪生所保武童尽可按名细查,将双名混考者尽行摘除,不得稍涉含混。如再扶同容隐,一经查出,定将冒考之人照例严办,廪保亦照例斥革。本院为整顿试事,苦口晓谕,至再至三,言出法随,尔等幸勿以身试法也。各宜凛遵。特示。九月初,在南阳发贴。

采访节孝示

为访查节孝事，各学教官及廪、增、附生等知悉。照得表扬节孝，所以正人心维风俗也。本院按临该郡，如有节孝贞烈等案，该生等同在乡里，见闻较确，准即随同该学具禀加结，赴院呈报。本院核与请旌年例相符者，即造清册，咨请抚部院汇案会题，以广皇仁而彰潜德。凡属士林，谅必乐为采访。所有呈报，不费一钱，纸笔皆由本院自办，倘有藉端需索者，许即禀明重究。其各凛遵，须至告示者。

重申关防示

为剀切晓谕事。照得招摇撞骗，例禁綦严。本院现按临该郡，恐有不肖之徒，藉端生事，或冒称亲戚同乡，或驾名年谊世谊，或诡充幕友家丁，狡伪百出，无知者不免堕其术中，为此示谕合属文武童生知悉。本院关防慎密，门禁森严，所延幕友，品学俱优，随带家丁，时加约束，不准一人私自外出，并无本家亲友在外傤居旅店，赁住民房，如有指称本衙门名色，皆系招摇撞骗之徒，许立即扭禀地方官衙门，以凭尽法惩治。倘有通同容隐，不行禀报，或被告发，或经访闻，定行一并从重严究办，决不宽贷。各宜凛遵毋违。特示。在南阳。

砵谕随棚人等

谕书役人等知悉。本院按临各郡，凡经过沿途地方及到棚考试，务宜各遵法令，概从简约，为此特立条规，先期申诫，尔等随棚周列，务当恪守遵行，违者加等惩治，决不宽贷。须至条规者。

一、沿途车马杠夫，例有常役，不许私自凌辱，擅施鞭挞。

一、沿途尖宿处所，例由地方官预备饮馔，一切精粗，悉随其便，一概不准藉端需索，恣意毁弃，临行亦不准携取物件。每棚考毕起马时，逐件点明交，以示体恤而免骚扰。

一、沿途来经，不得夹带私货，藉端漏税，一经查出，定即照例加治究治。

一、沿途行走，务要整肃，不许前后参差，相距半里之远。倘路遇相识之人，不准深谈密语，以避嫌疑。

一、各棚应用物件，地方官照例预备，不作擅自需索，即有必需之物，务须禀明，听候饬遵。

一、公事各有专责，宜振刷精神，勤慎将事，不得含混塞责，以慎关防而肃纲纪。

以上六条，法在必行，毋得视为泛常，轻以身试。懔之慎之。其余一概遵照堂规。二月初一日谕。补录。

换班重申禁谕

谕随棚书吏差役等知悉。现在本院按试南阳，重整规条，各宜恪遵，倘有违误，定即严惩不贷。特谕。

一、沿途车辆行走，不得前后远离，包揽私货。入公馆后，不许上街游行。公馆中动用物件，不准任意毁坏及私自携取。

一、到考棚后，各司职事，勤慎当差，务须整齐静肃，听候传唤。书吏承差，非有公事呼唤，不许到门房闲谈。

一、沿途及考棚饭食，米面菜蔬等件，但须足用，不得多索及任意挑剔，与办差人等吵闹。每日支应，本院当堂监收，以杜弊端。

一、棚中每日有公事传唤，各项当差人等过来，只准传唤一次，不得往返数次，耽延封门时刻。把门皂隶，一体知悉毋违。

一、武场箭技，不许向武童多索钱文，互相吵闹，违者必惩。

以上五条，均须一一凛遵，其余俱照前半年谕条，加倍小心谨慎，勿稍怠玩，自取咎戾。切切。七月十六日谕。

学政题名记

提学道由顺治二年起

刘庆蕃直隶沧州人，崇祯戊辰进士，以按察司签事任。

李震成直隶沧州人，崇祯癸未进士，以按察司签事任。

黄日祚福建晋江人，顺治己丑进士，以按察司签事任。

李憬江南华亭人，壬辰进士，以按察司签事任。

张天植浙江秀水人，己丑进士，以按察司签事任。

王飖江南吴县人，壬辰进士，以按察司签事任。

朱廷瑞安徽歙县人，丁亥进士，以按察司签事任。

汪永瑞江苏长州人，丁亥进士，以按察司副司签事任。

孔印越山东曲阜籍顺天（碗）[宛]平人，◇◇进士，以按察司副司签事[任]。

张九征江苏丹徒人，丁亥进士，以按察司签事任。

邬景从浙江余姚人，[己丑]进士，以按察司签事任。

史逸裘浙江仁和人，己未进士，以按察司签事任。

张好奇陕西朝邑人，壬辰进士，以按察司签事任。

朱之翰江苏上元人，丁亥进士，以按察司签事任。

庄朝生江苏武进人，己丑进士，以按察司签事任。

吴子云安徽桐城人，己未进士，以按察司签事任。

林尧英福建甫田人，辛丑进士，以按察司签事任。

蒋伊江苏常熟人，康熙癸丑进士，以按察司副司签事任。

王际有江苏丹徒人，顺治丁亥进士，以按察司签事任。

张润民山西夏县人，康熙丁未进士，以按察司签事任。

陈义晖浙江义乌人，庚戌进士，以按察司签事任。

张仕可江苏丹徒人，丙辰进士，以按察司签事任。

胡世藻山东章丘人，丙辰进士，以按察司签事任。

陈朝君山西韩城人，壬戌进士，以按察司签事任。

徐汝（绎）[峄]浙江义乌人，[壬戌]进士，以按察司签事任。

赵珣直隶武清人，壬戌进士，以按察司签事任。

吴卜雄浙江德清人，庚辰进士，以按察司签事任。

杨万春山东淄州人，[甲戌]进士，以按察司签事任。

提督学政康熙四十二年改章，由京堂翰林科道任者，为提督学政，从院体，由部郎者，仍为提学道。雍正三年复改，由部郎任者，俱加翰林衔，概从院体。

张瑗安徽祁门人，康熙辛未进士，以监察御史任。

汤右曾浙江仁和人，戊辰进士，以户科给事中任。

陈至言浙江萧山人，丁丑进士，以翰林院编修任。

刘师恕江苏宝应人，庚辰进士，以检讨任。

蒋涟江苏常熟人，己丑进士，以编修任。

张廷璐安徽桐城人，戊戌进士，翰林院侍讲学士。

王国栋镶红旗奉天人，癸丑进士，通政司右使。

于广山东胶州人，己丑进士，大理寺少卿。

吴应棻浙江归安人，己未进士，翰林院侍讲。

王云铭山东武定人，雍正丁未进士，翰林院编修。

俞鸿图浙江海盐人，康熙壬辰进士，翰林院侍讲。

邹叔恒江苏无锡人，康熙戊辰进士，检讨。

张考山西夏邑人，雍正癸卯进士，山东道监察御史。

潘允敏江苏溧阳人，康熙壬辰进士，编修。

林枝春福清人，乾隆丁巳进士，右春坊右庶子。

汪士鍠安徽休宁人，乾隆丙辰会试，编修。

王应綵安徽休宁人，雍正庚辰进士，江西道御史。

蔡新福建漳浦人，乾隆丙辰进士，翰林院侍讲。

梦麟蒙古正白旗人，乾隆己丑进士，内阁学士。

窦光鼐山东诸城人，壬辰进士，内阁学士。

孙灝浙江钱塘人，雍正庚戌进士，通政司使。

李宗文福建安溪人，乾隆戊辰进士，左春坊左庶子。

刘湘直隶涿州人，戊辰进士，礼科给事中。

汤光甲江苏宜兴人，辛未进士，鸿胪寺少卿。

秦百里山西凤台人，乾隆辛未进士，编修。

芦明楷江西宁都人，辛未进士，翰林院侍讲学士。

李宗宝福建闽县人，丁丑进士，编修。

周曰赞江苏金匮人，辛未进士，户部员外郎。

嵩贵蒙古正白旗人，辛巳进士，詹事府少詹。

沈初浙江平湖人，癸未进士，翰林院侍讲。

徐光文安徽歙县人，己丑进士，翰林院侍讲。

庄存与江苏武进人，乙丑进士，内阁学士。

邵庚曾顺天大兴人，辛巳进士，监察御史。

王大鹤顺天通州人，丁丑进士，翰林院侍讲。

邵洪浙江鄞县人，辛卯进士，吏部员外郎。

李桼江苏长州人，壬辰进士，户部员外郎。

刘种之江苏丹徒人，壬辰进士，庶子。

茅元铭江苏丹徒人，壬辰进士，庶子。

曹振镛安徽歙县人，辛丑进士，翰林院侍讲。

卢荫溥山东德州人，乾隆辛丑进士，礼部主事。

王宗诚安徽青阳，庚（戊）[戊]进士，编修。

吴芳培安徽泾县人，甲辰进士，翰林院侍读。

王麟书顺天大兴人，癸丑进士，礼科给事中。

鲍桂星安徽歙县人，嘉庆己未进士，翰林院侍读。

王引之江苏高邮人，己未进士，侍读学士。

姚文田浙江归安人，己未进士，翰林院侍读。

葛方晋浙江仁和人，乙丑进士，编修。

姚元之安徽桐城人，乙丑进士，编修。

史致俨江苏扬州人，己未进士，翰[林院]侍讲。

芦浙江西武宁人，己未进士，通政司参议。

吴慈鹤江苏长州人，己巳进士，编修。

朱襄安徽芜湖人,庚辰进士,编修。

吴文镕江苏仪征人,己卯进士,编修。

周作楫江西太和人,庚辰进士,江南道监察御史。

赵光云南昆明人,庚辰进士,户科给事中。

钱福昌浙江平湖人,道光己丑进士,江西道监察御史。

许乃钊浙江钱塘人,道光乙未进士,编修。

刘应裕湖北孝感人,戊戌进士,编修。

葛景莱浙江仁和人,辛丑进士,编修。

萧时馥贵州开州人,庚子进士,编修。

俞长赞顺天大兴人,辛丑进士,侍讲任,侍读学士留任。

张之万直隶南皮人,丁未进士,翰林院修撰。

俞樾浙江德清人,庚戌进士,编修。

李鸿藻直隶高阳人,咸丰壬子进士,编修。

景其濬贵州兴义人,壬子进士,右春坊右中允任,侍讲学士留任。

欧阳保极湖北江夏人,咸丰庚申进士,编修。

杨庆麟江苏吴江人,道光庚戌进,编修。

何金寿湖北江夏人,同治壬戌进士,编修。

费延釐江苏吴江人,乙丑进士,编修。

瞿鸿禨湖南善化县人,辛未进士,翰林院侍讲学士。

廖寿恒江苏嘉定人,癸亥进士,侍讲学士。

给贫例

凡贫生具呈食贫,切不可批准,亦不可批,仰学查明入册,只批仰即赴学呈清入册,武生则无赈济之例,童生更无向例。

京察例

每逢京察之年,学政亦造年岁履历册咨呈部中。咨呈封套,惟吏、礼二部是上行,用白封,余俱平行,用花封。吏、礼二部面上写

"咨呈",尾写"须至咨呈者"。余各咨文但写"咨"字,后亦写"须至咨者"。

报部一等卷例

凡生员考列一等前十名者,俱将正场试卷解部磨勘,例载《学政全书》。河南自赵任始废,分大学报部七卷,中学报五卷,小学报三卷,至今遵行。

府拨例

从前光、陕二州无棚,光、光、固、息、商五处属洛宁,陕、灵、阌、卢四处属河南,拨府文武各二十名,后光、陕既自设棚,即将从前光、〔光〕、固、息、商所拨洛宁府学之四名,陕、灵、阌、卢所拨河南府文三名武六名,即各拨归所自设棚内,名曰府拨,故至今光、陕有府拨之名。

选拔旧规优附

优拔贡领单二十四两二钱。乙酉科减为二十两,减四两有奇,余均如前。

宅内十两。门印四两。门使一钱五分。三厅一两五钱。军皂二分。军皂中班五分。伞扇夫一钱。轿夫一钱。大门三分。辕门二分。支堂七钱。支堂中班五分。书办五两。钱本稿试房各五钱。书中班五分。三厅中班一钱五分。

又领咨六两七钱。乙酉科减为六两,减七钱,余均如前。

宅内一两五钱。门印一两一钱。门使一钱。三厅九钱。支堂三钱。支堂中班五分。军皂二钱。伞扇夫五分。轿夫五分。大门二分半。辕门二分五。书办一两二钱。钱本稿试房各二钱五分。书中班五分。三厅中班一钱五分。

心红单旧规

开封岁考纹银七十两，科考五十两。

郑州文每处礼房交钱六千四百，武每处兵房交钱三千五百。

归德文五十五两，武三十两。下马办差交八两，文武每两折钱一千八百。

彰德文三两，支堂又交折笔墨钱四千文，由礼房手，武二千五百兵房交。

卫辉文五十千，武四十千。

怀庆文河、济、武、孟、温五处礼房交每处四两，又每处折笔墨钱一千五百，俱首处承办。原三两五钱，阳四两。又原、阳二处折纸钱三千，修四千，武卅二千。

河南礼房交下马银十两，文四十三千，武廿六千。

南阳下马廿五两，经前欧阳任堂断交漕平五十两，内拨本厅十六两。文八十八千，武四十五千。

汝宁大学四千，中学三千，小学二千，文武同。下马银八两。

陈州文折笔墨七千文，武折五千文。

许州文卅五千文，武廿五千文。

汝州文十六两，武无。下马一两八钱。俱由办差交。

陕州文元丝银卅八两，武十八两，礼、兵二房分交下马一两八钱。

光州文卅六两，武廿五千文。

豫省学署心红纸张，他省有从藩库支领者，豫省则由各棚分解，不知其所由始。其解额，各属皆有成案，不能丝毫妄增。学署向设书吏九房，分为两班，以一班随棚，则吃官饭，一班留省，则自举火。别无公项出息，其每岁用度办公，皆仰给于此。以通省计之，每一县合科岁两考文武三单共需银十五两以内，亦常有不肯足解者。通计一百八州县，为数约一千五百金，分作三年，每年各得五百金，以一百五十两为办公之需,每房各分约四十金。又各分为二班,每班各分约廿金,实在不敷公用。故常有告退者,其愿留者,求免差徭而已,以致公事错谬,稿案散失。今逐件稍稍整理,此项系属办公之用,历来如此,若删去,则公事全废矣,后至者不可不知也。

附路程尖宿十七则:

由省至彰德府三百六十里。

至新店四十里尖,至董家堤三十里宿,至延涞县四十里尖,至沙门四十里尖,至汲县卅里宿,至淇县五十里尖,至宜沟驿六十里宿,至汤阴县廿五里尖,至安阳县四十五里驻。

由彰德至卫辉府一百八十里。

至汤阴县四十五里尖,至宜沟廿五里宿,至淇县六十里尖,至汲县五十里驻。

由卫辉至怀庆二百七十里。

至潞王庙三十里,至辉县廿里尖,至获嘉县五十里宿,至修武县五十里尖,至宁郭驿五十里宿,至清化镇三十里尖,至河内县四十里驻。

由怀庆至河南府一百六十五里。

至崇义三十里,至孟县三十里尖,至旧县三十里宿,至夏古镇二十五里,至耀店三十里尖,至洛阳县二十里驻。

由河南至陕州三百零五里。

至谷水二十里,至磁涧二十里尖,至新安县三十里宿,至铁门三十里,至宜昌驿二十里尖,至渑池县四十里宿,至英豪镇二十五里,至观音堂二十里尖,至峡石驿二十五里,至张茅二十里,至磁钟廿五里尖，至陕州卅里驻。

由陕州至省城七百二十五里。

　　至磁钟三十里，至张茅二十五里尖，至硖石驿二十里，至观音堂二十五里宿，至英豪镇二十里，至渑池县二十五里尖，至义昌驿四十里，至铁门二十里宿，至新安县三十里，至慈涧三十里尖，至谷水二十里，至洛阳县二十里宿，至白马寺二十五里，至义井铺十五里尖，至偃师县三十里尖，至孙家湾二十里，至巩县四十里宿，至汜水县四十里尖，至荥阳县四十里，至宿水镇三十五里宿，至郑州三十五里，至白沙四十里尖，至中牟三十里宿，至水月庵三十里尖，至祥符县四十里驻。

由河南府至省城四百二十里。

　　至白马寺二十五里，至义井铺十五里，至偃师县三十里宿，至孙家湾二十里，至巩县四十里尖，至汜水县四十里宿，至荥阳县四十里尖，至宿水三十五里，至郑州三十五里宿，至白沙四十里尖，至中牟县三十里宿，至水月庵三十里尖，至祥符县四十里驻。

由河南府至汝州一百六十里。

　　至香山寺二十五里尖，至彭婆十五里，至白沙三十里宿，至代安十八里，至临汝十八里尖，至庙下三十里，至汝州三十里驻。

由汝州至省城四百五十里。

　　至长阜四十五里尖，至郏县四十五里宿，至长桥三十里，至襄城县三十里尖，至颍桥四十里宿，至许州五十里尖，至小召三十五里宿，至朱曲四十五里尖，至尉氏县四十里宿，至朱仙镇四十五里尖，至省城四十五里驻。

由汝州至南阳府四百五十五里。

　　至长阜四十五里尖，至郏县四十五里宿，至长桥三十里尖，至襄城县三十里宿，至汝坟桥四十里尖，至叶县二十里，至旧县三十里宿，至保安驿三十里尖，至扳倒井三十里，至裕州三十里宿，至赵河三十五里，至博望驿三十里尖，至新店三十里宿，至南阳县三十里驻。

由汝宁府至光州二百八十里。

　　至黄堰四十五里尖，至翰栋四十五里宿，至彭家店六十里尖，至息县四十里宿至此易车而轿，至关家店三十里尖，至堡子口三十里，至光州三十里驻。

由光州至陈州府三百七十五里。

　　至刘家店三十五里尖，至夏庄四十里宿，至包信集三十五里尖，至新蔡县四十里宿，至龙口四十里尖，至和孝店三十五里，至项城县三十里宿，至项五十里尖，至新站三十里宿，至淮宁县四十里驻。

由陈州府至许州二百四十五里。

　　至柳林三十里尖，至西华四十里宿，至红花集三十里尖，至扶沟四十里宿，至鄢陵县三十五里尖，至五女店三十五里宿，至许州三十五里驻。

由许州至郑州一百九十里。

　　至丈地三十里尖，至新郑县七十里宿，至郭店驿四十里尖，至郑州五十里驻。

由郑州至归德府四百廿五里。

　　至白沙四十里尖，至中牟县三十里宿。至店李口二十五里尖，至朱仙镇三十里宿，至赤仓三十里尖，至陈留县三十里宿，至韩堰二十五里尖,至杞县三十五里宿,至榆厢铺三十五里尖,至睢州三十五里宿,至羊尾铺二十五里,至宁陵县二十五里宿,至观音堂二十里,至商丘县四十里驻。

由开封府至归德府二百八十五里。

至太平堰二十五里尖,至陈留县二十五里宿,至榆厢铺三十五里尖,至睢州三十五里宿,至羊尾铺二十五里尖,至宁陵县二十五里宿,至观音堂二十里尖,至商丘县四十里驻。

由归德府至许州三百八十五里。

至毛堌堆三十里尖,至胡襄城三十里,至柘城县三十里,至朱家口五十里尖,至太康县四十里宿,至徐米店六十里尖,至扶沟县四十里宿,至鄢陵县三十五里尖,至五女店三十五里宿,至许州三十五里驻。

一、预备册结

二、听候奖赏

三、认清年貌

四、补考互结

五、随牌听点

六、早进供给

七、勿图侥幸

八、当堂画押

九、增廪补缺

十、年毋虚报

|一、送册候复

|二、同谒文庙

|三、禁止捏名

一

谕各处应试文童知悉：前已饬知该礼房将应试文童试卷册结送院，业经核对齐全，除场前报卷报结收考外，如仅有册结而廪保未曾画押者，临点时当堂投结书押者，概不收考，各该童毋得自误，该廪保亦不得任意羁迟。如敢故违，一经查出，定行发学申饬。切切，特示。

二

谕示：此次所取各学一等文生，均应在寓静候本院牌示日期，来辕听候奖赏。其二三等因距城路远，旅资不继，准其先回，以示体恤。

三

示各学廪保知悉：凡文童正场点名时，该认保派保均须在旁站齐，所有自名下认保童生，闻唱至某童名，由该认保接卷认清年貌亲交，该派保亦一同稽查，不得暂离。如有年老短视，准戴眼镜，以免模糊。倘仍有枪替朦混入场，该保等当时不即指禀，一经查出，立即斥革，不准开复。各宜凛遵，毋贻后悔。

四

示各学廪保知悉：所有补考文童，均着于接卷时当堂面呈五童互保结，始准给卷。如无结及五童姓名不齐，并漏书押者，一概不准入场。着该廪保传谕知之，毋得临期自误。

五

示：照得生童正场点名，例由提调官在头门外挨排点进，不准凌躐。闻近来有不听点，一拥而进，殊（为）［违］定例，为此示谕各生童，均应静候提调官点名，挨排鱼贯而入，如敢越次，故违定例，即行扣考。本院言出法随，决不宽贷。毋违。

六

示巡捕官知悉：凡考试之日，所有场中应用米薪水菜等项，俱以前一日清场后赶速送进，本院当堂监收毕，即行封门。毋违。

七

示各学廪保及应试诸童知悉：本院按试各属，童卷偶有抄袭旧文，幸邀录取者，至提复在堂上，本院坐守完篇，见有不符，即行扣除。如雇枪替获售，至复试写作不符者，即将新进扣除，廪保斥革，万难侥幸,尔等自取其咎。至枪手传递,有能指名拿获,面禀果确者,立即给银奖赏。倘有冒充在棚内当差,希图撞骗,一经查出,即发提调官,枷号重惩。如实系棚内吏役,勾通引线,准该生童等指禀,加等治罪。此次谆谆诰诫,若再明知故犯,惟有按律惩治,勿谓言之不预也。

八

示各学教官知悉:照得廪生保童,向例五廪互结,此次着该教官传谕各廪保,俟本院下学回院后,各廪保俱到辕,当堂书结画押,以四人保一人,不准代押。如敢故违,不准出保。

九

示各学教官知悉:查《全书》所载,每学额设增生,遇有缺出,例应将本案考居一二等之附生充补,理宜随空随详,不准积压。即有现补廪缺,仍应先补增后补廪,不得搀越。再有增生补廪,所遗增缺,亦不准任意延搁,致违定例。自示之后,如有舛错,定提书斗,重究不贷。

十

示各学廪保知悉:照得本院按试各属,见有年甫五六十岁老童,遽报八九十岁,殊属不成事体。嗣后应试老童,均须年貌相符,方准出保,如仍蹈前习,点名时查出,惟该廪保是问,定予责惩,勿谓言之不预也。

一一

示各学教官知悉:出案后,即着廪保带领新进童生赴学填写年貌,以凭查验该童是否身家清白,年貌相符,有无弊端,以凭印造册卷,申送复试不违延。

二

示：各学一等生及新进童生，俱限于某日时赴辕听候当堂奖赏毕，仰提调官率领新进文武童生，各具公服雀顶，恭谒文庙。特示。

三

示：场规理宜严肃，如有代枪各弊，准该童等立时扭禀。若抛砖掷瓦，希投捏名帖子，殊干例禁，仰巡捕官严密查拿，照例惩办。

乂

示各学廪生知悉：照得廪生保童，向系五廪互结，此次着该教官传谕各廪保，俟明日文生经古场竣，各廪保俱赴辕，当堂书结画押，四人保一人，不准代押，并注明一人舞弊，四人同坐。如敢故违，不准出保。切切。

夂

示：照得本院于报岁考完竣折内，奏明录科仍照向章科试，除正案外，有因字句疵累，正案未取者，仍于乡试前再行录遗。如文理实在荒疏浅率者，概不准乡试。业已奉旨允准在案。兹届科试之期，合行出示晓谕，其各凛遵毋违。

亠

示谕考科监贡及监生知悉：卷面填注，俊秀监生或由俊秀监生捐贡并捐职衔，均写明某县及年岁，违者不录。

二

示谕考科官贡生知悉：卷面填注，恩、拔、副、岁、优，或由廪、增、附捐贡、监，由贡、监加捐职衔，如由府学即写府学二字，如县学即写某县,并写明年岁,违者不录。

三

示:本日考试,某县文童经廪保某指出枪手一名,业交提调官惩办外,廪保某认真公事,本院特赏银十两,以示鼓励,着于该邑文童招覆日,来辕面领。嗣后阖属廪保,各宜慎之又慎,如徇隐舞弊,一经查出,立即斥革,虽悔莫追。

文

示:本日覆试某县文童,某字第几号与正场卷文理字迹全属不符,着即扣除,另补新取佾生某字号,以充额数。仰学即传该童备卷,协同原保廪生,于某日赴辕听候复试。该扣除之童,认保某显系保枪,着即斥革,以示惩儆。仰学遵照注册。

廿

示:某县廪生某既保枪斥革,所有互结廪生本应一并斥革,姑从宽,罚停廪粮二次,以示薄惩。仰该学遵照注册。如互结廪生内有指出枪手者,示内加"除廪生某业经指禀免议外"一句。

一

示应试诸童知悉:尔等学文,当读明文,必自集《八铭初集》《芹香文钞》《文津迎机》及金研香先生所改《能与集》各种,均以书理经训为根柢,足为初学津梁。乃近有洛阳史鉴所选《小题芝兰》《小题易读》《搭题易读》等文,评语恶劣,且教人学习滥调,全失先正小题程式,实为选文之蠹。自示之后,坊间不准再行刊印,如违定行严究。并着洛阳学传至学中,严行戒饬。另有《学文汇典》《诗学含英》《一见能诗》《分韵诗抄》诸名目,均能汩灭性灵,尤为荒陋,亦堪痛恨,着即一并禁止。本院为整顿文风起见,尔诸童勿负谆谆诰诫也。

〢二

　　示：本日覆试，某县文童册年八十九岁，本院看其年貌不符，面加诘问，据禀实年六十五岁。似此捏报年岁，实属恶习，姑从宽免究，仰该学照其实年注册。

〢三

　　示：昨日考试，某县文童正场拿获枪手，旋与本童互换，显系该役贿纵，业饬提调官严比所有外巡捕官，某全不觉察，颟顸已极，着记大过一次。特示。

〢乂

　　示：查得某县学所送正案册与该府所送公座册，所填名次均多舛错，已传县学面问，据称系凭该县礼房造送，实属办（办）〔理〕纰缪。仰提调官立传该县礼房严责，至该学并不覆核，径行申送，亦属疏忽，业已申饬矣。

〢〨

　　示：本日覆试某县文童，某字号与正场卷文字不符，业经扣除，姑念虚字尚顺，勉强完卷，着降为佾生。即另补该县新取之佾生某字号，以充额数，仰该学即传原保廪生带领该童，于明日来辕听候复试毋误。

〢一

　　示：前因某县廪生某保枪舞弊，业经牌示斥革，现据提调官以讯不知情禀复，查该廪生既经画押具结，殊属咎无可辞，姑从宽改为革廪降附，以示惩儆。仰学遵照注册，余仍照前示办理。

廿一

示各学教官知悉:此次招复文童,均限于发榜之下一日,备齐册卷送院,该童等随同廪保谒师,均须衣冠整肃,遵弟子之礼。该教官等亦宜先端坊表,体恤寒畯,不得令书斗任意需索,致失师范。经此次剀切晓谕后,如敢故违,一经查出,定不宽贷。

廿二

示:昨日面试诸童,颇有数卷将下截□口气,实堪诧异。因额数不敷,择其正场较胜者勉取足额。诸童平时先未研究书理,安有佳文? 殊不知此题只须以夏绍虞、殷受夏作正意,已得题之关键,至虞书有"俾予从欲以治"、"予违汝弼"、"予欲宣力"、"予欲观象"等语,讲起可以,借点讲下,不可以映下,至下截正面,则有"予惟闻汝(禹)[众]言"、"予恐来世以台为口实"等语可作辅佐,诸卷并未见及。以后宜力更故习,总须书理明白,方可作文。经书均宜熟读深思,勿专向类书上觅生活,方能获益。"文章岂不贵,经训乃菑畲。"诚至言也。尔诸童其毋负使者谆谆告诫之意也。

廿文

示某县廪生知悉:本日考试,某县文童查出枪架,童生某业经当堂责掌,发交提调官惩处,此后该童毋论更名与否,各廪概不准出保,以剔场蠹。各宜凛遵,毋违毋隐。

卅

示:本日本院下学讲书,西平县学教官迟误后到,实属玩忽公事,着各记大过一次,嗣后倘再有误公,定予严惩。

川一

示各学教官廪保知悉：查得由府申送阖属补考文童，共有九百余名之多，若与正案一并入场，核与号数不敷，着均于某日，该认、派保带领各县补考文童来辕听候合试，卷册试卷仍限于上一日送进，毋得迟延。

川二

示确山县学知悉：本月廿七日考试确山文童，正场查有漏押之认派保李开榜、张楷、王体国、于光第、朱肇，均属疏忽公事，着罚停廪粮一次，以示薄惩，仰该学遵照注册。

川三

示：所有各县童生正场试卷、公座册、红号册，均应于正场前二日齐送到辕，以便用印盖戳。自示之后，如再迟延，定将该各处礼房锁解来辕，发交提调官从重惩办。

川乂

示各学教官知悉：本院现考试各属童生，正场落卷均于考毕后当堂发交各学，以便该童领还，如日久不领，即着各学妥交惜字社焚化，毋使抛弃，致生弊端。各宜凛遵。

川ꝑ

示：照得童生应试之投保，一认一派。认保由童生自投，派保以府案名次按廪生帮补年分序次挨保，不致搀错，本院于岁试早经牌示，通饬在案。今据固始廪生魏熙揆等禀称，近来派保率由童生自寻，殊违定例，仰提调官饬该礼书立即更正，并饬各县礼书一体遵照，毋再故违，致干重究。

三一

示:为剀切晓谕以维士习事。本院遴才剔弊,殚竭寸心。兹届童试在即,业已责成廪保,以[杜]弊源。尔诸童若再行险雇枪,徒罹法网,廪保倘或徇隐疏忽,亦属自诒伊戚。廪保固因利以丧名,童生实求荣而反辱。人虽至愚,何乐为此? 本院苦口劝谕,各宜激发天良,如仍怙恶不悛,一经查出,后悔莫追。

三二

示应试诸童知悉:照得考试大典,应衣冠整肃,鱼贯而进。现经严饬执事人等,各执灯牌,该童等挨牌应点领签,至本院公座前,高声应名,接唱某廪生保,方准给卷。自示之后,非戴大帽、穿外卜以及应点迟误,一概不准入场。除饬教官传谕各廪,先将所保各童按牌前后,在辕门外于二炮前依次站齐外,合再晓谕,其各凛遵。

三三

示:生员录遗例由本学备文申送,倘有在省教读未及回籍赴学,报者理宜赴提调该府属送科教官处,代回申送,以便收考。兹据信阳、新蔡两学并未来辕送考,擅自代送府学文生陈永清等,显有朦混情弊,不准。现经本院牌示,所有该府学考遗诸生,饬洛阳学代送。该生等亟宜赴该县学报名,备具册卷,赶即送辕,以便查收,毋得自误。

三四

示:本院查礼部则例开载官生条内,凡京堂及翰詹、科道外,官文三品武二品以上之子若孙、曾孙、同胞兄弟及同胞兄弟之子,乡试准作官卷,另编字号取中,应由地方官查明,先期申报,以凭查核。现仅准都察院浙江巡抚咨,并据荥阳县申报者外,尚多应编官号各生,均未由该州、县申报。诚恐文报由驿迟误场期者,即势难久待,兹特牌示,如有应编官号者,准该各生具呈履历,注明系何人之子、若孙、曾孙或同胞兄弟、同胞兄弟之子,来辕呈报,以凭核办。各生立即遵报毋延。

乂十

示开归等九府四州所属各学考遗诸生知悉:本院准于某月日赴核学考试遗才,毋致临期失误。特示。

乂丨

示各属考遗诸生知悉:本院点名给卷时,尔等各照名牌,由大门唱名后随牌鱼贯而入,挨次听点,不许拥挤。如有不遵,即行逐出,不准与考。毋自误也。

乂丨丨

示考遗诸生知悉:卷面填注廪、增、附年岁,如有不遵,定不录取。又考遗定于卅日完场截止,凡考遗士子,务于前三日赴学报名,备办册卷,申送考院,以便考试。倘再观望,逾期定不收考。毋得自误。

乂丨丨丨

示:(仅)[谨]申功令。照士子欠应岁试,例宜补考完竣,方准入场。此次考取遗才诸生,如有欠岁考者,限于某日进院补考,以符定制。如仍敢狃于积习,视为具文,不遵晓谕,洵属自误功名,定即牌示扣卷,不准入场。毋贻后悔,凛之慎之。

乂乂

示:为考选优贡事。案据各属申送应考优贡生员册卷到院,除严加考试外,所有选取各生姓名合应榜示,须至榜者:

计开

正取四名:某人某学廪生。次取四名:某人某学廪生。

十八

示谕考取各学优生知悉:限于某日黎明,齐集辕门,听候本院会同抚部院覆试,毋得违误。

十一

示谕考取各学优生知悉:限于某日某刻,齐集抚部院衙门,听候本院会同验看,毋得违误。

十二

示:照得补考早经本院严饬该府,不得滥收。此次本院凭下马日该府申送各属正案花名收考,现得该提调官出城未回,忽于初一日由府申送各属补考册共至六百余名之多,恐有搭册旧弊,概不收考。除将补考册发还外,合再晓谕诸童,此次并未经提调官录送,照例不得越试。毋违。

十三

示武旗生及开、归等九府四州所属各学考遗武生并各属武监生知悉:本院于某日赴核学考试遗才,尔等及早同候听点,毋致临期失误。余牌俱同文生考遗。

十文

示新科中式举人知悉:此次赴本院衙门填写亲供状毕,即行进见,以察年貌虚实,至赞敬一项,业已裁免,以示体恤。慎勿逾期贻误也。

八十

示:本月日考试某县文生正场,有某字第几号卷,袭旧过多,几无文理,业经示(敬)[儆]外,查得该生某系该学所报优生,尤属刺谬,着将该教官记过一次,以为举报不实者戒。

𠄌丨

示应试文童知悉:照得本院校试,例由府县试录取申送,间有因事耽误,由府备文申送补卷册卷,叙明日期题目,准其应试,此定制也。乃近闻各属竟有并未补考,至院试时贿通,径承搭入正案册内,并不另开,舞弊已极,难保无不肖士子雇枪代替等弊,概行混入,势必屈抑真才。本院洞悉其奸,不肯滥收,剔除积弊,正所以慎重科名。尔诸生皆读书明理,必能共谅此心。现饬提调官将府学考试卷先行申送,以便核对,无可濛混,勿再意存幸获。各宜凛遵。

𠄌丨丨

示某学教官知悉:查本院下马时,由各该县礼房送到童生县府试所取人数,准其入场应试,此外补考诸童,为数太多,且坐号不敷,恐有舞弊,一概不准入场。仰该学速传各廪保,传谕诸童,毋得临点妄渎。各宜凛遵。

𠄌丨丨丨

示:本院现据提调官申覆,某县被告匿丧文童某,业经投案候质,原告某匿不到案,显有别情,除饬提调官立提原告及该童兄弟投案质讯外,所控该童匿丧未得实据,自应准其与试。该童原认保某既属模糊,毋庸出保,着该童另投认保书牌,方准备卷应试。出场后仍静候府提质讯,不得私回。切切。

𠄌乂

示:查童生应试,责成认保,著有定例。现有某县人控告文童某匿丧一案,本院面问该认保廪生,是否匿丧,所对一味含糊,语涉两可,所谓认保者何事?本应斥革,姑从宽罚停廪粮一年,嗣后不准出保,以为玩忽公事者戒。如经提调官讯明,该童并未匿丧,该廪生某辄凭拟似之言,竟不出保,定与诬告一体照办。仰学先行注册。

八八

示:向来巡捕官均分内外,此次着派某县丞为内巡,某典史为外巡,以专责成。再向例放榜,内外巡捕一同进谒,领榜发贴,昨日发榜,钱典史并未到,着提调官将该员记过一次。特示。

八九

示:照得本院于同治十三年四月初三日准礼部咨议,准奉天府府丞张绪楷条陈乡试一折,请嗣后顺天及各省录送科举,严定限制,奉旨“依议。钦此”,业经通饬遵行在案。兹届科试,诸生果能文理优长,无不录送,若浅率了事,非无志观光,即意存幸进,定不录取,勿谓言之不预也。

九十

示:本日面试睢州文生袁升堂,与正场、覆试文理俱不符,着即斥革,所取一等第三名,着将第四名以下挨次递升。仰学遵照注册。

九一

示考试遗才诸生知悉:所有前场失点者,不必远离,俟通省遗才考竣,另行示期。尔等安心静候,毋得再误。

九二

古人为士,期于博通今古,德成名立,即使不遇,讲学著书,安贫乐道,足以疗饥。惟其有道,所以可乐。今人入塾,应考者虽多,名则为士,而师承固陋,作辍无恒,帖括之外,固无所知。应试时,文亦不及格,勉强观场,妄思弋获。至于困顿垂老,变计无及,(带)[农]工商贾,皆所不晓。贫窘颠踬,计无复之,遂至丧行败检。窃愿读书者,务须专精奋发,学必求成。如自揣志向不坚,不如及早弃去,自占一业,尚可有资事畜。慎无冒士之名,无士之实,悠悠泄泄,自误平生也。若志向不坚,以冀侥幸,尤切戒之。功名得失,自有命存。幸而得之,乡里诟病,不足为荣,挟持诛求,毁家破产,亦不偿失。不幸而败,荷校罹刑,辱莫甚焉,应试求荣,何为出此? 使者于此辈,深恶其鄙,尤悯其愚。如志在表异齐民,则援例纳粟,一阶一命,亦邀章服之荣,尚觉光明坦荡,何必冒法网,与贫士争一青衿哉? 可有因歧冒而借人三代,诈称出继者,实为悖理忘本之尤。此辈不可教训,惟以官法治之。又童试多有年才五六十而填注八九十者,希图幸进,便可叠叨恩榜,坐致词林,以吓愚蒙。此尤巧诈无赖,与舞弊作奸无异,保结者罪当同坐,不得辞其责也。

二十

顾枪之弊,保结廪生实为罪魁,发觉褫革,渔利有限,功名不贳,不待言矣。假如通县廪生十二人,人保三枪,枪作三卷,则捉刀之作已及百篇。学额能有几何? 童生有何几望? 如是十年,胶庠尽是富儿,寒士无一家一人读书者矣。为廪保者,独不为己之子弟应试计乎? 不特此也。人人皆不读书,则己欲求觅馆地亦不可得,岂非自贻伊戚哉? 敬告为廪生者,不保枪冒,即是修德积善,为己身及子孙造福也。提学专主宽政,往往于报政受代之日,将滥保褫革者通行开复,以致视禁令为具文。使者目击情形,意在救时,闵此孤寒无路,不惮身为怨府也。

光绪十九年（1893）

光绪十九年五月十二日（1893 年 6 月 25 日）　奉上谕："山东学政着华金寿去，钦此。"时寿正在李高阳师宅中课读，家中遣车往接，随即草创谢恩折稿，请辛蔚如明府缮写，余即趋归料理一切。申刻折书就取来，适亲家沈鹿苹光禄遣苏拉广裕来取，即将折交该苏拉呈递。

十三日（6 月 26 日）　丑刻登车进西苑谢恩，时大雨如注，衣履尽湿。西苑道长地滑，行走甚难，幸无颠踣。卯刻召对，询以何衙门当差，当差几年，勖以读书作文，问籍贯年岁，催令迅速起程。退出，雨稍止，即登车归家。是日大雨竟日，竟未能出门拜客。

十四日（6 月 27 日）　早出谒礼邸、许大司马、孙大司寇，俱未晤。又谒张、徐二相国，俱得见。午后谒李兰师、成河帅，俱得见。又见沈亲家。接山东电信二，一言秦学使在兖州出缺，一问何日起程。

十五日（6 月 28 日）　早谒额相、崇公，俱未见。与葆世兄晤谈，又晤张冶秋同年，问其先在山东事。诸客来贺，晤者王晋贤、朱云甫。王荐朱秋塘先生丁叔衡太史立钧之业师，丹徒人襄校，即请延订。

十六日（6 月 29 日）　在家料理行李。诸客来拜，晤者许少鹤、鹿乔笙、徐菊人、詹黼廷、孔辅堂、高熙廷、李小丹。高荐陈欣山先生津人，辛酉孝廉，世镛，即行电订，又函订严子万先生。早发电济南，告以初四日首途。

十七日（6 月 30 日）　在家料理行李，诸客来贺，晤者尹月波、高杏村、查峻臣尔崇，托其带信、魏柏崖、辛蔚如、查树垣、赵幼谦。

天头：丁卯团，卅。甲戌团，卅。西悦生堂，四；正蒙义塾，四：朱崧生子。

十八日(7月1日)　早拜客,即到兰师处。午刻到福隆堂,家允卿、弼臣招饮也。饭后又拜客,晤韩镜孙、鄂田、伯鹏、齐道安、徐菊人、李蕊莼,酉刻归家。西园九哥自通州来寓。接陈纪山信,又接山东旧幕陈欣山电信,愿就幕席。

十九日(7月2日)　早在家检点件物。午后到西升和晤娄鹤田。诸客来贺,晤者朱崧生、赵少棠日升、姚菊孙、朱仲洪、王元达、涂海屏、黄叔镛、贺仰周。

二十日(7月3日)　早写戳记送刻。郑献廷来商酌房间。午后出门拜客,得晤丁叔衡、林赞如、张子遇、袁际云。又到福隆堂,朱哲臣、云甫招饮。

廿一日(7月4日)　早检点图章等物。郑献廷来。午刻到先哲祠,同邑公请也。申刻又杨蓉师招饮,赴之,归时日已晡矣。午间姚菊孙到家,云成子中河帅已将房转典与郑献廷矣。又书甫来家,装书箱。

廿二日(7月5日)　晡时大雨,竟夜。早同年吕镜宇来拜。订夫马事。程辅廷自天津来,丙戌直隶同乡六人招饮,归时又拜客数家。西刻接周鉴泉信,不愿赴东,又去一信催之。书甫来,装书毕。

廿三日(7月6日)　早检故纸。程辅廷回天津,同乡辛、姚、二赵、二韩在松筠庵请。午娄鹤田来。出门拜客,晤者家允卿、日升昌、新泰厚。兵部送火牌、勘合。

廿四日(7月7日)　早检故纸,午后拜客,晤者吕镜宇、王云舫。

廿五日(7月8日)　早检故纸,家西元九哥及卫瞻三俱同旋通西,在通仓场当差,卫瞻赴香河。午王湘岑甥来。申刻出拜客,晤者陆凤石。是日转左赞善。

廿六日(7月9日)　早平各处帮项。辰刻高阳师招饮,随即拜客。又苏雨亭招饮,饭后又拜客。申刻到家,接福中丞信。又沈亲家送福中丞信,请代监临。又接幼琴侄信。

廿七日(**7 月 10 日**) 午后大雨,夜又雨。覆福中丞信。午后大雨,津南馆同乡在松筠庵招饮。

廿八日(**7 月 11 日**) 丑刻兴,赴西苑请训,蒙召见,问何日启行,几日可到,山东文风素好,先考何处,剔除弊端,严密关防等语。退后到庆和堂,葆孝先招饮也。主人尚未到,食其点心而出。到南皮相国宅辞行,又谒济宁孙尚书,又谒徐相国晤。即出前门,到安徽馆,甲戌、丁卯延子澄、赵铁珊皆招饮焉,申正回寓。酉初又赴同庆堂,成子中河帅招饮。饭罢又到沈亲家宅,大雨如注,冒雨而归。是日定家眷由水路赴东之议。

廿九日(**7 月 12 日**) 阴晴不定,未雨。早赴孙、礼、许、额宅辞行。午正回,晤娄鹤田。申赴李兰师宅辞行,晤谈。又赴杨蓉蒲师宅辞行。至琉璃厂买缙绅。

六月初一日(**7 月 13 日**) 捡点随身书物等件。午后王元达来。雨竟日。

初二日(**7 月 14 日**) 早刘益斋、李慕皋、刘元卿聚奎,山东知县、周子伦、韩伯彭、李兰师来送行。午后到沈亲家处辞行。又家少兰、徐菊人来,孙绶堂、高熙亭来。

初三日(**7 月 15 日**) 早李屺三、王晋贤、郑献廷、庞鹤舫、严范孙、贺松坡、梅韵生、辛蔚如来送行,午后张仙舫、俞希甫、殷理斋、查荫阶、史竹孙名恩培,即用县、韩镜孙来送行。午间骡行来拴驮架,轿铺送轿来。

初四日(**7 月 16 日**) 辰刻发轫,亲友来送行者李慕皋、徐菊人、刘益斋、韩伯鹏、家少兰、允卿、弼臣,同行者邱仰之先生、周少敏内侄。午刻卅(至)[里]至长新店。饭后又行三十五里至良乡县,宿。县令刘焌,号云门,四川铜梁人,军功出身。

天头:在长新店遇王小湘明府,因致沈亲家信。

初五日(**7 月 17 日**) 晓发良乡,行二十五里至豆店,尖。饭后行四十五里至涿州,驻。距豆店十五里,过琉璃河大桥,桥北有石四块,土人云象四岳。又有铁篙一,插入水中,云五代王彦章物。涿州城北十里许有一大桥,下有河,不甚宽。城北又有一大桥,下有河,水颇大且浑。州牧赵文粹,号心升,丁卯举人,辛未进士,广西人。

初六日(7 月 18 日) 晓发涿州,行三十里至三家店,自尖。又行三十里至新城县,驻。自京至涿俱西南行,至涿州南关外戏楼前,与西大道分路,遂正南行。新城令张丙哲,号龙西,山东莱阳人,乙亥副榜。盐店外事赵璧光闰生来拜。大令迎于关外,又来见。

初七日(7 月 19 日) 自新城行,出关即上船,行十余里至断港,不能行,又乘艄行二里许至河边,上蓬船,驮轿骡驮俱用人抬至船,费力极矣。又行三里换大船,行二十里至白沟河,自尖。又行四十【十】里至雄县南关下船。初此路本易行,因雨大,大清河决口,遂至用船三易方至。雄县令王金铭,号戒之,安徽青阳县人,接至公馆。

初八日(7 月 20 日) 卯刻自雄县行,十五里至赵北口。又行十五里至鄚州,尖。赵北口有十二连桥,镇北三桥,街中二桥,镇南七桥。桥南为十方院,时因决口,臬司及清河道皆在此查灾。雄县南三里许新决一口,用船渡焉。决水一片汪洋,田禾尽没,灾又非常。连年水患,何时能已。十二连桥左右乃淀池,通府河,达天津,绵亘数百里,乃直隶一巨浸也。饭后又行四十里至任丘县,驻。出店即大雨如注,舆夫时虞倾跌,行二十余里方止。晚晴。任丘令王蕙兰,号仲芳,山东长清人,丙子举人,癸未进士。

初九日(7 月 21 日) 晓发任丘,出关十余里即大雨如注,卅里至新中驿,水阻,将轿架上小舟,行十里至河间卅里铺,复乘轿行。风急雨急,途滑水流,艰苦之至。又行十里至河间二十里铺,自尖。雨止,饭后又行廿里至河间府,驻。午后登舆即雨,直至河间,夜仍大雨数阵。河间令张主敬,贵州贵筑人,同治八年补行己未、辛酉、壬戌举人,丙子进士。

初十日(7 月 22 日) 天阴,仍微雨。因途中有水,遂驻一日。午后晴。出京以来,所过州县良乡、涿州、新城,城中均人烟稠密,住宅整齐,雄县、河间城中俱凋敝,任丘未进城,不知也。

十一日(7月23日) 卯刻自河间发轺,行三十里过高家林,又行三十里至献县,宿。献县之北十二里名臧家桥,下有大河通舟楫,大约下西河也。是日自起程即雨,到店方止,途中泥滑异常,时有倾跌之虞。献县令苗玉珂,山东临朐人,贡生,号韵轩,行六。献县穿城行,城中亦寥落。

十二日(7月24日) 夜雨,至晓未住,辰刻稍歇,即行。途中非水即泥,难行极矣。四十里至富庄驿,已属未刻,雨仍未止。巡捕李骏升翼亭来接,携有李俊三、周蕙孙信。又抚军福少农遣戈什韩姓来迎,云派有马兵四名、步兵八名在阜城护送,又派亲兵八名在景州接。富庄驿地属交河,大令蒋文霖号月槎,江苏阳湖人,监生。

十三日(7月25日) 晓发富庄驿,行五十里至阜城县,尖。午后又行五十里至景州,住。东省派来之亲兵八名、马兵四名、步兵八名皆接至阜城县。是日早阴,午晚晴,景州塔高耸云外,卅里外即见之,谚所谓景州塔也。阜城令吴长钊,号勉吾,福建福清县人,丁卯举人,癸未进士。景州牧王兆骐,号检予,江苏阳湖人,甲子兼补戊午科举人。平原令程兆祥,号芝亭,辛酉、戊午两科副榜,清苑人,遣家人来送信。

十四日(7月26日) 晓发景州,行四十里至刘智庙,尖,此甫入境也。蕙孙自省来。文巡捕赵锡昌接至此,赵系候补县丞、德州参将赵得华之子也,湖南善化人。午后又行二十里,渡运河至德州,驻。城守尉和连蔼然、粮道恩焘树涵、参将赵得华紫臣、州牧王佑修筱珊,(丙子。丁丑)[丁丑。丙子]王(蕊)[豫]修之弟皆接至河上,入公馆后往拜焉。发京电报。

十五日(7月27日) 早自德州行三十里至黄河涯,茶尖。又行二十里至四陆店,尖。县令程兆祥及候补县屠丙勋少田来接,蕙孙亦同来。午后行三十里至平原县,驻,赴县拜并见大内侄女、芝庭之令侄及二子、侄妇、子妇,皆见焉。

十六日(7月28日)　自平原行七十里至禹城桥,驻。禹城令丁兆德来接,丁号庸之,贵州人。

十七日(7月29日)　晓发禹城桥,行四十五里至晏城,尖。晏子食邑,故曰晏城。幼琴侄暨其婿周传绪伯延来见,署中书差来接。饭后行二十五里至齐河,驻。县令胡寅恭号芷庵,丙酉举人,大挑来接,来谒者仓植、仓尔颍、徐凤藻丹如、张瑞芬兰舫、朱德昌小兰,天津人、何燿、王其濬景沂,幼琴妹婿、景启夔、徐友梅世光、李兆兰香阁。

十八日(7月30日)　午从齐河行,出城即渡黄河,二十五里至饮马庄,茶尖。又行二十里至省西关,同城自抚以下皆来接,其余府、(听)〔厅〕、州、县来者甚多。未刻入东门进公馆,公馆在大布政司街日升栈内。申刻出拜客,见者抚、藩、臬、运。又吊秦雨亭。是日定考济南、调考兖州之议。

十九日(7月31日)　早料理折稿。抚、藩、臬、运皆来见,又李俊三来见,又府、(听)〔厅〕、州、县、佐杂来见者数人。午后拜客,见者曹竹铭、孙佩南二山长,赵菁山、郭鉴襄号介臣二观察。

二十日(8月1日)　早与张兰舫大令晤面,订为帮忙,又与陈戟园孝廉晤面,亦订帮忙。皆许之。折稿送抚军,请查峻臣孝廉缮写,随道、府、州、县、佐杂来谒者踵至。午后写京信上李高阳师,致沈亲家、王晋贤、家瑞安各一信。辰刻发京电,寄三里河盐店。

二十一日(8月2日)　寅刻首县钱鑅送印来公馆,卯刻到衙谢恩拜印。李亦青运司到署贺,回公馆后福少农中丞来贺,司、道、厅、府、州、县、佐来贺者百数十人。午后中丞遣家人来包折,酉刻发折,带发京信。幼琴之二子长作枢,号星垣;次作桢,号幹臣来见,酉刻幼琴来见。

二十二日(8月3日)　卯刻谒文庙,拜至圣,拜崇圣祠。更衣讲书毕,随即拜客谢喜,见者抚院,辰末回,又见客数人。午后又拜客,见者孙佩南山长。

二十三日(8月4日)　辰刻放告,收呈三纸,后又会客数人。午后接津电,知涑儿已于初九日起身,十五日到津。

二十四日(8月5日)　辰刻拜本,又接京电。午后写谕涑儿一信,差翁德于明早往接。又福中丞电致德州参将,派步队往迎。

二十五日(8月6日)　辰刻往拜方伯、中丞,皆会面。到书局,见房皆改造,屋亦不甚宏敞,候补知州陆葆霖肖岩在焉。拜济东道张上达虞箴,未晤。又拜客数家,又拜曹竹铭,晤谈,随即回寓。午后曹竹铭来拜,李俊三来见。

二十六日(8月7日)　寅刻赴皇亭拜牌,回时天尚未明。早孙佩南拜会,午后福中丞来拜。

二十七日(8月8日)　早谒文庙,讲书毕,赴学署举行济南科试放告,见巡捕,见各教官,请陈戟园孝廉恩荣、张兰舫大令瑞棻来帮忙,俱早到。

廿八日(8月9日)　考生古,共二百卅余人。

天头:"说筑傅岩之野惟肖"赋以"梦赉良弼得诸傅岩"为韵。"涧水向田分△"。拟杜子美《诸将》。

廿九日(8月10日)　考童古,共三百四十余人。亥刻抚台送电信,知涑儿等到德州。

天头:"藕花多处别开(开)[门]"赋题韵。"金萤△照晚凉"。珍珠泉、金线泉七律。

三十日(8月11日)　考济南府学、运学、历城、章丘、邹平、淄川、长清、新城八学生员,共九百七名。午后发生古榜,取廿二人,正取六,副取十六。

天头:"富岁子弟多赖"。"非天之降才尔殊也"。"虽有不同"至"不齐"。"故凡同类者"至"疑之"。"何独至于人"至"同类者"。"故龙子曰"节。"心之所同然者"至"所同然耳"。"故曰口之于味也"至"所同然乎"。问《史》《汉》异同得失。"茅亭风△入葛衣轻"。

七月初一日(8月12日)　覆生经古。阅生头场卷。

天头：德星聚赋贤人下会德星上聚。"指挥△若定失萧曹"。

初二日（8 月 13 日） 考齐河、齐东、济阳、禹城、临邑、长清、陵县、德州、卫学、德平、平原生员，共八百有奇。发童古榜，共取十六人。发头场生榜。

天头："文"。"行"。"忠"。"信"。"诗"。"书"。"执礼"。"刚"。"毅"。"木"。"讷"。"落日微风一树蝉△"。问《春秋》三传异同。

初三日（8 月 14 日） 补考，共七十余人。阅二场生卷。

初四日（8 月 15 日） 考新城、齐河、德平三县童，新城不及五百人，齐河不及四百人，德平一百六十余人，共一千有奇。发二场生榜。学涑到东，晚间来棚省视，即驻焉。

天头："摩顶放踵利天下"。"执中无权"。"举一"。次："虽大国必畏之矣"。"竹露滴清△响"。

初五日（8 月 16 日） 覆童古，又覆生一等。阅头场童卷。又检点贺信。晚间学涑回日升栈。微雨竟日，天气陡凉。

天头：童古覆：削桐叶为圭赋题韵。"浓薰班马香△"。生一等覆："攻乎异端"二章。"高△摘屈宋艳"。

初六日（8 月 17 日） 考淄川、长山、齐东文童正场，淄川三百五十余人，长山不及五百人，齐东百五十余人，共不及千人。申刻出头场提覆牌。

天头："我将见楚王"。"我将见秦王"。"我将有所遇焉"。"反身而诚"。"暑退早凉归△"。

初七日（8 月 18 日） 提覆头场文童，共八十余人，申刻出榜。阅二场童卷。

天头："是社稷之臣也"。

初八日（8 月 19 日） 考临邑、长清、陵县三县文童。临邑二百余人，长清六百七十余人，陵县百五十余人，共千人有奇。申刻出二场提覆牌。

天头:"虽有智慧"。"虽有镃基"。"夏后殷周之盛"。"待文王而后兴者"。"石上题△诗扫绿苔"。

初九日(8月20日) 提覆二场文童,共八十余人,申刻出榜。又阅三场文童卷。

天头:"附之以韩魏之家"。

初十日(8月21日) 考邹平、济阳、禹城、平原四县文童,邹平二百五十余人,济阳三百四十余人,禹城二百余人,平原二百余人,共千人有奇。申刻出三场提覆牌。点名时经廪保指获枪手一名。

天头:"历年多"。"施泽于民久"。"启贤"。"能敬承继禹之道"。"庭△竹出清风"。

十一日(8月22日) 提覆三场文童,兼贡、监录科,文童八十余人,录科者百余人。申刻发榜,又发生员大案。

天头:"北方之学者"。"无友不如己者"。"一年△容易又秋风"。

十二日(8月23日) 考章丘、德州、德州卫童生,章丘八百余人,德州百五十余人,德卫百人有零。申刻出四场提覆牌。

天头:"迩之"、"远之""学诗"。"近之""难养"章。"朝聘以时"。"清露月华△晓"。

十三日(8月24日) 提覆四场文童,共八十余人,申刻发榜。已刻发落诸生,共百七十余人。

天头:"孟献子曰"。

十四日(8月25日) 考济南旗童、运学、历城,运学五十余人,历城九百余人。申刻出五场提覆牌。

天头:"彼善于此"。"尽信书"。"吾于武城"。"宰我子贡有若"至"知圣人"。"松韵晚吟△时"。

十五日(8月26日) 提覆五场文童,共九十余人,申刻发榜,兼出六场童提覆牌。又出贡、监榜,又出教官榜。

天头:"无易树子"。

十六日(8 月 27 日)　提覆六场文童,共五十余人,未刻发榜。

天头:"必熟而荐之"。

十七日(8 月 28 日)　总覆济南文童,又带总覆兖州、济宁文童,济南一府共三百十六人,兖州、济宁共百七十余人。午初点名,辰刻发学租。

天头:"取士必得"。"鹓鸿得路争先△齋"。

十八日(8 月 29 日)　早发童场拆号,即发落兖州、济宁生,又发落兖州、济宁童,又发落济南童,又发兖州、济宁学租。装西园来见。

十九日(8 月 30 日)　考青州、登州、临清三属遗才,青州五百五十余人,登州二百四十余人,临清二百余人,共九百余人。

天头:"如用之则吾从先进"。问两汉循吏治迹。"霞彩映江飞△"。

廿日(8 月 31 日)　考东昌、莱州二府遗才,东昌四百二十人,莱州四百六十人,共八百八十人。

天头:"择其善者而从之"。问《诗》学源流。"蟋蟀俟秋吟△"。

廿一日(9 月 1 日)　考贡、监,五贡及捐贡共二百四十二人,监共百卅五人,内有减成捐者三十人,暂缓出榜。藩台汤幼安酉刻来拜,即商减成监生乡试事。晚间备文,向藩署查问。是日并补欠考生,共五百五十余人。

天头:"敏则有功公则说"。问历代钱法。"兰以秋△芳"。

廿二日(9 月 2 日)　考泰安、兖州、沂州三府遗才,泰安三百廿余人,兖州四百六十余人,沂州二百十人。发致陈伯平师信,发家信一封,又发致娄允孚信一封,又二姑太太一封,瑞安一封五十两。寄家各房银,二姑太太□允孚百两。

天头:"赐也达"二句。问朱、陆异同。"人△语中含乐岁声"。

廿三日(9 月 3 日)　补登、青、临、东、莱、兖、沂、泰各属续到遗才,共百二十余,贡三十余人,监十余人。又补欠考者七人。酉刻方伯汤幼安来拜,商酌减成监生送乡试一事。

天头:"子游为武城宰"。"有澹台灭明者"。"行不由径"。"非公事未尝至于偃之室也"。问历代兵制。"秋山瘦益奇△"。

廿四日(9月4日) 考济南属除章丘、邹平二县外十六学遗才,共八百八十余人。接沈少乾信。

天头:"述而不作"。问新旧唐书异同得失。"马识青山△路"。

廿五日(9月5日) 补前数场续到遗才,共四十余人,又贡十人,监十一人。发覆华怡园、华友于、华绍楣信。

天头:"子路问君子"。"修己以敬"。"修己以安人"。"修己以安百姓"。问山东地舆形势。"声在树间"秋。

廿六日(9月6日) 考济南属之章丘、邹平二县,武定、曹州、济宁三属,章、邹共二百八十余人,武定三百余人,曹州一百八十余人,济宁二百五十余人,共九百有零。发致沈鹿苹信,内有上青相书,又有程芝亭托打听移奖事。藩来文,言减成监生事。又致信一函,言京中一日一卯,不能倒填月日。

天头:"兄弟怡怡"。问历代仓储。"以友辅仁△"。

廿七日(9月7日) 补通省遗才、贡、监,生员共百廿余人,贡十人,监九人。又藩来信,言减成监生碍难乡试。随即将减成者扣除,共四十人廿八日挂牌,又出示剀切晓谕。又发廿八日发泺源书院月课卷,共三分:正课、加课、前任加课。

天头:"可以兴"。"可以观"。"可以群"。"可以怨"。问历代选举之法。"秋色正清华△"。

廿八日(9月8日) 录遗者二人,补考者二人。申刻出场回公馆,首县钱绍云来见,许为周鉴泉觅馆。

天头:"学如不及"。"犹恐失之"补。问《易经》授受源流。"以虫鸣秋△"。

廿九日(9月9日) 早来谒者四十余人,入闱当差者十有八九。

午后拜藩台、抚台，皆见。申刻回寓，接瑞安书初六日所发。

　　八月初一日(9月10日)　生员、贡、监十余人，补考遗才共十四人。早抚院来拜。

　　初二日(9月11日)　早数员来谒，多入闱当差者。午刻抚台福少农来拜。又见王晓湘骏文、屠少田炳勋两明府。酉刻请张兰舫明府、陈戟元孝廉饮酒。

　　初三日(9月12日)　六点(点)［钟］到贡院验看一切。十一钟方回。

　　初四日(9月13日)　早八点钟雨，至二点钟止。赴皇华馆，同年公祭秦雨亭，十一钟冒雨回。

　　初五日(9月14日)　早臬台松晴涛来拜，又藩台汤幼安来拜。午后出拜客，曹竹铭山长、松晴涛廉访皆见。五点钟回，李亦青都转来拜。晚写致卫瞻信，交周鉴泉带津。鉴泉云初四日言归，挽留不住，止得听之。

　　初六日(9月15日)　入闱监临，早时三帖来请。十一钟朝服赴抚院署大堂，坐候主考。十二钟主考至，谢恩毕，入宴，少坐，茶三举，司道先行，主考后行，监临又后行。坐八人显轿至贡院，入龙门，过明远楼，穿至公堂，过戒慎堂，至朗照堂下轿，送主考入内帘。随释朝服，穿补褂，升至公堂，点内外各帘官毕，退堂。晡时提调恩铭新甫、监试李凌松莲舫来见，供给官秦业进文泉、吴保和来见。又往拜提调、监试。晚进内帘，供给后，随视封内帘门。

　　初七日(9月16日)　早外帘各所官来见，有请体恤对读、誊录者。午后升堂，监视打号戳，酉刻印毕。印号戳者，提调、监试及外帘各官也。

　　初八日(9月17日)　丑正起，寅初三刻升大门点名，士子系由东西两路而入，东路入者济南、泰安、武定、青州、登州五府士子，西路入者兖州、沂州、曹州、东昌、济宁、临清五府二州士子。东路点名者系提调道、布政司，西路点名者系监试道、按察司。二路如点名不到，将卷送至中路补点。东路入者稍迟,西路稍速,后将东路登州移至西路,酉刻点毕。晚十二钟时,内帘发出题纸,在内帘门与二主试晤面,随即送题纸到至公堂,督率提调、监试将题纸交各委员,发给各号。

初九日(9月18日) 辰刻到外查号,即监放粥馍肉菜,龙腮水用毕又饬水夫上水。巡逻两次,回署吃饭。午正升堂监视印号戳,随又下堂各号巡视一周,回署。有漏印草稿起止者,唤编号吏补用戳记。晚间又出巡视一次。

天头:"谨权量"。"成己仁也"。"所不虑而知者其良知也"。"一点黄金铸秋△橘"。

初十日(9月19日) 早无事。午正二刻放头场,升至公堂监视,出头场者约千余人,至次日四点钟尚有出场者。场中甚属安谧,共贴出违式卷卅八名。是日接到卫瞻信,知志卿长女瑞姑殇亡。

十一日(9月20日) 四点钟三刻升堂点名,至四点钟完毕。十一点钟接题纸,十二点钟散出。

十二日(9月21日) 早巡查一次,即监视放粥馍肉菜。午后升至公堂,监视印戳,即又巡视一次。

十三日(9月22日) 早九钟时至内龙门监视进卷,随即升至公堂,监视放头场出,士子千余人,至次日三钟方完。贴出违式卷六本。

十四日(9月23日) 天明升堂点名,二点钟毕。抚院送节礼十色,司道送节礼八色,提调监试送节礼八色。闻抚院自添口还。接王梅岑、苑介卿、姚阶平信。十点钟至内帘门接题纸,即存本堂中,候次日天明发出。

十五日(9月24日) 天甫明即将题纸发出。各官俱用帖拜节,俱用帖回拜,复具帖向内帘主考处拜节。辰刻出堂巡视,即监看放粥馍肉菜,又放月饼梨果。八点钟放牌,出者或千余人。

十六日(9月25日) 自夜放牌,至日晡尚有百余人未出场。九点钟至内帘门接翻译题纸,至次日四钟方净场,帖出不完卷及违式者六人。驻防弹压官佐领、约束官骁骑校、写题官笔帖式均来见。

十七日(**9 月 26 日**)　平明赴二门点翻译生入场,共卅一人。随将刻字匠、刷字匠放入,封本院前后门,将钦命题纸盒发封取出,题目乃清字论一道,汉字文一道。命驻防写题官写满字文,又派人写汉字。已正写毕,付刻字匠刊刻,至酉初刻毕,付刷印匠刷印,戌初刷毕,即行发出,交提调、监试散给。是日头场卷进毕。

十八日(**9 月 27 日**)　无事,不过弥封、誊录、对读、收掌,日进报单,知进卷数目而已。午后与提调、监试商议出闱日期,以进卷完竣为度。写致戴艺郛、延子澄、周贡三信各一封,廿日【日】发出。

十九日(**9 月 28 日**)　午后放头场,夜半方(竟)[净]场。派送秦雨亭灵柩,承差四人,又添二人,赏给回程川费十金。

廿日(**9 月 29 日**)　翻译卷卅一本,由弥封所弥封讫,送监试。由监试送入监临院,书吏二人包卷、封题纸,将黄纸裁作封套式,将题目二纸装入,外贴印花,贴在封中,上口写“谨”字,下口写“封”字,外又用原来油纸封住,放入原匣内。其匣口仍将原纸贴住,原纸原写“臣某谨封”。外又用油布包裹,上写“监临某姓封”。包卷系分三包,用毛头一层,又用油纸一层,前后俱贴印花,写“监临某人封”。外用黄毡包住,用夹板夹起,放入箱内,两旁用黄绵塞住,箱外加锁,用印花封锁,再加十字封条。包毕,交委员候补典史恭俭领讫解京,卷交礼部,题纸交奏事处,俱有咨文。

廿一日(**9 月 30 日**)　是日早遣人至皇华馆阅视房间,并分付加意收拾,期于牢固。是日二场卷进毕。

廿二日(**10 月 1 日**)　是日进三场卷,不过三批。晡时接范桂山世兄来信,欲用阿胶,须觅便寄往。

廿三日(**10 月 2 日**)　请工程局委员、候补知州冯德华实斋来,托其赶紧收拾皇华馆。

廿四日(**10 月 3 日**)　弥封所委员来见,禀知弥封已毕。监试、提调来见,言晚间进卷可毕。至九点钟,进三场卷,通完。

廿五日(**10 月 4 日**)　早发行李一切,出闱。午刻到内帘门与主考见面,谈许久。回院,提调、监试来见,随即回拜,二人俱在。至公堂后,候送出闸,后到皇华馆阅视。又到抚院,晤面。又到藩台,晤面。回署后臬、运、济东道、历城县、曹竹铭俱来见。晚间草创折稿。

廿六日(10月5日) 早孙佩南山长、郭介臣观察、福少农俱来拜,商办出闸折件。正折由抚办,加片自办,均由抚院缮写拜发。午后出拜臬台、运台、济东道、曹竹铭、孙佩南,并各来见之客。又耆静生来拜,又往拜德立斋都统。

天头:刘湄舟之子德增自津来。

廿七日(10月6日) 早有数客来拜。午后回拜耆静生观察,就到铁公祠,时尚未完工。又到张勤果祠,又到汇泉寺。回署知抚院已将折缮就,遣人来包,看视包毕,送交抚院。

廿八日(10月7日) 早有数客来拜,三点钟抚、藩、臬、运、首道在八旗奉直会馆公请,并请曹竹铭山长,作陪者孙佩南也,晡时回署。

廿九日(10月8日) 早拜黄仲衡观察玘。午后同乡在八旗奉直会馆公请,抚台为首,臬台次之,道、府、州、县到者三十余人,演戏,二簧、梆子皆有。九点钟回署。

卅日(10月9日) 微雨竟日。早写信二封,一上李高阳师,一致辛蔚如弟。午后又写信一封,致沈鹿苹亲家。晚接沈鹿苹致学涑妇信。

九月初一日(10月10日) 发京信三封,交提塘,一上高阳师,一致辛蔚如,一致沈鹿苹。又发天津信一封,胡万昌信局,致杨敬秩叔五。又发李绍唐丧偶唁信一封,并送帐一个。又代程芹香鲁泉送孙绶堂银信一件。接到卫瞻信一封,又接二姑太太信一封。午后与曹竹铭送行,又拜客数家。

初二日(10月11日) 登莱青道刘含芳芗林、江西候补道何焕章端甫俱来谒,又朱德昌小兰明府来谒,又来数客。

初三日(10月12日) 早回拜刘芗林、何端甫两观察,回又会客数人。发致姚阶平信一封,由胡万昌。又发致孙绶堂信一封,奠八。

又发致颜乐堂少君信一封，奠八。又致刘观察信一件，朱小兰事。又徐思勤少村，河南通判，自京来，带来沈亲家致涑儿信一封，外茶叶十斤，又带徐菊人信一封。

初四日（10 月 13 日）　候补道崔子万钟善、济南府鲁芝友俱来谒，查虞臣、徐友梅俱来见。为朱小兰荐刘关道信，发致刘湄舟信。屠少田送阿胶斤半，因范世兄转寻也。

初五日（10 月 14 日）　早拜王寅谷朝谷，又拜王芗谷桂芬，订馆。午后拜汤方伯、福中丞，俱见。福陪游珍珠泉，曲折一过，坐落颇多，至九间房小坐，仍御船回。即出，又到皇华馆阅看工程，随即指示添设墙窗、堵塞门户等事，回时日将晡矣。积子余观察庆、刘济臣参将云会、孟知音游击琴堂、刘思诚、贺良翚、朱德昌明府俱来谒。

初六日（10 月 15 日）　接到芝亭五哥来信，内有荣大叔信。午后拜客，见者刘芝林观察、郭介臣观察。吊于李。

初七日（10 月 16 日）　发致卫瞻信，由胡万昌局。又发致范桂山世兄信，带阿胶斤半，烦邵守正福人，吉林同知，云德昌当店可致范信。午后与运司李亦卿先生拜寿，王芗谷先生来拜，又拜臬司松晴涛。又邵守正来拜，托其寄范信，邵实夫之侄也。又刘元卿来谒。

初八日（10 月 17 日）　发致王敬臣兄信一封托询扣俸，交提塘。五钟后鲁芝友先辈来见，言沂州未便即考，嘱改考武定。接周鉴泉信，知于中秋日平安到津。

初九日（10 月 18 日）　提调恩新甫、监试道李莲舫来谒。

初十日（10 月 19 日）　午后至贡院，司道皆在，坐片刻，即钤榜。钤毕，福中丞至，坐片刻，即入座吃饭。五钟时写榜，十二钟写毕，即发出，悬于抚署前。回署，贡三自京来。

十一日（10 月 20 日）　拜长允升、柯逊庵两主考，又拜松廉访、李都转、鲁芝友太守，均见。刘元卿大令送阿胶四斤。

十二日（10 月 21 日）　两主考来拜，又叶玉村润含观察、冯镇庭义德协戎来拜。又刘作哲自河南来东谒见。三钟时来电，周贡三中举,第九十一名。又早赴西关,送张观察之兄灵举。两主考来拜。

十三日(10月22日) 早与抚、藩贺喜,抚之侄衡佩、藩之子汤宝霖均中举。午刻至抚院大堂鹿鸣宴,司道先至,学院至,候主考至,先望阙叩头谢恩,三跪九叩,礼毕入宴。新举人先谢主考,次谢抚,次谢学,次谢司道,次谢房官。礼毕,歌童六人歌《鹿鸣》三章,毕,演剧三出,宴罢各归。致沈鹿苹信一件,内有致范桂山信、胶,交提塘。

十四日(10月23日) 早抚院来拜。午后到皇华馆看视房间,又拜客。周贡三致刘益斋信一件,亦交提塘。又主考巡捕张鋆解乡试硃卷来用印,卷面第一、二、三场下用监临印一颗。

十五日(10月24日) 与同城各官公请两主考,在铁公祠设席。荷叶已净,芦苇渐黄,而疏柳犹青,掩映空碧,尚觉可人。得月亭小坐,尤能眺远,佛山对峙,晚景苍茫,不觉身入画中也。至晚席散,月色满湖,更见清旷。

十六日(10月25日) 早院房缮就题本送阅,并监视用印。午后至皇华馆看视,又到尚志堂看孙同年,赠伊膏药二帖,五点钟回署。又遣巡捕赵锡蕃解硃墨卷,送交布政司。举人卷七十四,副榜卷十三。

天头:刘作哲带去信四封:许仙屏河帅、陆吾山、李小圃、朱曼伯三观察。

十七日(10月26日) 早拜本,系恭报揭晓事。陈戟园来,言陈耕吟、陆肖岩、郭星石公请之事。午后恩淑涵观察来拜。写信三封,一上荣大叔,一致芝兄,一致允弼贺喜,尚未发。

十八日(10月27日) 陆肖岩、郭星石来谒,订公请日期。发津信三封,昨所写者。午后同乡公请主考长允升,在八旗奉直会馆,有戏,至九钟回家。幼琴送书数种来售。章丘张芗圃大令送周鉴泉关书、脩十叒。

十九日(10月28日) 早出拜客,午后汤方伯来拜,又陈光昭来拜。晚李俊三太守、屠少田大令来见,屠送阿胶四斤。致周鉴泉信,即将章丘银信寄往，由新泰厚。

二十日（10 月 29 日）　早客来甚多。午后至抚院，因抚院请主考，作陪也。酒后乘船游，至后院两坐落处，均少坐，晡时归。在抚院处借得题名一部，知天津中式者廿余人。又接陈欣山信，知不来矣。

廿一日（10 月 30 日）　赵菁山观察、孟知音游戎来拜。

廿二日（10 月 31 日）　卯刻赴学棚试武遗才，共千余人。辰初二刻入座看箭，申初四刻毕，回署。

廿三日（11 月 1 日）　先运箱包等物至皇华馆，共小车十五辆，来往二次，上下物件已毕，先遣周少敏、周贡三昆仲在彼收放。胡荣轩椿龄甥来东。发泰安调齐文书十月初七，定于十月初六日起马。

廿四日（11 月 2 日）　辰刻移入皇华馆，众官来贺，皆挡驾。午刻至西关送主考回京，并代圣安。回时到浙闽会馆，与首县钱少云之令堂祝寿。

廿五日（11 月 3 日）　辰刻鲁太守来拜，查峻臣来拜。午后出谢客，见者抚院、叶润含观察。武生应考正案、遗才册均移送抚、藩讫。送致沈鹿苹信，接邵守正信，知致范桂山信并阿胶均由天津交沈文肃之令公寄闽矣。

廿六日（11 月 4 日）　早李少棠、李子清、沈左绶、初瑞符、周堃山五明府来。致屈小樵孝廉唁信，并约其来东襄校。

廿七日（11 月 5 日）　发京信二封，一致徐菊人，一致王敬臣。又发天津信二封，一致刘竹春，约蔡少波或李翚卿，一致卫瞻侄，各寄山东闱墨各三本。五太爷来。

廿八日（11 月 6 日）　五太爷、胡荣轩甥皆回津。早郭星石、陈耕吟、冯实斋、方子敬、张芗圃、胡木君皆来谒，午后济南鲁太守来见。又出拜客数家。晚酌量夫马、人役数目，陈戟园来。

廿九日（11 月 7 日）　写（数）［对］联廿余事。午后受寒腹泄。

十月初一日（11 月 8 日）　周秀东、单述之、王芗谷、杨叙五皆来。刘德增培之亦到，晚约饮酒。午后腹泄小愈。

初二日(11月9日)　早点卯,派随棚书差,拜兖沂道姚馨甫前辈。午后陆肖岩、陈耕吟、郭星石、沈左绥在浙闽会馆招饮,酉初归,腹仍泄。接王敬臣信,知学政领半俸,又因万寿,从半俸中扣二成五。

初三日(11月10日)　早发起马牌,兖沂道姚馨甫前辈来拜。午后往[各]处辞行,见者抚台、孙山长、李俊三三处,晡时回。接辛蔚如信。

初四日(11月11日)　辰吉剑华观察来拜。午刻丁卯同年招饮,座有姚馨甫观察。又拜客数家,辞行也。接华听桥自广东来信。

初五日(11月12日)　早汤方伯、黄仲衡、恩新甫二观察、鲁芝友太守、钱少云大令皆来拜。致华怡园、王晓湘二大令、华听桥信各一件。发岁考解部卷。又冯实斋来言收拾二堂地板,又托铺账房地板。检点什物,日晡大车、轿车均来。

初六日(11月13日)　辰刻启行,各官自抚以下皆送至西关外接官厅,府、厅、州、县送者百余人。见毕行,三十五里至黄山店,尖。地系历城长清分辖,仍归历城办差。午后行三十里至崮山,茶尖。换马又行十五里至张夏,宿。共行八十里地,多山路,皆泰山之余。早过十里河、观台、炒米店,午后过开山、长清。吴大令名鸿章号焕臣,直隶永平府抚宁人,壬午举;县丞李绥章号印亭,大兴人。

初七日(11月14日)　早发张夏,行六十里至垫台,尖。午后行廿里至新庄岭,宿。泰安县毛澂来接。早过青杨树、土门、长城、皮条店、小湾、德大湾,德地尽山路,已望见泰山矣。仆人韩升和带逐出之三使交县。

初八日(11月15日)　早发新庄岭,行三十里至泰安,太守康敉、大令毛澂以下皆来接。十钟时至察院,先见康太守,次见参将恒山,次毛大令,次各教官。饭后查场,晚发家信一封。

初九日(11月16日)　辰刻恭谒文庙,回署放告,收呈四十三张,皆举节孝者。接省包封一件。

初十日(11月17日)　卯刻在本署大堂恭设香案朝贺,随即点名生童经古,生百零五人,童二百五十人。

天头:生:汉文帝(御)[却]千里马赋"乘千里马独先安之"。"樵△路细侵云"。陶山、阿井七律二首。童:吴季子观乐赋。闻歌辨诗见舞知乐。"名△山为辅佐"。泰岳朝云、徂徕夕照七律二首。

十一日(11 月 18 日) 考合府生员正场,府学百卅余人,泰安县百九十余人,新泰六十余人,莱芜百四十余人,肥城六十余人,东平百人,东阿七十余人,平阴五十余人,共八百廿余人。是日大风。

天头:"民事不可缓也"至"索绹"。问《尚书》授受源流。"碧松梢外挂青△天"。

十二日(11 月 19 日) 覆试取古生员,共廿一人,补欠考生员卅余人。

天头:"半天吟看泰山云"赋题韵。"志士惜日短"勤。

十三日(11 月 20 日) 考新泰、肥城、东阿、平阴四县童生,新泰二百五十二人,肥城三百九十人,东阿三百【三百】六十五人,平阴二百十五人,共一千二百廿余人。

天头:"为台"。"为沼"。"谓其台曰灵台"。"谓其沼曰灵沼"。次:"管仲且犹不可召"。"风△劲角弓鸣"。

十四日(11 月 21 日) 覆合属一等生员,共九十人。又生员补考。

天头:"子张问政"两章。"青灯把卷逢真△味"。

十五日(11 月 22 日) 考莱芜、东平二处文童,莱芜七百五十余人,东平三百八十余人,共千一百五十余人。是早拿获越号枪手一人。未刻出头场童提覆牌。接省中包封,内有沈信。

天头:"谋于燕众"。"置君"。"道善则得之"。"山冷微△有雪"。

十六日(11 月 23 日) 提覆新泰、肥城、东阿、平阴四县童生,共九十二人,申刻出榜。泰安府康仲甫来见,为枪手事。

天头："虎贲三千人"。

十七日(11 月 24 日)　考泰安县文童,千五十余人,点名时廪保指出枪手一名。申刻发莱芜、东平提覆牌。

天头："晋平公之于亥唐也"。"虽愚必明"。"松际露微月"光。

十八日(11 月 25 日)　提覆莱、东二处童,共七十四人,申刻出榜。

天头："其文则史"。

十九日(11 月 26 日)　发落一等生,又考贡、监。申刻出泰安提覆牌,发省包封。戌刻接省包封,内有卫瞻、瑞安、鞠人信各一封,又知刘培之就妥海阳沾盐务。

天头："君子之德风"二句。问历代钱法。"霜重天寒△山色淡"。

二十日(11 月 27 日)　提覆泰安童,午后发榜,又发童古榜,又发起马牌。

天头："爱其所亲"。

廿一日(11 月 28 日)　合属文童覆试,共一百卅二人。一点钟始行堂。

天头："才难不其然乎"。"山林图画自天开△"。

廿二日(11 月 29 日)　早发落文童,又廪生支学租,又奖赏拿枪手廪生。毕即出门,拜康仲甫太守、毛蜀云大令、孔玉双太老师。见者康、孔二君。三钟时府、县在关帝庙请酒,陪客乃武营恒参将也。庙在山麓,已见高妙,惜尚未得游山。

廿三日(11 月 30 日)　卯刻起马,天尚未明,出城始旦,参将及学官皆送出郊。行卅里至新庄岭,茶尖,康仲甫太守、毛蜀云大令皆送至此。又行二十里至垫台,尖。午后行六十里至张夏,宿,吴焕臣明府接至此。午刻在垫台接包封一件,内有卫瞻、瑞安、姚阶平信各一件,姚欲舍山西王星使馆来此。

廿四日(12月1日)　卯刻发张夏,行五十里至杜家庙,尖,地属长清,仍长清办差。午后行三十里至齐河县,渡河入城,宿,日甫未正也。两学来谒。写致姚阶平信,劝其仍回山西,交夜役赵连珠告假带省。

廿五日(12月2日)　辰刻自齐河行,三十里至晏城,尖。午后行四十五里至禹城桥,宿。丁大令兆德字荣之来接,并来谒。

廿六日(12月3日)　辰刻自禹城桥发轺,行三十五里至刘保新庄,尖。地极陋,无店,系借民房歇轺。午后行三十五里至临邑县,宿,以书院为行台。自泰安至禹城桥,皆系向北行而稍偏西,自出禹城桥,折向东行稍偏北。临邑大令黄仁政号德斋,接至郊外,又到公馆来谒,教官亦到。

廿七日(12月4日)　晓发临邑,行六十里至商河,尖。此六十里甚长,自卯正至未初方到,中茶尖二次:一临邑,备在毛家寺,距临邑廿里;一商河,备在栾家洼,临商河二十里。商河令萧启祥号子嘉,江西人,迎至郊外。饭后行三十里至沙河,宿,日欲晡矣,地仍属商河。

廿八日(12月5日)　六钟自沙河启行,行十五里至集城,茶尖,武定守迎至此。又行卅五里至武定府下马,太守德椿心泉及游击张振乾、守备黄登甲俱来见,又候补县贺锡瑜兰樵及各学教官来见,惠民县韩钊贞一因病未出。

廿九日(12月6日)　辰刻谒文庙,回时放告。午后写致沈亲家信一封,寄印花数方。酉刻发包封一件。

三十日(12月7日)　考生童经古,生八十余人,童二百余人。

天头:绕朝赠策临行赠策秦自有人。"读书偏爱夜长△时"。忆梅、寻梅七律。"纸窗竹屋""时于此[间]得少佳趣"。"竹荫寒△苔上石梯"。盆梅、瓶梅七律。

十一月初一日(12月8日)　考合属生员,共十一学,府学百零五人,惠民七十四人,青城廿二人,阳信八十二人,海丰六十五人,乐陵七十二人,商河六十九人,滨州八十八人,利津六十五人,沾化五十一人,蒲台五十三人,共七百四十余人。未刻发经古榜,取十六人。

天头:"见冕者与瞽者虽亵必以貌"。两汉循吏治迹。种树如种德。

初二日(12月9日) 覆生经古十六人,又补欠考生六十六人。阅生卷。接省来包封,内有娄鹤田、周鉴泉信。

天头:蒲轮车以蒲裹轮是谓安车。"芸始生△"。

初三日(12月10日) 考商河、滨州、沾化、蒲台四属童,商河三百九十二人,滨州二百七十四人,沾化一百七十八人,蒲台一百六十四人,共千有奇。未刻发生榜。

天头:"左右皆曰"。"诸大夫皆曰"。俱首句。"左右皆曰"。"诸大夫皆曰"。俱次句。次:"言必称尧舜"。"高楼出树见山多△"。

初四日(12月11日) 考教官,又覆试一等生员,又考贡、监录科,生员一百十八人,贡、监七人。

天头:教:"修道之谓教"。"莫如先孝悌"伦字。生:"论笃是与君子者乎"。"小桥△霜冷挂渔罾"。贡监:"礼以行之孙以出之"。"所宝惟贤△"。

初五日(12月12日) 考青城、阳信、海丰三县文童,青城八十三人,阳信五百卅余人,海丰三百九十余人,共不足千人。未刻发头场提覆牌。

天头:"昔者齐景公"。"昔者鲁缪公"。"昔者赵简子"。"莫大乎以天下养"。"将军下笔开△生面"。

初六日(12月13日) 提覆商河、滨州、沾化、蒲台文童,共九十四人,申刻发榜。

天头:"乡党自好者不为"。

初七日(12月14日) 考惠民、乐陵、利津三县文童,惠民二百八十二名,乐陵四百七十名,利津二百四十名,共九百九十一名。未刻出二场文童提覆牌。

> 天头:"在彼无恶"。"在此无射"。"庶几夙夜"。次:"有本者如是"。"松高任鹤巢△"。

初八日(12月15日) 提覆青城、阳信、海丰三县文童,共七十二人,酉刻出榜,又出惠民、乐陵、利津三县提覆牌。

> 天头:"民具尔瞻"。

初九日(12月16日) 提覆惠、乐、利三县文童,共九十二人。又发落生员,又补行补考、欠考生员。申刻出榜。

> 天头:"知我者其惟春秋乎"。

初十日(12月17日) 总覆合属文童,共百六十九人,午正始升堂,尚未齐,未刻始行点入场中,六点钟净场,十点钟发大案。送提调周秀东,言明先回家省亲,明正元宵必到。杨叙五由武定回天津,就赴京会试。晚接省署包封二个,(出)[知]于初一日升右中允。又接刘竹春信,知蔡少波不能到。

> 天头:"得见有恒者斯可矣"。"旭日散鸡豚△"。

十一日(12月18日) 辰刻发落新进文童,又支发学租银两。毕,武定府德心泉来见,随即出门拜通城。

十二日(12月19日) 巳刻打坐尖,起轺,六十[里]申刻住沙河。

十三日(12月20日) 卯刻启行,四十里巳刻至商河,尖。午初自商河行,六十里至临邑县,住,县令黄德斋来见。

十四日(12月21日) 是日冬至。卯刻就临邑戒珠寺朝贺拜牌,礼毕行,三十五里至刘保新庄,尖。午后行三十五里至禹城桥,住,县令丁荣之来见。

十五日(12月22日) 辰刻自禹城桥行,四十五里至晏城,尖。又行二十五里至齐河,住。

十六日(12月23日) 辰发齐河,出城即渡河,河身极窄,片刻即渡。行四十里至省城,通城皆在官厅候接,自府以下皆路接者数十人。午刻到署,晚间料理折件。本日早间得吏部咨文,知照升中允事,故先将谢恩折底作出。

十七日(12月24日) 早运台李亦青来拜,又来州县数人,又李俊三太府,又首府鲁芝友、首县钱少云来谒。午间又将报考折稿拟出,烦贡三孝廉缮写。出门拜通城,见者福中丞一人也。回署后汤幼安方伯、松晴涛廉访、张虞箴观察皆来拜,又张子遇观察来拜,自京来请咨引见也。接方继堂同年来信,为龚超绍衡世兄吹嘘。

十八日(12月25日) 早福中丞来拜,又郭介臣观察来拜,又州、县来谒者数人。午后封包折件,谢恩折一,报考折一,日暮始封毕。晚接京信一包,内弼臣一封、卫瞻一封、瑞安一封,又接苑介卿信一封。又写京信三封,一致沈鹿苹亲家,一致戴艺郙同年,询严子万事,一致王敬臣兄,谢查扣俸事。是日自巳刻雪渐集,午刻以后大雪,半夜方止。

十九日(12月26日) 望阙谢恩,随即发折二扣,沈、戴、王信俱附便寄京,沈信中有印花八方,奏事处文书三角空月日,又涞儿致瑞安侄信一件。

廿日(12月27日) 午出拜客,见者福中丞、汤方伯也。又接陆凤石来信,替倪文源同年吹嘘。

二十一日(12月28日) 早朱小帆观察来拜,又萧绍廷世兄来拜,此萧质斋夫子世兄也,本科中式举人。午后出门拜客,晤面者臬司松晴涛、运司李亦青。

廿二日(12月29日) 无事,歇息一日。

廿三日(12月30日) 午后赴西关接讷子安都护钦,即请圣安,回时进城即往拜焉,并晤面。致山西学院王梅岑信一件,贺其世兄中举。

廿四日(12月31日) 讷子安都护来拜,又李子木观察来拜,未得见。写家信二件,一致卫瞻,一致瑞安,均由新泰厚寄,并寄家中年敬、瑞安嫁妹贺敬，又于式珍帮项。同年方子敬来拜，托其请朋友。

　　廿五日(1894年1月1日)　松廉舫来拜，见。致范县华怡园信一件。接家西元【信】一信，知已得保。

　　廿六日(1月2日)　早出拜李子木观察，又为叶雨村观察之封翁祝寿，又拜客数家。午后写信三封，一致周鉴泉年敬十金，一致陈纪山脩百，一致家西园八，均由新泰厚寄。

　　廿七日(1月3日)　乐陵县沈少陶来拜。写信二封，一致詹少菊，一致王少莲，均寄宣化府。晚接吏部来文，知仍留学政之任，随发致沈鹿苹信，询其谢恩否。

　　廿八日(1月4日)　黄仲衡、张子遇两观察来拜，又郭星石、陈守屿礼森、方子敬三明府来拜，方言王希陶不能就馆，陈荐朱克生桢彬。

　　廿九日(1月5日)　午后拜客，福中丞晤面。接沈亲家来信，属留学政任须谢恩。晡时将折稿创出，属贡三写。

　　卅日(1月6日)　早福中丞、汤方伯、孟游击来拜，午后龚绍衡来拜。未刻监视包折，此折附抚垣折差寄京。又致沈亲家信，又致王叔平、刘培之信。

　　十二月初一日(1月7日)　发谢恩折。郭介臣观察来拜。差人赴泺口为三太太送寿礼。

　　初二日(1月8日)　十八所发之折差自京回，所发二折均奉硃批"知道了"，又带有沈亲家信、戴艺郛信、瑞安信。

　　初三日(1月9日)　早赴泺口为慕琴三嫂拜寿，五点钟回。晚接平原程芝庭信，言得病甚剧，请王小春代理。

　　初四日(1月10日)　通城皆来预祝，幼琴侄并两侄孙皆从泺口来，住在署中。

　　初五日(1月11日)　泺口大侄妇同侄女王并两侄孙女周、何来祝寿。午后知藩委王小春代理平原。

　　初六日(1月12日)　早幼琴侄同两侄孙、两孙婿皆回。午后发天津信,寄周鉴泉,以谋妥王、姚事告之,催其速来,寄新泰厚,寄银廿两作川费。又下朱栋夫先生关书,陈守玙所荐,苏嘉定贡生。

初七日(1月13日) 午刻孙佩南同年来拜,随出各处谢寿,并拜朱栋夫,晡时回,见者抚院耳。

初八日(1月14日) 黄仲衡观察来拜,又王小春、张春台、张瀛舫、凌绍繻诸明府来谒,又朱仲洪中翰来谒。

初九日(1月15日) 徐友梅孝廉来拜,又松晴涛廉访来拜,许金粟直牧、叶雨村观察来谒。又朱栋夫来拜,订于十三日移入署。

初十日(1月16日) 孔太老师、何观察来拜,俱辞以疾。写上李高师信一,梅、辛信一,致严范孙信一、刘益斋一、李慕皋信一。

十一日(1月17日) 发京信,数信交提塘。牙忽作疼。

十二日(1月18日) 牙疼稍愈。此日无事,阅电报,知转左中允。接沈少乾信,并送干脩。

十三日(1月19日) 出门往孔太夫子处、郭介臣观察处贺喜,就拜客数家。

十四日(1月20日) 临邑刘思诚武清王庆坨人,癸酉孝廉来谒,就荐干脩一分张凤文,河南。又松廉舫、孔玉双、郭介臣来拜。接屈筱樵信,知不能来东。

十五日(1月21日) 写信数封,致齐道安、赵幼千,交提塘。祥、许二仓督,前数日发。

十六日(1月22日) 写信二封,一上张中堂,一上杨副宪。又致王步庭水部一信。覆屈电。

十七日(1月23日) 谢留任恩折差回,奉硃批"知道了",知带有新买折匣二分,安折廿分。拜客一天,抚、臬、运见面。

十八日(1月24日) 致沈鹿苹信一封,张、杨二信附入,交抚院折差带京。抚部来拜。往祝汤方伯寿。

十九日(1月25日) 无事。

廿日(1月26日) 写致沈声甫信一封。李俊三、彭繻廷、王叔平、方炳臣、刘凤冈、朱儆堂、廉季申皆来谒。

廿一日（1月27日）　封印。李俊三来见。雪竟日。

廿二日（1月28日）　方子敬、刘锦亭来见。雪竟日。申刻蕙孙自平阴回，西刻少敏自泰安回。

廿三日（1月29日）　雪竟日。晚祀灶。致刘竹春信，由胡万昌。幼琴于廿一日丑刻得孙，是日遣人送礼。

廿四日（1月30日）　午后出门拜客，见者汤方伯、孙山长、李子木观察。西刻回署，李子木观察来拜。

廿五日（1月31日）　写信二封，一致胡捷甫，一致林赞虞，胡信交王毓才，林信交傅绍岷。

廿六日（2月1日）　晚周子化来自济宁。

廿七日（2月2日）　无事。接华问三自江苏来信，带有梅庄石刻墓表五十张。

廿八日（2月3日）　迎春。首县送春事来。写信一封，致独流张子周。

廿九日（2月4日）　立春。差帖各署贺春。

卅日（2月5日）　除夕。差帖各处辞岁。

光绪二十年(1894)

光绪二十年正月初一日元旦(2月6日)　寅初署中敬神祭祖，寅正二刻赴皇亭朝贺，卯初二刻贺毕，即赴旧属祭关帝及土地、衙神，卯正回署，天始微明。随即司道十余位皆来贺新禧，挡驾不得，后又有府、厅、州、县数十人来贺。辰初出拜年，抚、藩、臬、运、济东道、首府、首县及各候补道皆往焉，见者藩、臬、运三处，未正回署。

初二日(2月7日)　早起绎祭。午前抚台来拜，午后出门拜年，抚台得见。

初三日(2月8日)　侄孙婿何焜、周绪任来，泺口两侄孙来。

初四日(2月9日)　孙佩南同年来拜，谈许久。又卢甫立来拜，又署新泰陈观圻起霞、署荏平陈葆霖、临邑刘思诚子其、朱德昌、康宗万仲选、葛之覃、张瑞芬、王庆琛皆来谒。泺口幼琴侄来，是日遣涑儿(起)〔赴〕泺口拜年。

初五日(2月10日)　拜客，晤面者孙山长、李俊三太守、崔子万观察。早晚来客甚多。

初六日(2月11日)　赴抚院贺喜，因万寿加恩，从优议叙也，抚院随来回拜。是日来客亦多，天夕恩粮道来拜。

初七日(2月12日)　无事。

初八日(2月13日)　早回拜恩叔涵观察，兼拜他客。接王、周、何侄女、侄孙女来。

初九日(2月14日)　发致卫瞻信一封，九点赴泺口拜年，五钟回。

初十日(2月15日)　早来客甚多。午后接卫瞻信、瑞安信、周辑五信、周二姑太太信。

十一日（**2 月 16 日**） 殷仲纯来谒，运河道耆静（安）[生]来拜。

十二日（**2 月 17 日**） 早拜耆静生，兼拜他客。午后到八旗奉直会馆团拜，七点钟回署。

十三日（**2 月 18 日**） 是日来客甚多。天气暴暖。发致瑞安信，由胡万昌寄。

十四日（**2 月 19 日**） 写致沈鹿苹信。

十五日（**2 月 20 日**） 午后赴江南馆，壬午世侄招饮也。二点钟出门拜客，三钟到，七钟回，共听戏四出。

十六日（**2 月 21 日**） 来客甚多。李俊三夫人招涑妇往，九钟回。

十七日（**2 月 22 日**） 三钟时抚台福少农招饮，座中尚有王冠杰总镇连三，六钟还署。是日刘星岑太守来拜。致王云舫少司马信，封发提塘。

十八日（**2 月 23 日**） 午后自藩以下招饮，八点钟回署。发致沈鹿苹信，提塘。又有张、李二相国信，又发荣轩大叔信。

十九日（**2 月 24 日**） 开印。发王少莲信，马递；刘竹春信，胡万昌。午后出门辞行，见者孙山长、福中丞。

二十日（**2 月 25 日**） 通城官自抚以下俱来送行。早先出辞行，其送行得见者，福中丞、孙山长、赵观察，又有府、厅、州、县廿余人。晡时接周鉴泉信，以川费不敷，意欲不来，饬涑修函，又添廿金川费，专差以促之。

廿一日（**2 月 26 日**） 早差申祥持涑儿信往接周鉴泉。收拾行李。

廿二日（**2 月 27 日**） 辰刻起马。各官自抚以下俱送至东关，府、厅、州、县及杂职共四十余。行卅五里至寒仓，尖。午后行三十五里至龙山镇，镇巡检一员名陶维庚来接。早所过村庄有七里堡、王善人庄，午过葛店、十里堡、七里塘诸地，寒仓、龙山皆历城地。

廿三日(2月28日) 晓发龙山,行四十里至章丘县,路有所谓新店者,距章丘二十里。大令张芗圃金芝及学官来接,至公馆禀见。午后行三十里至青阳店,又五里至麻布店,又二十五[里]至邹平县,宿东关盐店。是日行百里。邹平令萨承钰,号幼恒,乙亥举人,福建人,及两学典史俱接至关外,随至公馆禀见。青阳店有"范文正公读书处"碣,邹平县西关有"伏生故里碣"。

廿四日(3月1日) 晓发邹平,行廿五里至长山县,尖,长山令程仁均少旸以病未出。午行四十里出张店,地属新城,令许鼎九燮廷以挑河未至。是日共行六十五里。

廿五日(3月2日) 七钟时自张店行,三十里至金岭镇,尖,地属益都。又行三十五里渡淄河,水不及寸,闻夏令山水至则暴而且大,至淄河店,宿,地属临淄。大令秦福源柳堂来谒。临淄春秋齐都,齐诸公之墓在焉,桓公、景公道旁并有碑志。是日未时以后微霰,申刻以后大雪。临淄有管鲍合墓,又有三士墓,地有红门,在张店西二十余里,多卖砚者。

廿六日(3月3日) 早行三十五里至青州府,益都县及通城皆接至郊外,太守以病不能出。

廿七日(3月4日) 晓谒文庙,回即收呈,举节孝、耆儒者二百余纸。

廿八日(3月5日) 考合属生经古,共百五十人,内算学二人。发省包封一件。古场安丘、诸城最多,而诸城尤多佳卷。

　　天头:曹参避正堂舍盖公赋以"道贵清静而民自定"为韵。"雪花消尽麦苗△肥"。房习徒、王沂公七律二首。王景略论。

廿九日(3月6日) 考童经古,共六百人,算学十二人,点《易经》一人。申刻发生古榜。

　　天头:信陵君窃符救赵赋却秦存赵功在一时。"飞鸿响远音"楼字。春雪、春冰七律。

二月初一日(3月7日) 考合属生员共一千三百十人。晚接省包封一件,知周鉴泉已到省,有鉴泉信一件,卫瞻、瑞安信各一件,王杏洲表兄信一件,娄允鹤信一件,京报三本,电报三封。

　　天头:"今天下地丑德齐"节。青州僧革策。"秀语夺山绿"苏。

初二日(3月8日)　考生经古覆试,共廿五人。遣何清回省。

　　天头:蛰虫始振赋物藏于密者起而振。马伏波遗书《诚兄子严敦》论。"楚材△晋用"。

初三日(3月9日)　考临朐、诸城二县童,临朐五百三十余人,诸城六百七十人,共千一百余人。午刻发生榜。

　　天头:"知我者"。"罪我者"。"能与人规矩"二句。"兴酣△落笔摇五岳"。

初四日(3月10日)　覆一等生,共一百卅三人。又生员补考五十余人。是日(问)〔阅〕临、诸二县童卷。

　　天头:"志于道"三章。"二月初△吉"。补:"非敢后也"。"再斯可矣"。"二月春风似剪刀"。

初五日(3月11日)　考寿光文童,共千○八名。未刻发诸城、临朐二县提覆牌。晚接包封一件,知周鉴泉已赴平原,初三日起身,又知涑儿已谒子周。又接刘竹春信,不愿捐贡,尚知观光。又知李俊三署沂州府。

　　天头:"仲尼曰"《孟子》。"大孝终身慕父母"。"兴酣落笔摇五岳"。

初六日(3月12日)　提覆临朐、诸城二县文童,临廿六人,取进十六名,内拨府一名,诸卅八人,取进二十五人,内拨府四人。晚发包封一件,内有谕涑儿一信,致周鉴泉一信。

　　天头:"毛犹有伦"。

初七日(3月13日)　考临淄、博兴、高苑三县文童,临淄六百七十余人,博兴三百六十余人,高苑一百八十余人,共一千一百七十余人。未刻发寿光提覆牌。

天头:"强乎"。"有知虑乎"。"多闻识乎"。次:"归斯受之而已矣"。"琴书悦性灵△"。

初八日(3月14日)　提覆寿光文童,共卅六人。又考贡、监,共十一人。午后出寿光榜。晚王荣自省来。

天头:"秦穆公用之"。贡、监:"行夏之时"。问《诗》学源流。"春泥百草生△"。

初九日(3月15日)　考昌乐、安丘二县文童,昌乐四百余人,安丘六百五十余人,共千一百余人。午后出临淄、博兴、高苑提覆牌。晚发省包封一件。

天头:"久""晏平仲"章。"少""舜伪喜"节。"四体不言而喻"。"密雨如散丝△"。

初十日(3月16日)　提覆临淄、博兴、高苑三县文童,午刻发榜。

天头:"伯夷隘"。

十一日(3月17日)　考博山、乐安二县文童,博山二百四十人,乐安六百八十余人,共九百五十余人。午后出昌乐、安丘(三)〔二〕处提覆牌。

天头:"出疆"。"得侍"。次:"古之人修其天爵"二句。"移△花疏处种"。

十二日(3月18日)　提覆昌乐、安丘二县文童,午后发榜。晚接省信,知涑儿于初九日午初又生一女。又有二姑太太信一件,又瑞安信一件。

天头:"邻人曰"。

十三日(3月19日)　考旗学、益都两处文童,旗百十名,益都九百七十余名,共千○八十余名。午后发博山、乐安二县提覆牌。又发包封一件寄省。

天头:"守先王之道"。"闲先圣之道"。"未闻以割烹也"。"蔬畦麦陇最先△青"。

十四日（3 月 20 日）　提覆博山、乐安二县文童,午后出榜,并发益都提覆牌。

天头:"公一位"。

十五日（3 月 21 日）　提覆益都文童,午后发榜。

天头:"无献子之家者也"。

十六日（3 月 22 日）　提覆合属文童,共二百十三人,午正入场,起更时净场。

天头:"知者乐仁者寿"。"花△瘦雨添肥"。

十七日（3 月 23 日）　辰刻发落新生,毕出门拜客。午后副都统讷子安招饮,晡时回署。晚接省包封一件,内有丛桂信一封,硃卷一本,又电报、京报各数[本],知沈亲家升宗人府府丞。

十八日（3 月 24 日）　巳刻自青州发轺,行四十里谭家坊,住,时方未初,地仍属益都。自省至章丘,每向东北行,章丘以东向正东行,至淄河又似向东南行,出青州又向正东行。

十九日（3 月 25 日）　晓发谭家坊,行三十里至昌乐县,尖。县令程丰厚号苣孙,壬午举,乙丑庶常,徽人。午后行二十五里至朱里店,茶尖,地属昌乐。又行十余里至小于河,地属潍县,距城十二里。杨敬轩耀林大令设有茶尖,在花园内。园先属陈文恪公,后属刘姓,现又属陈、郭数家公业。地极幽静,叠石为山,有亭三座,登亭四望,墙外麦苗菁葱,唐诗谓"开轩对绿畴",其境在目前。松树颇多,而无桃李棠梨等树,自觉阴森古雅,毫无俗艳。园门有翟文泉分书集句小对,云"泉石多仙趣,园林无俗情",诚确切不移。游毕与杨君晤谈片刻,又行十二里入城,宿。杨己亥举人,庚辰进士,清苑人。是日共行八十里。

二十日（3 月 26 日）　晓发潍县,先入城拜杨君。城内门宇整齐,街道洁净,望而知为富庶之区。出东门市廛络绎,闻生意甚夥。又一围圩,内亦甚整齐,亦有市廛。行三十里至寒亭,尖,地属潍县,即夏时寒浞国也。午后行三十里至王耨,地属昌邑,大令张君接至此,设有茶尖。又行二十里入昌邑城,驻书院中。是日共行八十里。道光己亥年,先大夫宰是邑时,予生于县署中,今五十六年矣。张君云东门外土山上有先君手书文昌庙对联,约明早往视。张直隶满城人,印鸿宪,号海珊,前湖南善化县鸿顺之弟兄也。

廿一日(3月27日) 雨甚大,欲寻土山文昌庙对,不果,仅至县署一观。行五十里至新河,尖。村外有河一道,水浅而沙阔,地属平度州,州牧茅仲若正绶在彼,晤面。茅,苏丹徒人,其祖茅鹭湄,道光年间曾任山东观察。午后又行三十里至灰埠,地仍属平度,换夫马,有茶尖。又行廿里至沙河,宿,地颇繁富。地属掖县,县令魏少程起鹏来接。魏,江西人,癸酉举,丙子庶常。

天头:距昌邑廿里有潍河,俗名淮河,有浮桥。

廿二日(3月28日) 晓发沙河,出村即过沙河一道,亦水浅而沙阔。行五十里至掖县城,尖。掖为莱州府首县,城中亦繁富,彭端怀太守及武营佐杂等官均接至郊外。午后行六十里至朱桥,驻,地仍属掖县。是日行百十里。

天头:三十里平里店有茶尖。(整理者案:此天头所补与"午后行六十里至朱桥"一句同行。)

廿三日(3月29日) 卯刻自朱桥发轺,出村即渡沙河一道,亦水浅而沙阔。自省而东,所过之河甚多,皆山水所冲者,均不能通舟楫。行三十里至磁口,茶尖,地属招远。又行三十里至黄山馆,尖,地属黄县,有驿丞驻扎其地。午后行三十里至北马,茶尖,地属黄县。又行三十里至黄县,驻书院中。书院局势颇大,县令徐赓陛次舟,是候补通判借署者。是日行百廿里。

天头:二月泺源书院加课题:"巽乎水"一节。"一日食二日货"。"星言夙驾"二句。"晋侯侵曹晋侯伐卫"。"西不尽流沙"四句。

廿四日(3月30日) 晓发黄县,行二十里至诸由观,茶尖,黄县地。又行二十里至茶棚,茶尖,地属蓬莱,县令胡炜伯荣接至此。又行二十里至登州府下马。自诸由观以东尽属山路,亦有平坦之处。距城二十余里,遥望已见东海矣。此城亦予五十年旧驻之地,惜彼时止四五岁,不能记忆也。

　　天头:十九年六月加课题:"拔茅茹以其汇征吉"。"海岱惟青州"。"皇皇者华"全。"公会齐侯"至"同盟于幽"庄廿七。"修礼以耕之"三句。

廿五日(3月31日)　辰刻恭谒文庙,讲书毕,回院放告,收呈八十余张。午后写信二封,一致沈鹿苹亲家,贺其升宗丞,一致无锡华子随,言华应榴裹校事。华信由登州骡行送烟台信局,交办差家人取交,沈信由包封寄京,由提塘寄京。申刻发包封一件。

廿六日(4月1日)　考合郡生员经古,共六十一人,内考算学一,经解一。

　　天头:秦始皇登之罘立石颂德赋以"秦始皇立石颂秦德"。"东渐△于海"。康成居、田横寨七律、五七古皆可。

廿七日(4月2日)　考合属文童经古,共五百八十人,内经解五,算学十余人,性理孝经论数人。午后发生古榜,共取廿四人。

　　天头:豚肩不掩豆赋"贤大夫也而难为下"。"花柳村村次第春△"。梨云、杏雨七律。

廿八日(4月3日)　考合属生员正场,共八百零二人,蓬莱百余人,为最多,余俱数十人。

　　天头:"诗曰周虽旧邦"二节。问登州建置沿革。"小园△花暖蝶初飞"。

廿九日(4月4日)　覆生古,又补欠考生,欠考者百五十余人,覆古者二十四【十】人。

　　天头:"杨柳共春旗一色"题韵。"明日是清明△"。

三十日(4月5日)　考莱阳、文登、海阳文童,莱阳五百卅四人,文登三百六人,海阳二百十一人,共千○五十一人。午后发生一等榜。

　　天头:"等百世之王"。"有大人之事"。"于齐国之士"。次:

"教之树畜"。"满街△杨柳绿丝烟"。

三月初一日(4月6日)　覆生员一等,共百廿四人。是日日食,已正初亏,午正食甚,未初复圆,自行救护。阅莱、文、海三处童卷。

> 天头:"质胜文则野"章。"有时△出郭行芳草"。

初二日(4月7日)　考福山、栖霞、招远三县文童,福山三百六十余人,栖霞三百四十余人,招远三百廿余人,共千余人。发头场提覆牌。

> 天头:"必有酒肉"。"必请所与"。"必曰有"。次:"能言拒杨墨者"。"云生△结海楼"。

初三日(4月8日)　提覆莱、文、海三处文童,共八十余人,申刻发榜。阅福山、栖霞、招远三县童卷。接包封一件,内有范世兄信一件,知桂山世兄逝世,卫瞻信一件。

> 天头:"昔者先王"。教:"皆所以明人伦也"。"先生△有道出羲皇"。

初四日(4月9日)　考黄县、荣成两县文童,黄县八百六十余人,荣成百五十余人,共千余人。午后发二场提覆牌。发省包封一件。

> 天头:"五世矣"。"四世矣"。"择善而固执之者也"。"雨蓑烟笠事春耕△"。

初五日(4月10日)　考蓬莱、宁海二处文童,蓬五百五十八人,宁海四百十八人,共九百七十六人,午后发生场大案。

> 天头:"其设心"。"不知足"。"霸必有大国"。"石泉槐火一时新△"。

初六日(4月11日)　提覆福山、栖霞、招远三县文童,共六十余人。午后阅蓬、宁童卷,阅毕即出蓬、黄、宁、荣四处提覆牌。又考贡、监,共四人。又发福、栖、招三县榜。

> 天头:"邑于岐山之下居焉"。贡监:"迩之事父"二句。问朱、陆异同。"柳阴△路曲"。

初七日(**4月12日**)　提覆蓬莱、黄县、宁海、荣成四处文童,共百廿三人,申刻发榜。又午刻发落一等生员。酉刻接到京中发来包封一件。

天头:"陈力就列"。

初八日(**4月13日**)　总覆合属文童,共百八十一人,午正升堂点名,尚有未办印结者,宁海州犹多。

天头:"周有大赉"。"一雨及时人种田△"。

初九日(**4月14日**)　早发[落]新进生员,又支学租。毕,登州守端仲信、蓬莱令胡伯荣来谒,又宁海州同崔辅常菊庄来谒。随出门拜客。午后至蓬莱阁,府城之北有水城阁,又有水城之内北城。墙上墙外即海阁,旁有水门,潮来则城内沟中有水,潮退则城亦退。有小船乘潮出入焉。庙有两层,前殿供天后圣母,后层则阁也。阁上一望,全海在目,北望则庙岛,偏西者则长山岛,偏东者则沙门岛。阁后有苏东坡祠,祠龛联云:"我是东坡老居士,俨然天竺古先生。"又有吕公祠,神乃吕祖也。又有避风亭,相传风不入,未知确否也。苏公祠与避风亭皆面海。各处匾对甚多,不能遍观,亦不能遍记也。在蓬莱下层设席,同城皆陪座,酉刻回院。

初十日(**4月15日**)　辰刻自登州发轺,同城官皆在关外送行。二十里至茶棚,茶尖,大令胡君送至此。又行二十里至诸由观,茶尖。又二十里至黄县,宿。县令萧启祥子嘉接至关,又到公馆谒见,系新到任者。

十一日(**4月16日**)　晓发黄县,行六十里至黄山馆,尖。又行六十里至朱桥,宿,地属掖县、招远县两处,去时掖县豫备,来时招远豫备。招远令朱钟祺号养田,浙人,来谒,掖县魏令同来谒。

十二日(**4月17日**)　晓发朱桥,行三十里至平里店,茶尖。又行三十里至莱州府下马,同城自府以下皆迎至郊外,又谒于察院。

十三日(**4月18日**)　卯正恭谒文庙,回院后府、县来谒。接京包封一件,知贡三覆试二等。发省包封一件。

十四日(4月19日)　考合属生员,共百五十人,惟潍县四十余人,胶州三十人,余俱十人上下。

　　天头:尚书犹天北斗赋以"犹天之有北斗也"。"谷雨干时手自锄"似字。郑公社、庸生村七律或七古。

十五日(4月20日)　考合属文童,共四百名。午后发生古榜,共取廿八人。

　　天头:壮哉昆仑方壶图赋"中有云气随飞龙【龙】"。"暖风迟日醉梨花△"。□地□。蜂衙。"九河既道"解。

十六日(4月21日)　考合属生员,共千〇七十余名,府百卅余人,掖县百五十余人,平度百卅余人,昌邑百十余人,潍百四十余人,胶百廿余人,高密九十余人,即墨百余人,灵山卫廿余人,鳌山卫四十余人。

　　天头:"于季桓子"三项。问将略。"青遍柔桑△趁浴蚕"。

十七日(4月22日)　覆生古,共廿八人,阅看生卷。晚接省包封二个。会试题:"达巷"至"大哉孔子";"道不远人"至"违道不远";"庆以地";"雨洒亭皋△千亩绿"。

　　天头:雨后有人耕绿野赋题韵。"黄花如散金"春。

十八日(4月23日)　考潍县、高密文童,潍县七百七十余人,高密五百五十余人,共一千二百七十余人。午后发生榜。发省包封一件。

　　天头:"既而曰"。"居则曰"。"彼丈夫也我丈夫也"。"惠风和畅"清字。

十九日(4月24日)　覆生一等,共一百卅人。又考贡、监,共十余人。是日阅潍、高密童卷。

　　天头:"使天下之人"二句。"水深△鱼极乐"。贡监:"君子泰而不骄"。问《诗经》授受源流。

二十日(4月25日)　考昌邑、即墨文童,昌邑七百七名,即墨五百七十名。午后发潍、高提覆牌。

天头:"聿来胥宇"。"裸将于京"。次:"为其可以言也"。诗:"看书才了又看山△"。

廿一日(4 月 26 日) 提覆潍、高两县文童,酉刻发榜。又阅昌、即两县童正场卷。

天头:"庶人在官者"。"百乘之家也"。

廿二日(4 月 27 日) 考平度州、胶州两处文童正场,平度八百廿五人,胶州四百廿二人,共千二百四十七人。午后出昌邑、即墨两县提覆牌,又发生员大案。

天头:"地丑"。"德齐"。"有私淑艾者"。"水面回风△聚落花"。

廿三日(4 月 28 日) 提覆昌邑、即墨两处文童,午刻发榜。又阅平、胶二州童卷。接省包封一件,内有联桥信一件。又王寅甫借马封寄河南修武。又发落一等生员。

天头:"敬其所尊"。

廿四日(4 月 29 日) 考掖县、灵山、鳌山二卫文童,掖童九百余人,灵山廿余人,鳌山百〇八人,共千余人。午后出平、胶提覆牌。

天头:"墨者"。"施由亲始"。"儒者之道"。次:"自西自东"。"坐看春笋出林高△"。

廿五日(4 月 30 日) 是日换戴凉帽,提覆平、胶两州文童,酉刻发榜,又发掖、灵、鳌提覆牌。发省包封一件,又接省包封一件,知廿六日大考。

天头:"人知之亦嚣嚣"。

廿六日(5 月 1 日) 提覆掖、灵、鳌文童,午后发榜。写对联二十余件。

天头:"千乘之君求与之友"。

廿七日(5 月 2 日) 总覆合属新进文童,共百七十一人,午初升帘,酉正交卷毕,戌初发大案。是日写对联四十余件。

天头:"其有成功也"。"譬海出明珠△"。

廿八日(5月3日) 早发落文童毕,出门拜客。

廿九日(5月4日) 辰正自莱州起马,距城十八里深塘茶尖行五十里至沙河,宿。参将、太守等官俱送至郊外,魏大令送至深塘。

四月初一日(5月5日) 晓发沙河,行廿里至灰埠,茶尖,地属平度。换夫马,又行三十里新沙,尖。午后行廿五里至部上,茶尖,地属昌邑,张大令接(自)[至]此处。又行廿五里至昌邑。城外三里许之黄土山上有文昌宫神龛,有先大夫神联,殿门有匾额,匾系"天下文明",联系"北极握天枢斗魁朗耀,东山崇庙观阴鹭昭垂",道光廿年悬。入庙祭毕,即入殿瞻仰。出庙下山入城,进公馆,张令来谒。又有绅士数人来谒,未见。

初二日(5月6日) 卯刻自昌邑发轫,行二十里至王耨,茶尖。又行三十里至寒亭,尖,潍县杨敬轩大令来接。午后行卅里至潍县,宿,有一等生及新生廿余人接至关外。入公馆后杨令来谒,又孙佩南同年来拜。酉刻接省来包封一件,知会试额数。又写一信付回省差人带省。

初三日(5月7日) 卯刻自潍县动身,入城拜杨大令,又拜孙同年,晤谈。(地)[行]四十里至马司,尖,地属潍县,杨君送至此。午后行四十里至安丘县,驻,大令文焕廷郁接至关外。马司出街即系一山,石块磊落,上约四五里,下约四五里,问之土人,云名南陵山。距安丘十五里,地名柳家疃,安丘备有茶尖,未下轿。安丘公馆系借民宅,极宏敞,宅主王姓,邑中旧家也。酉刻写对联十付。自登州至潍县俱向西南行,自潍县至安丘,折向正南行。

初四日(5月8日) 辰刻自安丘发轫,又向东南行,安丘令送至关外。行四十五里至景芝镇,尖,地仍属安丘,路颇长。县丞王恩庆来见号锡之,宁津人。借民宅暂驻,宅赵姓,亦安丘旧家也。饭后行三十五里至相周镇,驻,地属诸城。大令王曾俊号伯安,河南祥符人,其曾祖王靖毅公讳懿德,辛己癸未,曾任山东藩司,荐升闽督,辛巳年伯也,王君接至此。午过小河二道。相周亦借民宅驻节,宅主王姓,国初科第甚多,有仕至尚书者。自景芝至相周又向正南行,微有偏东时。宅主烦写联二事。

初五日(5月9日)　卯刻发稆,行四十里至诸城县,尖,大令及学官来谒。公馆在城内臧家景诗前辈之同族,厅事颇大,院有花木,悬"双柿轩"额。诸城北城墙上有苏东坡超然台,饭后登焉,前有厅事三楹,后有殿三间,有苏文忠像,两傍有木主十余,皆当年宾客也。登临四望,诚有如记中后段所言者,一览豁然,心神皆旷。在前厅与大令坐谈片时。下城即行,四十里至枳沟镇,驻,地仍属诸城。无多客店,借张姓花园驻稆,室中悬"枕市园"额。入门前有空院,可以停车喂马。向西行,又一层院,有南屋三楹,皆树数株。又西入一门,即园矣,北屋三楹,下榻其中,门前即多盆,又有木香树、藤萝架,南有芍药、牡丹数畦,又南墙根松树参天。又东则北矮屋,有荷池一塘,竹林一亩,竹甚茂密,春笋茁长。南则小亭一座,花木绕之,盘磴而上,四望花木,信可乐。有井一面,园丁汲水浇园。又北则藤萝架、葡萄架,又北则芭蕉数株。又东有一院,则幕宾下榻地也。南有一院,乃主人家祠,甬道两旁松竹满焉。园之西偏院则金鱼池,一塘朱鳞,游泳其中,致足娱目。门前又有金鱼数盆。综览全园,四时花木略备,而丘壑颇不俗。擎花者多半树根为之,无富贵气象,有山林风味,似胜于潍县之陈氏园也。

天头:是日过河三次,皆潍水。

初六日(5月10日)　晓发枳沟,微雨,出门则雨止。行四十五里,过河两道,皆潍河也,至管帅集,尖,地属莒州。午后又行四十五里至招贤集,驻,亦属莒州。莒牧张君承燮来接,张,陕西平利人,号云卿。管帅之北有山名虎头岩,下山即管帅集,其南又有山名将军岭,上下皆十余里。出诸城城门,又向西南行。

初七日(5月11日)　卯正自招贤集发稆,行四十里至莒州,尖,张君送帖书四种。饭后又行六十里至夏庄,驻,地属莒州。店极狭隘,自出省后停稆之处,无过于此者。过小河数道,有名潍河者,有名沐河者。是日午后微雨。

初八日(5月12日)　晓发夏庄,行二十五里至关西坡,茶。又行二十五里至汤头,尖,地属兰山。村有温泉,二泉各有神铁,肖男女像各一,不知何故。午后行十五里至白塔,驻,仍属兰山。巡捕接至此,钱少云大令接至此。是日微雨竟日。

初九日(5月13日)　夜雨甚大,晓仍未止。自白塔启行,卅五里至尤家店,茶尖。又行廿五里至城,过沂水,同城皆接至关外,入署后以次见署府李馨俊三、署县朱钟琪养田、三府李兆瑞雪斋,时已未正矣。自诸城至沂州皆向西南行。

初十日(5月14日)　辰谒文庙,回署放告。李太守来见,又副将曹◇◇号鹏程,湖北人来拜。午后接省来包封,又发省包封一件。

十一日(5月15日)　考合属生童经古,七属以日照为最众,莒州次之,生则日照五十余人,莒州三十余人,余各数人、十数人不等,童则日照几二百人,莒几百人,余各十数人、数十人不等,生共百七十人,童共四百人。晚陈凤、高青山自省回,带有家信。

天头:蔺相如引车避廉颇赋"常不欲与廉颇争列"为韵。"海岸夜中△常见日"。颜杲卿、颜真卿律。楚材晋用赋"杞梓皮革自楚往也"。"鹊声穿树喜新晴△"。王祥、王览律。

十二日(5月16日)　考生员正场,合属共八百人。午后发生经古榜,共取十八人。

天头:"君赐腥必熟而荐之"两段。问弭盗。"烟外垂杨绿意多△"。

十三日(5月17日)　覆生经古共十八人,又补考生员五十余人。阅生正场卷,晡时阅毕。

天头:先后笋争滕薛长赋题韵。"麦陇风△来饼饵香"。

十四日(5月18日)　考莒州、沂水、安东卫三处文童,莒五百廿余人,沂四百六十余人,安东六十人,共千〇数十人。午后发生一等榜。

天头："叔齐何人也"。"周公何人也"。"舜何人也"。"放乎四海"。"开轩△对绿畴"。

十五日(5月19日)　覆试一等生员,共九十七名。又考贡、监,共五名。是日阅莒、沂、安东童卷。

天头："典于诗"二章。"黄栗留鸣△桑葚美"。"如有周公之才之美"。问《易经》授受源流。"紫樱桃熟麦风凉△"。

十六日(5月20日)　考郯城、费县、日照三县文童,郯三百五十余人,费三百卅余人,日照三百九十余人,共千〇七十余人。午后发莒、沂、安三处提覆牌。

天头："不直则道不见"。"我且直之"。"吾闻夷子墨者"。次:"修其孝悌忠信"。"布谷声中夏令新△"。

十七日(5月21日)　提覆莒、沂、安三处文童,共七十二人,午后发榜。又阅郯、费、日三处童卷。

天头："用之以礼"。

十八日(5月22日)　考兰山、蒙阴两县文童,兰七百卅余人,蒙二百卅余人,共九百七十余人。午后发郯、费、日三处提覆牌。是日接省包封,内有电,会试题名。

天头："邻国之民"。"寡人之民"。次:"求其放心而已矣"。"柳转斜阳过水来△"。

十九日(5月23日)　提覆郯、费、日三处文童,共六十六人。午刻发落生员,又阅兰、蒙二处童卷。酉刻发郯、费、日三处榜,兼发兰、蒙提覆牌。晚发省包封一件。

天头："耕者之所获"。

二十日(5月24日)　提覆兰、蒙二处文童,共五十一人,未刻(蒙)[发]榜,兼发童古榜。李俊三太守来见。

天头："地非不足"。

廿一日(5月25日)　合覆新进文童,共百廿七人,已刻点名,申正净场,即发大案。

天头:四月洙源书院加课题:"服牛乘马"一节。"立政任人"一节。"既齐既稷"四句。"晋侯使荀吴来聘"二节。"范金合土"二句。

廿二日(5月26日) 发落新生,又支学租。兰山朱令来谒。午刻出拜客,即与锡菊泉太守贺喜,即入座,且有音樽,未正回署。酉正又通城请,亥正回。

廿三日(5月27日) 巳初发轺,行廿五里至峨庄,茶尖,李俊三送至此。又行二十里至半程,住,朱养田大令送至此,地属兰山。

廿四日(5月28日) 卯正发轺,行廿里至大雨崖,茶尖。又行二十五里至青驼寺,尖,地仍属兰山。接省中包封一件,内有贡三、瑞安信各一封。午后行四十五里至垛庄,驻,地属沂水,距城一百余里。今日所行皆山路,颇有修成者,尚不甚崎岖。

廿五日(5月29日) 卯刻自垛庄行三十五里桃墟,茶尖,地属蒙阴。又行三十五里至蒙阴,尖。大令濮贤恪南如接至关外,其祖讳瑗,号琅圃,辛巳举,丙戌进士,其父即河南南阳府濮青士也。午后行四十里至敖阳,驻,地属新泰,以敖山之阳得名,新泰令陈起霞接至敖阳。是日行百十里,过小河七八道。自沂州至此皆向西北行,先是北多微偏西,自蒙阴以北则西多微偏北。

廿六日(5月30日) 晓发敖阳,行二十里至新泰县城。饭后又行二十五里至翟家庄,茶尖。又行三十五里至羊流,驻,地仍属新泰,陈令送至此。是日共行八十里,过河七八道,仍由西北行。卢子青至公馆见面。

廿七日(5月31日) 晓发羊流,便道至羊公祠,祠中祀晋太傅羊叔子,村西有羊叔子墓地,有碑三。祠西有李中丞祠,李名晸,康熙年间曾在新泰放赈,有惠于民,故祀之。行五十五里至崔家庄,尖。崔庄之南六里许有地名小泰山,路旁有泰山行宫,土人云极为灵应。庙中匾额极多,道士云昔本一小石龛耳,自咸丰初年经临清州周大老爷始修成殿宇三间,遂昭灵显,后又有踵而修之者,招道士焕山门,香火于是大盛。大门内有手书匾额存焉,视之果然,字为"泽被群生"四字。崔庄地属泰安。午后行四十五里至泰安府,驻,通城皆接至郊。

廿八日(6月1日) 卯刻赴泰山拈香,由岱宗坊至关帝庙,小坐,换山轿入山,行数武,有坊曰一天门。过此道左有庙,曰◇◇◇◇。又行数武曰红门,道左有斗姥宫,土人云先年多尼僧,有瑶光夺婿之遗意,近为康太守所逐,止余老尼数人而已。又行数武有三皇庙,过此则尽属磴道,左则万柏成林,右则悬崖峭壁,蔚然深秀,苍翠交加。过回马岭行十数里地,有名飞帝洞者,有名万笏朝天者,有名柏树洞者。至壶天阁小憩饮茶,此地亦系一庙,前以阁为门,后则上山之路,中殿亦供碧霞元君。过壶天阁,行十余里,有坊曰中天门,过此三四里为云步桥,上有瀑布,飞流有声。过此有坊曰五大夫松,其松不甚大,色亦不甚苍古,知系后人补种者。小憩片时,又行四五里,道右有对松亭,因道左松甚多,故名,现在兴修尚未迄工。又上行,则山愈高,路愈陡,俗有"三磴岩,十八盘"之说。过此则南天门,入南天门则泰山庙矣。庙旁有屋宇数间,名曰公馆。至此忽大雨如注,移时方住。至庙行香,回公馆吃饭。饭毕雨霁,行三四里登绝顶,至玉皇阁,秦时没字碑存焉。旁有浴日厅,少坐,毛大令在此陪坐。推窗望远,适有云气弥漫山谷,咫尺莫辨。遂出玉皇阁,迤逦而下,至一庙内,有唐明皇手书摩崖碑,有已残缺为后人补书者。徘徊其下,日已申正,遂下山至五大夫松、壶天阁,仍小坐,至◇◇◇县欲在此备席,辞以日暮人倦,小坐遂回行辕。

廿九日(6月2日) 晓发泰安,行三十里至新庄岭,茶尖。又行二十里至垫台,尖。午后行二十里至大湾德,茶。又行四十里至张夏,宿。

卅日(6月3日) 行五十里至黄山店,尖。又行三十里至城,自抚以外皆接至郊。接至黄山店者三明府殷志超、张祖谦、屠丙勋,三佐职陈维烈、顾行、侯璘。接京中瑞安、贡三信,知代垫领勅廿金。

五月初一日(6月4日) 早汤幼安方伯、松晴涛廉舫、李亦青都转来拜,又来客十余人。午后出门拜同城,见面者抚、藩、运、孙山长也。是日起折稿。

初二日(6月5日) 首府鲁芝友前辈、首县吴坦生来谒,又来客十数人。

初三日(6月6日) 写折件。又写京信三封,一致沈鹿苹,一致瑞安,一致贡三,沈信中有托代缴旧折、代领勅书二事。

初四日(6月7日) 写折、包折,晚发出,差张秀亭。折中写初一日到省,初三日发折。

初五日(6月8日) 过端阳,无事。

初六日(6月9日) 早拜客,便道拜刘次方山长,又望看程大姑奶奶。

初七日(6月10日) 刘山长、卢吏部昌诒来拜,又来客数人。致严子万、华子随信一件。

初八日(6月11日) 来客甚多。接辛蔚如信。寄卫瞻信,寄各房应酬银两,由新泰厚寄。

初九日(6月12日) 登州镇章鼎臣、候补道崔子万来拜。写京信数封。接瑞安信,徐友梅带来。

初十日(6月13日) 又接辛蔚如信。发京信数封,交提塘。李兰师、杨蓉师、辛蔚如各一件,俱在蔚信内;张南皮信一件、沈鹿苹信一封,亦在辛信内。

十一日(6月14日) 午刻送抚台福少农赴泺口住工,回又拜客数家。徐友梅来拜。

十二日(6月15日) 临清协曹佩兰芸圃来拜。接王襄臣来信,知王小航覆试三等,殿试二甲,朝考一等。

十三日(6月16日) 申刻拜客数家,便道至湖上铁公祠、历下亭游眺,是晚颇有月色,十钟时归。

十四日(6月17日) 接瑞安信。寄天津周二姑太太信一件,又章丘张芗圃干脩廿两,由新泰厚寄。

十五日(6月18日) 无事。寄周鉴泉信,用马递平原。

十六日(6月19日) 寄山西运城王杏洲表兄信一件,由马递寄山西河东道转寄。

十七日(6月20日) 折差回,折内奉硃批"知道了",又带有沈鹿苹信、瑞安信、少兰信各一件。

十八日(6月21日) 雨竟日,无事。

十九日(6月22日) 许桂芬、徐凤藻来谒。午后周鉴泉自平原来。

廿日(6月23日) 河南永城附生刘淦小斋来见,又郭家麟、程芹香来谒。

廿一日(6月24日) 候补直隶州陈宪善堂来谒,陈栗堂先生堂弟也。

廿二日(6月25日) 早赴西门外接福中丞,又拜客数家。逯蓉、朱式泉来见。

廿三日(6月26日) 方学海来谒。致沈鹿苹信,寄寿敬百金,新泰厚寄。

廿四日(6月27日) 接刘博泉来信,河间刘应元梅村带来。梅村又来拜,托找馆。午后拜抚、藩、臬,俱见,又拜客数家。酉刻接卫瞻来信。

廿五日(6月28日) 陈光昭、张熙仁、袁世猷皆来见。又写信致沈鹿苹,为王景沂托。

廿六日(6月29日) 雨。无事。

廿七日(6月30日) 福中丞、松廉舫、崔观察、萧绍庭来拜。

廿八日(7月1日) 无事。

廿九日(7月2日) 郭介臣前辈来拜,许金粟直牧来谒。

六月初一日(7月3日) 写致阶平信。

初二日(7月4日) 写致芝五哥信。彭黼庭司马、殷卓如大令、陈景煌巡检来谒。

初三日(7月5日) 写致卫瞻信。

初四日(7月6日) 是日发津信三封。早到湖上泛舟,同周鉴泉、周少敏游汇泉寺、北极寺、张公祠、铁公祠、历下亭,七钟出,十一钟归。

初五日(7月7日) 赴旗直会馆祭僧忠亲王,祭毕观剧,十钟出,六钟归,同祭者福中丞、汤方伯、松廉舫、李都转、同乡众候补观察。

初六日(7月8日) 张佑臣明府来谒启盛,通州人。晚接武伯时信,知吟洲同年归道山。

初七日(7月9日) 江苏候补道福盛来拜中丞之弟。发京信一封,致瑞安,内有致少兰一信,由提塘。万书城年侄,佩珊同年之子,自京来投效河工。

初八日(7月10日) 菏泽县宋森荫、代理夏津秦浩然来谒。

初九日(7月11日) 早出门拜福和生观察,又拜张虞箴、黄仲衡两观察寿,又拜客数家。回署后郭介臣前辈来拜。辰刻周鉴泉回平原。

初十日(7月12日) 接王少莲信,催詹少菊托作序。致武吟洲世兄信,奠敬由新泰厚寄。

十一日(7月13日) 何端甫观察焕章来拜,崔凤梧明府镇冈来谒,均初到省也。又朱绂堂来谒。

十二日(7月14日) 考泺源书院,卯初刻下题,八钟后巡捕方将卷携回,共五百廿三本。

天头:"瑟兮僩兮者恂慄也"。"贵贤宝谷"京字。

十三日(7月15日) 陈绍珊明府来见。接刘季明信。

十四日(7月16日) 福少农中丞来拜,云当有贺表上徽号。

十五日(7月17日) 接葆孝先来信。

十六日(**7 月 18 日**)　早拜福中丞商贺表事,回写信问鹿苹,随抚折差寄京。朱绶堂送周鉴泉关书来,即写信向平原。考书院加课。

　　　　天头:"圣人亨"二句。"其尔典常作之师"。"其饷伊黍"二句。"蔡侯郑伯会于邓"桓二。"可以粪田畴"二句。

十七日(**7 月 19 日**)　接卫瞻、瑞安信,初三日自京发者,提塘寄来。

十八日(**7 月 20 日**)　郭星石来谒。贺赵青山取儿妇。得家梅汀书。

十九日(**7 月 21 日**)　接芝亭兄书,内有竹春书。俞舒翘来起灵,当找走院查卷。知瑞安于五月十一得子。

廿日(**7 月 22 日**)　寄李小丹奠敬八两、唁信。鲁芝友太守来谒。

廿一日(**7 月 23 日**)　往拜王景沂太夫人寿。

廿二日(**7 月 24 日**)　早贺李亦青都转取孙妇,又拜首府鲁芝友前辈寿。

廿三日(**7 月 25 日**)　吴坦生明府来谒,知幼琴有调观台之说。

廿四日(**7 月 26 日**)　写信四封,上高阳师一函,致沈鹿苹一函,致芝五哥一函,致卫瞻侄一函,俱涞带。

廿五日(**7 月 27 日**)　程鲁泉来见。午后拜福少农中丞。

廿六日(**7 月 28 日**)　寅刻赴龙拜牌,礼成回署。是日辰刻绍敏同涞赴都乡试。

廿七日(**7 月 29 日**)

廿八日(**7 月 30 日**)　早与赵菁山拜寿。覆江南本家清泰梅汀信,交严芙卿转寄。发早考优贡文书,又发书院榜并卷。

廿九日(**7 月 31 日**)　挂牌晓谕优生场前考试。崔子万观察、刘厚庵太守来拜。接沈鹿苹信,又接卫瞻信,又接瑞安信。

七初一日(**8 月 1 日**)　程少旸、陈守愚来见。

初二日(**8 月 2 日**)　早赴抚院,与抚台太夫人拜寿,随又拜客数家。回署后孙山长来拜,又龚雨人来谒。致李俊三信,接沈鹿苹信。

初三日(8月3日)　候补县汪锡康、张守诚南皮张桃农之弟、景启夔、临邑刘思诚、齐河方蔚林来谒。晚接涑自平原来信。

初四日(8月4日)　姚万杰、龚超、陈景煌来谒。

初五日(8月5日)　早至院见中丞,许电问贺表事,商出大场告示。又拜尚志堂,拜孙佩南同年,就到趵突泉一游。又拜客数家,巳正回署。朱绂堂、吴幼波来谒。朱又致周鉴泉关书,嘱其写明何席。晚接涑自德州来信,知初一日到德,初二日上船。又写信致沈鹿苹问贺表事,未赶上折差,由提塘发。

初六日(8月6日)　淄川黄华、海阳沾盐务王秉章两明府来见。

初七日(8月7日)　福中丞来拜,朱仲洪来见。

初八日(8月8日)　范幼坡太史仲垚来拜,即用知县邹铭恩号毅邻来谒。又府委遗才点名朱钟洛司马号亮卿及府委巡捕、巡查、搜检七人俱来见。晚接陈伯平师信,并世叔行述。

初九日(8月9日)　早写对联数事。午后王秉章来见。

初十日(8月10日)　院委文闹内监试杨传书号子彝,庚午癸未来见。

十一日(8月11日)　早至大明湖一游,又拜客数家。午后范幼(波)[坡]太史来见。

十二日(8月12日)　接京电,知学涑等于初十日平安到京。张瑞芬、陈光昭来见。

十三日(8月13日)　发京信一封谕学涑,由提塘寄。

十四日(8月14日)　赴泺口道喜,辰刻往,申刻回。又拜客数家,见者济东道张虞篸,时藩台汤幼安在座。

十五日(8月15日)　调帘州、县十余人来见,又送考教官五六人来见。

十六日(8月16日)　调帘州、县十余人来见,又送考教官六七人来见。午后出门拜客,见者抚、藩、运、尚志堂、孙山长。晡时松廉访来拜。

十七日(8月17日)　致沈鹿苹信,随院署折差便,又致张裕叔信。

十八日(8月18日)　赴抚院贺喜,以奉命调徽也。又拜客数家。是日奉到代办监临批折。

十九日(8月19日)　早抚、臬、运、提调李幼云、监试郭介臣均来拜。午后回拜臬、郭、李,又拜客数家,见者臬、郭二君。接沈鹿苹信,又接涑信、少敏信。

廿日(8月20日)　早赴旧署,开遗才场。

廿一日(8月21日)　考济南一府,共十八学千〇九十四人。

　　天头:"政者正也"三句。历代治河得失。"秋露似(露)[珠]圆△"。

廿二日(8月22日)　考兖、沂、曹、济三府一州及运学共三十九学,兖四百五十九人,沂三百八十七人,曹一百七十七人,济宁百五十六人,运学四十七人,共千一百六十人。发头场榜。

　　天头:"孝者所以事君也"。字学源流。"山水有清△音"。

廿三日(8月23日)　考青、莱二府遗才,青州共七百〇四人,莱州共四百六十七人,二共千一百七十一人。接辛蔚如信。发二场榜。

　　天头:"可谓仁之方也已"。历代选举之制。"高树早凉归"。

廿四日(8月24日)　考泰安、武定、东昌三府,泰安三百六十八人,武定四百十九人,东昌三百九十七人,共千一百八十四人。汤幼安方伯来拜。接陈桐巢信。发三场榜。

　　天头:"而好察迩言"。《周易》源流。"疏△雨滴梧桐"。

廿五日(8月25日)　考登州、临清二属及贡、监。登郡二百七十人,临清二百十二人,贡生二百七十六人,监生一百四十五人。共九百〇四人。

　　天头:"放郑声远佞人"。史学源流。"佳句法如何△"。

廿六日(8月26日)　考优贡头场,共十九人。早发四场榜,晚发五场榜。

　　天头："躬自厚"章。"土地人民政事"。

　　廿七日(8 月 27 日)　点随棚录遗贡、监,共百数十人。考续到遗才,又补考欠考诸生,续到者五百廿余人,欠考者二百余人。午后阅优贡卷。

　　天头："博学而笃志"。弭盗之法。"秋日悬清△光"。补:"道之以德"。"在知人"。"秋△澄万景清"。

　　廿八日(8 月 28 日)　考优贡二场,仍十九人。午后发续到榜。

　　天头：鲁战鲁书四卿曹书公子首解。山东海防。"蓬莱文章建安△骨"。

　　廿九日(8 月 29 日)　大收遗才并贡、监,共八十余人。申刻挂优贡牌,共八人。

　　天头："不贤者识其小者"。历代钱法。"秋风生桂枝△"。

　　三十日(8 月 30 日)　早发遗才榜,随即出场回署。午后拜抚、藩、臬、运,皆见。

　　八月初一日(8 月 31 日)　早藩、臬、运、提调李、监试郭来拜,又州县佐杂数家来见。李子木观察来拜,辞行赴登州设防。

　　初二日(9 月 1 日)　前历城县钱镂、莱阳黄葆年、昌乐程丰厚俱来见。午后出门拜客。致蕙孙信,由程毅卿处专差。晚阅京电,知留任。早赴贡院验工。

　　初三日(9 月 2 日)　丑刻赴文庙致祭,崇圣祠祭毕又陪祭大成殿,微明回署。福中丞随来贺喜,司道以下皆来贺。邱仰之回津,带致卫瞻一信。又谕学涑一信,由提塘寄。抚院书吏送题本稿。

　　初四日(9 月 3 日)　赴主考寓封门,又拜客。接蕙孙信。院书吏送本,用印,晚将本封好送来。

　　初五日(9 月 4 日)　辰刻拜本。提调道李幼芸、监试道郭介臣来拜。午后往抚院处送行兼谢喜。回时接学涑信二封,又少敏信一封,贡三信一封,沈鹿苹信一封。

　　初六日(9 月 5 日)　十一点赴抚院大堂,司道皆在,候许久,两主考始至,先望阙行三跪九叩礼谢恩,毕入宴。宴毕,司道先赴贡院,次主考,次监临。至贡院,主考在监临(听)[厅]事少坐即入闱。随出换补服,升堂点帘官毕,回院,画例行公事稿。西刻提调李幼云、监试郭介臣两观察来拜,谈毕,同二观察看视进内帘供给,毕,回拜两观察。又同至五所看视,毕回院。晚又画例稿数件。

初七日(9月6日)　早提[调]李幼芸来拜,商封便门。随各所官均来见,见毕,画例稿数件。午后上堂监视印戳,手印官号卷廿七本,提调印旗学、运学,监试印四民学,余皆各所官分印,五钟时毕。

初八日(9月7日)　二钟时起,三钟时升堂点名,晚四钟毕,进场者共万八百八十九人,不到者二百余人。有重号者均饬提调、监试换之,又有以号板较长求换之,饬木匠截之,晡时方毕。十二钟发题纸,与主考见面,发出万一千四百张,因每百俱有短,数不敷用,又印千余张发出各号,时已三钟矣。

天头:"子张对曰在邦"至"在家必达"。"今夫山一卷石之多"。"乐天者保天下"。"湖面平△随水面长"。

初九日(9月8日)　辰刻监视放粥,又出简明告示,晓谕诸生令勿继烛。粥尚好,馍稍差。午后监视印号戳。

初十日(9月9日)　早又监视放粥,午初开门放场,交卷者甚多。至九钟时,止剩四人,十钟时净场。晡时知顺天题。

天头:顺天题:"子夏曰百工居肆"二章。"诗曰衣锦尚絅"。"征者上伐下也"。"五色诏初成△"。江南题:"夫子之墙数仞"至"或寡矣"。"故君子语大天下莫能载焉"。"有布缕之征"至"缓其二"。"大将龙旗掣海云△"。河南题:"君子思不出其位"二章。"明乎郊社之礼"。"离娄之明"至"成方员"。"何人作颂比崧高△"。

十一日(9月10日)　二点钟起,斟酌被贴诸卷,提调、监试拟贴者又掣出十余本,共贴三十八本。随升堂点名,午后三钟时毕。九点三刻赴内帘门请题纸,十二点钟发出。

十二日(9月11日)　早监视放粥馍,退食时查头场卷数。午视印戳,晚又巡查一次。是日早进卷内帘。

天头:山东二场题:"来章有庆誉吉"。"曰赐"。"泰山严严"一章。"公(垂)[会]郑伯于垂郑伯以璧假许田夏公会郑伯于越"桓元。"实诸醢以柔之"。山西题:"或问子产"一章。"诚者非自成己而已也"二句。"若伊尹莱朱"二句。"远水兼天△净"。浙题:"知之为知之"三句。"君臣也"五句。"周公思兼三王"至"思之"。"潮平△两岸阔"。湖北题:"子贡问曰何如斯可谓之士矣"三节。"知耻近乎勇"。"子之君将行仁政"至"勉之"。"一声占尽秋△江月"。广东题:"颜渊问仁"章。"怀诸侯也"至"天下畏之"。"禹疏九河"。"水曲万渠开△"。云南题:"子适卫"章。"或困而知之"二句。"商贾皆欲藏"二句。"澄湖秋△浸西垂天"。贵州题:"东里子产"至"惠人也"。"为能经纶"二句。"至于日至之时皆熟矣"。"枫叶秋连万树霞△。"广西题:"敏则有功公则说"。"中也者天下之大本也"至"致中和"。"古之人得志泽加于民"至"兼善天下"。"不(足)[负]云山赖有诗△"。甘肃题:"吾闻其语矣"至"吾闻其语矣"。"远之则有望"二句。"放勋曰"至"忧民如此"。"黄河落天走东△海"。(整理者案:此天头所补横贯十二日至十七日。)

十三日(9月12日)　七点时监视放头场,晚十钟时净场。是日早进卷一批,晚进卷一批,共进卷二批,每批七百本,共计一千四百本。是日周蕙孙自平阴回省。二场贴出廿名。致卫瞻信,由信局寄。

十四日(9月13日)　五点钟时升堂点名,晚三钟时毕。是日早进卷二批,晚进卷二批,连前共进头场卷六批,计四千二百本。十钟时向内帘请题纸,暂存监临处。

十五日(9月14日)　五钟时发题纸,八钟时监视放粥馍肉菜,又加奖月饼一斤,梨二个,晚七点后放场。是日进卷早二批,晚二批,连前共十批,计七千本。十钟时遣杜升回署。次日送福中丞南行。

十六日(9月15日) 是日早晚共进卷四批,二千八百本,连前共十四批,计九千八百本。杜升四钟时回贡院。十钟时净场。发致瑞安信,内有致范孙贺信,由抚折差寄。奉到吏部留任文书。三场贴犯规卷十六名。

十七日(9月16日) 卯正点翻译生,共十六人,点毕封门,赴内帘请题,随即封前后门,恭录题目发刻,七钟后刻毕,八钟时发出。是日进卷一千零四十三本,头场毕,计硃卷一万零八百四十三本,内民卷一万五百六十本,旗卷八十本,官卷廿五本,卤卷五十一本,耳卷一百廿七本。

十八日(9月17日) 办谢恩折稿。是日进二场卷三批。

十九日(9月18日) 是日进二场卷三批。接抚院咨文,知恩诏加额廿名。接杨叙五信。

廿日(9月19日) 早将翻译卷十六本弥封讫,监视书办包好封固。又将题纸封好,上用紫笔书"钦命甲午科山东驻防满洲翻译乡试",题下贴印花,用紫笔写"山东学政代办监临臣华○○谨封"。题外用毛头纸包一层,又用黄纸包封,用紫笔照内写完,再包油纸一层,连卷箱一并交委员恭俭领讫。已刻署中来信,知五老太爷来东,又知何贵之妻有病,遣李常回署一问。是日进二场四批。

廿一日(9月20日) 何贵来贡院,带津信三封,一致芝五老爷,一致卫瞻,一致姚阶平。何贵同五太爷明日回津,并带何清前往。是日进二场三批。早写六行条二,午写联十余幅。

廿二日(9月21日) 是日早进二场千七百卅五本,二场卷已进齐。晚又进三场卷一批。是日早写六行条二,午写联廿余事。

廿三日(9月22日) 早进卷二批,晚进卷二批,三场卷连前共进五批。八钟时提调、监试来谈。午后写对二十余联,条幅五事。酉刻接学涑来信,知已移小寓在豆腐巷连宅。

廿四日(9月23日) 午刻进卷两批,酉刻进卷两批,连前共三场卷九批。辰刻提调李幼芸来谈。午后写留任谢恩折。是日定廿六日出闱之议。

廿五日(9月24日)　是日早进卷三批,晚进卷不足二批,连前共进三场卷十三批有奇,计万〇七百四十本。三场卷俱送交内帘。

天头:此日姚阶平自津来,带有卫瞻信、二姑太太信,又接程辅廷信。

廿六日(9月25日)　早先至提调、监试处,随到内帘门与主考相见,谈片刻,随即出闱。午后拜新抚军,商发出闱折件,又商优贡会考日期。将帘官卷又巡捕、戈什单俱面交新抚李鉴堂。又拜藩、臬、运、道、首府、县,见者藩司汤幼安方伯。回署后运司李亦青、李中丞先后来拜。是日又接卫瞻信。

廿七日(9月26日)　早有数客来谒。巳刻包留任谢恩折。午后抚院送出闱折,包毕于申正送交抚院,于廿八日发讫。折差带有沈鹿苹信,内有咨奏事处三角印花十数方。又有致瑞安信,送三里河,如未在京,请盐店寄天津。酉刻藩、臬、道来拜。

廿八日(9月27日)　早会客几人,午后出门拜客,晤面者山长刘次方、观察崔子万,申正回署。本署包题本,晚院署房来包题本,看其用印。本署系题报留任,院房系报监临出闱。是日接瑞安信。

廿九日(9月28日)　午刻拜发题本。申刻出门拜松吟涛廉访,知其派祝嘏也。

九月初一日(9月29日)　六钟时抚院来署,会考优贡点名,毕即回署。晚将优贡榜首尾写好送院,豫行用印。接沈鹿苹信,又接学涑信,并场中文字。

天头:"好善优于天下"二节。"则亦有熊罴之士"至"保乂王家"。问农官农书。

初二日(9月30日)　早赴东门外送抚院,回时入城,拜客数家。申刻发优贡牌,正取四名,副取四名。

初三日(10月1日)　早赴运司、济东道、吉观察处贺喜。松廉舫赴京祝嘏,抚委李亦青都转署臬司,委张虞箴观察署运司,吉剑华观察灿升署首道。午后三位来回拜,黄仲衡观察来拜,赵青侣孝廉来谒名黼鸿,前鱼台赵荫庭明府之子,癸巳科孝廉。酉刻接学涑信,知于廿四日到津,信是王宾如回来所带。致沈鹿苹信,问其太夫人腹疾,由提塘寄。

初四日(10月2日)　早赴东关接讷子安都统,回时往臬、运、首道处贺喜,又拜讷子安都护。

初五日(10月3日)　臬台松吟涛来辞行,讷子安都护亦来辞行。送讷席一桌,受。午后往臬处送行。

初六日(10月4日)　申刻赴贡院监视发榜,到院少坐即铃榜,铃毕吃饭,饭毕,酉初二刻入内帘,同两主考与各司道、提调、监试、各房官入座,拆封写榜。山东中额七十一名,又加旗学三名,又加万寿广额廿名,共中举人九十四名,副榜十三名。十一点写毕发榜回署。

初七日(10月5日)　早赴西关送松吟涛廉访赴京,回时拜两主考,又拜何相山方伯。午后又往运署与李亦青都转拜寿。两主考来回拜。

初八日(10月6日)　早监试郭介臣前辈来拜。午后鹿鸣宴,司道到齐,帖请监临,到;帖请主考,主考到。换朝帽谢恩,三跪九叩,礼毕入座。新举人先拜主考,次监临,次司道,次监试、提调,次各房官,次各执事官,拜毕歌童歌《鹿鸣》三章,次例戏三出,酒三巡。宴毕,主考先行,监临次行。拜客数家回署。

初九日(10月7日)　早发差往德州迎学涑。提调道李幼芸观察来拜,葛子周明府来谒。午后至历下亭公请主考,席散到北极阁登台四照,小憩片刻,乘到汇泉寺,眺望小憩,陪主考登舟至鹊华桥,送主考上轿,回署。

光绪二十年九月初十日(10月8日)　十一钟赴王蕴章观察处点主,十二钟约王景沂、程毅卿、何任甫饮酒。晡时往德州路探涑儿差回,云本日住晏城,明日必到。

十一日(10月9日)　院房送揭晓日期(提)〔题〕本稿。致徐东甫文宗信,内有言及三等送乡试事。又致杨叔五信,为渠荐何崧生处馆地,何任甫来言订此事,岁致束金百二。午刻周贡珊与涑儿到署,带有卫瞻、瑞安、鹿苹、慕皋、鹤田各信,少敏由德州赴平阴矣。诸人初一日自津起身,由水路八日到德,由德三日到省。

十二日(10月10日) 张兰舫、陈耕吟来谒。

十三日(10月11日) 早出门拜客,见者李幼芸观察、李亦青都转,午初回署。午后葛子周、陈戟元来见。得电报顺天题名。

十四日(10月12日) 早出门拜两主考,俱见面,午初回署。接王襄臣信。拜发题本。

十五日(10月13日) 致沈鹿苹信、致高曦亭信,十六发,俱交提塘。

十六日(10月14日) 两主考来辞行。批点优贡卷,挂录武遗才牌、优贡谒见牌。

十七日(10月15日) 早往两主考处送行,见李芯园前辈,又拜客数家。

十八日(10月16日) 赴西关送两主考回京,又拜客数家,十钟回。

十九日(10月17日) 四优生来谒,何庆琛城武,廿九岁、茹恩松蓬莱,廿六岁、王瑞曹县,廿五岁、杨恕祺长清,卅二岁。发京信三封,交提塘,一致葆孝先,一致李蠡纯,一致李小丹。

廿日(10月18日) 接城武县李少唐信,有送邱、周二君束脩。

廿一日(10月19日) 无事。

廿二日(10月20日) 赴考棚考武遗才,共八百五十余人,申刻回署。

廿三日(10月21日) 写信致王襄臣。接瑞安信,重阳所发,知家应榴不来东。电请方芰塘令侄。

廿四日(10月22日) 午刻周绍敏自平阴回署。写信致王敬臣。

廿五日（**10 月 23 日**）　写信致韩耀曾，与襄臣、敬臣信同交新泰厚。周蕙孙来署，言请朱小峰，已订妥矣，明日往拜。

廿六日（**10 月 24 日**）　午出拜客，皆未见。写致方芝塘，请其令侄入幕，由新泰厚寄。

廿七日（**10 月 25 日**）　致瑞安信，并寄诗礼书价银十六金八部，每部一千，由新泰厚寄。方炳臣由齐河来信致贡三。

廿八日（**10 月 26 日**）　午后赴宽厚所街，为简玮卿点主。日夕视解部册卷。

廿九日（**10 月 27 日**）　接瑞安信，知芝哥病渐有起色。方子戟自齐河来信。

卅日（**10 月 28 日**）　早拜本，优贡卷及科考一等卷皆解部。

十月初一日（**10 月 29 日**）　仓永培自河南来，带有辛蔚如、芝如信。

初二日（**10 月 30 日**）　午后出门拜客，见者张愚箴都转。候补副将陈启和来见。

初三日（**10 月 31 日**）　早赴黄仲衡观察、殷卓如明府两处贺喜，又赴鲁芝友太守处拜寿，又拜客数家。朱耀祖同朱大姑奶奶来。

初四日（**11 月 1 日**）　无事

初五日（**11 月 2 日**）　方子戟茂才树棻来谒，张愚箴都转来拜。三钟时回拜方子戟。早升堂，书差点卯。

初六日（**11 月 3 日**）　恭俭自京解翻译卷回来缴回批。尚其亨来辞行赴任。

初七日（**11 月 4 日**）　接沈鹿苹信。申刻请方子戟、朱筱峰饮酒。

初八日（**11 月 5 日**）　十钟时邱仰之自津回，何清随来，带有卫瞻、瑞安、子丹、西元信。午后写信二（信）［封］，一覆卫瞻，有还小金廿银并涑买物，一覆瑞安，由文美斋回津之便寄去。

初九日（**11 月 6 日**）　早赴李幼云观察、吴坦生首县两处拜寿，又到署臬李亦青处,俱未见。晡时李亦青来拜。

初十日(11月7日) 卯初赴龙亭朝贺。接戴艺郛信,为沈云庄大令托。

十一日(11月8日) 沈云庄大令来谒,未见。

十二日(11月9日)

十三日(11月10日) 致幼琴信。朱筱峰十二日移入署。

十四日(11月11日) 检点书籍带出棚,斠酌车马。

十五日(11月12日) 出门各处辞行,酉刻回署。

十六日(11月13日) 早发起马牌,李亦青、张愚箴两君来送行。午致幼琴信,由马递。

十七日(11月14日) 早汤幼安方伯来送行。出门与康绍蓂观拜寿。

十八日(11月15日) 辰刻起马,通城官俱送至西关外。行三十里黄山店,尖。午后行五十里张夏镇,宿,时交五钟。

十九日(11月16日) 卯初自张夏发轺,行六十里至垫台,尖,时方九点二刻。饭后行三十里至新庄岭,茶尖,毛大令与文武巡捕皆接至此。又行三十里至泰安府城,至考院下马,时方三钟。

廿日(11月17日) 辰时谒文庙,回即放告,又阅号舍。午后写信致王云舫,由马递。又发包封一件。申刻接瑞安信,知芝庭兄逝世,随即写覆书一信,又包封一件。瑞又有寄尚会臣、李俊三两太守、查虞臣巡厅、幼琴侄各一件,均为转寄。

廿一日(11月18日) 考古,生童合棚,生卷共一百六十余本,童卷共二百七十余本。

天头:生:济北王献泰山赋知将封禅因献泰山。"诗似冰壶见底清△"。刘向、匡衡律。童:农服先畴赋地沃野丰百物殷阜。"心清闻△晓钟"。季布、田叔律。

廿二日(11月19日) 考新泰、莱芜、东平、东阿四县文生。新泰百五十三人,莱芜二百七十二人,东平二百廿四人,东阿百九十五人,共八百八十四人。申刻出生古榜,取廿人。

天头:"诗三百"二章。"吾与回言"二章。"温故"二章。"由诲女知之乎"二章。"其崇如墉"二句。"红树青霜十月初△"。

廿三日(11月20日) 生古覆试,共廿人。阅头场生卷。

天头:韭日丰本赋正韭花逞味之始。"忽逢佳△士与名山"。

廿四日(11月21日) 考府学、泰安、肥城、平阴四学生员,府学三百〇六人,泰安县学三百人,肥城一百七十人,平阴一百卅八人,共九百余人。申刻发头场生榜。

天头:"世子疑吾言乎"合下一节。"成覸谓齐景"一段。"颜渊曰舜何人"一段。"公明曰文王我师"一段。"一月三捷"。"余霞△散成绮"。

廿五日(11月22日) 补欠考生员,共百卅余人。阅二场生卷。

天头:"病愈我且往见"。"归哉归哉"。"十月纳禾稼"丰字。"殆不可复"。

廿六日(11月23日) 考新泰、东平、东阿、平阴四县文童,新泰二百六十一人,东平四百廿二人,东阿三百四十九人,平阴二百卅七人,共千二百六十九人。申刻发二场生榜。

天头:"天下鲜矣"。"天下信之"。"天下慕之"。"天下无敌"。"有本者如是"。"瓶冻知△寒"。

廿七日(11月24日) 生一等覆试,考教官,一等生百十二人,教官十二人。

天头:"七十者衣帛"二句。"心迹喜双清△"。"有教无类"。"树之风声△"。

廿八日(11月25日) 考莱芜、肥城两县童,莱芜八百卅余人,肥城四百廿余人,共千二百余人。发头场童提覆牌。

天头:"发""中庸"章。"达""不离道"句。"今日之事君事也"。"远林△生夕籁"。

廿九日(11月26日) 提覆新泰、东平、东阿、平阴四处文童,酉刻发榜,四处共提百廿人,新泰廿五人,东平四十人,东阿三十人,平阴廿五人。

　　天头:"有贵戚之卿"。

　　十一月初一日(11月27日)　早大雨。考泰安文童千一百四十人,八点钟方毕。发二场童提覆牌。莱芜四十五人,肥城廿九人。

　　天头:"说之将何如"。"其斯以为舜乎"。"山之嶙峋"诗。

　　初二日(11月28日)　提覆二场文童,共七十四人,兼阅泰安童卷。酉刻发二场童榜,泰安提覆牌,并长生员大案。早接省包封四个,内有举人亲供廿一张,亲供簿一本,京报八本,各处公文十余件,涑信一封,徐东甫信一封。

　　天头:"附于诸侯"。

　　初三日(11月29日)　提覆泰安童,共四十八人。又发落生员。未刻发泰安童榜。晚发省包封一件。

　　天头:"在此无射"。

　　初四日(11月30日)　文童覆试,午正升堂,泰安县学尚未齐,点完各处方齐。

　　天头:"子之所慎"。"料得南枝有早梅△"。

　　初五日(12月1日)　辰刻赴校场,阅武童马箭,申初毕,回署。共武童五百四十余人,监箭者恒岳亭参将也。

　　初六日(12月2日)　辰刻阅武童步箭兼技勇,早阅平阴一县共六十三人,午后阅东阿四十人,尚有五十余人未阅。晚出平阴榜。

　　初七日(12月3日)　辰刻阅东阿五十余人,午后阅东平七十余人,晚出东平、东阿二县榜。

　　初八日(12月4日)　辰阅肥城武童七十余人,午后阅莱芜四十人,新泰四十余人,晚出三县榜。接王云翁信。

　　初九日(12月5日)　辰阅泰安七十人。午后又阅泰安八十余人,晚出榜。午接省来包封一件,初一来,晚金匮本家华清泰梅汀自南来。

初十日(12月6日)　早发起马牌。十点钟武童覆试。晚发省包封一件。

十一日(12月7日)　早发落文武童,随即出门,见者孔玉双太老师。午后王德亭同年来拜,孔太老师来拜。申刻府、县在岳庙公请,因刘岘制台亦于明日行程,改于十三日起马。是日早,家梅汀赴省,带有一信。是日号房车带来省信,内有卫瞻信。

十二日(12月8日)　早致沈少乾一信。九点钟时登岱一游,冬日松柏苍翠,另有一番景色。至五大夫松而还,回至斗母宫一游,又至红门宫一游。饮茶小憩片刻,进城又至岱庙一游,庙极阔大,似京中东岳庙神气。看温凉玉,玉乃圭形墨色,最下系玉皮,故不寒,上乃玉,故寒,非有他妙也。庙东院有汉柏七株,西院有唐槐一株,中院有所谓凤尾松者。五钟回署,又写省署信一封,交陈庆带去,吩咐于十五前起身。

十三日(12月9日)　辰刻自泰安发轺,行三十里至新庄岭,茶尖,毛令送至此,余皆送至郊。又行三十里至垫台,尖。午后行五十里至张夏,宿。共行百十里。

十四日(12月10日)　晓发张夏,行五十里至杜家庙,尖。午后行四十里至齐河,驻,齐河方令蔚林号炳臣来见。

十五日(12月11日)　辰刻发齐河,二十五里至晏城,尖。又行四十五里至禹城桥,驻。自晏城以北,积雪初融,路甚泥泞,日暮始至,行(路)[李]车有至次日早方至者。

十六日(12月12日)　卯正自禹城桥发轺,行四十里至刘宝新庄,尖,路仍难行。午后又行四十里至临邑县,驻,午后路稍好。此日路大而滑,至临邑已七钟后,大令刘思诚子真来见。

十七日(12月13日)　卯初自临邑起轺,行六十里至商河县,尖,日至未正,又加以雪。中过毛家寺,距临邑廿里。又过栾家洼,茶尖,距商河二十五。申初行,四十里至沙河,驻,雪止月出,时已九钟后矣。

十八日(12月14日) 辰发沙河,行十五里至积城,茶尖,大令孙国桢辅臣接至此。又行三十五里至武定府下马,时已未正,见孙辅臣明府及各学师,尚会臣太守以办海防未在城。行李车俱未至。

十九日(12月15日) 辰刻谒文庙,回署放告。午后行李大车至,尚有三辆在后,十钟时方全至。晚尚会臣太守来谒,自海口乘民口初至也。发省包封一件,又观台信一件。

廿日(12月16日) 辰初刻开门,考生童经古,生共百四十人,童共百九十余人,共三百四十余人。晚接省包封二个。

天头:作文在马上赋文成三上马其一也。"尖塔孤△撑界夕阳"。晒盐行七古。作文在枕上赋好句多于枕上成。"宿麦连云有几家△"。冰壶、冰箸七律二。

廿一日(12月17日) 考府学、商河、滨州、利津、沾化、蒲台六学文生,府学百七十六人,商河百廿一人,滨州百八十六人,利津百〇三人,沾化百六十六人,蒲台九十人,共八百四十二人。午后出生古榜,共取十六人。

天头:"目不视恶色"至"民不使"。"非其君不事"至"乱则退"。"治则进"至"不忍居也"。"横政之所出"至"涂炭也"。"思与乡人处"至"涂炭也"。"故闻伯夷"至"有立志"。次:"迪我高后以康兆民"。"枝高出手寒"梅。

廿二日(12月18日) 覆生古。(闻)[阅]头场生卷。贡珊致涑信。发包封一件

天头:万松深处鹤巢云赋题韵。"玉蕴山含辉△"。

廿三日(12月19日) 考惠民、青城、阳信、海丰、乐陵五处文生,惠民百六十一人,青城百〇一人,阳信百八十二人,海丰百十三人,乐陵七十九人,共六百廿余人。午后发头场生榜。

天头:"未有仁"二节。"文王以民力"至"鱼鳖"。"察邻国之政"至"何也"。"王如知此"至"不可胜用也"。"不违农时"至"不可胜用也"。次:"复其见天地之心乎"。"天涯霜雪霁寒宵△"。

廿四日(12月20日)　补考欠考生员,共一百九十余人。阅二场生卷。

天头:"归与归与"。"示我周行"。"山△意冲寒欲放梅"。"迟迟吾行也"。

廿五日(12月21日)　考青城、阳信、利津、沾化四县文童,青城六十人,阳信五百一十余人,利津一百八十余人,沾化一百五十余人,共九百余人。午后发二场生榜。

天头:"戎狄是膺"。"荆舒是惩"。"周公方且膺之"。"子是之学"。次:"食功也"。"新诗句句尽堪传△"。

廿六日(12月22日)　覆试合属生员,共百廿二人。是日冬至,卯刻拜牌。晚接省信,阅头场童卷。

天头:"饭疏食"二章。"伯赵司至"官。

廿七日(12月23日)　考乐陵、商河、蒲台三县文童,乐陵四百人,商河三百一十余人,蒲台百五十余人,共八百七十余人。午后发头场提覆牌。

天头:"孔子主我"。"卫卿可得也"。"孔子进以礼退以义"。次:"事亲若曾子者可也"。"月来梅印窗△"。

廿八日(12月24日)　提覆青、阳、利、沾四县文童,共百十人,午后发榜。又阅二场童卷。

天头:"霸必有大国"。

廿九日(12月25日)　考惠民、海丰、滨州三属文童,惠民三百人,海丰三百廿余人,滨州二百廿余人,共八百四十余人。午刻发生长案。

天头:"识其大者"。"识其小者"。"得其门者"。次:"赵孟之所贵"二句。"雪霁看山尽入楼△"。

卅日(12月26日)　提覆乐、高、蒲三县文童,共九十九人,酉刻发榜,兼发三场童提覆牌。

天头:"吾于武成"。

十二月初一日(12月27日) 提覆惠、海、滨三处文童,共百十二人,午后发榜,又发童古榜。发省包封一件。

天头:"君谁与守"。

初二日(12月28日) 总覆文童,共一百四十二人,原额【百】六十九人,加额七十三人。午初升堂点名。

天头:"及其成功一也"。"泮水采芹△"。

初三日(12月29日) 辰刻赴北关校场,阅武童马箭,共五百四十余人。酉刻回署。监射者省委右营游击孟琴堂。

初四日(12月30日) 辰刻阅武童步箭,共阅(三)〔四〕处,蒲台五十余人,沾化五十余人,利津不及三十人,滨州四十人,共百七十余人,晚发榜。是日府县各学均来祝。是日接省包封,廿九日所发,瑞安、卫瞻信,刘湄舟信,苏雨亭信,又刘培之送银鱼百八十条,又有信。

初五日(12月31日) 阅武童步箭技勇,二县未完,商河六十余人,乐陵百卅余人,尚余十余人未阅,晚出商河案。是日发省包封一件,内贡珊致涞信。

初六日(1895年1月1日) 阅武童步箭技勇,乐陵十余人,海丰四十余人,阳信六十余人,青城二十余人,共百五十人,晚发四县榜。

初七日(1月2日) 阅武童步箭技勇,惠民五十人,午初毕,午后发榜。早发起马牌,又发武生文童大案。申刻接省包封,内有卫瞻、瑞安、少敏、二姑太太信各一件,知少敏于初三到省。何贵亦到省。

初八日(1月3日) 覆试武童,共百廿二人。

初九日(1月4日) 辰刻发落文童武童、支学租,毕,尚太守、孙大令来见。随出拜客,午正还署。

初十日(1月5日) 巳刻起马,行六十里至沙河,宿。

十一日(1月6日) 晓发沙河,至商河县尖。午刻行至临邑,驻。

十二日(1月7日)　晓发临邑,至刘宝(心)〔新〕庄尖。午刻行,至禹城桥驻。

十三日(1月8日)　早自禹城桥起辂,至晏城尖。饭后行,至齐河驻。

十四日(1月9日)　晓发齐河,渡黄,行四十里至省城,同官俱接至郊,午刻到署。是日发津信三封,一致瑞安信局,一致陈纪山,一致刘竹春均由新泰厚,陈百刘廿。

十五日(1月10日)　早藩、臬来拜,又有数客来拜。午出拜客,晡时回,见者方伯汤、观察张而已。晚写信致(官)〔观〕台幼琴,次日发。又致沈鹿苹信,附抚折差寄。

十六日(1月11日)　李都转、张观察来拜,又有客数人。

十七日(1月12日)　客来络绎不绝。

十八日(1月13日)　早赴藩署拜寿,又拜客十数家。

十九日(1月14日)　封印,午初升堂拜印。接王襄臣信。午后胡荣轩外甥来东。

廿日(1月15日)　首县来谒。写津信二封,一致西元九兄八,一致卫瞻三侄,拟次日托胡荣轩带去。是日周少敏回平阴。

廿一日(1月16日)　萧绍庭、陈戟元来。出门拜客,见者松廉舫也。

廿二日(1月17日)　胡荣轩回津。葛子周同年来见,谈许久。

廿三日(1月18日)　殷卓如、沈佐绶来见。

廿四日(1月19日)　王叔平、瞿赞庭、李蓉波、方子敬四明府来见。

廿五日(1月20日)　发京信六封,一致张南皮河,一致李高阳水,一致杨蓉浦,一致辛蔚如,一致沈鹿苹,一致苏雨亭五金领轴,均请沈分送。又李俊三致辛蔚如信、银八两,一同送新泰厚寄去,姚阶平送。

廿六日(1月21日)　首府鲁老前辈来见。致西元兄信、银八两由新泰厚,又致周鉴泉信。

廿七日(1月22日) 午后出门拜客,见者李亦青都转。

廿八日(1月23日) 李都转来回拜。

廿九日(1月24日) 致二姑太太信。

卅日(1月25日) 古州镇丁军门名槐,号衡三来拜。午后郭介臣老[前]辈来拜,随即回拜,兼拜客,又到程宅。

光绪二十一年(1895)

  光绪二十一年正月初一日(1 月 26 日) 寅刻敬神,卯正刻赴皇亭朝贺,礼毕赴旧署敬神,又至各衙门拜年,辰正刻回署。

  初二日(1 月 27 日) 辰刻敬神,午后出门拜年。

  初三日(1 月 28 日) 午后接沈鹿苹信。

  初四日(1 月 29 日) 无事。

  初五日(1 月 30 日) 无事。

  初六日(1 月 31 日) 无事。微雪。

  初七日(2 月 1 日) 无事。

  初八日(2 月 2 日) 丁衡三总镇赴登府,差送。

  初九日(2 月 3 日) 无事。是日奇寒。

  初十日(2 月 4 日) 辰刻立春。发临清调齐文书正月廿六。徐州镇陈修吾来拜凤楼。

  十一日(2 月 5 日) 无事。

  十二日(2 月 6 日) 发曹州催府考文书。李绍唐来谒。

  十三日(2 月 7 日) 发催济南府、县考文书。藩、运、道来拜。

  十四日(2 月 8 日) 接卫瞻信、二姑太太信廿三日所发。

  十五日(2 月 9 日) 是日雪。

  十六日(2 月 10 日) 午刻与黄总镇点主。发登、莱、青、沂四郡催考文书。

  十七日(2 月 11 日) 与李都转夫人拜寿。申刻周绍敏来署。

  十八日(2 月 12 日) 岑春煊来拜云阶,仆少,办理援东各军务来东也,随即出门往拜。张明告假。

十九日(**2 月 13 日**) 卯刻开印。王喜告假。

二十日(**2 月 14 日**) 雨雪竟日。周贡珊赴京会试,带信三封,一致沈鹿苹,一致卫瞻,一致瑞安。书差点卯。

廿一日(**2 月 15 日**) 检点书籍。是日添口贞木逝世,涞往帮办。

廿二日(**2 月 16 日**) 往各署辞行,见者方伯汤君。岑太仆来辞行。

廿三日(**2 月 17 日**) 检点衣服。涞自添回。

廿四日(**2 月 18 日**) 早首府、首县来送行。午后出东门送岑太仆赴登州,回时藩、臬、运来送行。接沈鹿苹信,高禄自京回带。

廿五日(**2 月 19 日**) 午初刻发轺赴临清,行二十里至饮马庄,茶尖。又行二十里渡河至齐河,宿,代理齐河大令金猷大号升卿晤面。

廿六日(**2 月 20 日**) 五钟自齐河行,六十里至轮镇,尖,齐河属。中有村王家楼,距齐二十里。又行六十里至高唐州,宿,州牧陈奏勋号养珊来晤。中有村名新寨,距轮镇三十[里],禹城属;又有名王家集者,距高唐廿五[里]。

廿七日(**2 月 21 日**) 五钟时自高唐发轺,行四十里至新集,尖,地属清平,大令梅汝鼎来见。午后行六十里至临清下马,州牧陶锡祺、副将曹佩兰及各学官均来见。

廿八日(**2 月 22 日**) 辰刻恭谒文庙,礼毕至明伦堂讲书,回院后放告,收呈二纸,一奉祀生请岁考乡试,一节妇请匾。午后发包封一件,寄省。

廿九日(**2 月 23 日**) 考生童经古,生古临清四十余人,武城十余人,夏津二十余人,邱县无,共八十余人,内经解一人,算学一人。童古临清七十三人,武城廿八人,夏津五十六人,邱县二人,共百五十九人,内经解一,算学二,默经一。

天头:生:模山范水赋"模山范水字必鱼贯"。"中有云△气随飞龙"。清凉寺双桧歌七古。童：九九消寒图赋梅瓣染遍则春深矣。"飞鸿响远音△"。鳌头矶晚眺七律二首。生：八卦逆数。童：二典分合。同：七裹报章。五霸功过。七庙制度。

三十日(2月24日) 考合属生员，临清二百四十三人，武城二百卅一人，夏津二百廿人，邱县一百四十九人，共八百四十三人。午后发生古榜，共取十四名。

天头：临："性犹杞柳"章。"子能顺杞柳"节。"性犹湍水"章。"水信无分"节。经："有严有翼"四句。"短篱曲曲对开门△"。

二月初一日(2月25日) 覆生经古，共十四人。补考欠考生员，二十余人。接省包封一件，内有竹春、纪山信。

天头：拟效鸡鸣度关赋夜半至关客能鸡鸣。"东皋△春事起"。

初二日(2月26日) 考武城、夏津文童，武城二百五十七人，夏津三百十三人，共五百七十人。未刻发文生榜。

天头："以善服人者"。"以善养人"。次："使诸大夫国人皆有所矜式"。"云门吼瀑泉△"。

初三日(2月27日) 是日大雪。覆试一等生员，临清十八人，夏津十三人，武城十二人，邱县八人，共五十一人。

天头："所谓大臣者"二节。"为日为电"离字。

初四日(2月28日) 考临清、邱县两属文童，临清四百七十六名，邱县一百卅二名，共六百〇八名。点名拿获私觅夹带一名，邱县吴金铭。出武、夏两县提覆牌。

天头："公侯皆方百里"。"伯七十里"。次："人皆信之"二句。"瓦屋寒堆春后雪"。

初五日(3月1日) 提覆武城、夏津两县文童，武城卅一人，夏津卅人，共六十一人。又阅临、邱两处正场卷。酉刻出榜，并出提覆牌。

天头："吾为之范我驰驱"。

初六日(3月2日) 提覆临清、邱县文童，临清卅八人，邱县廿五人,共六十三人,申刻出榜。又午刻发落一等生员,又考教官,共八人。

天头:"取二三策而已矣"。教:"温故而知新"。"先生有才△过屈宋"。

初七日(3月3日) 覆试新进文童,共八十六人。接省包封,内有幼琴信一件。

天头:"孝者所以事君也"。"风送春声△入棹歌"。

初八日(3月4日) 辰刻赴校场阅武童,同阅者乃曹芸圃副戎佩兰,津人。校场在东关外,距考院七八里。初七晚发省包封,内有致瑞安信。

初九日(3月5日) 辰刻升堂,阅武童步箭,兼阅技勇,早阅邱县五十人,午阅夏津百十人,晚发榜。

初十日(3月6日) 阅武童步箭技勇,武城百廿人,临清九十人,晚发武城榜。

十一日(3月7日) 阅武童步箭技(箭)[勇],临清百四十人,申刻完,酉刻发榜。接冯柏岩信,知渠太夫人于客腊逝世。

十二日(3月8日) 覆试武童。早写扇数柄,午写对十联,晚接省包封一件。

十三日(3月9日) 早发落文武童毕,邱县教官汤茂峒验看。随出拜客,见者曹芸圃军门。回署后徐仁甫巡检来谒,午后曹芸圃来拜,日夕陶铨生直牧来谒,并允周鉴泉关事。晚间写省信,饬苏葆带省,内有唁冯柏崖,嘱贡三由京兑购仪廿金。

十四日(3月10日) 九钟二刻发轺,通城俱送至郊。行卅五里至戴家湾,茶尖,地属清平,地滨运河,有一闸。又行廿五里至魏家湾,驻,借民宅为公馆,大令梅震伯来迎。自早至暮,俱向东南行。

十五日(3月11日) 晓发魏湾,行三十里至梁家浅,尖。地属堂邑,大令耿荣昌雨三来谒,又东昌文武巡捕俱来谒,又有龚绍衡司马、龚子仲齐甲,叔雨先生令孙来迎谒。饭前渡运河,饭后行十五里,又渡运河而南,地名新栅,茶尖。又行十五里至东昌府,城外过浮桥,桥用一船,市井颇热闹,城中鼓楼四层,甚高,名光岳楼。通城文武俱迎至郊。

十六日(3月12日) 早谒文庙,礼成回院即放告。午后发省包封。

十七日(3月13日) 考生童经古,生百卅余人,童二百六十余人,共四百余人。各学进正场卷,甚疲。冠县迟至点名后坐待方来。

> 天头:生:馈贫粮赋"博闻为馈贫之粮"。"每看修竹欲移△居"。七律:华叔骏史才。马宾王疏章。童:文以义为车题。"劝耕△曾入杏花村"。七律:王景叔阴德。孙宗(爽)[古]儒修。

十八日(3月14日) 因十六、十七两日大风大雪,号中颇有积雪,不能考试,因收拾考舍兼打扫积雪,停考一日。申刻发生古榜。

十九日(3月15日) 考府学、博平、莘县、冠县、馆陶、高唐文生,府学二百廿八名,博平一百八十三名,莘县一百四十五名,冠县一百卅八名,馆陶一百五十五名,高唐二百五十四名,共一千一百○三名。晚接省包封,内有贡三信、西元信。

> 天头:"述而"二章。"点而"二章。"德之"二章。"子之"二章。"甚矣"二章。"志于"二章。经:"六府三事允治"。"瓯香△茶色嫩"。

二十日(3月16日) 覆生古,共卅名。阅头场生卷。

> 天头:鹊声穿树喜新晴题。"坐中佳△士"。

廿一日(3月17日) 考聊城、堂邑、茌平、清平、恩县生员,聊城三百○三名,堂邑二百十名,茌平二百廿四名,清平二百卅一名,恩县二百廿五名,共千一百九十三名。午刻发头场榜。

> 天头:"文王之圃方七十里刍荛者往焉"至"同之"。"刍荛者"三句。"惟仁者"至"事吴"。"惟仁者"至"事昆夷"。"惟智者"至"事吴"。经:"古训是式"二句。"小楼吟△罢暮天寒"。

廿二日(3月18日) 补欠考生员,共五十六名。早接省包封,内有蕙孙信。晚发包封。阅二场生卷。

天头:"以补之"。"维仲山甫补之"。"春寒花较迟"。"以慢其二哉"。

廿三日(3月19日)　考莘县、馆陶、高唐、恩县四属文童,莘百五十七名,馆陶二百四十五名,高唐三百九十三名,恩县二百五十三名,共千四十八名。午刻发二场生榜。

天头:"所求乎子"。"所求乎臣"。"所求乎弟"。"所求乎朋友"。"见贤焉然后用之"。"曲岸柳初△芽"。

廿四日(3月20日)　覆一等生员,共百十九人。又有补考生七十六人。阅头场童卷。

天头:"是故孔子曰知我者"至节末。"雪花消尽麦苗肥△"。

廿五日(3月21日)　考博平、茌平、清平三处文童,博二百九十八名,茌四百六十人,清平二百九十五人,共千〇五十三人。出头场童提覆牌。

天头:"使王良与嬖奚乘"。"良曰请复之"。"简子曰我使掌与女乘"。次:"予私淑诸人也"。"频来语燕定新巢△"。

廿六日(3月22日)　考聊城、堂邑、冠县三处文童,聊城四百五十一名,堂邑三百六十九名,冠县二百〇三名,共千二十三名。申刻出二场提覆牌。

天头:"遂及我私"。"祼将于京"。"以遏徂莒"。次:"若伊尹莱朱则见而知之"。"多△栽红药待春还"。

廿七日(3月23日)　提覆莘、馆、高、恩四处文童,共百卅二人。是日兼(覆)[阅]三场童卷。酉刻发头场童榜,并发三场提覆牌。

天头:"或谓寡人取之"。

廿八日(3月24日)　辰刻提覆博平、茌平、清平三县文童,共一百十二人。午刻提覆聊城、堂邑、冠县三处文童,共一百十人。均于酉刻发榜。家人陈庆自省来东昌,带有涑信、贡三信、高熙亭信,宝熙世兄令尊讣文。

天头:"以季孟之间待之"。"吾语子游"。

廿九日（3月25日）　早发生员。午后洪兰楫太守、刘伯和司马、曹远模大令来谒。随即覆试文童，共二百四十七人。是日发省包封，内有致贡三信、致临清陶君信。

天头："可与入德矣"。"白云△抱幽石"。

三月初一日（3月26日）　是日本是挂牌考武童骑射，因阴雨彻夜，马道水满，碍难阅视，改阅步箭。早始搭棚，二钟时升堂，阅恩县六十人，天雨棚漏，因退堂。

初二日（3月27日）　阅武童步箭，恩县五十六人，高唐百廿人，馆陶四十人，共二百廿余人。接省包封一，包封廿九日发，内有贡珊信二封，内言房子事，瑞安致贡三信一封。随倩少敏写一信寄省，代答贡珊。

初三日（3月28日）　阅武童步箭，馆陶九十人，冠县七十五人，莘县五十人，共二百十五人。武巡捕报马道已干，定于初五日阅骑射，挂牌。

初四日（3月29日）　阅武童步箭，莘县十八人，清平二百卅二人。

初五日（3月30日）　卯刻赴校场阅武童骑射，共千百余人，申刻阅毕回署。晚发清、莘、冠、馆、高、恩六处武案。

初六日（3月31日）　阅武童步箭，茌平百廿人，博平百人，晚发茌平榜。

初七日（4月1日）　阅武童步箭，博平七十余人，堂邑百五十余人，晚发堂、博二县武童榜。

初八日（4月2日）　阅武童步箭，聊城百八十人。晚发团案。接省包封，内有鹿苹信、贡三信。

初九日（4月3日）　十一钟阅武童覆试步箭，随发长案。又阅泺源书院加课，定毕发房写榜。三钟时出拜客。又到府署会饮。

初十日（4月4日）　忌辰。早发落文武新生。午初时洪、刘、曹三君来谒，午后刘菊农元亮太史来拜。三钟时出拜刘太史。明日遣差人刘闻远、孙华崇回省送零物文卷,就带信一件。

十一日(4月5日) 卯刻发轺,同城皆送至关外。出东门,街市甚长,云有七里。行廿五里至于家庙,茶尖,地属聊。又行廿五里至顾官屯,尖。自省至临清系向西行,微偏北。自临清至东昌系向南行,微偏东。自东昌出,又向东而大偏南。午后行三十里顾黄河,地名大渡口。渡河后又行十余里至东阿县,驻。午刻则向南行,而微偏东。东阿署令张世卿,号蔚生,河南固人,少玉太史弟兄,迎至郊,又来见。单述之亦来见。东阿南关外有一碑,题"管仲三归台"。

十二日(4月6日) 卯刻发东阿,行十二里至旧县,尖,东阿旧治也。东阿城内穿城有一水,名狼溪河,土人皆取此水以熬阿胶。出城后地多山路,且多山沟。午后行五十八里至东平州,驻。午后亦多山路。距东平城外八里过汶水,有草桥,行走甚便。东平北二十里铺尖。州牧周源瀚号崑生,贵州人,迎至郊,又来谒。旧县村外有一碑,题曰"霸王墓"。

十三日(4月7日) 晓发东平,行三十里至沙河站,尖,地属东平。午后又行三十里至汶上县,驻。汶上之北又一村名草桥,紧靠汶河,亦有草桥。城外有一碑,题曰"先贤冉子伯牛故里"。大令吴汝绳号怡甫,安徽桐城。发省包封,内有涑、湜文各二篇。

十四日(4月8日) 晓发汶上,行四十五里至康庄驿,尖,地属济宁。午后行四十五里至济宁,驻。护河道龚淡人名秉真、济宁牧彭虞孙号伯衡来谒,又候补闸官纪观烜号雨亭来见。济宁地当运河,泗水南北通衢,市廛络绎,地内街巷整齐,人烟稠密,南门外尤为繁富,商贾聚集,所行街市二道,已极热闹,南街东街虽非轺路所经,而望去深邃,亦不减于天津北门外之繁庶焉。是晚接省来包封,系十一所发者,内有二姑太太信。

十五日(4月9日) 卯刻发轺,先到太白楼,彭牧及学官俱在。楼在城上,共两层,上一层中供太白及贺季真像,极为轩(厂)[敞],城内城外一览皆见。下一层多石刻,中有纯庙御碑二,各刻七律二首,其余多嵌入壁中,有元人数石,本朝人居多。院即城闉,城外有池楼书院,修葺尚未落成,闻书院祀杜子美。观毕出门下城,出南门顺西街出围门,沿运河西行,两岸柳色夹路,青条乍吐,一水清涟,往来舟楫,堤边人家,竹篱茅舍,真堪入画,玩之不足。行十余[里]至安居镇,人家颇多,河折而北。又行三十余里至嘉祥,尖,县令汤坤号朴卿,扬州人,来见。午后又行四十五里至巨野,驻,县令许廷瑞号玉瓒,湖南澧州,来见。嘉祥城内有曾子祠,甚大而残缺。巨野有子夏祠,巨野即春秋鲁之大野,西野获麟想即此地。

十六日(4月10日)　晓发巨野,行五十里至龙堌集,尖,地属巨野。午后行三十里至沙土集,驻,地属菏泽,县令宋森荫号豫堂迎至此。自济宁出城皆向正西行,而有时偏南。此数县村庄颇密,多有围寨。

十七日(4月11日)　辰刻自龙堌集起马,行三十里至新集,尖。午后行二十五里至曹州,同城文武皆迎至郊。未刻到察院署,接见府、县学官,皆如常仪。晚发省包封一件。

十八日(4月12日)　辰刻谒庙,回即放告。

十九日(4月13日)　考生童经古,生一百八十余人,童二百九十余人,共四百七十余人。晚接省包封,知周鉴泉回省。随即发包封一件,内有致周鉴泉信一件,劝其速到馆,不可先回家。

　　天头:生:诗正而葩赋日光玉洁周情孔思。"风引白云△归坐榻"。汲黯、魏相七律。童:梯倚绿桑斜题(题)[韵]。"道是春风△及第花"。李绩、刘晏七律。

廿日(4月14日)　考单县、城武、曹县、定陶、巨野、濮州六州县文生,单二百十一人,城二百〇八人,曹二百五十九人,定百八十三人,巨百七十二人,濮二百五十人,共千二百八十三人。午后出生古榜。晚赴京差回,接到包封。

　　天头:"古之人修其天爵"至"以要人爵"。"古之人修其天爵"至"之甚也"。"欲贵者"至"能贱之"。"人之所贵者"至"文绣也"。"诗云既醉"节。"孟子羿之教人"章。经:"无曰予小子"四句。"鸟从花里带香△飞"。

二十一日(4月15日) 覆试生员经古,共三十人。阅头场生卷。

　　天头:李白春夜宴桃李园赋开筵坐花飞觞醉月。"东皇封△作百花王"。

二十二日(4月16日) 考府学、菏泽、郓城、范县、观城、朝城六学生员,府二百五十二人,菏二百九十人,郓百七十九人,范百廿六人,观百五十六人,朝百十三人,共千一百十六人。未刻发头场生榜。

　　天头:菏:"劳于王事"至"贤劳也"。府:"是诗也"至"贤劳也"。郓:"是诗也"至"是为得之"。范:"故说诗者"至"是为得之"。观:"故说诗者"至"无遗民也"。经:"惟民生厚因物有迁"。"杏花△飞帘散余春"。朝:"瞽瞍亦允若"二句。

廿三日(4月17日) 补生员岁考,共六十余人。阅二场生卷。

　　天头:"人不知而不愠"。"在安民"。"春日迟迟"。

廿四日(4月18日) 考单县、曹县、城武、巨野四县文童,单三百四十二人,城武二百五十四人,曹县四百六十八人,巨野三百十六人,共千三百八十人。午后发二场生榜。

　　天头:单:"是犹恶湿而就下也"。城:"是犹恶醉而强酒"。曹:"是犹弟子先师也"。巨:"是犹执热而不以濯也"。次:"晋之乘"。"净几明△窗书小楷"。

廿五日(4月19日) 覆试合属生员,共百四十三人。阅头场童卷。晚发省包封一件,内有幼琴家信。是日兼考教官

　　天头:"君命召"至"每事问"。"舞雩归△咏春风香"。"善教得民心"。"师道立则善人多△"。

廿六日(4月20日) 考定陶、郓城、濮州三处文童,定陶二百九十二人,郓城四百五人,濮州五百六十八人,共千二百六十五人。午后发头场提覆牌。是日接省包封。

　　　　天头:"不贤者识其小者"提覆题。

　　廿七日(4月21日)　提覆头场童,单四十二人,城武三十人,曹四十二人,巨野三十人,共百四十四人,申刻发榜。又阅二场童卷。

　　　　天头:"于季桓子"。"于卫灵公"。"于卫孝公"。"能言距杨墨者"。"日移花影上疏帘△"。

　　廿八日(4月22日)　考菏泽、范县、观城、朝城文童,菏六百四十二人,范二百廿四人,观百五十二人,朝二百十一人。午后发二场童提覆牌。

　　　　天头:"以韩魏之家"。"说秦楚之王"。"从许子之道"。"充仲子之操"。"学不厌智也"二句。"画桥△碧阴"。

　　廿九日(4月23日)　提覆二场文童,郓卅四人,定陶三十二人,濮四十人,共百○六人,酉刻发榜,兼发三场提覆牌。

　　　　天头:"周公谓鲁公曰"。

　　三十日(4月24日)　提覆三场文童,菏泽四十四人,范廿三人,观二十三人,朝二十三人,共百十三本。是日府、县俱送牡丹。申刻发榜。晚接省包封,内有卫瞻信一件、贡山信一件、鞠人信一件。

　　　　天头:"其不改父之臣"。

　　四月初一日(4月25日)　总覆合属文童,午正后方升堂点名。是日发省包封,内有致贡山信,送京城万顺;致卫瞻信,送天津;又有致万顺信,托其照应房子。

　　　　天头:"我待贾者也"。"学校如林△"。

　　初二日(4月26日)　卯刻赴校场阅武童骑射,共千一百廿人,酉初刻回院。

　　初三日(4月27日)　阅朝城武童步射,申刻雨,棚漏退堂,共阅百人。

　　初四日(4月28日)　阅武童步箭技勇,卯正升堂,阅朝城三十人,观城六十一人,范县百廿五人。戌初退堂,共阅二百十八人,晚发范、观、朝三县武童榜。

初五日(4月29日) 阅武童步箭技勇,濮州百卅四人,郓城七十二人,巨野卅人,晚发郓、濮二处武童榜,是日共阅二百卅六人。

初六日(4月30日) 阅武童步箭技勇,定陶七十四人,曹县百廿六人,巨野廿八人,共二百廿八人,晚发曹、定、巨三县榜。

初七日(5月1日) 仍阅武童,城武六十八人,单县百四十七人,共二百十五人。午后雨,晚发单、城两县榜。接省包封,内有武大春信、吴燮臣断弦讣帖。

初八日(5月2日) 阅武童步箭技勇,菏泽百廿三人,午初二刻毕,午刻发榜。

初九日(5月3日) 覆试武童,共百六十四人。晚周子化自曹县来。

初十日(5月4日) 辰刻升堂,发落文武童,共支学租。退堂后贺飞如大令来谒,新自曹县土药局来。又曹县学于学海验看毕,出门拜客,见者曹州镇曹福胜俊达。午初回署,曹镇来回拜。接省包封。

十一日(5月5日) 辰刻自曹起马,行三十里至新集,尖,宋大令送至此。饭后行三十里至沙土集,驻。

十二日(5月6日) 晓发沙土集,行三十里至龙堌集,尖。又行五十里至(距)[巨]野,宿。

十三日(5月7日) 卯正自巨野行,五十里至嘉祥,尖。饭后行五十里至济宁州,宿。酉刻出拜客。

十四日(5月8日) 晓发济宁,行六十里至兖州府,尖,兖州镇及府、县皆接至郊,又皆来行辕拜谒。饭(行)[后]先拜客,田总镇见面。出城行三十里至曲阜下马,时方酉正,县及学皆来谒。

十五日(5月9日) 辰刻赴文庙拈香,在香坛楼前行礼,衍圣公侧陪。大成殿规模宏大,较太和殿具体而微。礼毕赴崇圣祠行礼,礼毕至诗礼堂少坐,衍圣公陪。赴金丝堂演乐舞,其乐舞即丁祭之乐舞也,乐共六章,皆奏之。阅毕衍圣公送至西华门上轿,赴四民学、明伦堂讲书,毕回署。是日发省包封,内有致瑞安信,又有幼琴家信。

十六日(5月10日)　考生童经古,生共一百六十一人,童共二百九十八人,二共四百五十九人。

天头:生:入芝兰室赋"与善人居入芝兰室"。"到处聚观△香案吏"。鲁两生论或七律二首或七古一首皆可。童:峄阳孤桐青州之贡峄阳孤桐青州之贡。"雨蒸△花气入窗纱"。疏广、颜含七律。经解:乾肺、噬肤、遯尾、朵颐。经:《春秋》圣人之用论。孝:谨身节用以养父母论。

十七日(5月11日)　考合属生员,曲阜二百四十五人,四民三百八十一人,邹二百五人,泗百廿四人,滕百八十三人,峄八十三人,共千一百廿二人。午后发生古榜。是日书房沈长润到棚,接到涞信。

天头:"夫道一而已矣"至"善国"。"规矩方员"至"法尧舜而已矣"。"王天下有三重焉"二句。"四时行焉百物生焉"。"信能行此五者"至"若父母矣"。"女闻六言六蔽矣乎"。"不家食吉养贤也"。"烟外垂杨绿意多"。

十八日(5月12日)　覆生古,共廿五人。又生员补考,共九十余人。晚接省包封,内有贡珊信、瑞安信。

天头:孔壁金丝以"闻金石丝竹之音"为韵。"平△铺风簟寻琴谱"。

十九日(5月13日)　考四民、乐舞、邹县、泗水四处文童,计四民三百四十一人,乐舞四十三人,邹县五百卅八人,泗水三百〇二人。午刻发生一等榜。是日发省包封,内有致贡三信,并遣申祥赴辛庄。

天头:"思兼三王"。"以施四事"。"夜以继日"。"坐以待旦"。"欲知舜与跖之分"。"野簟抽△夏笋"。

廿日(5月14日)　覆试各学生员,共七十八人。阅头场童卷。

天头:"有美玉于斯"两章。"继长增高△"。

廿一日(5月15日)　考曲阜、滕县、峄县文童,曲阜三百九十一人,滕五百四十七人,峄一百九十三人,共千一百卅一人。午后发头场童提覆牌。

天头:"其事"。"其文"。"其义"。"南方之强与"二句。"紫樱桃熟麦风△凉"。

廿二日(5月16日) 提覆头场童,共九十七人,内不到二人,酉刻发榜,兼发二场童提覆牌。

天头:"吾为之范我驰驱"。

廿三日(5月17日) 提覆二场童,共九十七人,内不到二人,申初发榜。

天头:"引而置之庄岳之间"。

廿四日(5月18日) 总覆各学文童,共百卅九人。接省包封,又发省包封。涞信中有于十九日遣申祥接贡三之语。又接王敬臣丁忧讣函。

天头:"必先利其器"。"山水含清晖"。

廿五日(5月19日) 卯刻赴校场阅武童马射,共二百八十余人,巳正回署。午后看步箭,峄县二十人,滕县四十人,泗水五十六人。晡时发榜。

廿六日(5月20日) 阅武童步箭,邹县六十二人,曲阜六十八人,四民三十九人,酉刻发榜。泗水县方桂芬子嘉来谒。

廿七日(5月21日) 覆试新进武童,共七十九人。

廿八日(5月22日) 辰刻发落文武童,支学租,毕,曲阜县朱吉甫大令来谒,又同乡李锡祉号蔗泉来谒。李于道光年间住仓门口路南,与旧宅正对门,今零落矣,蔗泉流寓曲阜,境遇甚苦。巳刻谒至圣林,出北门直北三里许,夹道皆松柏,过两层牌坊,有红门,大书"至圣林",即墓墙门也。又行数十武入一门,曰二仪门,微向西行,路旁有下马碑,遂降舆步行。数武过一桥,曰洙水桥,洙水经其下,云有泗水在墓后,盖圣墓面洙背泗云。过桥又行数武,至大成门外,衍圣公候于此,遂同行入门至享殿前,行三跪九叩礼。由东边门入享殿后,林墓在焉。墓大有亩许,其上草木丛生,多不知名者,蓍草人亦莫识,其鬻于市者,皆赝物也。西偏有子贡庐,墓之庐三楹,中供端木子神位。

东偏有伯鱼墓,正南有子思墓,又南路东有圣祖驻跸亭,又有楷亭。亭前有端木子手植楷,已回干,四围用砖土培之,得以不蹈。又东南角有门,过门有房三,上六厢,在此小憩,衍圣公相陪。茶罢出门,过下马碑,乘舆出至圣林,向东行二里许,至元圣周公庙。五经博士东野庆瀛号仙桥,相陪入棂星门,由甬道入二门至大殿下,行三跪九叩礼,入殿瞻仰周公,中坐鲁公配享,共二龛。正殿已残缺,房顶已破漏,院中亦多瓦砾,门墙俱有缺损,较孔庙规模既隘,整破悬殊,为叹息者久之。随即入城拜客,至衍圣公府与公晤面,并见公太夫人。未正回署,须臾衍圣公来回拜。酉正公招饮,观明君臣像册,君则太祖、成祖、宪宗、世宗四像,臣则徐达、常遇春、邓愈、汤和、刘基、宋濂、章溢、王祎、解缙、于谦、杨一清、商(辂)〔辂〕、王鏊、张学敬、陈献章、罗伦、邱浚、李东阳、杨士奇、曹良臣,此外尚有数人。又有元太祖、明太祖画轴。又有铁冠道【道】人画轴,画作三段,首段宫殿巍峨,有"垂裳而治"字样,中段乃庄烈崩于煤山,下段乃左有兵马,右有数小儿互战,中有八旗在一统中,乃我朝受命也。又观周铜器十事,古色斑斓,细而朴,黝而明,真可宝也。又观明时衣冠裳履。阅毕已日晡,入坐小饮,回时已亥初矣。世言东方三大,一泰山,一东海,一孔林,两年中皆躬亲而目观矣。

廿九日(5月23日) 辰刻自曲阜发轺,衍圣公送至城外。又行三里许,曲阜朱大令及教官、新生等俱送焉。行三十里至兖州府,镇、道及府、县、厅、学皆接至泗水桥,入贡院,以次进谒。又阅考棚。晚发省包封一件,涑窗课一本、尚志课卷一本寄回。

五月初一日(5月24日) 卯刻谒文庙,礼毕至明伦堂听读《卧碑》,又诸生讲书毕,回署。须臾放告,收呈十余纸,又曾氏攻冒籍一纸。

初二日(5月25日) 考合属经古,生共百九十七名,童共三百十七名,二共五百十五名。

天头:生:苏威献《尚书》五月五日威独献《书》。富郑公使契丹论。"披榛采兰△"。阙里观周铜器七古。童:梭化龙赋水中得梭化成赤龙。"羞△以含桃"。太白酒楼、少陵南池七律。

初三日(5月26日) 考汶上、寿张、济宁、金乡、鱼台五处生员,汶上百八十人,寿百〇六人,济宁二百九十六人,金乡百廿九人,鱼台百四十八人,共八百五十九人。午后发生古榜,府学四人,滋阳、宁阳一人,阳谷二人,寿张三人,济宁十人,金乡六人,共取卅人。是日衍圣公送节礼,道府送节礼。

天头:"我非生而知"二章。"狂而不直"二章。"麻冕"二章。"后生可畏"二章。"子曰主忠信"二章。"相其阴阳观其流泉"。"垂杨几处绿烟△浓"。

初四日(5月27日) 覆试生古,阅头场生卷。晚接省包封,阶平信,有铁柱家信。

天头:苏子瞻王晋卿烟江叠嶂图王画苏诗并传艺苑。自成康至厉宣二百余年无诗解。"绿润轩窗△午饷余"。

初五日(5月28日) 端阳。考府学、滋阳、宁阳、阳谷、嘉祥五处生员,府学二百五十八人,滋阳三百〇二人,宁阳二百卅二人,阳谷百十四人,嘉祥百廿八人,共千卅四人。午后发头场生榜。

天头:"友也者"至"无献子之家者也"。"不可以有挟"至"之家者也"。"孟献子百乘"至"之家者也"。"有友五人焉"至"忘之矣"。"此五人者"至"不与之友矣"。"农乃登麦"。"果然夺得锦标△归"。

初六日(5月29日) 补欠考生员,共二百人。阅二场生卷。

天头:"子来几日矣"。"王曰还归"。"用其二"。"麦秋△至"。

初七日(5月30日) 考阳谷、济宁、嘉祥三处文童,阳谷四百十名,济宁六百四名,嘉祥二百五名,共千二百十九名。午后发二场生榜。是日发省包封。

天头:"五霸者"。"五霸者"。"五霸者"。"我欲行礼子敖以我为简"。"树里南湖一片明△"。

初八日(5月31日)　覆试各学一等文生,共百卅九人。阅头场童卷。

　　天头:"南人有言曰"节。

初九日(6月1日)　考宁阳、汶上、鱼台三县文童,宁阳四百廿七人,汶上五百十五人,鱼台二百八十六人,共千二百廿八人。午后发头场童提覆牌。

　　天头:"趋而辟之"。"趋而迎之"。"趋而往视之"。"考诸三王而不缪"。

初十日(6月2日)　提覆头场文童,共百四人,午后发榜。是日并发文生大案。接省包封。

　　天头:"雷声忽送千峰△雨"。"则有馈其兄生鹅者"。

十一日(6月3日)　考滋阳、寿张、金乡三县文童,滋五百六十八人,寿二百九十二人,金四百廿八人。午后发二场文童提覆牌。发省包封。

　　天头:"天下固畏齐之强也"。"今又倍地"。"置君而后去之"。"皆是也"。"梅雨洒芳田"。

十二日(6月4日)　提覆二场文童,共百四人,午后发榜。

　　天头:"谓王良"。

十三日(6月5日)　提覆三场文童,共百二本,午后发榜。接省包封,知贡珊回东,并接贡三、瑞安、卫瞻、冯姑老爷等信。随即发包封,请贡三、梅汀赴沂州。

　　天头:"舅犯曰"。

十四日(6月6日)　覆试新进文童,共二百廿五人。晡时王萼亭太守来谒。

　　天头:"王亦曰仁义而已矣"。"经训乃菑畬"。

十五日(6月7日)　夜雨达旦,午刻方止,不能阅武,改于明日先阅步箭。接省二十三号包封,内有卫瞻信,又有王叔平致邱仰之信。随发省包封,并有致刘湄舟信、致刘培之信。又专函致王叔平信。酉刻王琴舫大令来谒。

  十六日(6月8日) 卯刻升堂阅步箭,鱼台卅三人,嘉祥五十三人,金乡百卅一人,又阅济宁三十人,共阅二百四十余人。

  十七日(6月9日) 早赴校场阅武童骑射,未正回署,共阅六百四十余人。申刻发金、嘉、鱼三县武童榜。

  十八日(6月10日) 阅武童步箭技勇,济宁三十余人,阳谷百〇九人,寿张百人,共二百四十余人。接省来包封,知贡三、梅汀、蕙孙均于十六日赴沂州,又有卫瞻信。晚发济、阳、寿三处榜。

  十九日(6月11日) 阅武童步箭技勇,汶上六十人,宁阳七十三人,滋阳七十四人,酉刻毕,随即发榜。晚发省包封。

  廿日(6月12日) 巳刻衍圣公、田箫镇军来拜,田并送兰谱。午刻覆试武童,未刻发大案。随即出拜客,后赴镇署饮酒,座中乃衍圣公孔燕庭、姚馨甫观察、何诗孙太守维朴、江南候补府、杨中甫大令战塈,日晡回署。所拜之客见者惟王萼亭太守。

  廿一日(6月13日) 早升堂发落新生,并领学租。滋阳王令来谒。午后镇、道、府招饮,申正回署。

  廿二日(6月14日) 巳初刻打坐尖。行十八(日)[里]至◇◇,茶尖。又行四十二里至宁阳县,驻。行时镇、道、县、教、佐均送出城。至宁阳,大令曹和浚湘屏、又土药委员康明府宗万号中选及典史均接至城。至兖州府、至宁系向正北行。驻书院,房极曲折。

  廿三日(6月15日) 夜雨晓住。(至)[行]卅里至冈城屯,尖,天又雨。午后行十里至陈家店,又行五里渡汶水,正值山水初下,河面颇宽,船极小。渡河后又行四十五里至夏张,驻,地属泰安,到时已夜半矣。是日行九十里。

  廿四日(6月16日) 早起将行,天又雨,老程一日。雨巳刻暂住,午后又雨,申刻止,晡时又雨,夜半始止。

  廿五日(6月17日) 早自夏张发轺,行三十五里至新庄,茶尖。途中泥泞,极为难行。又行二十五里至垫台,尖,时已未刻。饭罢又行六十里至张夏,驻。申刻又雨,甚大。行四十里已暮,晚舍轿而车,夜半始至张夏。山河水长,颇难渡。

廿六日(6 月 18 日) 早发人探水,云水甚大,桥上三尺余深,暂缓发轺。已初早餐,已正又遣人探水,云桥上水渐消,可行。遂自张夏行四里过河,数人舁而过,颇险。行至固山,换夫马。酉刻至黄山店,遂宿焉。以道路难行,不能入城也。

廿七日(6 月 19 日) 早发黄山店,行三十里至接官亭,司道皆接至此,随即进城入旧署,历城县及代办提调、众教官、巡捕皆来见。午后前藩汤方伯、李子木观察来拜。是日卯刻涞生子,以是到省,遂名"到儿"。接卫瞻信。

廿八日(6 月 20 日) 早谒文庙,回署放告。又有数教官来见。晚程毅卿、幼琴侄皆来见。

廿九日(6 月 21 日) 考合属生员经古,共三百六十二人,历城五十余人最多,府学、章丘四十余人次之,淄川、新城、长清各卅余人,余皆十余人或数人。

> 天头:秦穆公享重耳赋六月赋"王于出征以佐天子"。"寻△碑野寺云生屦"。胡安定谓经义治事两齐论。娄敬建策、伏生传经七律。

卅日(6 月 22 日) 考章丘、淄川、临邑、陵县、德平、平原六县生员,章丘三百六十人,淄川二百四人,临邑百八十二人,陵县百卅人,德平百十一人,平原百六十六人,共千一百五(百)[十]三人。午后发生古榜。

> 天头:"吾闻用夏"至"北学于中国"。"吾闻用夏"二句。"陈良楚产"至"先也"。"悦周公"至"先也"。"悦周公"至"士也"。"庸庸只只威威显民"。"青山断处塔层层△"。

闰五月初一日(6 月 23 日) 考合属文童经古,历城百四十余人,为最多,新城九十余人,章丘六十余人,淄川、长清各四十余人,长山三十余人,其他州县或十数人,或数人,共五百四十一人。晚涞来署。接瑞安信、瞽四侄信、贡三信。

天头:比德于玉"言念君子温其如玉"。"荷叶当门水浸阶△"。东方曼倩、祢正平七律。

初二日(6月24日)　考邹平、新城、齐东、禹城、长清五县生员,邹平百八十二人,新城百八十五人,齐东百六十七人,禹城百四十七人,长清二百七十八人。午后发头场生榜。先本定三棚生,是日尚有德州、德卫因人数浮于座数,故改作四棚,将德州、德卫并运学、历城,改于初六日考试。

天头:"曾子曰晋楚"至"一道也"。"夫岂不义"至"莫如德"。"故将大有为"至"不如是"。"欲有谋焉"至"不如是"。"好臣其所教"。"兄弟既具和乐且孺"。"熟精△文选理"。

初三日(6月25日)　覆生经古,共四十四人。是日阅二场生卷。

天头:闰端阳岁逢闰月时届端阳。"竹簟水风眠△昼永"。

初四日(6月26日)　考府学、长山、齐河、济阳生员,府学三百三十六人,长山百八十三人,齐河百八十一人,济阳二百六人,共八百六人。午后发二场生榜。晚涑来场中,带有卫瞻信、王湘岑信。

天头:"齐景公问政"二章。"子曰听讼"二章。"子曰君子成人之美"二章。"季康子问政"二章。"君子以多识前言"至"其德"。"鱼△游清沼"。

初五日(6月27日)　合属欠考生员补考,共二百余人。阅三场生卷。

天头:"春省耕"句。"无咎者善补过也"。"退思△补过"。"他日又求见孟子"。

初六日(6月28日)　考运学、历城、德州、德卫四学生员,运学共二十七人,历城二百四十九人,德州百卅一人,德卫九十七人,共五百四人。午后发三场生榜。

天头:"逸民"。"不降其志不辱其身"。"言中伦行中虑"。

"身中清废中权"。"卿羔大夫雁士雄"。"庭槐△风静绿阴多"。

初七日(6月29日) 覆头、二场生员一等,共百廿三人。阅四场生卷。

天头:"其不改父之臣"至"是难能也"。"青△苗带雨锄"。

初八日(6月30日) 考邹平、淄川、禹城三县文童,邹平二百九十六人,淄川四百四十五人,禹城二百七十八人,共千十九人。午后发四场生榜。接京电,知姚馨圃调陕粮道,毓佐臣升充沂道,锡清弼放沂州府。

天头:"齐桓晋文之事"。"杨朱墨翟之言"。"管仲晏子之功"。"今既数月矣"。"朝△来挂笏看西山"。

光绪二十一年闰五月初九日(7月1日) 覆试济南府学、运学、历城、长山、齐河、济阳、德州、德卫八学生员。又考教官。生员共九十四人。

天头:"吾闻出于幽谷"节。"葛巾人坐竹阴斜△"。

初十日(7月2日) 考长山、临邑、陵县三处文童,长山五百八十二人,临邑三百○九人,陵县二百七人,共千一百人。晚间涑来署,宿此。

天头:"三日""齐人"章。"三月""闻韶"章。"三年""用我"章。"凡为天下国家有九经"。"密林△含雨意"。

十一日(7月3日) 提覆头场文童,共九十三人,酉刻发榜。涑于榜后回公馆。接沂州贡三、蕙孙信。

天头:"贤者而后乐此"。

十二日(7月4日) 考新城、齐河二县文童,新城六百卅四人,齐河四百廿六人,共千六十一人。午后出二场提覆牌。

天头:"乐正裘"。"牧仲"。"是岂人之情也哉"。"华月照方△池"。

十三日(7月5日) 提覆二场文童,长山、陵县、临邑。又阅新城、齐河卷。酉刻发二场童榜。

天头:"孔子主我卫卿可得也"。

十四日(7月6日)　考长清、德州、德卫三处文童,长清七百九十人,德州二百十人,德卫百五十人。午后出新城、齐河提覆牌。

天头:"王曰""叟"上。"王曰""何以利"上。"王亦曰"。"考诸三王"。"荷风△送香气"。

十五日(7月7日)　提覆新城、齐河两县文童。又阅长清、德州、德卫卷。酉刻发三场文童榜,接刘培之信,随即覆信。

天头:"我由未免为乡人也"。

十六日(7月8日)　考齐东、济阳、平原三县文童,齐东二百五十五人,济阳四百六十三人,平原三百廿八人,共千四十六人。午后出长清、德州、德卫提覆牌。

天头:"无城郭"句。"无诸侯"句。"无百官"句。"为王诵之"。"日长如小年△"。

十七日(7月9日)　提覆长清、德州、德卫三处文童,酉刻发榜。又阅第五场童卷。

天头:长"其禄以是为差"。二德:"卿一位"。

十八日(7月10日)　考章丘、德平两县文童,章丘八百六十名,德平二百廿九名,共千八十九名。午后发五场童齐东、济、平提覆牌。接沈亲家信、万顺信。

天头:"鲁欲使慎"句。"鲁欲使乐"句。"智足以知圣人"。"满眼青山△更上楼"。

十九日(7月11日)　提覆齐东、济阳、平原三县文童,酉刻发榜。又阅章丘、德平正场卷。

天头:"孔子于乡党"。

二十日(7月12日)　考旗童、商童、历城文童,旗十一人,商六十一人,历九百九十四人,共千〇六十六人。午后发章丘、德平提覆牌。晚间涑来署。

天头:"有人此有土"。"犹以一杯水"。"岂谓一钩金"。次:

"工师得大木"。"梅榴开△似火"。

廿一日(7月13日) 提覆章丘、德平文童,拿住代作文并请人代作文各一人,酉刻发榜,并发商童、历城提覆牌。

天头:"吾先子之所畏也"。

廿二日(7月14日) 提覆商童、历城文童,未正发榜,并发古榜。

天头:"追王大王王季"。

廿三日(7月15日) 总覆合府文童,共四百卅三人,午初入场,戌初净场。

天头:"凡事豫则立"。"卷幔山泉入镜中△"。

廿四日(7月16日) 早赴校场看骑射,酉刻回署,共八百九十八人。晚接瑞安信。

廿五日(7月17日) 阅步箭技勇,平原五十七人,德平三十三人,驻防十二人,德卫六十三人,德州六十九人,共二百卅四人。酉刻松晴涛府尹来拜。晚发榜。

廿六日(7月18日) 阅步箭技勇,陵县四十二人,长清七十八人,临邑卅五人,禹城卅八人,济阳卅八人,齐东廿一人,共二百五十二人,晚发榜。

廿七日(7月19日) 阅步箭技勇,齐河四十二人,新城六十一人,长山六十人,淄川四十人,共二百○三人,晚发榜。是日午刻发文童武生大案。

廿八日(7月20日) 阅步箭技勇,邹平五十二人,章丘五十八人,历城九十七人,共二百七人,酉刻发榜。

廿九日(7月21日) 覆试新进武童,共二百八十一人,午初升堂,酉初发长案。

六月初一日(7月22日) 辰初刻发落新进文武童,共七百二十余人,又支领学租。是日阴雨,辰刻尤甚,诸生多有未到者。已刻出考院,到署。午后拜客,见者署方伯李亦青一人而已。府、县禀见。

初二日(**7月23日**) 起折稿,辰刻定稿,申酉之间书出。是日未见客。

初三日(**7月24日**) 早将安折暨折封皮书出。午后写信三封,一致高阳师,一致沈亲家,一致王燮臣昆仲。晚又写信一封,致西园九兄。是日亦未见客。

初四日(**7月25日**) 早有数教官来验看,又有数客来谒。又包折件。午后出门拜客,见者山长刘次方也。回时又写信,致卫瞻,折差带京寄津,又有致万顺信。

初五日(**7月26日**) 大雨竟日。早写信致瑞安。午后赴僧王祠行礼。三点钟赴西关接青州副都统讷子安钦,五钟时回署。

初六日(**7月27日**) 早发折差,遣承差张秀亭前往,并带京津信共五封,沈、王、万顺寄京,卫、瑞寄津,李信在沈信内,西园信在瑞安信内。讷子安都护来拜,午后回拜,并拜诸客,皆未见。未正回署,致周鉴泉信,嘱其勿回津,荐后任。

初七日(**7月28日**) 致许金粟直牧信,荐周鉴泉。

初八日(**7月29日**) 恩新甫观察来拜,又许金粟直牧、杨勤甫名墉、郭星石、刘锦亭、沈佐绥、汪济臣、张鸿宪、陶廉荃振宗、李子余诸大令皆来见,许允约周鉴泉到临关。又朱炳章、王玉衡两府经、查虞臣、李少皋两巡检来见。

初九日(**7月30日**) 山长刘次方、尚志山长宋晋之书升,己卯、壬辰庶来拜。致周鉴泉信,告知临关事,托刘厚卿带。

初十日(**7月31日**) 早出西关送松晴涛府尹,又拜尚志堂山长宋晋之,巳刻回署。

十一日(**8月1日**) 写陈勔庭世叔诔文。

十二日(**8月2日**) 华梅汀、周贡三自沂州回。

十三日(**8月3日**) 早同幕中诸友游明湖,巳刻回。

十四日(**8月4日**) 致陈伯平师信,内有诔文一篇,由马递寄保府。

十五日（8月5日）　安丘令俞崇礼来见耕斋。晡时请李裕泉、程毅卿便酌。

十六日（8月6日）　景启夔大令来见。看屋宇渗漏工程。

十七日（8月7日）　写信致周鉴泉，拟次日专差李泰前往德州。

十八日（8月8日）　早遣李泰赴德州，送周鉴泉信。是日雨竟日。

十九日（8月9日）　致张书城十六、吴燮臣八、宝熙之父奎，文轩唁信并奠敬，均寄京。又致王敬臣十六、家荣翁八奠敬，均寄京。吴并有信，托其早行。具题拔贡文书。是日竟日雨。

廿日（8月10日）　发京、津两处信，由新泰厚寄。

廿一日（8月11日）　刘培之自武定来。

廿二日（8月12日）　未刻折差自京回，报考折奉硃批"知道了"，并接沈亲家信，外摺绅一部，送小孩满月礼，首饰四色、衣服四包。又接万顺信。

廿三日（8月13日）　接李绍唐信，并有送邱、周二君脩金各六十两。

廿四日（8月14日）　早出东关接新藩司张笏臣国正，又到程毅卿处看蕙孙病。

廿五日（8月15日）　兖州同知姚绍庭【同知】来见。

廿六日（8月16日）　赴万岁亭朝贺。陈巽卿观察来拜。学涑、学湜、王宾如、（洛）〔漺〕口星垣四人会课。

廿七日（8月17日）　首府、首县来见。

廿八日（8月18日）　出门拜客，见者新方伯张笏臣、旧都转李亦青而已。

廿九日（8月19日）　葛子周同年、龚齐甲从九来见。

七月初一日（8月20日）

初二日（8月21日）　费县李敬修、前济阳县陈礼森来见。午后接瑞安致涑信。

初三日(8月22日)　出门拜客,无见者。题补宁阳张楚林、候补县方学海两同年来见。是日少敏回平阴省亲。

初四日(8月23日)　候补县冯德华、查荣绥、奎光来见。致卫瞻、瑞安信各一封,由胡万昌寄,瑞安信内有致少兰一信。

初五日(8月24日)　张方伯来拜,武定府调曹州府尚其亨会臣来见,又候补县王宝瑜玉堂、杜良、刘登云来见。

初六日(8月25日)　前运司李亦青拜会,候补县祁寿麐、管得泉石卿、汪以和、贺良羣来见。

初七日(8月26日)　即用县张仲儒云舫、署高密县傅赉予少梅来见,将周子化荐于傅少梅征收。

初八日(8月27日)　王彬如、星垣来会古课。

初九日(8月28日)

初十日(8月29日)　致张文川信。

十一日(8月30日)　接周鉴泉自德州发来一信。致王少莲信,接辛蔚如信。

十二日(8月31日)　早赴东关接抚李鉴堂。华怡园来拜,荐卢子青征收。

十三日(9月1日)　抚台李鉴堂来拜。接二姑太太信。

十四日(9月2日)　出门拜客,见者李抚台、张藩台、志少岩观察、刘次方山长。回署,李亦青都转来拜。

十五日(9月3日)　早出西门送李亦青都转,未及,遂赴尚志书院拜宋晋之山长。接卫瞻来信。

十六日(9月4日)　孔少沾祥霖太史来拜,黄锦江丽中太守来谒。

十七日(9月5日)

十八日(9月6日)　致沈亲家信,又致万顺信,沈信在万顺信内,交巡捕转交贡差带京。首府、首县来谒,又萧绍庭、新泰县刘昌禄紫绶、屠丙勋来谒。

十九日（9 月 7 日） 赴涿口,闻幼琴堂上腹泄,往视,早往,未刻回。

廿日（9 月 8 日） 赴鲁芝友前辈处吊丧。

廿一日（9 月 9 日） 龚锡图来见龚葆琛之子,字诗樵。

廿二日（9 月 10 日） 王天培、齐宗绶、查以让来见。

廿三日（9 月 11 日） 孙承鉴、王翰琛、钱懋熙来见。

廿四日（9 月 12 日） 接瑞安、卫瞻信,知二太太逝世,又知慎五大太爷茔地在德国租界内,德国要地勒卖。

廿五日（9 月 13 日） 写致卫瞻、瑞安、四太太信,交涑儿带津。又题张海峰落霞琴六绝句。

廿六日（9 月 14 日） 查以让、查荣绥来见。星垣自（洛）[涿]口来,明日与涑同赴津。

廿七日（9 月 15 日） 涑与星垣同行赴津,七点钟行。

廿八日（9 月 16 日） 陶铨生、朱肃峰、张云舫来见。致辛蔚如、刘作哲信,寄汴马封。接瑞安信。

廿九日（9 月 17 日） 杨德成、贺良翚来见。致沈鹿苹信交院折差。午后出门。

卅日（9 月 18 日） 郭星石来拜,又布衣李养心号纯一来谒。

八月初一日（9 月 19 日） 早发起马牌。午后赴各衙门辞行,见者抚李、臬沈、运吉、山长刘、陈道巽卿,酉刻回。

初二日（9 月 20 日） 抚、藩、臬、运、李子木观察、刘次方均来送行。接涑信,知廿九日到德,已上船。刘德增来,帮川资回津。刘湄舟、刘季明均来信。

初三日（9 月 21 日） 辰正起马赴青州,抚、藩以下皆送至郊外。行三十五里至韩仓,尖。午后行三十五里至龙山镇,宿。共行七十里,皆历城管。

初四日（9 月 22 日） 雨竟夜,至巳刻方止。辰初发轺,行四十里观音堂茶尖,章丘至章丘县,尖。路泥滑难行,至章已未初三刻矣。

章丘令汪望庚幼青来见。午后又行六十里至邹平,驻,时已亥初一刻矣。中有两茶尖,章一,邹一,皆未下舆。邹平令桂麟书卿来见。

初五日(9月23日) 晴霁,晓发邹平,行二十五里至长山县,尖。大令钱祝祺松生,苏人,迎至交界,又来见。午后行四十里至张店,驻,地属新城,大令史竹孙名恩培来见。长山城外有孝妇河一道,水甚大,云今夏盛涨,过桥尺许,人不能行,寻常所无也。

初六日(9月24日) 辰发张店,行四十里至金岭,尖,地属益都。出张店行三里许,地属淄川,十余里方入益都境。大令毛蜀云接至此,又有武巡捕来接。距金岭镇十余里,地名红门,有卖砚者,买一方。午后行卅五里至淄河店,驻,文巡捕二人来接,地属临淄。文巡捕二人徐家相小堂、陈绍华幼斋,仍是去年旧巡捕。武巡捕刘兰台玉田,益都武生。

初七日(9月25日) 晓发淄河店,行三十五里,午初刻至青州,府、县、营俱亲接至关外,副都统讷子安暨四协领俱差接。巡号见客,发包封。

初八日(9月26日) 辰初刻恭谒文庙,回署放告,举节孝者百七十余张,举耆儒者百廿余张,告顶者六张,五世同堂者一张。发登州调齐文九月十一日文齐,廿三日武齐。

初九日(9月27日) 考文生经古,共三百廿四人,内安丘、诸城各七十余人,博兴八人,高苑、临朐各三人,余皆二三十人不等,人数较上届科考加倍。考史论、经解者七八人。

天头:齐威王封即墨大夫烹阿大夫赋以"群臣皆惧务尽其诚"为韵。"清光出岭光入扉△"。拟苏东坡《和钱安道惠寄建茶》七古。李德裕论。自强策。经解:"利牝马之贞"。"时乘六龙"。"八卦相错"。序卦不言咸。经解:左氏引大禹谟为《夏书》解。鲁有明解。"鸠薮泽"。"宿离不贷"。

初十日(9月28日) 考合属文童经古,诸城最多,一县已有三百十余人,安丘亦百五十人,博山五十余人,益都、乐安、寿光均卅余人，诸皆一二十人，旗童二人，共七百〇三人，较上届多百八十余人。西刻出生古榜，取四十人。晚接省包封，内有贡三信、詹事府阔普通、清锐、张英麟公信。

天头：蟹执穗以朝其魁赋题韵。寇准论。"霜杭△野碓春"。

解：三坟七政二南五霸六太。

十一日(9月29日) 考旗学、博山、博兴、高苑、寿光、昌乐、临朐七学生员，旗卅八人，博山百卅九人，博兴百廿九人，高苑九十七人，寿光三百卅三人，昌乐百八十七人，临朐二百一人，共千一百廿四人。又接省包封，抚问新生能考拔贡否。

天头：生题："子路闻之喜"至"取材"。"诗云王赫斯怒"一节。"哀公问政"至"政举"。"吾为此惧"至"放淫辞"。"尧舜之仁"至"急亲贤也"。"民之所恶"至"民之父母"。"克伐怨欲"至"为难矣"。经："为布为釜"。诗："露下天高秋气清△"。

十二日(9月30日) 覆试生古，共四十人。阅头场生卷。发省包封，答新生不能拔。

天头：带经而锄赋"带经而锄""其精如此"。村置楼鼓论。"数首新诗△手自书"。

十三日(10月1日) 考府学、益都、临淄、乐安、安丘、诸城六学生员，府二百五十三人，益二百卅人，临淄二百卅人，乐安百六十四人，安丘二百四十五人，诸城百四十四人，共千二百六十四人。午后发头场生榜。接省包封，知周鉴泉到省。

天头："好学近乎知"至"修身"。"仁者人也"至"亲亲之杀"。"若圣与仁"至"为之不厌"。"义者宜也"至"尊贤之等"。"中也养不中"至"弃不才"。"委而去之"至"多助"。"黍稷稻粱"二句。"行端△表正"。

十四日(10月2日) 补欠考生员，共百五十余人。阅二场生卷。接省包封，知子伦病。

天头："道之以德"。"蔽芾甘棠"。"又其次也"。"月到中秋

△分外明"。

十五日(10月3日) 考旗童及高苑、乐安两县文童,旗童百〇八人,高苑百九十四人,乐安六百九十八人,共千人。午后发二场生榜。发省包封,劝周鉴泉赴即墨。接省包封。

天头:"举于鱼盐之中管夷吾"。"举于士孙叔敖"。"举于海百里奚"。"不失其赤子之心者也"。"平分秋色一轮△满"。

十六日(10月4日) 覆试一等生员,共百卅六本。阅头场童卷。

天头:"子以四教"二章。"诗书至道该△"。

十七日(10月5日) 考临朐、诸城二县文童,临朐五百七十五人,诸城六百六十八人,共千二百四十二人。午后出头场提覆牌。是日接省包封。

天头:"今之大夫"至"慎子为将军"。"众人固不识"至"五霸者"。"昔者曾子谓子襄曰"。"芦葭生△儿芥有孙"。

十八日(10月6日) 提覆乐安、高苑二县文童,乐三十三人,高二十五人,酉刻发榜。

天头:"用之者舒"。

十九日(10月7日) 考临淄、昌乐二县文童,临淄七百五十四名,昌乐三百九十四名,共千一百四十八名。午后发临朐、诸城提覆牌。

天头:"古之人有行之者武王是也"。"古之人有行之者文王是也"。"有私淑艾者"。"天净秋△山好"。

廿日(10月8日) 提覆诸城、临朐两县文童,共八十人,申刻发榜。晚接省包封,内有周鉴泉信。同日考教官。

天头:"晋国"。教:"吾无隐乎尔"。"教以礼乐"秋字。

廿一日(10月9日) 考寿光文童,千零卅四本。午后出临淄、昌乐提覆牌。发包封一件,致鉴泉一信、贡三一信、涑妇一信。

天头:"王在灵囿"。"皆有圣人之一体"。"归△云半入岭"。

廿二日（10 月 10 日） 提覆临淄、昌乐二县文童，共六十六本，申刻发榜。

天头："雨我公田"。

廿三日（10 月 11 日） 考博兴、安丘二县文童，博兴四百四十一人，安丘六百六十五人，共千一百零六人。午后发寿光提覆牌。是日拿获枪手一名。

天头："自耕稼陶渔"。"则梓匠轮舆"。"故声闻过情"二句。"百谷用成△"。

廿四日（10 月 12 日） 提覆寿光文童，共四十六人，申刻发榜。又阅安丘、博兴童卷。酉刻接省包封，内有涑信，知涑于八月初四日到津，直学于十六日下马。闻娄鹤田病故。

天头："以其小者信其大者"。

廿五日（10 月 13 日） 考益都、博山文童，益都九百五十人，博山二百六十六人，共千一百十六人。午后发安丘、博兴提覆牌。

天头："近者"。"远者"。"心之官则思"。"紫塞秋风△初度雁"。

廿六日（10 月 14 日） 提覆博兴、安丘文童，共七十人，申刻发榜，并发益都、博山提覆牌。

天头："訑訑"。

廿七日（10 月 15 日） 提覆益都、博山文童，共七人，申刻发榜，并发文童古榜。

天头："时靡有争"。

廿八日（10 月 16 日） 总覆合属文童，午正升堂，尚未尽齐，久之方点毕，共二百八十三名。书吏张集庆来辕，带有省信，随发回信，又致抚台信，问贺折款式。

天头："君子义以为上"。"民和阜△丰。

廿九日（10 月 17 日） 辰初刻赴校场阅武童骑射，申正回署，共七百十二人。酉刻接省来包封，内有周鉴泉信，嘱少敏致贡三问鉴泉就李少堂李调单县馆否。

九月初一日(10月18日) 阅武童步箭,旗童百廿人,诸城二十人,安丘四十人,临朐廿人,未完,共阅二百人,晚发旗童、安丘、诸城三处榜。

初二日(10月19日) 阅武童步箭,临朐卅余人,昌乐五十余人,寿光七十人,乐安四十人,共二百人,晚发四县榜。接省包封。

初三日(10月20日) 阅武童步箭,高苑廿余人,博兴三十余人,临淄百人,博山四十人,共二百人,晚发榜。

初四日(10月21日) 阅武童步箭,益都百○九人,申刻发榜。接省包封,并抚台信,内有贺折款式,并有电京报,知沈亲家告病开缺。随即写信谕学涑,令其便道看视,又致沈信问候,并寄省。

初五日(10月22日) 武童覆试,未刻升堂,尚有临朐未完,当堂面谕始完,申刻发长案。又写对十余联。

初六日(10月23日) 辰刻升堂发落文武生员,领学租。退堂后教官二人验看。饭后拜客,见者讷子安都护而己。申正到旌贤书院,府、县招饮,书院中存有隋舍利塔,石刻一具。晚接省包封,随又发省信,交鲁升带省,鲁升回省因患病也。

初七日(10月24日) 巳刻自青州起马,通城官送至郊,益都县毛令送至谭家坊。讷子安都护于未起马之先至院回拜兼送行。是日行四十里,未刻至谭家坊,住,地属益都。

初八日(10月25日) 卯刻自谭家坊起轺,行三十里至昌乐县,尖,大令程丰厚来见。午后行五十里至潍县,驻。距潍十二里小于河花园茶尖,因游园,大令接于此,李务滋景川。

初九日(10月26日) 晓发潍县,行三十里至寒亭,尖。午后行五十里至昌邑县,驻。大令张骧,川人。

初十日(10月27日) 晓发昌邑,行廿五里邹上茶尖,昌邑五十里至新河,尖,地属平度,州牧吴观敬坦生来接。午后行卅里灰埠茶尖,属平度,在此换夫马五十里至沙河,驻。

十一日(10月28日) 卯刻自沙河发轺,四十里神堂茶尖,掖县地,距地十八里六十里至莱州府,尖,通城皆来拜。午后拜客即行,六十里至朱桥宿,地属掖县,大令王秉慤。

十二日(10月29日) 卯刻自朱桥行,六十里至黄山馆,尖,黄县地。又行六十里至黄县,宿。大令萧启祥子嘉。

十三日(10月30日) 辰刻自黄县起马,行二十里诸由观,茶尖。又行六十里至登州府距城二十里茶棚茶尖下马,统领夏辛酉庚堂及各武营、太守端谨仲信及分府、知县皆接至郊。到院已未初矣,阅号、会客,天已将昏。晚发省包封一件。

十四日(10月31日) 辰刻赴谒文庙,回署后放告。饭后发天津信,寄涑儿,交大令由烟台寄津。

十五日(11月1日) 考合郡生员,共二百七十八人,内考经解者一,考算学三,考《孝经》性理者一。

　　天头:文字郁律蛟蛇走赋歧阳石鼓雅颂同文。"看鸿入远天△"。蓬莱阁观日出七古用东坡《海市》韵。先甲后甲。明都幽都。周南召南。君氏尹氏。经礼曲礼。

十六日(11月2日) 考合郡童古,共五百五十余人,考经解者五六,考算学者五六,考《孝经》性理论者五六。酉刻发生古榜。

　　天头:一一吹竽赋南郭处士无能滥竽。"空林日短归△鸦早"。枫叶、芦花七律。箕子明夷。仲康肇位。奚斯所作。无骇入极。曾点倚门。

十七日(11月3日) 考招、莱、宁、文、荣、海生员,招远百九人,莱百七十三人,宁海百廿四人,文登百八人,荣成七十七人,海阳百九人,共七百人。是日阅童古卷。

　　天头:"能以礼让为国乎何有"。"今之乐"至"不若与众"。"良不可"至"射者比"。"羿之教人射"至"能者从之"。"今天下"二节。"引而置之"至"与为不善"。经:"王公设险以守其国"。"五更△沧海日三竿"。

十八日(11月4日) 覆试生古,共三十六人。晚接省包封二件,内有涑信,知考古未取,又知初三、初六两日各灵安葬。

天头:红叶赋"停车坐爱枫林晚"。"月入斜窗△晓寺钟"。

十九日(11月5日) 考府学、蓬莱、黄县、福山、栖霞五学生员,府学百七十六人,蓬莱二百六人,黄县百六十八人,福山九十五人,栖霞百五十人,共七百九十五人。拿获蓬莱学生员换卷越号二人,斥革,交提调,晚提调来谒,商办此事。

天头:"先生以仁义"一节。"先生以仁义"至"悦于仁义也"。"秦楚之王"至"仁义也"。"为人臣者"至"以相接也"。"为人臣者"至"何必日利"。"有冯有翼"二句。"江亭月白诵南华△"。

二十日(11月6日) 补考各学生员,共二十五【余】人。阅二场生卷。

天头:"而敏于行"。"入国不驰"。"鸿雁来宾△"。"不待三"。

廿一日(11月7日) 考宁海州及文登、荣成、海阳三县童,宁四百廿二人,文登三百五十五人,荣成一百七十四人,海阳二百十六人。是[日]将太后万寿贺折包好,发与承差张秀亭,明早遣其赍送,并带有致沈亲家信,饬承差问明已代递否。又有万顺信,又有寄省贡三信。晚接省包封,知贡三小恙。是日未刻发二场生榜。

天头:"不千里"。"不百里"。"在所损乎"。"在所益乎"。"强恕而行"二句。"秋风吹老东园菊"。

廿二日(11月8日) 覆试各学一等生员,共百四十七人。卯刻承差赍折行。阅头场童卷。

天头:"不息则久"二句。"云水光中洗眼来△"。

廿三日(11月9日) 考招远、莱阳二县文童,招远三百卅二人,莱阳七百卅六人,共千六十八人。未刻发宁、文、荣、海提覆牌。

天头:"以杖"、"以杖""丈人"章。"寡之民不加多何也"。"虎气必腾△上"。

　　廿四日(11 月 10 日)　提覆头场文童,共百廿六人,酉刻出榜。又阅二场招、莱童卷。

　　天头:"小则以霸"。

　　廿五日(11 月 11 日)　考黄县、福山二县文童,黄七百五人,福三百四十五人,共千五十人。未刻发招、莱提覆牌。是日拿获黄县枪手一名。

　　天头:"而不知为政岁"。"舆梁成民"。"若夫豪杰之士"。"为我起蛰鞭鱼龙△"。

　　廿六日(11 月 12 日)　考蓬莱、栖霞二县文童,蓬五百廿四人,栖三百六十人,共八百八十四人。酉刻出黄、福二县提覆牌。

　　天头:"末也"至"如毛"。"出入是门"至"如底"。"乃所愿"。"云△近蓬莱常五色"。

　　廿七日(11 月 13 日)　提覆招远、莱阳文童,共六十五人。又阅蓬莱、栖霞卷。酉刻【出】发招、莱二县榜,又发蓬、栖二县提覆牌。是日包封二个,内有贡珊二信、涑二信、卫、瑞信各一、沈鹿苹信。又阅京报,知沈鹿苹逝世。又知周鉴泉就妥葛子周高密事。

　　天头:"而有时乎为贫"。

　　廿八日(11 月 14 日)　提覆蓬、黄、福、栖四县文童,共百四十四本,酉刻发榜。又发古榜,古取廿六人。

　　天头:"人能充无穿窬之心"。

　　廿九日(11 月 15 日)　总覆合属文童,共二百五十二人,未刻点名。写信四封,一致卫瞻,一致瑞安,一致葛子周,一谕学涑,晚发。

　　天头:"吾之于人也"。"公生明△"。

　　卅日(11 月 16 日)　辰刻赴校场阅武童骑射,共五百八十八人,栖霞百四十余人,招远百余人,为最多,蓬莱、黄县、莱阳次之,余不过二三十人,申刻回署。校场在城北海滨。

　　十月初一日(11 月 17 日)　考武童步箭,海阳廿人,荣成卅五人,文登廿五人,宁海廿九人,莱阳六十六人,又看招远廿人未完,晚间发榜。是日午刻接省包封,知子伦病故。

初二日(11月18日) 考武童步箭,招远八十六人,栖霞八十人未完,晚发招远榜。

初三日(11月19日) 考武童步箭,栖霞六十四人,福山廿人,黄县五十九人,又看蓬莱四十人未完,晚发黄、福、栖榜。

初四日(11月20日) 考武童步箭,蓬莱四十人,巳正阅毕,午初出榜。又发起马牌。

初五日(11月21日) 覆试武童,共百六十一人。写对联数事,晚写省信。

初六日(11月22日) 辰刻发落文武童。午后出拜客,毕赴通城招饮局。酉刻到美国教堂观电气诸事,其教士名狄考文,又一教士名贺林,戌初回署。午刻发包封寄省。

初七日(11月23日) 辰正以后发轫,同城及防营皆出城送至接官亭,蓬莱县送至茶棚,距城二十里。行六十里至黄县,驻。路途难行,至黄已申正后矣,黄令萧君启祥子嘉接出城。

初八日(11月24日) 卯初自黄县行,三十里至北马,茶尖。又行三十里至黄山馆,尖。午后行六十里至朱桥,驻此,宿。来时掖县办差,回时招远办差。

初九日(11月25日) 卯正自朱桥行,二十五里至平里店,茶,掖令逯蓉镜元来迎。又行三十五里至莱州府,同城皆迎至郊。午刻下马,太守彭念宸端怀、分府苏龙瑞毓坪、掖令逯蓉以及教官、参将皆来见。

初十日(11月26日) 卯正赴万寿亭庆贺,礼毕赴文学谒圣,随即赴明伦堂讲书,事毕回院放告。发省包封一件。

十一日(11月27日) 合属生古共二百卅八人,潍县最多,五十余人,二卫最少,灵四人,鳌六人,余各十余人、廿卅人不等,黎明点名。尚有考《春秋》、算学者,有考算兼经算者,有考经解者。

天头:水精比玉赋孔孟气象程说为得。"皋陶歌虞△"。燕台怀古七古。为长为高。好风好雨。以雅以南。称爵称名。三百三千解。

十二日(11月28日) 考合属童古,共四百十六人,内惟潍县一百有奇,灵、鳌二卫各数人,余皆五六十人,黎明点名,算学、性理廿余人。申刻发生古榜,共取卅五人。晚接省包封三个,内有沈金门致涑信,系报凶耗之信。三包封两系初五发,一系初八发。

> 天头:将飞得羽赋将飞得羽其辅强也。"刻烛限诗△成"。咏菊、画菊、餐菊、忆菊七绝。

十三日(11月29日) 考潍县、胶州、高密、即墨、灵鳌二卫生员,潍二百一名,胶百卅二名,高百卅八名,即百廿九名,灵山三十八名,鳌山六十四名,共七百二名。

> 天头:"初命曰"一段。"再命曰"一段。"三命曰"一段。"四命曰"一段。"五命曰"一段。"凡我同盟"至"五禁"。"式辟四方彻我疆土"。"山钟送曙出云迟△"。

十四日(11月30日) 覆生古,共卅五人。又阅头场生卷。

> 天头:"重与细论文"。"起弄明月霜天高"□。

十五日(12月1日) 考府学、掖县、平度、昌邑生员,府二百廿七名,掖二百卅六名,平度二百一名,昌邑二百〇二名,共八百九十六名。未刻发头场生榜。

> 天头:"饥者甘食"章。"有为者"章。"尧舜性之也"章。"不素餐兮"章。"长松含古翠"。"文王卑服"二句经。

十六日(12月2日) 补欠考生员,共百四十余。阅二场生卷。晚承差张秀亭自京回。接省信,又接沈金门信,内有讣帖。又知贺折交冯汝骡星岩,河南人代办。又接省包封,十一日所发,知子化将赴京奔子伦丧。随发省信。

> 天头:"王如改诸"。"无咎者善补过也"。"得意忘言"。"可以久则久"。

十七日(12月3日) 考昌邑、高密童,昌邑七百四十名,高密五百四十一名,共千二百八十一名。午后发二场生榜。

　　　天头:"而况不为管仲"至"于齐"。"而可以货取乎"至"平陆"。"天下国家可均也"。"日气海边红△"。

　　十八日(12月4日)　覆试合属生员,共百卅六人。阅头场童卷。

　　　天头:"在彼无恶"四句。"摘藻如春华△"。

　　十九日(12月5日)　考潍县、即墨文童,潍七百七十七人,即墨五百廿四人,共千三百一人。午后发昌、高二县提覆牌。

　　　天头:"虽有此"。"无伤也"。"事亲事之本也"。"塞向墐户"寒。

　　廿日(12月6日)　提覆昌邑、高密文童,昌邑四十二人,高密廿四人,申刻发榜。又阅潍、即童卷,又发生大案。

　　　天头:"谓之尊贤"。

　　廿一日(12月7日)　考平度、胶州文童,平度八百八十一名,胶州四百廿名,共千三百一名。午后发潍、即二县提覆牌。

　　　天头:"可使高于岑楼金"。"而放之菹水"。"昔者文王之治岐也"。"为坚△多心"。

　　廿二日(12月8日)　提覆潍县、即墨二县文童,潍五十二人,即墨卅四人,酉刻发榜。又阅平、胶二州童卷。

　　　天头:"人能充无受尔汝之实"。

　　廿三日(12月9日)　考掖县、灵山、鳌山一县二卫文童,掖九百六十六人,灵二十七人,鳌百五人,共千九十八人。午后出平、胶提覆牌。是日有失卷童一人,发提调。晚接省包封,内有戴艺郛信。又有十七日发有包封,未到。

　　　天头:"不为者与不能者之形"。"权然后知轻重"。"度然后知长短"。"尧舜之道"二句。"寒△云带雪飞"。

　　廿四日(12月10日)　提覆平度、胶州文童,平度四十人,胶卅八人。又阅掖、灵、鳌童卷。酉初刻发掖、灵、鳌提覆牌,酉正刻发平、胶童榜。

天头:"自反而缩"。

廿五日(**12月11日**) 提覆掖县、灵山、鳌二卫文童,掖五十人,灵九人,鳌十五人,申刻发榜。戌刻发文,按站查十七日所发未到之包封。

天头:"吾于武成"。

廿六日(**12月12日**) 覆试合属新进文童,共二百卅人。午正接到十七日所发包封。晚发省包封一件,内有致沈金门暗信一封。

天头:"道善则得之"。"隔墙分送一枝春"梅。

廿七日(**12月13日**) 赴校场阅武童骑射,共四百八十八人,惟掖县二百人最多,余皆三四十人,申刻阅毕回署。

廿八日(**12月14日**) 阅武童步箭,兼阅弓刀石,七点三刻升堂,一日阅鳌山卫二十二人,即墨县六十三人,高密县三十九人,灵山卫七人,胶州三十人,潍县四十人,共二百〇一人。

廿九日(**12月15日**) 阅武童步箭、弓石刀,昌邑县四十人,平度州四十七人,掖县百人未完,共阅百八十七人。是日闻掖县大令逯蓉丁母忧。

十一月初一日(**12月16日**) 阅武童步箭技勇,掖县百人,午初刻阅毕,未初发榜。

初二日(**12月17日**) 覆试合郡武童,午正升堂。早写楹帖十余幅,午后又写十余联。午前接省包封。晚查虞臣巡检来谒,求分莱府。

初三日(**12月18日**) 辰刻发落文武新进生员,并支领学租。退堂后,府、厅、县王秉愙漱泉来谒。又出拜客,午正回署。

初四日(**12月19日**) 巳刻由莱郡起马,行六十里至沙河,驻,通城俱送至郊。掖令逯蓉已丁忧,王秉愙漱泉代理。

初五日(**12月20日**) 卯初自沙河发轺,行五十里至新河,尖。又行五十里至昌邑,驻。

初六日(**12月21日**) 晓发昌邑,行五十里至寒亭,尖。又行三十里至潍县,驻。先拜大令李务滋、同年孙佩南,嗣大令、孙同年均来拜。又三等生六七人、新进生六十人来谒,又新庶常陈翰声来拜。

初七日(12月22日) 晓发潍县,行五十里至昌乐,尖。又行三十里至谭家坊,宿,益都令毛蜀云来接,渠既驻此。毛送石刻廿种。

初八日(12月23日) 晓发谭坊,行四十里至青州,尖。副都统讷子安、知府李香垓及同知理事、同知分府知县二人王汝汉、徐慰曾、参将刘魁均来拜谒,午后各处回拜。行三十五里至淄河店,驻。淄川令秦福源及两学典史皆来谒。典史王廷栋幼臣,程毅卿之内兄。

初九日(12月24日) 卯正自淄河店发轺,渡淄水,行三十五里至金岭镇,尖。又行三十五里至张店,宿,新城令崔焕文子锦,乐亭人来见。

初十日(12月25日) 晓发张店,行四十五里至长山县,尖,大令钱祝祺来见。又行二十五里至邹来,驻。大令桂麟来见,是日令寿,随(日)[即]往拜兼祝。

十一日(12月26日) 晓发邹来,行六十里至章丘县,尖,大令汪望庚及学师皆来谒。又行四十里至龙山,宿。

十二日(12月27日) 巳正自龙山行,三十五里至韩仓,尖。又行三十五里至【至】省,自抚院以下俱在接官亭候接,又有武营及候补州县、佐杂等人郊接。申初入署,见卫瞻信,知卫瞻妇卒。又接王少莲信。

十三日(12月28日) 因忌辰未出门。陈戟元来拜。

十四日(12月29日) 早藩张�臣、运丰荷廷来拜,又州、县数人来谒。午后出门拜客,见者李鉴堂中丞,吉剑华、李子木二观察,余皆未见。

十五日(12月30日) 早署臬沈楚卿、首道吉剑华、藩仲年、徐◇◇四观察来拜,又州、县数人来见。午后出门拜客。

十六日(12月31日) 料理折件,未见客。

十七日(1896年1月1日) 午刻为张文孙太夫人点主,又吊李莲舫观察,又拜客数家。回时接瑞安信。写信四封,一致卫瞻,一致陈纪山,一致刘竹春,一致周鉴泉,因姚阶平甥明日回津,托其转带。

十八日(1月2日) 李子木观察来拜,又候补府、厅、州、县来谒。

十九日(1月3日) 写京信三封。州、县数人来谒。

二十日(1月4日) 早出西关接松鹤亭廉舫,午后方回。写京信三封。

廿一日(1月5日) 郭介臣观察来拜,又东昌府洪用舟、临清州许桂芬来谒,又州、县、佐杂数人来谒。写京信四封。

廿二日(1月6日) 早出门松臬司处道喜,洪兰楣、许金粟处回拜,又拜丰荷亭都转,又与李子木观察拜寿,午初回署。又写京信二封,又致沈金门一函,又致瑞安一函。午刻松廉舫来拜。

廿三日(1月7日) 崔子万观察、萧绍庭太守来拜。午后将折件发出,交承差张玉祥,明早五更起身,京信一并交付。

廿四日(1月8日) 午后出门拜松臬司接印之喜,又到程毅卿处。

廿五日(1月9日) 河南汝州生员李庆临来谒,号子庄,前候补道李清如之子也,督学河南时所取士,李送古碗十二件。

廿六日(1月10日) 方伯张笏臣、都转丰荷亭来拜,又翰林院编[修]姚舒密来拜。姚巨野人,辛卯举人,甲午庶常,新留馆。

廿七日(1月11日) 无事。

廿八日(1月12日) 州县数人来谒。午后出门拜客,见者中丞及臬司。接卫瞻信,系即用知县周凤鸣带来者。

廿九日(1月13日) 臬台松鹤龄来拜,又州、县数人来谒。

卅日(1月14日) 无事。

十二月初一日(1月15日) 致严范孙信,由马递发向贵州。

初二日(1月16日)

初三日(1月17日) 泺口三嫂寿,巳初刻前往祝寿,申刻回,酉刻至署。

初四日(1月18日) 各官均来预祝,皆未请见。

初五日(1月19日)

初六日(1月20日)

初七日(1月21日) 早出谢寿,均未见,午正回署。

初八日(1月22日) 早出门与方伯张笏臣祝寿,又出城谢寿,均未见。

初九日(1月23日) 折差申刻回东,奉硃批"知道了"。又带有瑞安信一封,沈金门信一封,沈信言明年正月接涞妇。

初十日(1月24日) 致瑞安信,由信局寄津。又致沈金门信,由提塘寄京。

十一日(1月25日)

十二日(1月26日)

十三日(1月27日) 首府、首县来谒,因得卓异。又李幼芸来拜。晚请李俊三、程毅卿、王景沂、周伯延、王彬如来饮,因取北渚楼席票也。是日接陈纪山来信,由马递。

十四日(1月28日) 出门与首府、首县贺喜,又回拜李幼芸。又仓明卿太守来谒。

十五日(1月29日) 林小山、葛子周、朱吉甫、沈云庄来谒。

十六日(1月30日) 新选武城县袁桐梦梧来谒。

十七日(1月31日)

十八日(2月1日) 徐世光友梅、陈德润石卿、刘聚奎元卿来谒。晚阅京报,知简授翰林院侍讲。

十九日(2月2日) 午后封印。

廿日(2月3日) 升侍讲文到。

廿一日(2月4日)

廿二日(2月5日) 抚台李鉴堂来贺。写折,包折。早在大堂望阙(贺)[谢]恩。

廿三日(2月6日) 巳刻差张秀亭赍折谢恩,并带有涞致卫瞻、瑞安、金门信,又万顺信。晚祭灶。出门拜客。

廿四日(2 月 7 日) 候补直牧王寿朋子眉来见,因荐周少文,已允,并请明正即到馆。

廿五日(2 月 8 日)

廿六日(2 月 9 日) 接卫瞻信,内有周黼平信,言阳信王君事。是日辰刻祭神。

廿七日(2 月 10 日)

廿八日(2 月 11 日) 出门拜客,见者刘次方山长、程毅卿二君。

廿九日(2 月 12 日) 除夕。

光绪二十二年(1896)

光绪廿二年正月初一日(2月13日)　元旦。子正祭神,寅正赴龙亭拜牌朝贺,礼毕,卯正自龙亭赴旧署祭神,随即至各衙门拜年,通城官皆来贺,辰正回署。

初二日(2月14日)　首府、首县来谒,候补诸君亦有来拜年者。早祭神,随又出门拜年,午初回署。

初三日(2月15日)

初四日(2月16日)　赴泺口拜年,巳初往,申正回署。

初五日(2月17日)　候补数人来谒。

初六日(2月18日)　候补数人来谒。接沈金门信。

初七日(2月19日)

初八日(2月20日)　早有候补数人来谒。午后出门拜李俊三,遇日者李兆卿,谈许久,酉初回署。

初九日(2月21日)　周少文自泰安来省。崔子万观察来拜。

初十日(2月22日)　刘际辰参戎来拜。

十一日(2月23日)

十二日(2月24日)　午后出门拜客,见者李健堂中丞、张笏臣方伯,又与刘厚庵太守祝寿。周少敏自泰安来署。

十三日(2月25日)　李健堂中丞来拜,又候补县数人来谒,又满城拔贡张第昌来谒。

十四日(2月26日)　倪文源同年来谒。沈琴砚自津来署,接涑妇归宁。

十五日(2月27日)　出门拜客数家。

十六日(2月28日)

十七日(2月29日)　夜丑刻月食,至寅正复圆,照例救护。是日申刻姚阶平、邱养之自津来署,带有卫瞻、瑞安信,又有刘竹春信。

十八日(3月1日)　午后出门各处辞行,见者李抚台、松臬台、丰运台、吉道台,酉刻回署。发致卫瞻信,由大德通。又发致鉴泉信、涞致瑞安信由大德通。辰发起马牌。

十九日(3月2日)　辰刻开印,通城俱来贺,见者运与首道也。收拾行李。

二十日(3月3日)　辰刻发轺,通城皆送至西南郊。行三十里至黄山店,尖。又行五十里至张夏,驻,长清令孙绍曾诒堂来谒。

廿一日(3月4日)　晓发张夏,行六十里至垫台,尖。又行二十里新庄岭茶尖五十里至泰安,驻。参将恒岳亭、明府秦鸿轩同年来谒,周蕙孙来见,又出拜客。

廿二日(3月5日)　晓发泰安,行四十五里至崔家庄,尖,地属泰安。又行六十五里至羊流,驻,地属新泰。出崔庄五里至白石岭,上有泰山行宫,极著灵应,因下舆拈香。

廿三日(3月6日)　卯正自羊流起程,行卅五里翟家庄茶尖六十里至新泰县,尖,明府田宝蓉晚霞来谒。午后又行二十里至敖阳新泰,驻。

廿四日(3月7日)　早发敖阳,行四十里至蒙阴,尖,大令濮贤恪相如来谒。午后又行三十里桃墟茶尖六十五[里]至垛庄,驻,地属沂水。

廿五日(3月8日)　晓发垛庄,行四十五里至青驼寺,尖,地属兰山。又行四十五里至半程,驻。

廿六日(3月9日)　卯正自半程行,四十五里至沂州府距城十八[里]鹅庄茶尖,副将郭升堂希仲、知府锡清弼名良、知县胡培厚健泉及教官、武营皆来接至郊,至察院皆来谒。晚接省包封,内有留任文书,系正月二十日发初八日奉旨之件,内有涞信,知涞妇于廿四日起身归宁。

廿七日(3月10日)　辰初刻谒文庙,礼毕,至明伦堂讲书,毕回署。书谢恩奏折,夕包封,又致沈金门一信,遣承差张秀亭于廿八日赍送。

廿八日(3月11日)　卯正刻拜折,即升堂,考生员经古,共二百四十四人,内日照七十余人,为最多,其次则府学四十余人,莒州卅余人,余皆十余人。

天头:治天下如建屋赋"践履动摇必有所损"。"古调诗吟△山色里"。乐毅垒、二疏城不拘体。

廿九日(3月12日)　考合府文童经古,兰山卅七名,郯城九名,费县十二名,莒州七十七名,蒙阴廿四名,沂水二十六名,日照百八十二名,安东十四名,共三百八十二名。申刻发生古案。

天头:有脚阳春赋"爱民恤物朝野归美"。"春△风风人"。谒五贤祠。"家难而天下易"、"生民之道以教为本"性理论。

卅日(3月13日)　考莒州、蒙阴、沂水、日照、安东五处生员,莒百七十名,蒙百四十五名,沂二百十名,日百五十一名,安东八十名,共七百五十六名。是[日]阅童古卷。

天头:"子谓伯鱼"二章。"礼云礼云"二章。"色厉内荏"二章。"巧言令色"至"邦家者"。"予欲无言"二章。"蔼蔼王多吉人"三句。"云里引来泉△脉细"。

二月初一日(3月14日)　覆考合属生古卷,共卅本。是日阅头场生卷。

天头:神祠叠鼓正祈蚕赋题韵。"光风霁月"周。

初二日(3月15日)　考府学、兰山、郯城、费县四学生员,府学二百五十四名,兰山二百九名,郯城百四十六名,费百六十四名,共七百七十四名。午后发头场生榜。

天头:"尧以不得舜"一节。"分人以财"一节。"分人以财"三句。"为天下得人"三句。"毋竭川泽毋漉陂池"三句。"春逐鸟声△来"。

初三日(3 月 16 日)　补欠考生员,共百卅余人。阅二场生卷。酉刻接省包封,又接沈琴砚在德州所发之信。晚发包封寄省,第二次。

天头:"何晏也"。"所游必有常"。"不待三"。"池塘生春草"。

初四日(3 月 17 日)　考郯城、费县、日照、安东四县卫文童,郯四百〇五名,费三百四十二名,日照三百四十四名,安东七十一名,共千一百六十二名。午后发二场生榜。

天头:"夫天"。"治地"。"若民"。"在人"。"又尚论古之人"。"烟添△柳色看犹浅"。

初五日(3 月 18 日)　覆试一等生员,共百廿三人。又考教官。阅头场童卷。

天头:"故居者有积仓"至"启行"。"与人一心成大功"。

初六日(3 月 19 日)　考莒州、沂水文童,莒四百六十一名,沂水四百廿一名,共八百八十二名。午出郯、费、日、安文童提覆牌。

天头:"天子一位"五句。"君一位"六句。"必以规矩"。"残云带雨飘△残雪"。

初七日(3 月 20 日)　提覆郯、费、日、安文童,共百五名,酉刻发榜。又阅莒、沂童卷。

天头:"亟馈鼎肉"郯、费。"下士与庶人"至"同禄"日、安。

初八日(3 月 21 日)　考兰山、蒙阴文童,兰八百一名,蒙二百廿三名,共千〇廿四名。午后发莒、沂提覆牌,又发合属生员大案。是日点名时拿获枪手三名,交提调审讯。晚接省来包封,第三次,系初五日巳刻所发者。接周文麟信,知有冒名致信事。

天头:"虽多"肉。"虽多"诵诗。"父作之"。"晓日上春霞△"。

初九日(3 月 22 日)　提覆莒州、沂水文童,又阅兰山、蒙阴卷。申正发榜,兼发提覆牌。

天头:"不之益而之启"。

初十日(3月23日) 提覆兰山、蒙阴文童,午后出榜,兼出童古榜。请沂州府、兰山县到院商解枪手至曲阜。

天头:"入则无法家拂士"。

十一日(3月24日) 覆试合属文童,共一百七十八人,辰正点名,他处所无。是日发省包封,又致少兰信,荐姚警吾。又致胡芸楣信。

天头:"子张书诸绅"。"咏而归△"。

十二日(3月25日) 辰初至演武厅阅武童马箭,共二百三十六人,巳正回署。未初阅步箭,安东十人,日照十九人,沂水三十三人,蒙阴廿一人,莒州三十三人,共百十七人。戌刻发榜。

十三日(3月26日) 辰初升堂,阅武童步箭,费县廿四人,郯城廿四人,兰山七十二人,共百廿人,申刻发榜。午刻接省包封,第四次。

十四日(3月27日) 发起马牌。覆试新进武童,共百十三人,申刻发长案。发省包封。又致贡三信,寄泰安。

十五日(3月28日) 辰刻发落文武童,随出门拜客,见者郭希仲、曹鹏程二协镇,二君随即来拜。酉刻锡清弼同年招饮,戌刻回署。

十六日(3月29日) 辰初刻自沂州起马,通城官皆送西关外。行三十里至义堂,尖,兰山地。饭后行六十里探沂茶尖,李君接至此至费县,驻。费令李济生名敬修,直宣府人,丙子庶常。自沂至费向西北行,入费界后多山地,往往有大石,车辙不显,颇难行。在费驻书院。

十七日(3月30日) 卯正发轺,行三十里至地方集,尖,地属费县。午后行六十里至平邑集,驻。今日仍向西北行,平邑亦属费县,山石尤多。平邑集人家稠密,房宇亦多整齐,公馆系借旧日当店为之,屋尚洁净,而颇隘。自地方集行二十五里,地名桐石村,有茶尖。

十八日(3月31日) 晓发平邑集,行四十五里至泉林,尖,地属泗水,以泉林寺为公馆。泉即泗水之源也,四泉并发,故谓之泗。其上有行宫,圣祖曾一驻跸,高宗曾九驻跸,宫已倾圮,尚有墙垣仅存。东北二面前有御碑,极高大,满汉合璧,文乃圣祖手泽也,碑亭已圮矣。又西南又有御碑一座,较小,四面皆高宗御笔所题律诗。其泉自石罅出,向东北流,曲折穿行宫北出,旧有桥九道。今仅存其二,一曰醴水泉,一曰响水泉。泉清如镜,深尺许,水中荇藻交横,一碧参差,颇堪娱目。行宫中旧有横云馆、九曲礿、近圣居、镜澜榭、柳烟坡、古荫堂、红雨亭、在川处,近皆无矣。高宗御碑,碑阴有"子在川上"四大字,相传夫子不舍昼夜之叹即观于此泉而发,不知确否。予昔游河南辉县百泉,即云"子在川上"处,此又云云,大约名胜之地,世皆争有之也。泉在山麓,其南有石船,亦云是供御之地。西行五里许有卞桥,云是古卞邑桥,颇长。行四十五里至泗水县,明府周家齐可均迎至郊,公馆借民宅居之。是日共行九十里,地较平,入泗境大易行,至平邑出向正西行。

十九日(4月1日) 早行四十里至陶洛村,地属曲阜。陶洛之西里许有启圣王墓,墓门前松树两行,清阴茂密,入门亦多松。墓前有享堂,门户摧落,已将有倾圮之势。过享堂即墓,墓上、墓旁皆有树。墓前篆书碑二,一题"圣考齐国公墓",一题"圣考启圣王墓"。墓左侧一墓,分书题"圣兄之墓",其墓较小于启圣王墓。墓斜对防山即古防地。饭后又行十余里,路北有少昊陵,自大路至墓门半里许,皆松林,门内亦松林。享殿有神牌,题"少昊金天氏之位",殿内神座旁有高宗御碑二座。两配殿皆倾圮,止有瓦砾二堆,颓垣相映。过享殿有一石山,甚高,乃用石块砌成,坡陀而上,并无阶级。顶上有小龛,供金天氏石像,惜不能上石山。后即陵,大有亩余,四围皆松,陵大于启圣墓,而树则较少。出门询之土人,去城止八里矣。未初刻至城,衍圣公接于城外。至院,大令朱吉甫及诸教官皆来谒。因明日忌辰,改于今日先期谒庙。申刻至庙,礼成,至诗礼堂更衣小坐,至金丝堂演乐。演毕出圣庙,至学讲书,毕回署,已酉初矣。

廿日(4月2日) 早放告。午后承差张秀亭赍折回,奉硃批"知道了。钦此",并带有省信。涑言十四日曾发一包封五次,封皮写六号,尚未接到。知涑妇归宁,于初六日到京。

廿一日(4月3日) 考生童经古:生共二百卅一人,四民卅七人,曲阜五十二人,邹县三十人,泗水廿七人,滕县五十人,峄卅五人;童共三百〇二人,[四民]四十五人,曲阜卅七人,邹县卅八人,泗水三十八人,滕县七十三人,峄县六十一人。是日发省包封。

　　天头:牧羊写经温舒牧羊蒲编写经。"移花△兼蝶至"。犹鱼有水吾有孔明犹(水)[鱼]有水。"野花山鸟自春风△"。通场:匡衡论。春日游泉林七律二首。曾子以力行为主性。治家理则事可移于官孝。

廿二日(4月4日) 考四民、曲阜、邹、泗、滕、峄文生,四民百六十人,曲阜百四十人,邹百一十人,泗水七十六人,滕百廿三人,峄七十二人,共六百八十一人。阅生童古卷,生取廿四人,未刻发榜,童取十人,无佳卷。

　　天头:"尊其位"四句。"官盛任使"二句。"忠信重禄"二句。问两汉吏治。"画出清明△二月天"。

廿三日(4月5日) 覆试生古,共二十四人。又考补考生员,共五十六人。阅生古卷。

　　天头:兵气销为日月光赋题韵。"草色入帘青△"。"绝长补短"。"善补过也"。"道二"。"苔△痕上阶绿"。

廿四日(4月6日) 考四民、乐舞、滕、峄四处文童,四民二百九十九人,乐舞四十三人,滕县六百四十六人,峄县二百廿八人。共千二百十六人。未刻发生榜。亥刻接到十四日由省所发包封一件五号,内有幼琴信,知渠撤任。又有沈金门信,言涑妇三月间不能回东。又有周子化致涑信,言与朱大姑奶奶之争产事。

　　天头:"天""木铎"句。"天""何言"句。地"夏后殷周"句下。人"齐家"章首节。次:"近圣人之居"。诗:"对柳寻花到野亭△"。

廿五日(4月7日) 覆试一等生员,共六十六人。阅头场童卷。

天头:"若季氏"二句。"宅即鲁王宫"。

廿六日(4月8日) 考曲阜、邹县、泗水三县文童,曲四百名,邹五百八十八名,泗水二百九十二名,共千二百八十名。在场中拿获枪手一名,发交提调,即行学将廪保革降。发省包封一件。

天头:"举于士"至"故天"。"举于海"至"于是人也"。"举于市"至"劳其筋骨"。"敬长义也"。"燕子来时笋正肥△"。

廿七日(4月9日) 提覆头场文童,申刻发榜。又挂曲、邹、泗三县提覆牌。接京包封一件第七次。

天头:四民、乐舞:"孔子于乡党"。滕、峄:"伊尹以割烹"。

廿八日(4月10日) 提覆二场文童,申刻发榜,又发古榜。早发落一等生员,即令在号中誊卷。

天头:"各于其党"。

廿九日(4月11日) 考头场选拔,四民八名,曲阜十一名,邹县八名,泗水六名,滕县十二名,峄县十四名,共五十八名。

天头:"子夏问孝"章。"富贵不能淫"四句。泮宫解。

三十日(4月12日) 覆试新进文童,共百名,午正升堂,酉正净场。阅选拔头场卷。酉正雨,亥正止。

天头:"取士必得"。"舞雩归咏春风香△"。

三月初一日(4月13日) 考选拔生二场,滕、峄各不到一名。卯正点名,辰正当堂阅诗片,阅毕退堂。卯正放头场,亥正净场。晚接省包封一件八号,写对联数事。

天头:问道学源流。董仲舒两事骄王皆正身率下论。"喜雨志乎民△"。

初二日(4月14日) 早发起马牌,总覆新进文童。巳刻发选拔榜,得孔繁裕等七名。午后写扇对十数事,发省包封一件。接省包封九号,止有蕙孙致少敏信一件。

天头:曲阜棚选拔,四民:孔繁裕、孔繁淦;曲:郑季坤;邹:徐书年;泗:张俊哲;滕:鲁景峄;峄:褚子临。俱廪生。

初三日(**4月15日**) 早发落文童并支学租,毕后,选拔生七人来见,又曲阜县朱吉夫来谒。随即出门拜客,与衍圣公孔燕庭晤面。回署后,衍圣公来拜,后又有衍圣公之兄孔令誉式如,现官户部员外郎,来拜。酉刻拜孔少瞻,见面。又赴公府饮酒。辰刻自公府出,至圣庙瞻仰圣像,戴冕十二旒,面赤色,衮服执圭,诸贤配像九旒,亦执圭。殿七楹九间,较保和殿略小而深遂相似。檐外皆石柱,绕柱皆龙花纹凹起,前廊若是,后廊、旁廊亦石柱,皆平花纹。大殿前有一亭,额曰"杏坛",行礼即在杏坛前。大殿后有一殿供至圣夫人。又后一殿皆碑,座中有御碑,左皆圣祖赋咏,右皆圣像,有大像二,一坐一行,小像三,后墙石刻圣迹图数十方。大殿旁为两庑,西院有启圣王殿,亦有石刻龙柱,较小。殿前乃金丝堂,演乐之地,乐器存焉,钟磬架二,南架悬钟十二,上刻"黄钟大吕"等字,击之音各不同,北架悬磬十二,音亦不同。前有琴瑟各二,皆无弦。方列鼗鼓柷敔等器。又前出一门,则至大成门外矣。由大成门直前为奎文阁,中无他物,惟列圣御书匾额、对联、石刻存焉。又前一门则竖有汉魏唐宋石刻数事。大殿之东偏为五圣王祠,后为家庙,前为诗礼堂,中正中有御座,乃列圣临幸时所御,与西偏之金丝堂相比。又前出一门,则大成外矣。各院落松柏树甚多,皆千年以上之物,其纹不一,直者有,曲者有类绳缠者。杏坛之南偏东大成门之内,有至圣手植桧,已回干,有围拦之。瞻仰毕,出东便门回院。

初四日(**4月16日**) 早赴北门外祇谒孔林,礼毕进城,至颜子祠恭谒,庙中坍塌处甚多。复礼门外有一碑,题"陋巷故址"。又有一井,覆之以亭,后有碑,题曰"陋巷井"。东偏有一小殿,殿有小像。院内有虎皮松一株,甚大,前有一堂,小坐即回。饭后行三十里至兖州府下马,镇、道、府、县皆接至郊。申刻入院,镇、道、府、县、学师皆来见。

光绪二十二年三月初五日(**4月17日**) 在兖州府恭谒文庙,因雨稍迟,巳正前往,午初回院,随即放告。发省包封。

初六日(**4月18日**) 考生员经古,共二百七十四人,济宁八十余人,为最多,余则十余人至卅余人不等。接省包封。

　　天头:金铸范蠡赋"良金铸象置之座侧"。"天山△早挂弓"。丙吉。孔融。李邺侯策安禄山论。

　　初七日(4月19日)　考童古,共二百九十三人,济宁八十余人,余则十余人至四十余人不等。午后发生古榜。

　　天头:致远托骥赋致远托骥霸王托贤。"良苗亦怀△新"。榆荚雨。海棠风。

　　初八日(4月20日)　考合属生正场,府学百卅三人,滋百六十七人,宁百三十三人,汶上百〇一人,阳谷四十六人,寿张四十二人,济宁百八十六人,金乡八十九人,嘉祥廿九人,鱼台六十三人,共九百八十九人。是日阅童古卷。

　　天头:"孔子进以礼"至"有命"。"颜子不改其乐"至"同道"。"曾子子思"至"微也"。"孟子曰天时不"一节。问历代仓储。"因云洒润"流字。

　　初九日(4月21日)　覆生古,共卅二人。阅生正场卷。

　　天头:曲水流觞赋"一觞一咏畅叙幽情"。"左图△右史"。汰兵募勇议。

　　初十日(4月22日)　考阳谷、寿张、金乡、鱼台四县文童正场,阳三百三人,寿张二百廿九人,金乡三百六十七人,鱼台二百六十三人,共千一百六十二人。午后发生一等榜。

　　天头:"易其田畴"。"薄其税敛"。"食之以时"。"用之以礼"。"仁之实"一句。"初日照高林△"。教:"夫子之文章"二句。"载酒问奇△字"。

　　十一日(4月23日)　覆生员一等,共九十七人。阅头场童卷。又考贡、监录科,共九人。

　　天头:"为能经纶天下之大经"。吕虔赠刀公字。录:"其行己也恭"。问《诗》学源流。"贻△我来牟"。

　　十二日(4月24日)　考济宁、汶上二处文童,汶上四百七十九人,济宁六百四十一人,共千一百十六人。午后出头场童提覆牌。

天头:"则政不在大夫"至"庶"。"五世矣"至"之子孙"。"爱人者人恒爱之"。"雨香△云澹觉微和"。

十三日(4月25日)　提覆阳、寿、金、鱼文童,共九十二人,申刻出榜。接省包封十一次。发省包封,内言津信却骤要格本事。

天头:"迨天之未阴雨"。

十四日(4月26日)　考滋阳、宁阳、嘉祥三县文童正场,滋六百卅九人,宁阳四百十四人,嘉祥百九十三人,共千二百四十六人。午后出二场童提覆牌。

天头:"不直则道不见"。"我且直之"。"吾闻夷子墨者"。"若太公望"一句。"梨花院落溶△溶月"。

十五日(4月27日)　提覆二场文童,共六十七人,酉刻出榜,并出三场提覆牌。

天头:"孝思维则"。"瞽瞍亦允若"。

十六日(4月28日)　提覆三场文童,共七十七人,申刻出榜。

天头:"昔者先王"。

十七日(4月29日)　考合属选拔头场,共九十四人,府学十二人,滋阳十二人,宁阳七人,汶上八人,阳谷十人,寿张七人,济宁十六人,金乡十人,嘉祥三人,鱼台九人,次日寅初方净场。

天头:"是故君子有大道"二句。"学不厌智也"二句。"曰若稽古"解。

十八日(4月30日)　覆试合属新进文童,共百六十三人。接省包封十二次并格本。

天头:"今王与百姓同乐"。"水面初平△云脚低"。

十九日(5月1日)　考选拔二场,在堂先阅诗片,多有改正者。申刻发包封一件。

天头:问《春秋》三传异同得失。智创巧述论。"青萍结绿"门字。

　　二十日(5月2日)　早发起马牌,文童总覆。已正发拔贡榜,得郑肇垣等十一人:郑肇垣、仙逢春、孟蓝田、崔立符、程文明、王作梅、崔雅济、王元瑞、宗毓璞、刘昌楹、刘树槟。酉刻裴西园来署饮酒。

　　廿一日(5月3日)　早发落文童,支学租。又教官二人验看。随即出拜客,见者田鼎臣总镇、兖州府王萼亭太守。回署后镇、府、济同州、滋阳县来见,又选拔生九人来见,汶上程文明、嘉祥刘昌楹未到。未刻通城公请,席设镇署,酉正回署。明日遣差人孙华棠、赵连珠回省,送不用之什物,带信一件。

　　廿二日(5月4日)　巳刻发轺,镇、府、县以下皆送至郊。行六十里至济宁州,住。济牧仍彭伯衡虞孙,随即来谒,又候补县吴◇◇来谒,又候补闸官纪观烜怡亭来谒。随出拜客,便登太白楼眺望。是日早回棚,车已行。

　　廿三日(5月5日)　卯刻自济宁起身,行五十里至嘉祥县,尖。城中谒曾子庙,五经博(山)[士]陪祭。县令叶大可汝谐来谒。午后行五十里至巨野县,驻。大令未在县,令君许廷瑞赞臣。

　　廿四日(5月6日)　卯刻许大令自乡回来谒,云毓佐臣观察亦在县,随即发轺拜毓,晤面,又拜许。行五十里至龙堌集,尖,地属巨野。午后行三十里至沙土集,驻,地属菏泽,大令宋森荫豫堂来迎。

　　廿五日(5月7日)　卯刻自沙土集行,三十里至新集,尖。又行二十五里至曹州府下马,镇、府、县皆迎至郊,入贡院后府县来谒,又各学教官来谒,酉刻单县令李铨少棠来谒。是日发包封一件。

　　廿六日(5月8日)　辰刻恭谒文庙,礼成,下学讲书,讲毕回署放告,收呈十余纸。午后朝城教谕王彦佶验看。

　　廿七日(5月9日)　考合郡生古,府学五十余人,余俱廿卅人不等,亦有十余人者。卯刻点名,辰初下题,戌正方净场。共三百卅六人,较他处为多。

　　天头:士被容接名为登龙门赋。"佳名△唤作百花王"。庄子台。范蠡湖。(整理者案:日记原稿于"士被容接"及"登龙门"

七字旁标有△,并于"为"字旁书一"若"字,当是表示此赋以"士被容接若登龙门"八字为韵。)

廿八日(5月10日) 考合郡童古,多者四五十人,少者数人,共三百五十四人,卯正点名,辰初下题。申刻发生古榜,共取廿四人。晚接省包封一件,廿四所发十四号。

天头:深柳读书堂赋"时有落花远随流水"。"横琴坐石根△"。留春。送春。

廿九日(5月11日) 考合郡生员,共十二学,府学百十三名,菏泽百十五名,单县七十名,城武七十四名,曹县百六名,定陶九十六名,巨野八十三名,郓城七十一名,濮州百十七名,范县五十八名,观城六十三名,朝城四十六名,共千〇十二名。

天头:"子曰不曰如之何"二章。"群居终日"二章。"君子义以为质"二章。"子贡问曰有一言"二章。问兵制。"碧树斜通△市"。

三十日(5月12日) 覆生员经古,共廿四人。是日阅生卷,阅十学卷,尚余观城、朝城二县卷未阅。又考欠考生员五十余人。

天头:未到晓钟犹是春赋"风光别我苦吟身"。"野竹分青△霭"。

四月初一日(5月13日) 考单县、定陶、濮州、朝城四州县文童,单三百六十八人,定陶二百五十四人,濮州五百〇八人,朝百八十六人,共千三百十六人。是日差人送物者回棚孙华堂、赵连珠,带有涞信,又有周鉴泉已到省信,卫瞻信,瑞安信,王晋贤、胡芸楣信。未刻发生一等榜。

天头:"其父"。"其母"。"其兄"小弁。"其子""动心"。"孔子圣之时者也"。"水流花开"诗字。

初二日(5月14日) 覆试一等生员,共九十一人。又考贡生录科,共六人。又生员补考,共六人。又考教官。发省包封一件。

天头:覆生:"不知命"一句。"煮茧香△中夏令新"。录科:

"不知礼"句。字学源流。"青云羡鸟飞△"。教:"博我以文"二句。"竹解虚心△是我师"。

初三日(5月15日) 考曹县、郓城、范县、观城四处文童,曹四百九十六人,郓四百四人,范百九十八人,观百廿六人,共千二百廿四人。申刻发生大案,发头场童提覆牌。

> 天头:"孟子之滕"。"孟子之平陆"。"子之武城"。"子适卫"。"反求诸己而已矣"。"风翻翠浪千畦△麦"。

初四日(5月16日) 提覆头场文童,申刻发案。

> 天头:"是社稷之臣也"。

初五日(5月17日) 考菏泽、城武、巨野三县文童,荷五百五十七人,城武二百廿四人,巨野三百廿二人,共千一百三人。午后发二场童提覆牌。

> 天头:"是心足以王矣"。"百姓皆以王为爱也"。"臣固知王之不忍也"。"斯须之敬在乡人"。"扪萝登△塔远"。

初六日(5月18日) 提覆二场文童,酉刻发榜,并发三场童提覆牌。

> 天头:"则不远秦楚之路"。

初七日(5月19日) 提覆三场文童【文童】,未刻发榜。接省包封十七次,内有转补侍读吏部公文。发省包封,又发洙源书院加课题。

> 天头:"无有封而不告"。

初八日(5月20日) 考头场选拔,共九十九人,府学七人,菏泽十二人,单五人,城武六人,曹县十五人,定陶八人,巨野七人,郓城八人,濮州十三人,范六人,观七人,朝五人。卯初点名,卯正下题,次日寅正方净场。是日未刻退堂,印二次图章,间有完首艺者。

> 天头:"学而优则仕"。"果能此道矣"三句。"大野既猪"解。

初九日(5月21日) 覆试新进文童,共二百人。阅选拔头场卷。

天头:"孰先传焉"二句。"绿满窗前△草不除"。

初十日(5月22日) 选拔二场,郓城不到者二人,共九十七人。在堂看诗片,无甚佳者,已正方退堂。午后写对联数事。

天头:问弭盗。宽猛相济论。"右贤左戚"得明字。

十一日(5月23日) 卯刻升堂,发起马牌,又发童大案。又童默《圣谕广训》,点名退堂。阅选拔二场卷,已刻发榜,得徐问点等十三人:徐问点、王佑之、何树桢、张联薰、刘世省、王信之、闫文蔚、刘鼐祜、王遵南、王贤增、黄廷筠、王泽同、孙冠甲。酉刻发省包封一件,内有致周鉴泉信。晚张锡三印洁,河工同知,自河南来来谒。

十二日(5月24日) 早雨。八点钟时升堂,发落新生,又发学租。退堂后三教官验看。随即出门拜客,曹俊达总镇、邵香听太守均见面。已正回署,曹、邵俱来拜,午后拔贡十三人来谒。申正总戎曹、太守邵、明府宋在望鹤亭招饮,夕时回署。晚接省包封。

十三日(5月25日) 已初起马,同城俱送至郊,菏泽县宋豫堂送至新集。行五十五里至沙土集,驻。接贡三信,知渠已到省,又将有平原之行。

十四日(5月26日) 晓发沙土集,至龙堌集尖。午后又行至巨野县,驻,大令许君廷瑞迎、送、谒如仪。接省包封,知到儿已殇。又接蕙孙信,知渠已见毓道。

十五日(5月27日) 晓发巨野,行至嘉祥尖,大令叶君汝谐迎送如仪。午后谒曾子庙,博士曾宪祐陪行礼。行至济宁州驻。运河道罗锦文号郁田,甲戌同年也,新任事,接至郊,河厅龚淡人、州牧凌芬、旧州牧彭伯衡、州同潘心棠均来谒,又闸官纪观烜来谒。少歇出门拜客,见者罗观察一人而已,晡时渠来回拜。

十六日(5月28日) 卯刻自济宁起马,行四十五里至康庄驿济宁,尖。午后又行四十五里至汶上县,驻,大令刘鉴仲方迎送如恒。酉刻发省包封一件。

十七日(5月29日) 晓发汶上,行三十里至沙河站,尖,东平地。午后又行三十里至东平州,驻,州牧周源瀚崑生送迎如仪。

十八日(5月30日)　晓发东平,行六十里至旧县,尖,东阿地。午后行十余里至东阿县,驻。是日多山路,不甚平坦,且有土沟十数里。至东阿后,申酉之间雨,亥刻止。县令李诚保子如迎送如仪。

十九日(5月31日)　卯刻自东阿发辂,八九里渡黄河,行四十五里至顾官屯,尖,聊城地。又行四十五里至东昌府,驻东关店内,参将敦凤举、县令葛圭藩介臣皆迎至郊,府、同知皆未在城。

廿日(6月1日)　早行三十五里至梁家浅,尖,地属堂邑。堂令金林品三,广驻防来谒。午后行二十五里至魏家湾,驻,地属清平,清平梅汝鼎来见。

廿一日(6月2日)　晓发魏家湾,行六十里至临清下马,副将曹佩兰芸圃、州牧许桂芬金粟及各教官、佐杂皆接至郊,入署后皆来谒。午后阅号。

廿二日(6月3日)　卯刻恭谒文庙,礼成讲书毕,回署即放告。未刻发省包封一件。申刻接省包封,廿日所发者。

廿三日(6月4日)　考合属生童经古:生临清六十五人,武城卅一人,夏津四十七人,邱县十三人,共百五十六人;童临清九十一人,武城廿五人,夏津五十七人,邱一人,共百七十四人。生童共三百卅人,内皆有考算学者一二人。

　　天头:先中中赋"发之则猿应矢而下"。"吟风弄月"周字。一水护田将绿绕题。"好竹连山△觉笋香"。周亚夫、李邺侯七律。

廿四日(6月5日)　考合属生员,临清百四十五人,武城九十人,夏津百十人,邱县四十四人,共三百八十九人。午后发生古榜,取十七人。

　　天头:"今之成人者"至"平生之言"。"公明贾对曰"至"不厌其取"。问钱法得失。"耕田欲雨刈欲晴△"。

廿五日(6月6日)　覆试生古,兼补欠考生员,覆古者十七人,补考者三人。阅生正场卷。

天头:鹰鹯不若鸾凤赋"以德化人不尚严猛"韵。"庭草饶△生意"。"入则孝"。"在知人"。"农乃登△麦"。

廿六日(6月7日) 考武城、夏津二县文童,武二百四十八人,夏二百九十九人,共五百四十七人。午后发生一等榜。

天头:"故谚有之曰人"。"南人有言曰人"。"能治其国家"二句。"天清晓露新△"。

廿七日(6月8日) 覆试一等生员,共五十人,又贡生录科共五人,又考教官。早接省来包封,廿五日酉刻所发。早阅头场童卷。酉刻发省包封一件。

天头:"孔子惧作春秋"至"之事也"。"我亦欲正人心"。《周易》授受源流。"好风相从△"。

廿八日(6月9日) 考临清、邱县文童,临四百六十三人,邱百卅二人,共五百九十五人。未刻发武、夏童提覆牌。

天头:"若保赤子"。"如保赤子"。"援之以道"。"荷△小盖犹低"。

廿九日(6月10日) 早提覆武城、夏津二县文童。又阅临、邱文童卷,申刻发榜,兼发临、邱提覆牌。

天头:"彼以爱兄之道来"。

五月初一日(6月11日) 提覆临清、邱县文童,未刻发榜。

天头:"是社稷之臣也"。

初二日(6月12日) 考合属选拔头场,共三十九人。寅正二刻升堂,卯初下题,辰初印戳,午正二刻印二次戳,首艺须完,印毕退堂,夜半方净场。

天头:"以约失之者鲜矣"。"壮者以暇日"四句。"用九""用六"解。

初三日(6月13日) 覆合属新生,辰初点名,他处所无。早接省包封一件。

天头:"谁毁谁誉"二句。"筹筒楚粽香△"。

初四日(6 月 14 日)　考二场选拔,寅正点名,卯初下题,亥正净场。

> 天头:问《史》《汉》异同得失。政贵有恒论。"日永星火"中字。

初五日(6 月 15 日)　卯刻发起马牌,又发童大案,又新生默写《圣谕广训》,又发选拔榜,得张乃清、孙兰湘、冯绍京、陈镜堂四人。是日各官均来贺午节。午后发省包封一件。

初六日(6 月 16 日)　辰刻发落新生,又支学租,毕,武城教官刘策庸验看。随出门拜客,回署后曹佩兰协戎芸圃、许桂芬刺史金粟来拜,又拔贡四人来谒。

初七日(6 月 17 日)　巳刻起马,行六十里至魏家湾,驻,清平令朱钟琪养田来见。是日酉刻大雷雨。

初八日(6 月 18 日)　晓发魏湾,行三十里至梁家浅,尖,堂邑令金林品三、候补县姚延烺朗轩来见。饭后又行三十里至东昌府下马,参将敦凤举鸣冈、知府洪用舟兰楫等皆郊迎,聊城令葛圭藩介臣迎至新庄。申初到署。

初九日(6 月 19 日)　卯正恭谒文庙,礼成后赴明伦堂讲书,毕回署,随即放告。申刻发省包封一件。戌刻接省包封一件,内有卫瞻信,中言收拾茔地事。

初十日(6 月 20 日)　考合属生古,各学均廿卅名,惟有清平七十人、高唐四十七人,共三百四十五人。是日又发省包封一件。

> 天头:马周代常何草奏赋题韵。"远邀山翠入轩窗△"。书带草。旌节花。

十一日(6 月 21 日)　考合府童古,聊城十三人,堂邑四十九人,博平廿四人,茌平卅九人,清平百〇五人,莘三人,冠九人,馆十六人,高唐五十五人,恩廿一人,共三百卅四人。未刻发生古榜,取卅四人。

> 天头:马伏波还书诫兄子赋刻鹄不成尚类鹜。"竹里泉声△百道飞"。光岳楼晚眺古律皆可。

十二日(**6 月 22 日**) 考合府生员正场,府百四人,聊百廿八人,堂八十三人,博八十六人,茌百人,清百九人,莘八十三人,冠四十九人,馆陶七十人,高唐百十八人,恩四十八人,共九百七十八人。

天头:"曾子曰唯"至"夫子之道"。"昔者曾子"至"吾往矣"。"他日子夏"至"不可尚已"。"曾子曰胁肩"一节。问历代选举之制。"问讯东桥竹"书字。

十三日(**6 月 23 日**) 覆生古,共卅四人。阅生正场卷。晚接省包封。是日又补欠考生员。

天头:南陔采兰赋"循彼南陔言采其兰"。"举杯邀△明月"。

十四日(**6 月 24 日**) 考清平、莘县、冠县、高唐文童,清三百六人,莘百四十九人,冠百八十八人,高三百九十六人,共千四十五人。午后发生榜。

天头:"子张曰子夏云何"。"对曰子夏曰"。"子张曰异乎吾所闻"。"异乎吾所闻"。次:"其始播百谷"。"膏雨润公田"。

十五日(**6 月 25 日**) 覆试合属一等生员,府十二,聊十二,堂八,博七,茌九,清十,莘六,冠七,馆六,高十二,恩七,共九十六人。又录科贡生十人。又学教官。阅头场童卷。

天头:"齐景公问政"至"君君"。"绿蕉分△影入雕栏"。贡:"居之无倦"。朱、陆异同。"流云吐华月"。

十六日(**6 月 26 日**) 考茌平、堂邑、恩县文童,堂三百六十三,茌四百四十六人,恩二百四十四人,共千五十八人。午后发清、莘、冠、高提覆牌,又发生员大案。

天头:"非所以内交"句。"非所以要誉"句。"非恶其声"句。次:"以要人爵"。"潜鱼跃清△波"。

十七日(**6 月 27 日**) 提覆头场童,午后发榜。又发落一等生员。晚接省包,十六日所发。

天头:"相在尔室"。

十八日(**6 月 28 日**) 考聊城、博平、馆陶三县文童,聊四百卅人,博三百卅六人,馆二百三十八人,共千四人。午后发茌、堂、恩提覆牌。

天头:"可以怨"至"远之"。"可以怨迩之"。"事父远之"。"欲常常而见之"。"庭槐风静绿阴多△"。

十九日(6月29日)　提覆二场文童,申刻发榜,兼发聊、博、馆提覆牌。是日酉刻差舍人孙华堂赴省取葛袍。

天头:"孔子亦猎较"。

廿日(6月30日)　选拔头场,寅正升堂,卯初出题,辰初印戳,午正二次印戳,共九十一人,次日寅初方净场。

天头:"为之难言之得无切乎"。"伯夷隘柳下惠不恭"。豳风豳雅豳颂解。

廿一日(7月1日)　提覆聊、博、馆三县文童,午后出榜。出榜后阅拔头场卷。申刻孙华棠自省回,带有涑信,取得葛袍二件。

天头:"将使卑逾尊"。

廿二日(7月2日)　考拔贡二场,寅正升堂,有二人不到,共八十九人。早茌、堂阅诗篇。午后写对联廿余事。丑初净场。

天头:策:建书者首贾(宜)[谊]善谏者首魏文有何人何篇继美。宋以后谠言尤多标举之。论:内平外成论。吏部文章日月光碑。

廿三日(7月3日)　卯正发起马牌。巳初发选拔榜,得十二人:田士懿、李梦弼、朱正履、王之范、桑鹤轸、林汝瑄、崔泽芬、冯自新、许树人、王鼎和、唐文霖、边鸿达。午刻覆试新进文童,共百七十八人。戌刻发大案。

天头:"君子笃于亲"。"熏风自南来△"。

廿四日(7月4日)　辰初刻发落新进文童,并支领学租。毕后有府学教授验看,又有府守、同知、知县来谒。午后出门拜客,随到光岳楼饮酒,酉刻回署。未刻有拔贡十一人来谒,又茌平林汝瑄未到。

廿五日(7月5日)　辰刻发轺,通城俱送至郊。因昨日雨大,泥泞难行,行廿五里至王家坡,茶尖,往平地。又行卅五里至茌平县,驻,茌平令王钟儁毓才迎至郊,又来谒。

廿六日(7月6日) 卯刻发轺,自茌平行四十五里至潘家店,尖,地属长清。午后行四十五里至焦家庙,驻,齐河地。

廿七日(7月7日) 晓发焦庙,行卅里至齐河,尖,县令王敬勋祝萱来谒。午后起轺,出城渡河,行三十里至饮马庄,茶尖。又行二十里至省城,通城官自抚军以下皆迎至郊。申初刻到署。

廿八日(7月8日) 早出门拜客,见者李鉴堂中丞,张方伯未在署。午后又出门拜客,松鹤亭廉舫、(运)[丰]荷廷都转、吉剑华观察皆晤面,李俊三太守亦见面,酉刻回署。是日来客数人。

廿九日(7月9日) 早李鉴堂中丞、张笏臣方伯、松鹤亭廉访、吉剑华观察前后来拜,又来客十余人。

三十日(7月10日) 写家信三封,一致卫瞻,一致瑞安,一致二姑太太,发专差前往,因王云翁逝世,嘱其择地安置家具也。

六月初一日(7月11日) 起奏折稿。发专差行往天津。

初二日(7月12日) 写奏折。

初三日(7月13日) 包奏折。

初四日(7月14日) 午后出门拜客。写京信致沈金门,随折差发,并送老太太寿礼。

初五日(7月15日) 早拜发奏折,又赴八旗奉直会馆祭僧忠亲王。礼毕拜客,见者尚志山长宋晋之庶常,谈许久。进城又见程毅卿。

初六日(7月16日)

初七日(7月17日) 致天津卫瞻侄信,并寄各屋费用,由大德通寄,共七十一金。山长宋晋之来拜。

初八日(7月18日) 致京中诸友红白分,由大德通寄,共百金,内有俞西甫喜敬十六金。

初九日(7月19日)

初十日（7月20日）

十一日（7月21日）　早出门到旧衙门看新修工程，并拜客数家。

十二日（7月22日）　泺源书院月课，共文三百十六本。

> 天头："诗亡然后"至"一也"。"欲语羞雷同"军。

十三日（7月23日）

十四日（7月24日）

十五日（7月25日）　发贺折，并送李兰孙师得孙寿礼，共信三封，一致师，一致符曾世弟，一致梅韵生。

十六日（7月26日）　考泺源书院经古加课。

> 天头：《诗·国风》多有方言试以方言证之。补《晋书·艺文志》。拟宋以张咏知益州谢表。拟元郝天挺陈七事疏。程朱表章《大学》《中庸》赋"读者所宜熟思深味"为韵。屈原颂橘骚、渊明爱菊秋、怀素书蕉天、周子爱莲亭。七言八韵。

十七日（7月27日）

十八日（7月28日）　接二姑太太信。早出门拜客。折差回，奉硃批"知道了"，并带沈金门信。

十九日（7月29日）

廿日（7月30日）　天津专差回，带有蓬仙、瑞安、少兰、允弼及京友谢信，并有瑞安致涑儿信，送寄来西学书卅余本。

廿一日（7月31日）　早出门游铁公祠、北极寺、历下亭，七钟出，十钟回。

廿二日（8月1日）

廿三日（8月2日）　致二姑太太信，并带银二十两，由大德通寄。

廿四日（8月3日）

廿五日（8月4日）

廿六日（8月5日）　寅刻赴龙亭朝贺万寿，寅正回署。接卫瞻信,知有补缺消息。

廿七日(**8 月 6 日**) 写家信二(信)[封],一致卫瞻,一致瑞安,均交姚警吾带津,以警吾明日回津也。

廿八日(**8 月 7 日**) 姚警吾辰刻回津。

廿九日(**8 月 8 日**) 赍安折差还,带有李兰师手书,李符曾、梅韵生信,知兰师患病,现已渐好。

七月初一日(**8 月 9 日**) 午刻日食,自午正初刻初亏,未初食甚,未正初刻复圆,照例在大堂救护。

初二日(**8 月 10 日**) 周贡三赴泰安。

初三日(**8 月 11 日**) 发泺源书院加课案。

初四日(**8 月 12 日**)

初五日(**8 月 13 日**)

初六日(**8 月 14 日**)

初七日(**8 月 15 日**)

初八日(**8 月 16 日**)

初九日(**8 月 17 日**)

初十日(**8 月 18 日**) 发济南调齐文书,廿九日调齐。

十一日(**8 月 19 日**) 晨出门拜客,与郑东甫山长晤面。

十二日(**8 月 20 日**)

十三日(**8 月 21 日**) 赴泺口,辰往西还。

十四日(**8 月 22 日**) 周贡三自泰安还。张云舫来谒。

十五日(**8 月 23 日**)

十六日(**8 月 24 日**) 郑东甫来拜,葛子周来谒。

十七日(**8 月 25 日**)

十八日(**8 月 26 日**) 申刻请葛子周、张云舫吃饭。

十九日(**8 月 27 日**) 早出门拜客。

廿日(**8 月 28 日**) 发致瑞安信一封。

廿一日(**8 月 29 日**) 早接二姑太太信。午接瑞安信,内有致幼琴信,带有膏药,随即发回信,内言刘竹春事。又上陈老师一笺。

廿二日(8月30日)　府委巡捕等、蔡锦江等来谒。

廿三日(8月31日)　早出门拜方伯,未遇,又拜客数家。李俊三太守、候补州吕申紫玕、冯德华、候补县韩寿椿、通判王翰琛、县丞吴建勋来谒。

廿四日(9月1日)　候补县陈光昭、董遇霖来谒。午后出门拜李健堂中丞、松鹤亭廉[访]、吉剑华观察,皆见。松鹤亭廉访来拜。发寄卫瞻信,内有致郑献庭、刘信庵信各一封,谢其存家县也。又发登州调齐文书。是日辰周鉴泉随葛子周赴高密,王宾王同行。

廿五日(9月2日)

廿六日(9月3日)　济东道吉剑华来拜。写(封)[信]二封,一致沈金门,谢其存家具,一致李符曾,问老师病,由提塘寄,均封在沈信内。

廿七日(9月4日)

廿八日(9月5日)　候补州县数人来见。午后出门拜,丰都转未见。

廿九日(9月6日)　午后赴考院阅视围墙、号座,收拾物件。

八月初一日(9月7日)　辰刻恭谒文庙,讲书毕,入考院放告,收耆儒、节孝呈各十余纸,又有保革生一纸临邑,告顶生求考一纸,俗生求试一纸,姑欧斃媳一纸,义学僧废一纸。

初二日(9月8日)　考生经古,府学五十八人,历城六十二人,章丘五十六人,为最多,长清四十一人,淄川三十六人,长山二十八人,新城三十六人,禹城二十二人次之,余俱十数人及数人不等,共四百九十人。晚涑来院,知是寅时又生一孙女。

　　天头:慕蔺相如之为人赋题韵。"只在芦花△浅水边"。曹参饮酒,终军弃繻七律。

初三日(9月9日)　考童古,历城百五十四人,章丘九十人,新城七十二人,为最多,淄川三十余人,长清三十余人,余皆数人及十数人不等,共五百十五人。申刻发生古榜。

天头:蔷薇露盥手赋"薇露盥手然后发缄"为韵。"庭树得秋初△"。舜泉、鲍山七律。

初四日(9月10日) 考淄川、齐河、齐东、济阳、临邑、长清、陵县、德州、德卫、德平、平原十一学生员,淄川百五人,齐河百四人,齐东八十五人,济阳百十七人,临邑五十三人,长清百五十一人,陵县四十八人,德州四十二人,德卫三十四人,德平二十七人,平原五十五人,共八百廿一人。

天头:"回之为人也"至"服膺"。"曾子曰上失"至"勿喜"。"子思为臣"。"孟子曰王何必曰利"节。问历代治河孰优。"欧阳子方夜读书"声。

初五日(9月11日) 覆试各属生古,共卅四人。是日阅头场生卷,晡时毕。

天头:篱豆花开蟋蟀鸣赋"昨夜庭前叶有声"韵。"稼穑作甘△"。

初六日(9月12日) 考二场生,府学百四十五人,运十三人,历百六十七人,章二百廿五人,邹八十四人,长山百五人,新百十二人,禹六十六人,共九百十七人。午后发头场生榜。晚涑来署。

天头:"文胜质"三句。"行顾言"二句。"忠告而善道之"。"信乎夫子"至"过也"。问济南府山川形势沿革。"一抹青山座上看△"。

初七日(9月13日) 覆头场生,共八十九人。是日阅二场生卷,又补考欠考生员二十余人。

天头:"好名之人"章。"游仙△枕"。

初八日(9月14日) 考邹平、新城、德州、德卫四处文童,邹平二百七十八人,新城六百十四人,德州百五十三人,德卫百十三人,共千百五十人。午后发二场生榜。

天头:"彼以其富"。"彼以其爵"。"我以吾仁"。"我以吾义"。次:"夷子怃然"。"诗思入秋△多"。

初九日**(9月15日)** 覆试二场生员,共九十三人。又考贡、监录科,贡廿余人,监廿余人。阅邹、新、德童卷,晡时毕。

　　天头:"贫而无谄"至"可也"。"老觉诗书味更长△"。"畏圣人之言"。问钱法。"济南△名士多"。

初十日**(9月16日)** 考齐河、济阳、陵县、德平四县文童,齐河三百七十九人,济阳四百卅人,陵百四十八人,德百六十三人,共千一百廿人。午后发头场童提覆牌。

　　天头:"不藏怒焉"。"不宿怨焉"。"亲之欲其贵也"。"爱之欲其富也"。"然则治天下"至"为与"。"如雪万家收△早稻"。

十一日**(9月17日)** 提覆头场文童,共百〇四人,午后发榜。又阅齐、济、陵、德平四县童卷。

　　天头:"王自以为与周公"。教官:"夫子之文章"。"腹有诗书气自华"。

十二日**(9月18日)** 考临邑、长清、平原三县文童,临二百廿二人,长清六百六十七人,平原二百十七人,共千一百六人。午后发[二]场提覆牌。

　　天头:"必先斯四者"。"信能行此五者"。"君请择于斯二者"。"知仁勇三者"。"节过白露犹余△热"。

十三日**(9月19日)** 提覆齐、济、陵、德四县文童,共八十四人,午后发榜。又阅临、长、平三县童卷。

　　天头:"子在齐闻韶"。

十四日**(9月20日)** 考淄川、长山、齐东三县文童,淄川三百七十一人,长山四百四十五人,齐东百八十九人,共千五人。午后发临、长清、平原三县提覆牌。

　　天头:"时然后言人"。"乐然后笑人"。"义然后取人"。"人之安宅也"。"一年明月今宵△多。

十五日**(9月21日)** 提覆临邑、长清、平原三县文童,酉刻发榜。又发一等生员。又阅淄川、长山、齐东三县文童卷。晚请诸友在四照楼下饮酒,学涑来署。

天头:"天下之士多就之者"。

十六日(9月22日) 考章丘、禹城两县文童,章丘八百五十八人,禹城二百廿人,共千七十八人。午后发淄、长、齐三县提覆牌,兼发贡、监榜,各取廿人,监生李毓升文理未能通顺,不取。晚学涑又来署。

天头:"是以君子远庖"至"诗云"。"则牛羊何择焉"至"何心哉"。"故人乐有贤父兄也"。"明月前身"。

十七日(9月23日) 提覆淄川、长山、齐东文童,共八十三人,午后出榜。又阅章丘、禹城卷。涑来院,接瑞安信。

天头:"怪力"。

十八日(9月24日) 考历城、旗童、商童,历城九百十五人,满洲驻防旗童七人,商童七十一人,共九百九十三人。午后出五场提覆牌。点名,有枪手顶名入,经廪保认出后,本童自来入场,又有历城童于诗韵中夹带文字,均发提调。

天头:"天子一位"旗。"天子之制"商。"天子之卿"历。"亲亲仁也敬长义也"。"尖团擘霜△蟹"。

十九日(9月25日) 提覆章丘、禹城文童,共七十人,又阅历城、商童卷,酉刻发榜,兼发提覆牌。涑来署。

天头:"彼以爱兄之道来"。

二十日(9月26日) 考拔贡头场,共百五十六人,卯初二刻升堂点名,卯正下题,辰正印戳,未正印二次戳,退堂,次日寅初净场。

天头:"何事于仁"至"方也已"。"谓其台"二句。九合诸侯衣裳兵车会解。

廿一日(9月27日) 提覆历城、运学文童,共五十二人,午后发榜。阅选拔头场卷。晚接沈金门信、周子化信。

天头:"晋人""百里"章。

廿二日(9月28日) 考选拔二场,卯初升堂,辰刻看诗片,至巳初始毕,子正净场。

> 天头:问新旧《唐书》异同得失。赵充国论。"秦奚郑产"材字。

廿三日(9月29日) 总覆各处新进文童,共三百十八人,午正进场,酉刻净场。申刻发拔贡,得二十人,曹鸿图、关家骐、贾廷琛、刘正谊、高永超、邵宗禹、耿家骏新城、袁崇镇长山、徐少濂、王兴贤、李如衡、杨汝澧、马瀚辰、李树芬、熊书林、张书元、张际辰、李树芳、张士估、[茅咸熙]。文童覆试,长清童有录旧者,扣除另补。

> 天头:"吾生矣"。"雁影一天秋△"。

廿四日(9月30日) 辰刻发[落]新生,又支学租,巳正回驻札。署首府、分府、首县、代办提调王翰琛、代首县点名吕申俱来谒。

廿五日(10月1日) 写送提调及点名官、各巡捕对联,晚间送往。有新拔贡七人来谒:关家骐、刘正谊、茅咸熙、邵宗禹、熊书林、张书元、张际辰。接李符曾信、沈金门信,又接辛蔚如信。

廿六日(10月2日) 候补州、县数人来谒。写信致卫瞻,又写信致张冶同年,为卫瞻托情。是日定�又新倅回家。

廿七日(10月3日) 候补州、县、佐杂数人来,新授沂州府丁立钧叔衡来谒,询知兰师尚未大愈。王晋贤目力虽能识别字迹,尚未了了。新拔贡十二人来谒:曹鸿图、贾廷琛、高永超、袁崇镇、耿家骏、徐少濂、王兴贤、李如衡、杨汝澧、马瀚辰、李树芬、张士估。

廿八日(10月4日) 写信四封,一致家四太太,一致瑞安,一致胡芸楣同年,为又新托情,一致辛蔚如。晡时拔贡李树芳来谒,午前新授曹州镇万本华荣斋来拜。

廿九日(10月5日) 早午皆出[拜]客辞行,早见者张笏臣方伯、李子木、郭介臣二观察,午见者松荷廷廉访、吉剑华观察。早王子眉刺史,午李少唐明府来谒。午刻发起马牌。

三十日(10月6日) 新授沂府丁立钧、署济宁凌芬、候补县萧启祥、张仲儒、瞿襄、门生仓永培俱来谒,候补道崔钟善来拜。

九月初一日(10月7日) 廉访松林、都转丰伸泰、济东道吉灿升、候补道李正荣、郭鉴襄、同年孙葆田皆来拜,济南府刘景宸、同知彭登焯、首县何式箴、候补府李馨、候补县吴延祚、孙颖华、景熙、陈光昭、周厚仁、殷志超、林丛桂、汪锡康皆来谒。午后出门回拜孙佩南同年。辰刻又新回津,巳刻老五爷回津。

初二日(10月8日) 辰刻自省发轺,出东门,藩、臬以下皆送至郊,抚台赴利津查河未回,查帖来送。行三十五里至韩仓,尖。午后又行三十五里至龙山,驻。是日大晴。

初三日(10月9日) 卯刻自龙山起身,行四十里至章丘新店茶尖,章属,尖。午后行六十里至邹平三十里有青杨店,茶尖,驻。章丘大令李敬修济生、邹平大令桂麟书青迎送如仪。

初四日(10月10日) 辰发邹平,行二十五里至长山,尖。饭后行四十里至张店,宿。长山令刘文煃星伯,己巳年补,己未、辛酉、壬戌举,郊迎郊送,新城令崔焕文子锦至张店迎。章、长山、邹、新等县桑林甚多,其地宜蚕,麦有出土者,有方种者。

初五日(10月11日) 晓发张店,行三十五里至金岭镇出店数里地名红庙,有卖砚者,尖。县丞侯于鲁迎送。又行四十里至淄河店,驻,临淄令荣俊业履吉,苏人来谒,又教官、典史均来谒。距淄河店十余里,有一村名新店铺,围门外有石碑,题曰"汉邹阳故里"。淄河村北有齐桓公墓、齐景公墓,皆有石碣。

初六日(10月12日) 晓发淄河,行四十里至青州城南之僧王祠,副都统讷钦子安偕四协领来迎,在祠内谈片刻,进城。僧王祠距城五六里许。府、县、同知、参将以下皆迎至郊,到驿馆均来谒。星垣侄孙因送幹臣之灵,在此晤面。未初刻行,通城皆送至郊。行四十里至谭家坊,住。

初七日(10月13日) 辰初刻自谭家行,三十里至昌乐县,尖。昌乐西城外有河二道,西曰大丹河,东曰小丹河,北流数十里合,至寿光入海。二河中间一村名西店厂,村门有碑,题曰"明孝子李再新故

[里]"。昌乐令石瑛晖山迎送如仪。午后又行五十里至潍县，宿。距昌乐廿里有朱刘店，茶尖。村外有碑，题曰"伯夷待清处"，又有碑"魏孝子王裒故里"。小于河花园茶尖，园门题"南松园"，临眺移时，池中尚有残败荷叶，小桥栏干颇有缺折，东亭石案已翻，景象较前二次又不如焉，松萝房垣尚如故。大令李务滋锦川迎送如仪。

初八日（**10月14日**）　晓发潍县，行三十里至寒亭，尖。寒亭，古寒浞国。午后行三十里至王耨，茶尖。又行二十里至昌邑县，宿，大令张骧棣村迎至郊。发省包封一件。晚有当年乳母之子明领祥来见，询悉乳母八十五岁方终，距今六年，领祥已六十四岁，问当年事，皆符，因资遣之。

初九日（**10月15日**）　晓发昌邑，行五十里至新河，尖。又行五十里至沙河，宿。昌邑之部上茶尖，平度之灰埠茶尖。灰埠距新河卅里，距沙河廿里。平度州牧潘民表振声迎至新河，送至灰埠。

初十日（**10月16日**）　晓发沙河，十八里至高村，又十八里至神堂，又十八里至莱州府。神堂茶尖，共三个十八里，通城俱迎送如仪。午后行六十里至朱桥，宿。中间平里店茶尖，村距朱桥廿里。

十一日（**10月17日**）　卯正自朱桥起轺，行四十里至磁口，茶尖，地属招远。又行二十里至黄山馆，尖，黄令王扬芳信余来接。午后行三十里至北马，茶尖。又行三十里至黄县，宿。

十二日（**10月18日**）　晓发黄县，行二十里至诸由观，茶尖。又行二十里至茶棚，茶尖，蓬莱令王绍勋熙陶来接。又行二十里至登州府，自府以下皆迎至郊。未刻到院署，府、县及各学教官、巡捕皆来谒。诸由观村门东有牌碣二，（曰）[一]刻"淳于故（曰）[里]"，一刻"太史慈故里"。

十三日（**10月19日**）　辰刻恭谒文庙，礼毕至明伦堂，宣读圣祖御制《卧碑》、世祖御制《训饬士子文》，毕，诸生讲书，毕回署。随即升堂放告，收呈举耆儒者百余张，举节孝者百余张，求开复者二张，告人者二三张。发省包封一件。查阅号坐围墙。

十四日(10月20日)　考合属生古,府学四十余人,蓬莱卅余人,黄县五十余人,福山三十余人,莱阳、宁海各四十余人,其余皆十余人、廿余人不等,共三百七十八人。

天头:着短布裳共挽鹿车赋"修行妇道乡邦称之"。"菊花村晚雁来天"秋。拟施愚山《蓬莱看海市歌》。

十五日(10月21日)　考阖属童古,最多者黄县百廿人,蓬莱、莱阳、宁海均八十余人,文登、荣成均四十余人,余俱十余人、廿余人不等,共五百四十人。午后发生古榜,共取卅五人。

天头:圆灵水镜赋"谢庄赋月形容殊妙"。"秋寒△细雨晴"。菊香、菊影七律。

十六日(10月22日)　考阖属生员正场,府学百三人,蓬莱百十六人,黄县百十八人,栖霞七十五人,招远七十一人,莱阳百十一人,宁海八十五人,文登六十五人,荣成五十八人,海阳六十一人,共九百卅八人。接省包封一件。

天头:"诗云雨我"至"有公田"。"尽信书"二节。"我爱其礼"合下章。"乐之实"。"恶可已也"。问阵法将略练兵。"江山入好诗△"。

十七日(10月23日)　覆试文生经古,共卅五人。又补欠考生员,共九十余人。是日[阅]生员正场卷。

天头:秔香等炊玉赋题韵。"年丰最喜惟贫△客"。

十八日(10月24日)　考栖霞、文登、荣成、海阳四县文童,栖霞三百七十三人,文登三百九十二人,荣成二百廿八人,海阳二百十七人,共一千二百十一人。午后发生榜。场中经栖霞文童举发枪手一名,发提调审问。

天头:"犹解倒悬也"。"犹其有四体也"。"犹农夫之耕也"。"犹草芥也"。次:"恶似而非者"。"九月叔苴"得菹字。

十九日(10月25日)　覆试一等生员,共百廿七人,又贡、监录科共八人。是日阅头场文童卷。发省包封一件。

天头：覆一等："子贡方人"二章。"红树人家小阁西△"。录科："不逆诈"二句。问历代选举之制。"绿萝僧院孤烟△外"。

二十日（10月26日） 考黄县、宁海二处文童，黄七百五十二人，宁海四百三十八人，共千一百七十人。午后栖、文、荣、海四县提覆牌。宁海有文童刘占鳌，已进京城生员，又来下童场，经廪保指出，扣其卷逐出。

天头："斯出矣乡人傩朝服"。"而立于阼阶问人于他邦"。次："居易以俟命"。"海暖霞浮△日"。

二十一日（10月27日） 提覆栖、文、荣、海四县文童，共九十八人，酉初发榜。又阅黄县、宁海二处童正场卷。

天头："晋楚之富"。

二十二日（10月28日） 考招远、莱阳二县文童，招远三百五十人，莱阳七百六十四人，共千一百十四人。午后发黄、宁提覆牌。

天头："诗""可以兴"句。"书""同文"句。次："举舜而敷治焉"。"傍架齐△书帙"。

二十三日（10月29日） 发落一等生员。发落毕，提覆黄、宁二处文童，黄三十六人，宁海二十七人，酉刻发榜。又阅招、莱二县童卷。晚接吏部来文，于九月十三日奉旨升授右春坊右庶子。又接省包封一件，十七所发。

天头："禄足以代其耕也"。

二十四日（10月30日） 考蓬莱、福山两县文童，蓬莱五百廿人，福山三百十六人，共八百卅六人。午后出莱、招两县文童提覆牌。晚接省包封一件，廿日所发者。

天头："配义与道"至"未尝知义"。"国家闲暇"至"能治其国家"。次："贫贱不能移"。"前值东风后值秋△"。

廿五日（10月31日） 早提覆招、莱两县文童，共五十五人。又阅蓬、福两县童卷，酉刻发榜，兼发提覆牌。

天头："而讴歌启"。

廿六日(11月1日)　早提覆蓬、福两县文童,蓬三十八人,福廿六人,未刻发榜。晚发省包封一件。

天头:"行何为踽踽凉凉"。

廿七日(11月2日)　考拔贡头场,共百十五人,六点二刻升堂,次日寅正方净场。

天头:"不学礼无以立"。"文王之囿方七十里刍"至"同之"。"禋于六宗"解。

廿八日(11月3日)　覆试合郡新进文童,共百八十一人,未初点名,酉正净场。是日阅选拔头场卷。

天头:"壮而欲行之"。"秋山△红入画"。

廿九日(11月4日)　考拔贡二场,仍六点二刻点名,夜半净场。

天头:开删诗逸诗诗先诗后。萧何收秦图书论。"官△无留事"。

十月初一日(11月5日)　早因升庶子恭设香案,谢恩讫,随即升堂,发起马牌,发童长案。又文童默写《圣谕广训》,又有二人补考。接到省包封,廿五日所发者,内有卫瞻、瑞安、幼新信,又有二姑太太信,皆何贵由津带来者。卫瞻、幼新信中皆言二人一同于十二日赴京。早阅二场拔贡卷,午刻发榜,得李宗白、李春锦、陈命官、赵元珂、谢鸾翔、王海山、李自芳、孙孟起、宫炳炎、曲纬之、梁世煊、纪蕴玉十二人。

初二日(11月6日)　早发落文童,领学租。退堂后府、县、厅来见,崔渔庄来谒。客去后出门,回拜通城。午后拔贡来谒。未刻通城在蓬莱阁招饮,是日微阴有风,观海远处不甚清楚,晡时回院。晚有拔贡李春锦来谒。

初三日(11月7日)　巳初起马,通城送至距城五里许之菩萨庙。又行二十里至茶棚,设有茶尖,大令送至此。又行二十里至诸由观,茶尖。又行二十里至黄县,驻。大令及王副将来魁号润身接至诸由观。

初四日（11月8日） 卯正自黄县起身，行三十里至北马，茶尖。又行三十里至至黄山馆，尖。午后又行六十里至朱桥，驻。招远令玉兴崑余、掖令张星源瀛舫均来谒，又莱州文武巡逦来谒。

初五日（11月9日） 晓发朱桥，行三十里至平里店，茶尖。又行三十里至莱州府下马，通城均迎至郊。午刻入署，会客毕，已未初矣。申刻察场。

初六日（11月10日） 辰刻谒文庙，礼毕，诸生讲书，毕回院。午后发省包封一件，又放告，收呈百余张，皆举耆儒、节孝者。

初七日（11月11日） 考合属生员经古，最多者潍县，七十余人，其次则府学、掖县、昌邑、胶州，皆四十余人，余皆廿余人，灵、鳌两卫各数人，共三百卅二人。潍县有顶替一名，经门斗认出，发交提调。此场考算学者二人，考格致者一人，考性理者四五人。是日写谢恩折件，明日拜发。折内填写初三发，差张秀亭赍送。又写信谕学涑，令其写信致沈金门，带去空白咨文三套，嘱沈转交冯星岩农部。接省包封，内有卫瞻信。

　　天头：子产为郡守赋东方朔对汉武帝语。白受采人字。潍水吊淮阴侯七古。史：王曾去丁谓、雷允恭论。性："克已可以治怒论"。

初八日（11月12日） 考合府文童经古，潍县百一十余人为最多，昌邑七十余人次之，掖、平、高俱五十余人，胶、即俱三十余人，共四百卅人。申刻发生古榜。早发谢恩折。

　　天头：追逐李杜参翱翔题韵。"自画湖边△旧住山"。钓鱼台、通德门七律。

初九日（11月13日） 考合府生员正场，府学百六十人，掖百六十五人，平度百卅七人，昌邑百卅二人，潍百六十七人，胶百四十四人，灵山卫廿四人，高密百人，即墨九十六人，鳌山卫四十四人，共千一百七十人。

　　天头："天下有道则政"至"四世矣"。"则政"至"政逮于大夫"。"天下有道则庶人"至"微矣"。问《尚书》今文古文异同。
"倚栏斜日照青松△"。

初十日(11月14日) 覆试取古生员,共四十人。是日阅生正场卷,又补考欠考生员。

天头:受孔子戒"臣受孔子戒矣"。"云补青山缺处齐△"。

十一日(11月15日) 考潍县、即墨两处文童,潍县八百廿四人,即墨五百六十六人,共千三百九十人。午后发生榜。

天头:"无暴其气"至"气一"。"无暴其气"至"则动志也"。次:"有礼者敬人"。"杖藜△时访白云居"。

十二日(11月16日) 覆试一等生员,共百廿二人。又考贡、监,共十人。是日阅童头场卷。晚接省包封,内有沈金门信,知沈老太太九月廿四日仙逝。

天头:"父为大夫子为士"。"效鸡鸣△度关"。录:"言未及之而言谓之躁"。字学源流。"半亩方塘△一鉴开"。

十三日(11月17日) 考平度、胶州文童,平九百四十七人,胶三百七十七人,共千三百廿四人。午后出头场童提覆牌。

天头:"天听"。"地利"。"君子亦仁而已矣"。"月出东斗"诗。

十四日(11月18日) 早发一等、二等、三等生大案,随即点名,提覆潍、即两县文童,共七十人,酉刻发榜。又阅平、胶二州童卷。又考教官。

天头:"充类"至"义之尽也"。教:"此五者君子之所以教也"。"甄陶在和△"。

十五日(11月19日) 考昌邑、高密二县文童,昌七百七十三人,高四百八十八人,共千二百六十一人。午后发平、胶提覆牌。晚接省包封。

天头:"吾执御矣子曰麻冕"。"匡人其如予何大宰"。"时使薄敛"。"细和渊明诗"苏。

十六日(11月20日) 提覆平、胶二州文童,共六十三人。又发落一等生员。申刻发平、胶童榜。又阅昌、高二县童卷。

天头:"赵简子"。

十七日(11月21日) 考掖县、灵山、鳌山二卫文童,掖千廿八人,灵二十二人,鳌八十八人,共千一百三十八人。午刻发昌、高二县提覆牌。

天头:"于齐""或谓孔子"章。"于卫"。"于卫"。"急亲贤之为务"。百川学海。

十八日(11月22日) 提覆昌、高文童,共六十三人,申刻发榜,兼发掖、灵、鳌提覆牌。晚接吏部文,称十月初五日奉旨仍留学政之任。出贡、监榜,不取者昌邑监生刘荣椿。

天头:"故民不失望焉"。

十九日(11月23日) 提覆掖、灵、鳌文童,午后发榜。发省信,又起谢恩折稿。

天头:"以大事小者"。

二十日(11月24日) 考头场选拔,府学十六人,掖九人,平度十一人,昌六(十)[人],潍十五人,胶四人,高五人,即十一人,灵三人,鳌八人,共八十八人。是日写谢恩折。考拔者早卯正进场,次日寅初净场。

天头:"人不间于其父母昆弟之言"。"邻人曰"至"归市"。《卷耳》首章解。

廿一日(11月25日) 覆试各处新进文童,共百七十一人。阅选拔头场卷。

天头:"四时行焉百物生焉"。"玉衡指孟冬△"。

廿二日(11月26日) 考二场选拔,七钟点名,坐阅诗片,巳正退堂。午后写对联数事,又写唁沈金门信。晚十二钟净场。

天头:问历代考课官吏。二疏请老论。"沐日浴月百宝生△"。

廿三日(11月27日)　早发起马牌,又发童大案,又童默《圣谕广训》。退堂后阅选拔二场卷,午刻发选拔榜,得林再欣、张恕琳、翟贻芝、王锡文、韩天衢、陈陶、张建桢、张拱璧、杨光樾、李中淇、蓝志化十一人。接省包封,内有老八信、沈金门信。

廿四日(11月28日)　卯正拜发谢留任折,遣承差薛殿魁送省,由省再差张玉祥送京,带有省包封一件,内带致沈金门信。辰刻发落新进文童,支学租。退堂后出门拜客,回院后府陈善堂、县张瀛舫、委员郭星石皆(出)[来]谒,又各拔贡陆续来谒。申刻致葛子周信,内附致周鉴泉信,由马递发。

廿五日(11月29日)　巳刻发轺,通城官均送至郊。行六十里至沙河,驻。

廿六日(11月30日)　卯正自沙河行,五十里至新河,尖,平度牧接至灰埠,送至新河。午后行五十里至昌邑,宿。在新河接省包封一件,内有少敏信、又新信。昌邑令张骧棣村迎送如仪。

廿七日(12月1日)　辰初自昌邑发轺,行五十里至寒亭,尖。午后行三十里至潍县,宿,潍令迎谒如恒。拔贡陈陶、又其兄陈阳、其侄文会来谒,又其长兄陈皁祜曾来拜。

廿八日(12月2日)　晓发潍县,行五十里至昌乐县,尖。又行三十里至谭家坊,宿。昌乐城东五六里许有牌,刻"伯夷待清处",旁有小字一联云:"兄让弟,弟让兄,父命天伦千载颂。圣称贤,贤称圣,顽廉懦立百世师。"明天启年立。又一牌,刻"夷齐庙",建孤山之上,明万历年立。距城十余里,岭上有牌,刻"魏孝子王裒故里"。

光绪二十二年十月二十九日(12月3日)　晓发谭家坊,行四十里至青州府下马。府、县、参将、佐杂、学官皆迎至郊,入察后皆来谒。府李芳柳香陔,县李铨少唐,参将刘占魁巨卿。晚发省包封一件。

三十日(12月4日)　辰刻恭谒文庙,礼毕赴明伦堂宣读钦颁《卧碑》及《训饬士子文》,读毕诸生讲书,讲毕回院,随即放告,收呈词二百余纸,多系举耆儒、节孝者。巳刻承差张秀亭自京赍折回,奉硃批"知道了",又带有卫瞻信、涑信。

十一月初一日(12月5日)　考合府生员经古,最多者安丘八十八人,府学、诸城七十余人,余皆三四十人,惟博兴二十余人、高苑十二人为少,共五百五人,较各棚为最多。发省包封一件,与涑商令京租房主腾房之事,谕其与卫瞻、万顺、金门、瑞安信。

　　天头:六经皆我注脚赋题韵。"贤圣为杖"高字。稷下列第、潍水囊沙七律。曹参以狱市为寄论。问孔门七十二贤贤有何德、云台廿八将将有何功。

初二日(12月6日)　考合属童古,最多者诸城二百八十余人,安丘百七十余人,余俱四五十人、二三十人不等,共七百五十四人,点名时甚为拥挤,巳初始点完。申刻发生古榜,共取卅二人。

　　天头:唐文宗命魏谟献其祖文贞公笏赋"此笏乃今之甘棠"。"惜分阴"陶。超然台、清节里七律。

初三日(12月7日)　考合府生员,旗生四十二人,府学百五十四人,益都百五十三人,临淄百四十九人,博山七十三人,博兴八十五人,高苑五十七人,乐安百十五人,寿光百七十九人,昌乐百廿人,临朐百六人,安丘百四十八人,诸城百廿一人,共千五百二人,外府生员场人数此为最多。

　　天头:"劳之"。"来之"。"匡之"。"直之"。"辅之"。"翼之"。问连山、归藏、周易、交易、不易、变易。"数纸尚可博白鹅△"。

初四日(12月8日)　覆试各学生古,共卅二人。又补考百十余人。是日阅生正场卷,共阅七学。

　　天头:冬笋赋味美于春夏时。"日试万言△"。

初五日(12月9日)　考临朐、诸城二县文童,临朐五百七十三人,诸城六百十五人,共千一百八十八人。是日点名毕,(既)[即]阅生卷,共阅六学,午刻阅毕,未刻发榜。

　　天头:"谨权量"节。"兴灭国"节。"曾子曰不可"次。"杲杲寒日生于东△"。

初六日(12月10日) 覆试一等生员,共百卅一人。又补试欠考生员二人,又贡、监录科二十二人。是日阅临朐、诸城二县童卷,诸城佳卷甚多。晚接省来包封一件。

天头:"体群臣则士之"二句。"诗中△定合爱陶潜"。"见善如不及"二句贡监。问《春秋》三传异同。"寺藏修竹不知门△"。

初七日(12月11日) 考博山、乐安、高苑文童,博山二百廿人,高苑百六十八人,乐安七百廿七人,共千一百十五人。早阅生覆试卷,午后发临朐、诸城提覆牌。

天头:"是周公所膺也我"。"以伐夏救民吾"。"使先觉觉后觉也予"。"人役而耻为役"。"窗前风入琴△"。

初八日(12月12日) 提覆临朐、诸城两县文童,诸四十人,临廿四人,诸佳卷甚多,临则稍逊,午后发榜。又阅二场童卷。

天头:临:"而近于费"。诸:"庶人在官者"。

初九日(12月13日) 考旗学、安丘、昌乐三属文童,旗九十二人,昌乐四百四十五人,安丘六百六十五人,共千二百二人。午后发博山、高苑、乐安提覆牌。

天头:"吾从周"《中庸》。"既日志至焉"至"志一"。"气次焉又曰"至"气一"。"幸而得之"。"雨暗小窗分△夜课"。

初十日(12月14日) 早发生员一、二、三等大案。随即提覆博山、高苑、乐安三县文童,共六十四人,午后发榜。又阅安丘、昌乐童卷。又有昌邑补考生员二人,随棚补考。晚接省包封一件,初八所发。

天头:"封之有庳富贵之也"。

十一日(12月15日) 考临淄、博兴文童,临淄七百八十三人,博兴四百十六人,共千一百九十九人。午后出昌乐、安丘提覆牌。

天头:"好事者"。"好事者"。"有私淑艾者"。"开炉释砚冰△"。

十二日(**12 月 16 日**)　提覆昌乐、安丘二县文童,共六十四人,午后并旗童发榜。又阅临淄、博兴二县童卷,又发落一等生员。

天头:"《春秋》"《中庸》。"《春秋》""好辩"。

十三日(**12 月 17 日**)　考寿光文童,千六十八人,点名时拿获枪冒一人,午后又拿获枪冒一人,均发提调。又出临、博二县提覆牌。

天头:"殷周之盛地"。"仲子齐之世家也"。"尝△稻雪翻匙"。

十四日(**12 月 18 日**)　考益都文童,共千三十人,点名时经同考者举出枪手一人,发提调讯,系本童。在堂阅寿光卷。是晚赍递谢恩折差张玉祥回署,赍到回折,奉硃批"知道了。钦此",又有涑信、沈金门信。

天头:"辅世长民"至"尊德乐道"。"欲知舜与跖之分"。"民和年丰△"。

十五日(**12 月 19 日**)　提覆临淄、博兴二县文童,共四十六人,申刻发榜,兼发寿光、益都提覆牌。午后雪。

天头:"尊贤之等"。

十六日(**12 月 20 日**)　提覆益都、寿光文童,共六十五人,未刻发榜,并发童古榜,共取十七人,隶诸城者凡九人。

天头:"无忘宾旅"。

十七日(**12 月 21 日**)　夜间雪霁风起,天风寒甚。卯初刻起,拜万寿牌。是日冬至。辰刻点考选拔生员,府学十一人,益都十人,博山八人,临淄七人,博兴十人,高苑七人,乐安十一人,寿光九人,昌乐六人,临朐九人,安丘十九人,诸城十二人,共百十九人,丑正净场。

天头:"孔子于乡党"章。"是君臣父子"至"相接也"。致知格物解。

十八日(**12 月 22 日**)　覆试新生,共二百十人,午正点名,戌初净场。是日阅选拔头场卷,发省包封。

天头:"知斯三者"。"为访梅花不怕寒△"。

十九日(**12 月 23 日**) 考选拔二场,辰初刻点名,不到者三人,丑刻净场。

　　天头:问《通鉴纲目》。士先器识论。"数点梅花天地心△"。

二十日(**12 月 24 日**) 早发起马牌,又发童大案,又新生默写《圣谕广训》。阅选拔二场卷,午正出榜,得拔贡十三人:杨金庚、陈启昌、王立中、李锦江、李炳文、刘宜勷、王传镕、隋藻鉴、王宗元、赵锡兰、王麟兮、周树桢、李岫。是早承差李俊来棚,送斗被一件、小绵袄一件,带有涑信。申刻卢紫卿来署。

廿一日(**12 月 25 日**) 辰刻升堂,发落新生,又支领学租。退堂后博兴教官李焯验看,又青州府李香陜、理事同知恩怡亭、益都县李绍唐、参将刘巨卿皆来谒。午后出门拜通城,又拜讷子安都护。申初回署,贾琴轩、卢紫卿来谒。

廿二日(**12 月 26 日**) 辰刻副都统讷子安来拜。巳刻自青州起马,行四十里至淄河店,住。青州通城官均送至郊,临淄令荣俊业、典史王廷栋幼臣均接至淄河店。途中雪滑难行。

廿三日(**12 月 27 日**) 辰初刻自淄河店起轺,行三十五里至金岭镇,尖。午后又行三十五里至张店,宿,新城令崔焕文子锦来接。

廿四日(**12 月 28 日**) 晓发张店,行四十里至长山县,尖。午后行二十五里至邹平县,驻。长山令刘文煊星伯、邹平令桂麟书卿迎送如仪。

廿五日(**12 月 29 日**) 晓发邹平,行六十里至章丘县,尖,大令李敬修济生迎送如仪。午后又行四十里至龙山,驻。

廿六日(**12 月 30 日**) 辰初刻自龙山起轺,行三十五里至韩仓,尖。又行三十五里至省,抚院赴河工,自藩、臬以下皆迎至郊。

廿七日(**12 月 31 日**) 早午两次出署拜客,见者藩、臬两司,余皆未见。有巡检李松少山赍有王卓生信一件,又有候补县丞姚绳祖少岩,卫瞻之表兄带有卫瞻信一件。首府、县来谒,又有客十余人来谒。

廿八日(**1897 年 1 月 1 日**) 藩、臬、道、候补道李正荣皆来拜,李俊三、杨传书、王绍廉、姚钊诸太守来谒，又有州、县及佐贰廿余人来谒。接沈金门信、王襄臣信。

廿九日（1月2日） 莱州府彭念宸来，又东河候补同知李廷镇敬臣、鄂源年伯之侄及杂职数人来谒。是日料理折件及京信。

十二月初一日（1月3日） 候补道郭介臣、徐金绶来拜，又州、县数人来谒。写上高阳、南皮两相国书，又致李世兄信。午后包折件。

初二日（1月4日） 范县教官崔赞襄验看。又朱肃峰、曹炳文江苏知县，前曹州镇曹福胜之子来谒。接卫瞻信，上月二十三日自京发者。

初三日（1月5日） 赴泺口拜寿，路极难走，巳初前往，晡时始回。

初四日（1月6日） 写致沈金门信，交折差，明早发折。各官均来预祝。

初五日（1月7日） 辰刻发折差，张秀亭赍呈。

初六日（1月8日） 江苏生员戴翊华襄臣来谒，甲戌同年戴艺郭之胞侄。

初七日（1月9日） 各处谢寿。写天津信。

初八日（1月10日） 早赴藩署拜寿，又拜客数家。回写津信。

初九日（1月11日） 早来一客，云系候补主事，名范崇钤，号星池，自言是前任广西臬司范梁之侄，在天津，又在军营，言多恍惚，多有自相矛盾处，其为冒充无疑。是日发天津信，致卫瞻、瑞安、又新、刘竹春兄、二姑太太，并有年敬，仓门口交卫瞻，刘、周交瑞安。又有致冯星岩户部信一件，亦寄折价大衍，俱由大德通兑往。冯信内有印花六方，空白咨文二件。

初十日（1月12日） 赴程毅卿处道喜，又拜丰鹤亭都转。

十一日（1月13日） 午后出东门接李鉴堂中丞，四点钟回署。

十二日（1月14日） 致沈声甫信，由驿递。又致苑介卿信，寄去大衍一数,由大德通寄。

十三日(1月15日) 午后李鉴堂中丞来拜。

十四日(1月16日) 出门拜客,见者李中丞、郑东甫山长,未刻出,申刻回。

十五日(1月17日) 写致王襄臣信,又写上陈老师笺。

十六日(1月18日) 写致杨喜仲与王襄臣信,俱由大德通寄。

十七日(1月19日) 仓明卿太守来谒。

十八日(1月20日) 请吕紫玕刺史来署,问《圣谕广训衍说》有刻出者,送来一阅,即王介山先生所衍者。

十九日(1月21日)

廿日(1月22日)

廿一日(11月23日) 午刻封印。

廿二日(11月24日)

廿三日(1月25日) 早李健堂抚军来拜,午后陈光昭、许桂芬来谒。随即出门拜客,与抚台商酌会衔行知宣讲《圣谕广训》。

廿四日(1月26日) 藩台张笏臣方伯来拜。

廿五日(1月27日) 武定府尚其亨来谒。

廿六日(1月28日) 候补府仓尔颖、候补州吕申来谒,吕商刷印《圣谕广训衍说》。

廿七日(1月29日) 家听桥自河南彰德来署。午后出门拜李中丞,晤面,又拜沈楚卿观察。

廿八日(1月30日) 无事。晚抚院以通饬宣讲《圣谕广训》札文来会印。

廿九日(1月31日) 东海关委员朱德昌来谒。

三十日(2月1日) 除夕。通城俱差帖辞岁。

光绪二十三年(1897)

　　光绪二十三年岁次丁酉正月元旦(2月2日)　寅初本署祭神，寅正赴万寿宫朝贺。卯初行礼毕，赴旧衙门祭神，又赴抚、藩、臬、运、首道、首府、首县贺年，辰初回署。

　　初二日(2月3日)　辰正刻祭神，随出门与各候补道、武营及亲来拜年者贺年，午初刻回署。

　　初三日(2月4日)

　　初四日(2月5日)

　　初五日(2月6日)　赴渌口拜年，已正往，申正回。晡时李俊三太守来谒。

　　初六日(2月7日)　午后出门拜客，见者李鉴堂中丞、毓佐臣廉访，余皆未晤。

　　初七日(2月8日)　家听桥回津，带有致卫瞻信，并将李策勋寿联带往。

　　初八日(2月9日)　李中丞、毓廉访、丰都转、吉观察先后来拜。

　　初九日(2月10日)

　　初十日(2月11日)　兖沂道锡清弼同年来拜。

　　十一日(2月12日)

　　十二日(2月13日)　早出门回拜锡清弼，遇李中丞于座，随又拜客数家。

　　十三日(2月14日)　尚志堂山长宋晋之庶常来拜。

　　十四日(2月15日)

　　十五日(2月16日)　午后出门拜客数家，晚看灯数起。李中丞送《圣谕广训》五百本来署,以备出棚随带发给各县各学。

十六日(2月17日) 赵文林自盐山来。

十七日(2月18日) 致高曦亭、宫允信,回覆管士一托办莒州生员李姓三人序班事,此事顺天学政并未来文。

十八日(2月19日) 写信二封,一致辛蔚如,回覆听桥事,一致严范孙,回覆与尹琅若前辈寄炭事,均定于明日发马递。

十九日(2月20日) 午时开印,差人各处贺喜。写家信二封,一致卫瞻,一致瑞安。

廿日(2月21日) 同知彭宝铭、知县吴承用、屠丙勋、方学海来见。写信二(信)〔封〕,一致沈金门,一致二姑太太。

廿一日(2月22日) 尚志堂山长宋晋之庶常来拜。写信一封,致葛子周,写十九日发。是日遣何贵、霍德赴京,带有卫瞻、瑞安、二姑太太、沈金门、万顺信。

廿二日(2月23日) 出门各衙辞行,抚、藩、臬、运、道、郑山长皆会面。又吊华怡园。早午出门二次,酉刻方回。

廿三日(2月24日) 收拾行李。又寄卫瞻信,回覆韩少潭房间。

廿四日(2月25日) 抚、藩、臬、运、道、府、县皆来送行,又有府、州、县数人来送行。

廿五日(2月26日) 午初刻起马,通城自抚以下皆送至接官亭,首县于饮马庄预备茶尖。申刻至齐河,渡河入城,驻,齐河县王敬勋祝萱迎至河滨。

廿六日(2月27日) 早自齐河发轫,行二十五里至晏城,尖。又行四十五里至禹城桥,驻,禹城县杨学渊海峰及学官皆来迎。

廿七日(2月28日) 晓发禹城桥,行四十里至刘宝心庄,尖。午后又行四十里至临邑县,宿,大令刘思诚子真至南关。借民宅驻。

廿八日(3月1日) 微雪。晓发临邑,行六十里至商河县,尖,大令郭家麟星石来迎至郊。午后又行四十里至沙河,驻,地属商河。

廿九日(3月2日)　晓发沙河,行二十里至积城,茶尖,惠民令柳堂纯斋迎至此。又行三十里至武定府下马,会府、县及各学教官,又有巡风、搜检七人来见。

二月初一日(3月3日)　辰刻谒文庙,听读《卧碑》及《训饬士子文》,礼毕诸生讲书,各学皆讲毕,回署,随即放告。发省包封。

初二日(3月4日)　考合属生古,府学四十三人,滨州三十九人,利津五十一人,余俱十余人,共二百六十三人。

天头:宋太祖亲撰孔颜赞书于座端赋"亲撰圣赞书于座端"。"古调诗吟△山色里"。题颜鲁书夏侯孝若东方曼倩画像赞七古。

初三日(3月5日)　考合属文童,最多者利津五十八人,海丰卅九人,乐陵卅一人,阳信三十人,余俱数人及十数人不等,共二百廿五人。是日阅生古卷,申刻发案,共取廿二人。

天头:得句将成功赋"诗人得句为将成功"。"酒熟花开△二月时"。娄敬觇匈奴。倪宽治内史。

初四日(3月6日)　考合府生员正场,武定府学百廿六人,惠民八十九人,青城三十三人,阳信百三人,海丰七十五人,乐陵九十八人,商河百四人,滨州百十二人,利津八十人,沾化七十人,蒲台五十三人,共九百四十三人。是日早在堂阅童古卷。

天头:"无罪而杀士"二章。问山东治河策。"城柳含烟淑气浓△"。

初五日(3月7日)　覆试各学生古,共廿二人。是日阅生正场卷未毕,尚余三学未阅。晚接省包封,内有又新侄信。

天头:锥处囊赋"颖脱而出非特末见"。"小卯出耕△"。

初六日(3月8日)　考海丰、商河、沾化、蒲台文童正场,海丰三百卅九人,商河三百十五人,沾化百五十七人,蒲台百五十一人,共九百六十二人。午后发生榜。早在号舍上拿出白线若干,系传递用者。

天头:"太誓曰""宋小国"章。"太甲曰""仁则荣"章。"诗云"

"治上"章。蒲。"康诰""平天下"章。沾。"有友五人焉"。"黄河落天△走东海"。

初七日(3月9日) 覆试各学一等生员,共百一十人。又贡生录科七人。是日阅海、商、沾、蒲四县文童正场卷。是晚济阳来信,请由其行走。

> 天头:"古者不为臣不见"合下一节。"青山澹吾△虑"。贡:"然后人得平土而居之"。问《诗》学源流。"杨柳散和风△"。

初八日(3月10日) 考青城、乐陵、滨州、利津四县文童,青城五十四人,乐陵三百九十六人,滨州二百三十五人,利津百九十五人,共八百八十人。是日场中拿获枪手一名,发交提调。申刻发头场童提覆牌,又发生大案。发信回覆济阳。晚请惠民令柳纯斋商酌道路。

> 天头:"孔子行齐人"。"殷有三仁焉柳下惠"。"孔子行楚狂"。"何必去父母之邦齐景公"。"有答问者"。"竹能△医俗"。

初九日(3月11日) 发落一等生员。又提覆头场童,酉刻发榜。晚接省署包封,内有瑞安信、少文信。

> 天头:"晋国亦仕国也"。

初十日(3月12日) 考惠民、阳信两县文童,惠民二百六十八名,阳信四百五十五名,共七百廿三名。午后发二场童提覆牌。

> 天头:"夫夷子信以为"二句。"使之一本"二句。"天视自我民视"。"天晴上初△日"。

十一日(3月13日) 提覆二场文童,共百〇二人,申刻发榜。晚惠民柳令来谒,商酌路程事。

> 天头:"其文则史"。

十二日(3月14日) 考头场选拔,府学八人,惠民五人,青城四人,阳信八人,海丰六人,乐陵七人,商河五人,滨州六人,利津十二人,沾化六人,蒲台九人,共七十六人。酉刻发惠民、阳信提覆牌。晚接济阳来信,定路程事。

> 天头:"虽小道"至"恐泥"。"昔者文王之治岐也"。"播为九

河"解。

十三日(3月15日)　提覆惠民、阳信文童，未刻发榜。又阅选拔头场卷。申刻惠民柳令来谒，议定济阳路程，由商河尖，至林家桥宿，此地系商河（地属）[属地]，济阳办差。晚发省包封。

> 天头："假道于虞以伐虢"。

十四日(3月16日)　考二场选拔，九点二刻净场。是日接历城来信，云朱茂店不能住，已属其改尖站。

> 天头：问海运利弊。综核名实论。"颜闵相与期"怀。

十五日(3月17日)　覆试新进文童，共百六十九人，午正点名。辰刻发起马牌。巳刻发拔贡榜，得李炳文、曹瀛、高绍颜、石如璋、蒋锡彤、刘子丹、郑秉钰、王晓山、王国宾、程菡芬、张宝典、刘振镕十二人。

> 天头："礼以行之"。"五字擢英才△"。

十六日(3月18日)　辰刻发落新生，又放廪生、贫生学租。退堂，武定守尚其亨、惠民县柳堂来谒，又利津教官张兴思验看，又各学拔贡进见。午后出门拜客，未刻回署。

十七日(3月19日)　辰刻坐尖。巳刻发轺，行三十五里至积城，茶尖。又行十五里至沙河，宿。出城时通城官尽送出城，又拔贡十二人送至郊。

十八日(3月20日)　卯正自沙河发轺，行四十里至商河县，大令郭家麟星石及典史、武营迎至郊，午后送亦如仪。出南门向济阳，行三十里至杨庄铺，茶尖。又行十五里至林家桥，宿，地属商河，济阳办差。

十九日(3月21日)　辰初自林家桥起程，出村即过徒骇河，有桥颇长，桥南北俱有新垫土痕，过桥即济阳辖境矣。行二十五里至关王堂，茶尖。又行廿里至济阳，大令祁寿廖瑞符同年迎至郊。以书院作行馆，即宿于此，以前途至历城无宿处也。朱茂店、邢家渡、崖头俱无店。

廿日(3月22日)　晓发济阳，行三十里至朱茂店，尖，地属历

城。饭后行三十里至邢家渡,过黄河,茶尖。又行三十里至省,抚台、
臬俱未在省,藩、运、道、首府、首县皆至接官亭相迎。酉初到署,随出
拜各官,晡时回署。

　　廿一日(3月23日)　晓发历城,行三十里至黄山店,尖。又行
五十里至张夏,驻。是日酉刻微雨,夜又雨。

　　廿二日(3月24日)　卯刻从张夏发轺,行六十里至店台,尖。
午后又行五十里至泰安,驻,泰守康病未出,参将恒山岳亭、知县秦应
逵鸿轩迎送如仪。驻时周蕙孙来行馆。

　　廿三日(3月25日)　晓发泰安,行五十里至崔家庄,尖。又行,
过白石岭谒小泰山,行六十里至洋流,驻。是日阴,日暮雨,竟夜。

　　廿四日(3月26日)　辰初自洋流起轺,冒雨行,泥滑深阻,酉初
始行六十里至新泰,不能复行,遂驻,大令田宝蓉小霞迎谒如仪。

　　廿五日(3月27日)　卯正自新泰启行,雨止仍阴,行廿五里至
鳌阳,尖。又行四十五里至蒙阴,驻,大令濮贤恪迎谒如仪。

　　廿六日(3月28日)　早行十五里至公家城,尖,地属蒙阴,本非
尖站,因不能多,故尖于此。又行四十五里至垛庄,驻,地属沂水。

　　廿七日(3月29日)　卯刻将行,忽大雨,一时许雨稍细即行,四
十五里至青驼寺,尖,兰山境,时将未正。饭毕又行四十五里至半城,
驻。此四十五里尚多沙地,行走较易。是日晚晴,文武巡捕均迎至青
驼寺。是早接廿五日所发之包封,内有老八信。

　　廿八日(3月30日)　辰初发轺,行四十五里至沂州府下马,兰
山令陈公亮梅苏迎至距城二十五里之鹅庄,地有茶尖,府丁立钧叔
衡、护副将都司李联功彤超及通判、佐杂等均迎至郊,入院署,均来谒
见。府城外沂水无桥,用船渡,朋友、家人车均后至,因半城南十余里
泥深难行,是日行李大车尚有九(两)[辆]未至,派差人二名带钱往
接。是日午后晴。

　　廿九日(3月31日)　辰初刻恭谒文庙,礼成入明伦堂读《卧碑》
《训饬文》,诸生讲书毕,回署。丁太守来谒。已刻发省封一件。是日

行李车仍未到,夜又雨。

三十日(4月1日) 考合属生员,府学六十二人,兰山三十三人,郯城十四人,费县二十一人,莒州三十九人,蒙阴二十四人,沂水二十三人,日照八十三人,安东十八人,共三百十七人。是早闻箱笼车辆住半城,又差人往接,晡时到齐。是日雨竟日。

天头:赵无恤简出袖中赋题韵。"杨柳孤村△寒食雨"。拟杜《古柏行》。大则不骄化则不吝论。

三月初一日(4月2日) 考合属童古,兰山四十二人,郯城十人,费县二十一人,莒州八十二人,蒙阴十五人,沂水三十二人,日照二百二人,安东十四人,共四百十九人。申刻发生古榜,取三十人。

天头:点审尧典舜典字赋平淮西碑句奇语重。"远闻佳士辄心△许"。喜晴七律二。

初二日(4月3日) 考沂州合属生员,府学百五十人,兰山百廿六人,郯城八十二人,费县八十四人,莒州八十八人,蒙阴六十一人,沂水百十一人,日照九十三人,安东卫四十四人,共八百三十九人。是日阅童古卷,取廿人,尚未出榜。

天头:"然后春秋作"至"其义"。问保甲。"礼耕义种"田字。

初三日(4月4日) 覆试各学生古,共廿九人。是日阅生正场卷。又补欠考生员,共廿余人。

天头:乳燕归梁急卷帘赋题韵。"花草精神△"。"子路从而后"。"志不可满"。"暮春之初△"。"二之中四之下也"。

初四日(4月5日) 考头场文童,费县四百十九人,莒州四百六十二人,日照三百七十七人,共千二百五十八人。未刻发生一等榜。晚府送京报,知二月廿五日已转左庶子。又接省包封,内有卫瞻信,云舍饭寺住宅尚未腾出。

天头:"吾欲二十而取一"。"万室之国一人陶"。"陶以寡且不可以为国"。"仁之而弗亲"。"新青△雨后田"。

初五日(4月6日) 覆试一等生员,共九十八人。是日阅头场童卷。又写省信,申刻发出。是日又考贡、监,共七人。

天头:"人之有是四端也"二句。"中必叠双"都字。"民可使由之"。问《周易》授受源流。"僧和日云诗△"。

初六日(4月7日)　考二场文童,郯城三百七十八人,蒙阴二百三人,沂水四百人,共九百八十二人。午后发头场童提覆牌,又发生大案。晚丁叔衡太守来取严范孙致尹琅若前辈银信,属县中先行垫办。

天头:"子能顺杞柳"至"桮乎"。"水信无分于东西"[至]"下乎"。"且谓长者义乎"二句。"此之谓大孝"。"惟有读书声最佳△"。

初七日(4月8日)　提覆费、莒、日三属文童,共八十人,申刻发榜。又阅二场童卷。

天头:"吾于武成"。

初八日(4月9日)　考兰山、安东文童,兰八百廿八人,安东六十七人,共八百九十五人。午后发郯、蒙、沂提覆牌。

天头:"虽无文王"至"韩魏之家"。"何必去父母"至"季孟之间"。"王请无好小勇"。"红桃碧柳禊堂△春"。

初九日(4月10日)　提覆郯城、蒙阴、沂水三处文童,共七十人,午后发榜。酉刻发兰山、安东提覆牌。晚九钟时选拔卷方进齐,印戳毕,已亥正矣。

天头:"晋国天下莫强焉"。

初十日(4月11日)　考头场选拔,府学十三人,兰山十人,郯城六人,费县八人,莒州十二人,蒙阴六人,沂水七人,日照十三人,安东七人,共八十二人,五钟二刻点名,子正净场。

天头:"君子尊贤而容众"二句。"夫人幼而学之"二句。七政解。

十一日(4月12日)　提覆兰、安东文童,未初发榜。是日接京报并吏部文,知初三日升翰林院侍讲学士,随即办折谢恩。

天头:"然后敢治私事"。

十二日(4月13日) 卯刻在大堂恭设香案,望阙谢恩。随即升堂点名,考选拔二场。是日烦贡珊写折,午后包折。又写信致卫瞻。是日戌刻净场。

天头:《大学》格致与西学格致同异。古社稷臣汲黯近之论。李郭同△舟。

十三日(4月14日) 卯刻发折,又发起马牌。巳刻发选拔榜。午初文童覆试点名,共百廿七人。拔贡庄厚泽、潘琛远、狄建鳌、王永昶、庄复恩、庄阿兰、张成德、刘荫弟、惠际唐、苏元燮十人。是日发省包封一件。

天头:"以服事殷"。"杏花榆荚晓风△前"。

十四日(4月15日) 早丁叔衡太守来谒。随即发落新生,又廪生支学租。退堂后朱云卿炳章经历、陈梅苏大令、李彤超都司皆来谒。又出门拜客,见者丁叔衡太守、曹鹏程副戎。回署后,曹鹏程来拜,又拔贡七人来拜,晚又拔贡三人来谒。未正后府县请酒,六钟回。又写致幼琴,烦曹鹏程转寄。是晚接幼琴自涛洛所发之信,内言路程难走,家眷难住,公事难办。

十五日(4月16日) 六钟时华梅汀、严芙卿自沂郡试院回苏。吾于九点钟发轺,通城官皆送至北门外沂水边,即乘船渡沂,行四十五里至半程,驻。廿里有鹅庄,茶尖。

十六日(4月17日) 晓发半城,行四十五里至青驼寺,尖。又行四十五里至垛庄,驻。

十七日(4月18日) 卯正由垛庄起轺,行七十里至蒙阴县,尖。距蒙阴廿五里桃墟茶尖。大令濮贤恪兰如迎送如仪。午后行四十里至鳌阳,驻。

十八日(4月19日) 早行二十里至新泰县,尖。又行二十五里至翟家庄,茶尖。又行卅五里至羊流,驻,时方未正。

十九日(4月20日) 卯初自洋流发轺,行六十里至崔家庄,尖。

崔庄之东五里许白石岭,俗名小泰山,上有泰山行宫,降舆瞻拜。午后行六十里至泰安下马,府、县、参将以下皆迎至郊,下马后府、县各学皆来谒,文武巡捕皆接至崔庄。酉刻倪问源同年自省到泰,带有信包,内有涑信、铁柱信。

二十日(4月21日)　卯正谒文庙、讲书,礼毕回署,随即放告。写省信,申刻发。

二十一日(4月22日)　考生古,府学五十名,泰安六十三名,新泰二十二名,莱芜卅九名,肥城二十三名,东平二十名,东阿二十一名,平阴二十二名,共二百六十一名。是泺源书院加课卷,取超等十二名,特(第)[等]二十五名。

　　天头:君子用船赋"进渊用船以道行也"。拟杜《诸将》五首。"燕子来时笋正肥△"。"以孝事君则忠"、"作事可法"孝。"记故事不拘今古必先以孝弟忠信礼义廉耻等事"、高允论小学。金柅、粉米、楚茨、襄城、蒲卢经。

廿二日(4月23日)　考童古,泰安百四十九名,新泰十七名,莱芜九十七名,肥城廿六名,东平十二名,东阿十二名,平阴十九名,共三百卅二名。未刻发生古榜,取廿三人。

　　天头:牛羊勿践行苇赋"育物恩广垂衣道丰"。"天影入波△圆"。登泰山、渡汶水二律。

廿三日(4月24日)　考生员正场,府学百六十一人,泰安九十四人,新泰八十七人,莱芜百七十六人,肥城八十五人,东平百十七人,东阿八十人,平阴六十五人,共九百六十五人。是日阅童古卷,先取十六人。

　　天头:"制礼法修教化"、"不愧屋漏为无忝"性。"谨身节用"、"教民理顺莫善于悌"孝。"彼以爱兄之道来"三句。"举选举以孰为善"。"春城雨色动微寒△"。

廿四日(4月25日)　覆生经古,共二十三人。又补欠考生员。是日阅生卷。酉刻接省包封,廿三日所发。

天头:平明登日观赋题韵。万石君论。"鸣鸠乳燕青春△
深"。"敬事"。"直方大"。二。"落花游丝△白日静"。

廿五日(4月26日) 考新泰、肥城、东阿、平阴四县文童,新二
百七十六人,肥三百九十人,阿二百九十三人,平百六十五人,共千一
百廿四本。午后发生一等榜。

天头:"战必胜矣"二句。"而况不为管仲"[至]"于齐"。
"而可以货"[至]"平陆"。"岂不绰绰"[至]"于齐"。"其取友"一
句。"春风百草香△"。

廿六日(4月27日) 覆试一等生员,共八十七人。又考贡、监
录科九人。又考教官。是日阅头场童卷。

天头:"父为士子为大夫"。"簪花△一枝"。"弟者所以事长
也"。问山东形势。"望杏瞻蒲"耕字。

廿七日(4月28日) 考莱芜、东平文童正场,莱芜七百九十六
人,东平三百四十一人,共千一百三十七人。午后发头场童提覆牌,
申刻又发生大案。

天头:"有人曰"。"为闲曰"。"子思臣也"。"满窗晴△日看
蚕生"。

廿八日(4月29日) 发落一等生员。又提覆新泰、肥城、东阿、
平阴文童,酉刻发榜。又阅二场童卷。

天头:"自东"。

廿九日(4月30日) 考泰安文童,共千二百卅七人。午刻发莱
芜、东平提覆牌。酉刻折差张裕祥回棚,赍到回折,奉硃批"知道了。
钦此"。又带有省包封,内有卫瞻、瑞安、允卿、听桥信,知舍饭寺房尚
未腾出,又有沈金门信,又奉吏部文"奉旨仍留学政之任。钦此"。

天头:"地丑德齐"。"孝弟而已矣"。"听诗静夜分△"。

三十日(5月1日) 提覆莱芜、东平二处文童,酉刻发榜,并出
泰安提覆牌。选拔册卷亥正始进齐。

天头:"佑启我后人"。

四月初一日(5月2日) 考合府选拔头场,泰安府学九名,泰安县学九名,新泰六名,莱芜十二名,肥城五名,东平十二名,东阿十名,平阴七名,共七十名,卯初二刻点名,次日寅初方净场。

天头:"信则人任焉"二句。"吾为此惧"二句。公刘三大法解。

初二日(5月3日) 提覆泰安文童,午后发榜。是日阅选拔头场卷,发省包封一件。是日前任中丞福少农携眷回京,宿泰安,明日行。

天头:"人力不至于此"。

初三日(5月4日) 考选拔二场,不到者三人,卯初二刻点名,次日子正净场。

天头:问练兵。蔺相如论。"川广自源△"。

初四日(5月5日) 卯正发起马牌,退堂阅选拔二场卷,巳正发榜。随即升堂覆试新进文童,共百三十二人。泰安选拔九人:景荚生、刘桂村、冯仲谦、赵英、毕松龄、邱光瀛、张云卿、左化源、刘炳麟。

天头:"其有成功也"。"一览众山小"宗字。

初五日(5月6日) 卯正升堂发落新生,又发学租。退堂后即出门拜府、县、参将、孔太老师、周蕙孙,巳正回署。午初登山,至关帝庙前换山轿,至水帘洞下轿眺望,至柏树洞下轿眺望,至壶天阁下轿眺望,至伏虎庙下轿,至云布(轿)[桥]下轿对瀑布,至五大夫松下轿眺望,随即下山,至斗母宫下轿小坐。至红门,秦鸿轩同年在此招饮,席散五钟后矣。入城回署,亥刻选拔生来见。

初六日(5月7日) 辰初刻自泰安起马,行三十里至新庄岭,茶尖。又行二十里到店台,尖。又行二十里至湾德,茶尖。又行二十里至张夏,驻,长清大令苏杰巨川来谒,随即回县。

初七日(5月8日) 卯正自张夏发轺,行十五里至固山驿,茶尖,换夫马。又行三十五里至黄山店,尖。饭后行三十里至省,通城皆在接官亭候接。随即进城,时方未正,巳至署。

初八日(5月9日)　早首府、县来谒,随即出门拜客,见者张笏臣方伯、吉剑华观察,午初回署。午后有客数人来谒,郭介臣观察来拜。

初九日(5月10日)　早张笏臣方伯、吉剑华观察来拜,午后丰荷亭都转来拜,陈戟园庶常来谒,又学真和尚来谒。是日起奏折稿二,折中写初十发。

初十日(5月11日)　写奏折,包好。午后出门拜客,毓佐臣廉访晤面。又拜客数家,又有数客来拜。

十一日(5月12日)　写信三封,一致高阳师,一致高阳世兄,一致姚斛泉。午后毓佐臣廉访来拜。

十二日(5月13日)　写信三封,一致沈金门,一致卫瞻,一致瑞安。酉刻发折,交承差张秀亭赍呈。本日沈楚卿、崔子万两观察来拜。

十三日(5月14日)　早有州、县、佐杂数人来谒。午后接幼新信。

十四日(5月15日)　请师饮食。

十五日(5月16日)　出门拜客。泺口幼琴家眷迁居宽厚所街,往贺焉。晚又接幼新信。

十六日(5月17日)　李子木观察来拜。出门吊姚绍庭。泺源书院加课。

十七日(5月18日)　磨勘泰、沂二府选拔卷。

十八日(5月19日)　尚志堂山长宋晋之庶常来拜。

二十日(5月21日)　午后出城接毓佐臣廉访。

廿一日(5月22日)　毓佐臣廉访来拜。是日阅加课卷。

廿二日(5月23日)　午后回拜毓佐臣廉访。阅书院加课卷。

廿三日(5月24日)　阅加课卷。

廿四日(5月25日)　阅加课卷。

廿五日(5月26日)　未刻折差自京回,奉到回折二件,均奉硃批"知道了。钦此"。折差又带有卫瞻、瑞安信,沈金门信,李符曾信。

廿六日(5月27日) 无事。

廿七日(5月28日) 无事。

廿八日(5月29日) 致卫瞻信,内附瑞安信,由新提塘寄。新提塘宫琦住西河沿西头路南。

廿九日(5月30日) 无事。

五月初一日(5月31日) 发书院加课榜。

初二日(6月1日)

初三日(6月2日)

初四日(6月3日)

初五日(6月4日) 端午。差帖各衙门贺节。

初六日(6月5日) 早赴西关送毓廉舫赴河工,又拜客数家。接邱仰之信。

初七日(6月6日)

初八日(6月7日) 出门拜尚志堂宋晋之庶常,便道趵突泉拈香小坐,进城后又拜客数家。

初九日(6月8日) 接卫瞻信,四月十四日发,交提塘者。又接王襄臣信、华梅鼎信。

初十日(6月9日)

十一日(6月10日) 张云舫大令来谒,以题补诸城故也。

十二日(6月11日)

十三日(6月12日) 毓廉访自河工来省,来拜。蒋观察兆奎自胶州回,来拜。

十四日(6月13日) 出门拜毓廉访、蒋观察。

十五日(6月14日) 酉刻出游铁公祠、北极庙、汇泉寺。

十六日(6月15日)

十七日(6月16日) 郑东甫山长来拜。晡时接葛子周信、周鉴泉信,致卫瞻信。

十八日(**6 月 17 日**)　宫元焜、王骏文、殷志超、陈棠伦来谒。

十九日(**6 月 18 日**)　刘长庚同知,号西垣,辛酉拔贡,汉军,由国子监博士截取,查铁卿之亲家也。观城周大令郑表号慕侨,来谒。刘西垣司马持有瑞安信。又覆周鉴泉信。

二十日(**6 月 19 日**)　接幼琴信,随写回信,送交星垣。

二十一日(**6 月 20 日**)　辰刻出东关接李鉴堂抚军,回时拜客数家,又到星垣处小坐。酉刻孙佩南同年来拜。

廿二日(**6 月 21 日**)　辰刻出门拜李鉴堂中丞,又拜孙佩南同年、宋晋之山长,巳刻回署。午刻李鉴堂中丞来拜。

廿三日(**6 月 22 日**)　辰刻祝丰都转夫人寿,随又拜客数家。接二姑太太信。

廿四日(**6 月 23 日**)　早有客数人来拜。

廿五日(**6 月 24 日**)　午刻孙佩南来辞行,随即往送。

廿六日(**6 月 25 日**)　客数人来拜。

廿七日(**6 月 26 日**)　宋山长来拜。晚接卫瞻信。

廿八日(**6 月 27 日**)　拔贡数人来谒。王彬如自高密来。

廿九日(**6 月 28 日**)　拔贡数人来谒。致卫瞻信。

三十日(**6 月 29 日**)

六月初一日(**6 月 30 日**)

初二日(**7 月 1 日**)

初三日(**7 月 2 日**)　拔贡数人来见,萧绍庭来拜。

初四日(**7 月 3 日**)　拔贡数人来见。

初五日(**7 月 4 日**)　卯刻谒僧王祠,礼成回署。

初六日(**7 月 5 日**)　接瑞安信。

初七日(**7 月 6 日**)

初八日(**7 月 7 日**)　拔贡二人来拜。

初九日(**7 月 8 日**)　拔贡陈陶来见。

初十日(**7 月 9 日**)

十一日(7月10日)　出门拜客。

十二日(7月11日)　拔贡数人来见,张瑞芬来谒。泺源书院月课。

　　　天头:"人而无恒"至"或承之羞"。"方召联翩赐圭卣"功字。

十三日(7月12日)　拔贡数人来见。

十四日(7月13日)　申刻游湖,饮于铁公祠。接邱仰芝信。

十五日(7月14日)

十六日(7月15日)　接老八信。拔贡数人来见。

十七日(7月16日)　接卫瞻、瑞安信,知齐道安、陈竹轩皆逝世。

十九日(7月18日)　萧绍庭来拜,拔贡数人来见。接华梅汀信,为人办圣庙官。

廿日(7月19日)　遣承差赴曲阜,赍函办圣庙官四员。拔贡数人来见。午后出门拜李俊三,又拜萧绍庭,又拜(官)[客]数家。

廿一日(7月20日)　拔贡数人来见。

廿二日(7月21日)　拔贡数人来见。

廿三日(7月22日)

廿四日(7月23日)

廿五日(7月24日)　拔贡数人来见。接蓬仙信,知春侄孙逝世。又接卫瞻信。

廿六日(7月25日)　早赴龙亭贺万寿,二点钟往,四点回署。拔贡数人来见,致邱仰芝、姚阶平信。

廿七日(7月26日)　接梅韵生电信,知高阳师于廿五日薨。致幼新信。

廿八日(7月27日)　致卫瞻、瑞安信各一封。

廿九日(7月28日)　写致李符曾唁信。

七月初一日(7月29日)　代理济南同知方观法敬之来见。

初二日(7月30日)　拔贡数人来见。

初三日(7月31日) 代理济南同知方观法来见。

初四日(8月1日) 学涑赴京乡试,同行者周鉴泉、王彬如、胡荣轩、星垣侄孙四人,卯正起身。首府、县来谒,属首府专差向禹城、齐河守提拔贡会考,本院又备文向东昌守提拔贡册卷。

初五日(8月2日) 首府派来录遗场巡捕、搜检等官来谒,共八员。

初六日(8月3日) 酉刻移入旧署。

初七日(8月4日) 会考选拔,抚院于六点钟到署,点名毕,抚院回署,本院出题,次日四点钟净场。

初八日(8月5日) 早仍回驻署,随赴抚院,带新选拔谒见,八点钟回署。午后接卫瞻信,知六嫂六月廿三逝世。阅会考卷。晚承差自德回,知涑于初六日到德。

初九日(8月6日) 致卫瞻信。

初十日(8月7日) 送选拔卷赴抚院,随即送回。

十一日(8月8日) 早游湖。晚接京中同乡诸君来信,为齐道安少君敛分金。

十二日(8月9日) 接陈纪山信,知陈大表嫂六月廿七日逝世。

十三日(8月10日) 早发选拔榜。

十四日(8月11日) 知县章宝琛、王扬芳来见,又武定拔贡数人来见,又送考教官三人兰山、莒州、夏津来见。致陈纪山信,送陈大表嫂奠分。

十五日(8月12日) 送考教官数人来见。乡试正案人数七千五百余人。

十六日(8月13日) 早送考教官数人来见。午后众拔贡招饮,在陕西会馆,两班合演徽、西,戌正回署,陪客宋晋之庶常、吴眉卿印寿龄太守。

十七日(8月14日) 接学涑信,知于七月初十日到津。

十八日(8月15日) 早毓廉访观察来拜,午后回拜,又拜客数家,到幼琴处。是日收拾笔墨书籍。

十九日(8月16日) 早移入旧署开遗才场。写信谕学涑,寄京。

廿日(8月17日) 考济南府学、历城、章丘、邹平、淄川、长山、新城、齐河、齐东、禹城、临邑生员,共千○六十九人,投卷者千一百六十七人,不到者将近百人。今年录遗者甚多,贡院恐不能容人,须有补送者。

天头:"吾[为]之范我驰驱"。问选举。"甘瓜削玉藕玲珑△"。

廿一日(8月18日) 考长清、陵县、德州、卫、德平、平原及东昌全属、临清全属遗才生员。长清百十四人,陵五十人,德州九十人,卫六十四人,德平卅六人,平原卅八人,济属共实到三百九十八人。东昌府学四十五人,聊城五十一人,堂邑卅九人,博平三十七人,茌平四十一人,清平四十五人,莘县十九人,冠二十七人,馆陶三十二人,高唐七十二人,恩县六十二人,东昌属共实到四百七十人。临清八十三人,武城六十一人,夏津五十八人,邱县十三人,共二百十五人。共千○七十七人,投卷者千一百七十五人,不到者九十八人。亥刻发头场榜。

天头:"不忮不求"。问《尚书》源流。"傍溪古树绿藏云△"。

廿二日(8月19日) 考运学生、贡及兖、沂、曹三府遗才。运学贡九人,生二十六人。兖州实到府学四十一人,滋阳四十人,曲阜二十九人,四民四十七人,宁阳五十三人,邹县二十五人,泗水二十人,滕县四十四人,峄县十一人,汶上四十三人,阳谷四十人,寿阳二十六人,兖属共四百十九人。沂州实到府学五十八人,兰山三十三人,郯城十九人,费县卅五人,莒四十四人,蒙阴廿三人,沂水三十六人,日照五十五人,安东九人,沂属共三百十二人。曹州府学实到三十人,菏泽廿三人,单县廿七人,城武九人,曹县十六人,定陶十六人,巨野廿四人,郓城廿五人,濮州廿四人,范县十六人,观城六人,朝城十六人,曹属共二百卅二人。四共九百九十八人,此场投卷者千〇八十余人,不到者将近百人。亥初发二场榜。

天头:"将使卑逾尊疏逾戚"。问史学源流。"芭蕉深处碧窗凉△"。教官题:"善教得民心"。问历代学校之制。"桂馨一山△"。

廿三日(8月20日) 考泰安、青州二府遗才。泰府学实到六十人,泰安县八十人,新泰廿一人,莱芜五十五人,肥城廿九人,东平五十二人,东阿四十二人,平阴廿五人,泰属共三百六十四人。青府学实到六十八人,旗驻防卅一人,益都四十四人,博山七十人,临淄七十六人,博兴五十七人,高苑三十人,乐安四十一人,寿光七十七人,昌乐卅八人,临朐卅八人,安丘六十五人,诸城七十三人,青共七百〇八人。两府共千零七十二人,投卷者千一百卅四人,不到者六十余人。亥刻发三场榜。是日又考教职。

天头:"不肤挠不目逃"。问钱法。"数纸尚可博白鹅"书字。

廿四日(8月21日) 考优生,共四十三人,卯正点名,次日丑正净场。亥初发四场榜。接何贵京信。

天头:"如有所立卓尔"三句。"所谓西伯善养"至"其老"。

廿五日(8月22日) 考武定、莱州二属遗才。武属实到府学二十七人,惠民三十二人,青城十四人,阳信五十人,海丰廿八人,乐陵四十二人,商河五十三人,滨州五十二人,利津六十九人,沾化十八人,蒲台五十五人,共四百六十人。莱府府学实到四十九人,掖县五十四人,平度五十八人,昌邑五十四人,潍县百卅五人,胶州七十人,灵山三人,高密六十四人,即墨六十一人,鳌山十六人,共五百六十四人。二府共千〇廿四人,投卷者千一百人,不到者七十六人。

天头:"子产听郑国"至"乘舆"。字学源流。"深心△托毫素"。

廿六日(8月23日) 考优贡二场,亥正净场,随二场发五场遗才榜。

天头:《春秋》孔子所修而三传书□卒解。治河策。山东出相。

廿七日(8月24日) 考登州、济宁二属遗才。登属府学实到四十六人,蓬莱二十四人,黄县卅九人,福山卅二人,栖霞二十一人,招远十五人,莱阳七十二人,宁海四十八人,文登卅人,荣成三十五人,海阳二十五人,登属共实到三百八十七人。济宁百四十五人,金乡三十六人,嘉祥十四人,鱼台十四人,共百七十九人。二共五百六十六人,原投卷六百四人,不到者五十余人。又补欠考生员四百余人。

天头:"贤者识其大者"。问《周易》授受源流。"清风来故人△"。六场共五千八百零六人。

廿八日(8月25日) 考贡、监录科,贡二百九十一人,监一百六十三人,又各属续到遗才生员三百卅二人,共七百八十六人。早发优生牌示,晚发登州、济宁榜。接学涑信,知于七月十五日到京。又接卫瞻信。

天头:"公则说"。问历代仓储。"秋△风梧叶雨"。

廿九日(8月26日) 考合省续到遗才生员及各场临点不到生员,共二百七十七人。午后发各属备取榜。是日又补登、济二属欠考生员百余人。亥刻出贡、监榜。

天头:"奢则不孙"。问历代兵制。"如气之秋"诗字。六场遗才及贡、监及续到诸生共送六千八百六十九人。

三十日(8月27日) 午后发续到遗才榜,又发二次续到遗才榜,随即出棚。首府、县来谒。入署时有求录者二人,示以初二日来考。

[八月]初一日(8月28日) 早出拜客,见者抚院李、运台丰,午前回署。

初二日(8月29日) 录科考遗者,又有十余人,均送考。各官来回拜。接陈纪山信,内有讣帖。是日主考到省。

初三日(8月30日) 写谕学涑信。是日尚有补遗才者四人,均送考。

初四日(8月31日) 尚有补录遗者二人,均送考。

初五日(9月1日) 午后出门与李俊三预祝,又到幼琴公馆。

初六日(9月2日) 已刻赴抚署入帘宴,午初二主考到,即谢恩入宴,三出戏毕,主考先行,学院回署,抚院、监临赴贡院,回署不及未初。

初七日(9月3日) 接卫瞻信,又接陈纪山谢信。

初八日(9月4日) 贡珊赴泰安。

初九日(9月5日)

初十日(9月6日) 午后抚院、提调、监均送题纸。寅初至文庙主祭。

> 天头:"殷因于夏礼"一节。"仁者人也亲亲"四句。"及是时明其政刑"[至]"其知道乎"。"宣房△塞兮万福来"。

十一日(9月7日) 午后幼琴太夫人、程大姑奶奶俱来署。是日接涞儿信,知房间已腾清、修理,已与长源木厂议定保固十年,试卷已投,廿六七可以到东。和徐漱珊《永安砚斋诗》七古一首。

> 天头:顺天乡试题:"卞庄子之勇"三句。"思知人不可以不知天"。"夫物之不齐"至"或相千万"。"妙句锵金△和八銮"。

十二日(9月8日) 早至铁公祠一游,即在此请客,座中王香谷、陈戟元、李俊三、王景沂、周少敏及余六人。饮毕又到北极寺小坐,回署。

十三日(9月9日) 写对联数事。监临、提调送二场题纸。接幼琴信。

> 天头:山东二场题:"后以财成"三句。"峄阳孤桐"二句。"居常与许"二句。"壬午大阅"桓六。"因名山升中于天"至"寒暑时"。

十四日(9月10日) 萧绍庭请游千佛山。出南门星宿庙,换便衣,坐轿至山麓,换山轿。由盘路上行数磴,有一牌坊,上书"齐烟九点"。又行数盘,至旷如寺北厅小坐,座中有朱次帆观察、潘仲年观察、吴少侯太守。茶罢向北一望,城垣、黄河、田垄、林木皆在目中。出厅向南登山,寻级而上,有一坊上书"洞天福地"。又上几层有一亭,上悬匾曰"一览亭",较前坐之北厅所见愈远。又上有数殿,不甚整齐。由旧路回,又到旷如寺初坐处。向东游,谓之东山。行数层有殿阁数处,有关帝殿、公输子殿、重华殿。又南上一层,有文昌关、朱衣祠、魁星阁。又有茶棚,设茶桌数张,以备游人小憩之处。游毕入座,申正饮毕,仍坐小轿下山。山中有洞数处,各塑佛像、菩萨像。至山根,仍坐轿进城回署。

　　天头:顺天二场题:"乾元用九乃见天则"。"在璿玑玉衡"。"周原膴膴"二句。"齐侯"至"会于北杏"庄十三。"量地以制邑"四句。

　　十五日(9月11日)　差帖各署贺中秋。王景沂侄婿、周伯延侄孙婿、程毅卿昆仲皆来拜节。

　　十六日(9月12日)　早闱中送三场题纸。午后陈戟元太史在西园招饮,座中有吴少侯太守、张润卿太守。先在城内拜客十数家,三点钟到园,园在正觉寺街,三元宫对过。胡同内乃一花厂,园中茉莉花甚多,尚有些杂花。厅事五间,颇轩敞,收拾陈设亦洁净。饮毕酉刻回署。

　　十七日(9月13日)　接沈少乾信并脩金八十金,知其已调平遥。午后写信致幼琴,交伊公馆便寄。

　　十八日(9月14日)　写信致少兰,为刘明轩事。又致明轩信。

　　十九日(9月15日)　早有教官二人验看,又拔贡陈陶、关家骐、李树芳来谒,各送场作。写信致沈少乾,由天成亨寄。

　　二十日(9月16日)　早有拔贡数人来见。午后周贡珊自泰安来,周少文自临清来。接严范孙信。

　　二十一日(9月17日)　早发会(号)[考]优贡咨文致抚院。

　　廿二日(9月18日)　浩如侄自天津来署,为其东君黄幼山借盐事,来省小住,兼买物件。抚台来文,于廿四日会考优贡。黄幼山有信。

廿三日(**9 月 19 日**)　老五已回津。写对廿余事。陕学赵惟熙来信,荐疯丐邹道济。

廿四日(**9 月 20 日**)　抚院来署会考优贡,辰初点名毕,即回署,至次日天大明方净场。本日下题后坐视盖戳方退堂。

> 天头:"此之谓絜矩之道"至"恶之"。"如金如锡"四句。问两汉经学授受源流。

廿五日(**9 月 21 日**)　早阅优贡卷,午后阅毕,封固,送往抚署,随即送回。申刻出门拜毓廉访道喜,又到幼琴公馆,又到王景沂公馆,又到程毅卿公馆。

廿六日(**9 月 22 日**)　早挂优贡牌,正取四名:陈阳、翁曾堃、王宪焘、陈星海,副取十二名:王谢家、王寿彭、袁荣光、高芳继、孙百福、孙胪声、李鸿涛、王之篆。午后接瑞安信,内有后任姚菊仙侍讲询问东学事宜大略。申刻学涑自京回东,带有卫瞻信、刘竹春信,其场中之文尚属平顺,亦间有精彩处,次三艺亦无疵。又作函致后任姚菊仙,略述视学事宜。

廿七日(**9 月 23 日**)　早毓廉访来拜,又李少堂大令来谒。写应酬扇对数事。又有拔贡数人来谒,又兖沂道锡清弼来拜,陈守愚大令来谒。

廿八日(**9 月 24 日**)　午前出门拜锡清弼,又程毅卿大令在开元寺招饮。午初出南门,在星宿庙换便衣,先亦从千佛山路行里许,分路颇为崎岖,石径窄狭。行三四里,坐山轿过一石河,又过一石桥,较千佛山路狭而且高。过虾蟆泉、平顶山数里,至开元寺。入门向北转寺门向西,有一院落,西边厅事三楹,相连又三楹,对面文昌殿,殿后就石洞作成殿一间,塑吕祖像,神座下有一泉水,自山上滴下。南面山崖甚高,凿洞为一大佛像,又有一泉水亦自山下滴,泉边生秋海棠一株盛开。文昌殿前树木颇多,阴森缭绕。院北面有殿三楹。文昌殿之北一门,门内有数洞,一洞内颇深。此寺地虽不宽阔,而颇有丘壑。未正入坐,酉初饮毕,下山回城,仍至星宿换公服,进城回署。

廿九日(9月25日) 早收拾书箱。午后包封题本,自二点钟起至五点钟始完,随即拜发,此系拔贡题本。

九月初一日(9月26日) 李俊三太守来谒,因署泰安府。又王骏文小湘明府来谒。致黄幼山信,交浩如六侄带津。

初二日(9月27日) 早彭笏臣司马、胡木君别驾、张翘轩、张兰舫、史竹孙、宫藜樵大令来谒,午后出门与李俊三太守贺喜,又与丰都转作吊,又拜张笏臣方伯,晤面,又拜客数家。

初三日(9月28日) 早浩如六侄回津。致陕西华阴县刘瑞璘绍闻信,又致江苏候补县丞单希曾述之信。午后闻中丞升川督,往贺。又拜郑东甫山长,晤谈。又出城拜宋晋之山长,谈许久。观金线泉,泉在院西北隅,有方池,水颇旺,由南而东流入趵突泉。尚志堂乃宋时李易安居士故宅,外院有柳絮泉,又外院有漱玉泉。又拜客数家,酉初回署。

初四日(9月29日) 宋晋之山长来拜,抚、藩俱来谢步,殷卓如、陈剑门大令来谒。磨勘优贡卷四本。

初五日(9月30日) 孙赞勋司马来谒。

初六日(10月1日) 王子捷来拜,陈耕吟大令来谒。接电信,知陆伯葵放浙学。

初七日(10月2日) 登莱道李幼芸观察来拜,未遇。午后李俊三、姚松云、吴少侯三太守、宋文轩直牧在历下亭招饮,未刻前往,酉刻还署。陆电信由抚院送入。

初八日(10月3日) 早出拜客,李幼芸观察晤面,代朱小兰、王寅甫说项。又拜客数家。申刻赴贡院监视写榜,至时藩、臬已到,须臾抚台亦到。抚台先钤榜,随即开饭,饭罢即入座写榜,子初写毕,共举人七十四名,副榜十三名。又对榜,对毕,送榜至至公堂,稍待即回署,尚未交子正。

初九日(10月4日) 早发优贡榜,钤印后送抚台会印,随即发出,得陈阳、翁曾堃、王宪煮、陈星海四人。少刻正主考陆宝忠伯葵来拜，少刻副主考李桂林子丹来拜，又姚朗轩大令来谒。午后往拜两主考，皆见，两君已移至八旗奉直会馆矣。又拜邹道济、吉剑华、沈楚卿两观察，又拜客数家，又到幼琴公馆。申刻回署，李俊三太守来谒。

初十日（10月5日）　早遣家人李升、田承、刘凤岭赴德州雇船。崔子万观察、邹凯甫幕友来拜，又凌少舟直牧、王伯安大令来谒。写家信致四太太，约八侄随入京数条。

十一日（10月6日）　早赴抚院会同验看优贡，又回拜崔子万观察，又拜客数家。午后优贡四人来谒：陈阳玫扶、翁曾堃琴生、王宪焘淑怡、陈星海鄂泉。又新举人张士佶、韩鸿恩益洲、副榜王毓文彬如来谒，章丘县李敬修、候补县查荣绥来谒。是日早，遣行（车）[李]大车先行，高禄、韩升、李泰送德州。晡时至关帝庙唁伯葵。

十二日（10月7日）　早葛同年、王天培两大令来谒。午后赴鹿鸣宴，未初毕。赴奉直会馆，同乡公请李子丹太史，晡时归署。是日辰刻学涑送家眷回京。

十三日（10月8日）　早拜青州都统讷子安，回署后讷又来拜。午前赴铁公祠，同城公请主考李子丹，酉初回署，座中有讷都护。

十四日（10月9日）　卯刻出城送讷都护，回时得电报，知涑中百三名，涑字误凌字。随又发电往问，又遣范林往查，是涑字之误，其为涑字无疑。早张祖谦、张仲儒、王扬芳、向植、方朝治皆来谒。午后写报十张。晚葛子周同年来谒。

十五日（10月10日）　早通城皆来道喜，随即出门拜张云舫、葛子周，兼到各署谢喜。主考李子丹来辞行。写信寄涑，由信局寄津。

十六日（10月11日）　早出门谢喜，到幼琴公馆小坐。又与李子丹送行，见面。因雨回署。晚请张云舫、葛子周、张兰舫、王香谷、王景沂、程毅卿饮酒，九钟席散。周少文自泰安来。

十七日（10月12日）　早至西关送主考李子丹回京，又送抚台赴河工。十钟回署，写信致周鉴泉，约其来东，张云舫所托也。昨日承差孙华棠、杨修龄、刘凤龄自德州回，带有涑信，知其于十四日申刻到德州,县皆有供给,十五日十钟时开船,共大船一只廿夕双,中跨子一只十亠双,又安顺家眷小船一只十亠千。谢客数处,因雨未拜完,至幼琴公馆小坐。

十八日(10月13日)　早周少文赴临清,午后王寅甫、王香谷来署,见二人后,随即出门谢客。出东门,出南门,城内东半皆拜毕。至王景沂公[馆]、程毅卿公馆小坐,酉初回署。接何贵来禀,又接申吉来禀。何贵系十一日发,内言修理房间功程,内院已完,雇车已托王湘岑。申吉系初四日发,内言买妥黑马一匹,黄骡一头,小车一辆,大车太贵不敢作主等语。随即与涞信,云车既有得坐,不必花大价置大车,俟有巧再置,较为便宜等语。又幼琴家人来要马票赴涛洛,随致幼琴一信,托其带往。晚对报部生童名册,对青州一府。

十九日(10月14日)　早对东昌、临清生童报部名册。萧绍庭来拜。午后写对联数事,李子木、崔子万两观察来拜。晚自何嵩生处借得顺天题名一部,知天津中廿一人。

廿日(10月15日)　山长宋晋之来拜,谈许久。又门生仓永培来谒。对登州、沂州报部名册。

廿一日(10月16日)　候补县罗继高、董遇霖来谒,又举人张士佶、王元璐来谒。午后出门拜客,见者讷子安都护、毓佐臣廉访、崔子万观察,又便道至幼琴公馆少坐。又对泰安、兖州两府报部册,又批优贡卷报部,又送尚志堂肄业生十一名:王谢家、王寿彭、任象益、任祖润、蒋士修、赵培兰、李兰若、董蔚、高芳继、杨渭、尚庆翰。

天头:崔子万出家藏字画与观,有元陈汝言仿赵子昂《鹊华秋色图》最佳。又有高江村赠宋牧仲《乘风破浪图》,内有圣祖御笔十字"潮平两岸阔,风正一帆悬",字体厚静古雅。又有张船山字画各一,又有王惺园字一幅,又有杜石桥画山水扇面、曹文正字画扇面各一,皆佳。

廿二日(10月17日)　辰刻赴旧署阅武遗才步箭,共千四十人,申刻毕。又拜客二家,回署。

廿三日（10 月 18 日） 早盐经历傅锡桐来谒。午后约王景沂来署，写喜报底发刻。写屏幅四事。

廿四日（10 月 19 日） 优拔贡数人来谒。午后写对十余事，屏二幅。

廿五日（10 月 20 日） 写对联十余事，写折扇、团扇各数柄。午后写报单五十张。

廿六日（10 月 21 日） 早赴东关接李中丞，午初回署。午后对曹府生员名册，蒋筠轩中丞来拜。接卫瞻信。送报单六十余张，贺喜者均送往。

廿七日（10 月 22 日） 接瑞安信，送涑卷，出韩子峤编修房，与金恩科、詹少菊同房。午后包题本二分，一报优贡，一报任满。又写信三封，一致卫瞻，一致瑞安，一谕学涑，均随题本寄京，由京再将卫瞻信寄津。

廿八日（10 月 23 日） 早抚台来谢步，又同知彭宝铭、蔡思荣、候补直隶州宋桂彬、候补县倪观澜、瞿襄、张祖谦来谒。午后出门拜客，便道至幼琴公馆小坐。回署后，兖州镇田蔚臣恩来自兖州来省来拜，随又出门回拜，兼拜兖州府王蓂亭蕊修同年，晚王蓂亭来谒。是日卯刻拜发题本。

廿九日（10 月 24 日） 早对武定册，尚少府学。午后写对联数事，匾额三方，又写笺屏四幅。

三十日（10 月 25 日） 早宋晋之山长来拜，又候补县李兆兰香阁、殷志超卓如来谒。午后出门拜客，就与崔子万观察拜寿，又至幼琴公馆小坐，又至程毅卿公馆小坐。回署又对武定府学册。

十月初一日（10 月 26 日） 候补道彭虞孙伯衡来拜，又候补通判胡福豫木君、候补县璩璐佩卿来谒。申刻请兖州镇田恩来蔚臣、兖州府王蕊修蓂亭、萧应椿绍庭、候补府姚钊松云、吴煜少侯、候补直隶州宋桂彬文轩饮酒，戌初毕。

初二日（10 月 27 日） 报部册卷用印。候补府仓尔颖明卿、候补

县张楚林翘轩来见,又陈礼森守愚来见,又举人孙兰湘、副榜郑文洙来
见。早作《古文备览》跋一篇。《古文备览》,盐山傅周之作,凡古文字
皆集为一帙,上及鸟篆虫书,下及字典并各家印谱。周之乃候补盐经
历傅叶唐之伯,书成介崔子万观察、张文苏盐经求序。予以将受代,
书籍已送至京,仅跋数语还之。

初三日(10 月 28 日)　发科考一等报部卷及各册,又发学租出
入册,札藩经历呈堂。又与学涑一谕,随部文寄京。候补县贺良犟历
如来见,又拔贡程文明、副贡黄成霖来谒。

初四日(10 月 29 日)　候补县丞杨蓉元来谒。又候补巡检李松
来谒,带有酌升信,内有学涑中卷房批、堂批。

初五日(10 月 30 日)　候补道崔子万来拜,谈许久。又准补商
河县李兆兰香阁来见,王香谷先生馆成。

初六日(10 月 31 日)　曹州镇万本华荣斋来拜,又候补府郝廷珍
聘卿、掖县璩璐佩卿来谒。

初七日(11 月 1 日)　准补诸城县张仲儒云舫来谒。午后出门拜
客,俱未见。

初八日(11 月 2 日)　早发津电:"鼓楼东左仓门口华实甫:赴京
否? 无信,念甚,速电覆。"是日竟日微雨。

初九日(11 月 3 日)　是日仍微雨竟日。申正接津电,知学涑等
于初四日赴京。又写条幅数事。

初十日(11 月 4 日)　寅正赴龙亭庆贺皇太后万寿,卯正回署。
申刻星垣来署,持有幼琴信,内言部中调取引见。是日仍雨竟日。

十一日(11 月 5 日)　是日晴霁。接学涑信,知于廿一日到津,
寓佛照楼栈房。信是廿二日所发,知吾九月十五日所发之信已接到,
因中举,亲友处必须亲往谢喜,须多住数日,十月初间方能赴京,行李
箱笼等物先于廿五日送京。

十二日(11 月 6 日)　新到候补县曹西屏来谒少甫,川人,丁卯年
侄。又汪锡康济臣、张瑞芬来谒,晚间徐世光友梅、屠丙勋少田来谒。

致幼琴信。

十三日（11月7日）　早接京电，知涑于初四日到京。午后萧应椿绍庭、崔钟善子万来拜，又王骏文小湘明府、张震文苏盐经来谒。晚高禄自京回，知行李于廿六日送京，伊于初三日自津来东。又接李少棠信。

十四日（11月8日）　杨蓉第来见。晡时接济阳祁瑞符信。是日覆清平李绍棠信。

十五日（11月9日）　候补府吴煜等数人来拜，又北闱举人蒋志乾爱山来谒，蒋玉田人。巳刻至西郊接新学使姚丙然菊仙侍讲，申刻到，回署，入城时又拜客数家。姚君曾充讲官，各官均请圣安。

十六日（11月10日）　姚菊仙学使来拜，谈一切事宜，询悉二十日巳刻接印。又有客数人来谒。午后出门拜客，见者学台姚、首道吉、候补道崔，余俱未见。发济阳回信。

十七日（11月11日）　早拜丰荷廷都转，晤面，又拜北城客数家。午后又出门拜客，见者李子木观察，余俱未见，又到幼琴院。十六七两日均系辞行。是日致李俊三信。晡时李鉴堂抚军来拜。是日又发京信，谕学涑以启行日期。是日又来客数人。

十八日（11月12日）　早张笏臣方伯、吉剑华观察、刘厚庵首府、彭少华同知、汪幼青明府均来送行，又临清州王寿朋子眉、茌平王钟俊自治来省来谒。是日送行者纷纷，数十人皆见。晡时接学涑自京所发之信。是日又致幼琴信，言引见事。

十九日（11月13日）　姚菊仙来拜，又宋晋之、李子木、丰荷亭来拜，又有候补府、厅、州、县、佐杂十数人来谒，又有拔贡十数人来谒。午后出门拜客辞行，晤面者惟姚学使。申刻回署，朱小峰、星垣孙、周伯延、何壬甫两侄孙婿来送行。又包题本。

二十日（11月14日）　交卸山东学政，于辰刻拜发题本，于巳初刻将关防送交新任学使姚菊仙，于巳正刻起程，共轿一乘，坐车、行李车共八辆，通城自抚台以下皆送至西门外接官厅，濒行代请圣安，又有候补州、县、佐杂数十人送至郊。行廿里至饮马庄,茶尖,候补县陈光昭、王骏文、王曾俊来送。又行廿里饮河,至齐河县驻,候补同知孙震、候补县冯振声、姚延焕、张仲儒、张瑞芬、候补盐知事张震、河南拔贡仓永培、候补州判高桂林皆来送。是日江南主考刘恩溥博泉、朱锡恩湛卿亦驻齐河,彼此往拜。又崔子万因迎刘博泉亦在此,来拜。又王景沂侄婿、周伯延侄孙婿、星垣侄孙来送。是日午后风雨。

廿一日(11月15日)　风雨竟日。辰刻自齐河行,廿五里至晏城,驻。是日泥途难行,天气骤寒。

廿二日(11月16日)　是日雨止,晚晴。自晏城起行,四十五里至禹城桥,尖。禹城令杨学渊海峰迎送如仪。至禹城桥已未正,申正又行,三十里至黎吉寨,驻,地属禹城。

廿三日(11月17日)　晓发黎吉寨,行二十里至平原廿里堡,茶尖。又行二十里至平原县,尖。时已未初。饭后又行三十里至曲陆店,驻。平原令钱心润淑庵迎送如仪,曲陆仍属平原。

廿四日(11月18日)　夜雨晓霁。辰初起程,行二十里至黄河涯,茶尖,德州拔贡张书元来谒。又行卅里至德州,粮道桂春月亭,壬午举、通判高绍和筱云、署通州钱祝祺松生、参将赵得华芝臣及佐杂、营弁皆接至郊,至公馆皆来谒,又候补巡检徐鉴仁甫来谒。饭后入城,回拜诸君。时值粮署赘婿,遂入贺喜。又行廿里至刘智庙,驻。出西门,钱牧、高倅、徐巡检亲送,文武巡捕皆从此回省。出西门二里许,渡卫河,即天津北关之河也。

廿五日(11月19日)　晓发刘智庙,行四十里至景州,尖,州牧白冠瀛镜江,山西人来谒,午后又送至郊。又行五十里至阜城,驻。大令王伯鹅晋羲,山东福山人,王懿荣之族兄也。景州城内甚荒凉,有古开福寺,内有高塔,矗立云表,共九层,俗所谓"沧州狮子景州塔"也。寺有罗军门营中人居住,未便游览。

廿六日(11月20日)　晓发阜城,行四十里至富庄驿,尖,地属交河,大令严倍烈竹泉,陕西渭南人,以手版来接。午后行四十里至献县,驻,大令胡良驹千里,安徽绩溪人,亲来拜。

廿七日(11月21日)　卯初自献县起程,行六十里至河间府,尖。又行七十里至任丘县,驻。河间李肇南,辛未前辈,丁卯同年,河间县吴国栋云迟,浙江人,府、县俱来接。任丘令张继轼少坡,江西安义人。是日行百三十里,到任丘尚有日。

廿八日(11月22日)　晓发任丘,行四十里至鄚州,自尖。午后又行三十里,过赵北口十二连桥,至雄县,驻,大令郭东槐荫庭,河南人,迎至郊。自鄚州至雄县皆【叠】平坦易行,里数亦小。是日遣高禄先行赴京,寄浗一谕,令其托冯星岩农部办覆命折、谢恩折,并谕知十一月初三日必到,又谕其托人招呼城门等事。

廿九日(11月23日)　晓发雄县,行三十里至白沟河,尖,此处亦自备。午后行三十里至新城县,驻。知县谢恺来见,又贡珊泰山王鲤庭来拜,又杨小坪光塔来拜,又幼琴倅恂来谒。小坪在新城为幼琴作盐务外事,故同来。留王、杨、华三人在公馆吃饭。

十一月初一日(11月24日)　晓发新城,行三十里至三家店,自尖,地属涿州。午后又行三十里至涿州,驻北关客寓。知州荣恒。

初二日(11月25日)　晓发涿州,行七十里至良乡县。知县王汝廉,号子明。五点钟发轺,至良乡日尚未午。饭后又行二十五里至长新店,驻。学浗自京【自京】来接,言已见明冯星岩农部代为办折,城门亦遣天津馆长班办明矣。

初三日(11月26日)　晓发长新店,行三十五里至京,在松筠庵落轿,时方午初。申正冯星岩来拜,又苏拉杨英金持覆命折、谢恩折来阅。

初四日(11月27日)　寅初刻到禁城,入景运门,至九卿朝房,坐候许久,六钟时传呼,随至乾清宫西暖阁召见、请安、谢恩,又至御案前跪,仰蒙询行几日,民情安静否对以安静,年岁若何对以年谷顺成,山东考试有弊否对以亦间有弊,随时整顿,有枪冒否对以严拿,河工何如对以决口已合龙,今年未再决,问毕,退出回寓。

人名字号音序索引凡例

一、本索引是《华金寿日记》（以下简称《日记》）正文中人物姓名或字号的索引，以汉语拼音为序。

二、本索引以姓名为查阅主体，每一姓名皆列为检索条目，姓名之后括注《日记》中出现的字、号、别名、习称、昵称、官称、简称及其他能够代表人物之称谓。部分历史、神话人物以非姓名的称谓行世，以其姓名为检索条目反为不便，则以通行称谓为检索条目，如尧以"尧"而非"伊祁放勋"为检索条目。

三、凡《日记》中仅出现字号或其他称谓者，尽量检出姓名列入检索条目；凡《日记》中出现之称谓未能确知其为名、字、号，或暂未考知其名者，径列为检索条目。

四、凡《日记》中未带姓氏之名、字、号，亦列为检索条目，后列"见某某"，如"鹿苹 见沈恩嘉"。

五、索引后所列之数字为该人物在《日记》中出现之年、月、日（以公元纪年为标准），如：

鲍照（鲍明远）1887.9.22

说明鲍照在《日记》中被称为鲍明远，出现在《日记》1887年9月22日。

人名字号音序索引

陈桂芬(陈太守桂芬、秋圃、陈秋圃、
首府、开封陈、府、知府陈、首府陈)
1886.11.24；1887.1.6，1.24，2.17，2.
19，7.27，7.29，9.13

陈翰声 1895.12.21

陈辑五 1886.7.28

陈纪山(纪山、陈)1885.9.18；1887.
3.26，8.11；1893.7.1；1894.1.2；
1895.1.9，2.25；1896.1.1，1.27；
1897.8.9，8.11，8.29，9.3

陈建侯(仲耦、首府)1879.12.2

陈捷(祥征)1879.9.1

陈金门 1885.10.15

陈缙(仲惺)1885.11.9

陈景煌 1894.7.4，8.4

陈镜清(陈君、镜清、小亭)1879.7.24

陈镜堂 1896.6.15

陈宽(陈栗堂)1894.6.24

陈礼森(陈守屿、礼森、陈守玙、守愚)
1894.1.4，1.12；1895.8.21；1897.
10.27

陈理裕(子余、明府、陈子余)1886.5.
23；1887.11.9

陈笠青 1885.12.1；1886.3.5

陈良 1887.2.27；1895.6.22

陈履忠(陈君履忠、卓如、县令)1887.
6.16，7.18，7.19

陈懋侯(陈伯双)1885.10.25

陈劢庭 1895.8.1

陈命官 1896.11.5

陈丕烈(绍庵)1885.11.14

陈丕业(少轩)1879.9.6

陈平 1888.3.17

陈其昌(子生、陈子生)1885.12.5；
1887.9.20，10.3

陈芑堂 1887.2.24

陈启昌 1896.12.24

陈启和 1894.10.30

陈启泰(陈伯平、陈老师)1893.9.2；
1894.8.8；1895.8.4；1896.8.29；
1897.1.17

陈棠伦(陈剑门)1897.6.17，9.29

陈庆 1894.12.8；1895.3.24

陈庆滋 1885.11.5

陈秋喜 1885.11.8

陈汝言 1897.10.16

陈绍华(幼斋)1895.9.24

陈绍珊 1894.7.15

陈师 1886.8.11

陈世勋(陈君世勋、墨樵)1879.8.22

陈世镛(陈欣山、世镛)1893.6.29，7.
1，10.29

陈守愚 1894.8.1；1897.9.23

陈树楠(陈君树楠、筱园、陈明府)
1879.9.2，9.3

陈陶 1896.11.27，12.1；1897.7.8，
9.15

陈桐巢 1885.10.5；1886.1.6，12.22；
1894.8.24

陈维烈 1894.6.3

陈文骏(陈叔玉、文骏、陈)1886.1.1，
1.10，2.15，8.9，9.6

陈文恪公 1894.3.25

陈文騄(仲英)1886.1.1

陈希谦(岫轩、太守、府、陈岫轩、陈君、提调、陈太守)1885.11.14;1886.3.8,4.3,4.26;1887.9.17,9.18,10.5,10.10,10.19;1888.1.20

陈锡绶(佩之)1885.11.14

陈熙垲(介如、陈介如)1885.11.30,12.14,12.24;1886.7.30,8.15,12.23;1887.1.8,2.1,2.18,11.7

陈宪(善堂、提调、陈善堂)1894.6.24;1896.11.11,11.28

陈献章 1895.5.22

陈星海(鄂泉)1897.9.22,10.4,10.6

陈濬 1885.11.18

陈阳(玫扶)1896.12.1;1897.9.22,10.4,10.6

陈以培(陈君以培、序东)1879.7.31

陈咏(陈君咏、与堂)1879.12.26

陈源潆 1886.8.11,12.23;1887.2.17

陈鋆(少辅)1887.8.5

陈运瑛(陈峻梧、峻梧)1886.9.7,12.27;1887.8.21;1888.2.2,2.28

陈臻 1886.6.4

陈仲子(仲子)1887.12.8;1895.4.22;1896.12.17

陈重庆(陈巽卿、陈道巽卿)1895.8.16,9.19

陈竹卿 1887.2.13,9.12

陈竹轩 1897.7.16

陈子英 1886.10.2

陈奏勋(养珊)1895.2.20

陈作霖 1887.3.20

柽甫 见姚礼泰

成孚(河督、河督成、成子中、河、河帅成、河帅、成、成河帅)1885.11.17,11.18,11.22,11.23,12.1;1886.1.28,1.30,2.4,2.11,2.12,2.19,2.21,2.28,3.3,3.6,7.18,7.20,7.24,7.25,12.21;1887.2.16,2.17,2.18,7.28,7.29,9.5,9.10,9.11;1893.6.27,7.4,7.11

成吉思汗(元太祖)1895.5.22

成觐 1894.11.21

成允(成竹铭、山东臬司成)1886.7.23,7.24,8.10

承恩(枫亭、枫庭、太守、府、承枫亭、提调、承枫庭)1886.2.16,5.24,7.13;1887.2.8,11.29,12.7,12.14

承佩之 1885.11.29,11.30;1886.2.10

承有庆(青云、景云)1886.9.11,9.12

程大姑奶奶 1894.6.9;1897.9.7

程丰厚(苣孙)1894.3.25,9.1;1895.10.25

程辅廷 1893.7.5,7.6;1894.9.24

程黼廷 1886.10.1

程菡芬 1897.3.17

程颢、程颐(程)1887.10.20;1895.11.27;1896.7.26

程芹香(鲁泉、程鲁泉)1893.10.10;1894.6.23,7.27

11. 10，11. 14

戴鸿慈(戴)1885. 9. 10

戴凭(戴次仲、凭)1887. 5. 17

戴文海（戴君文海、铁珊、戴明府）1879. 8. 20，8. 21

戴锡钧(戴艺郢、戴)1885. 9. 20，10. 7，10. 28；1886. 1. 25；1893. 9. 27，12. 25，12. 26；1894. 1. 8，11. 7；1895. 12. 9；1897. 1. 8

戴翊华(襄臣)1897. 1. 8

戴作霖(泽民)1887. 6. 13

戴作乂(晓林、戴晓林)1887. 6. 13；1888. 4. 2

丹如　见徐凤藻

丹朱 1885. 11. 4

单履谦(进园)1887. 3. 20

单述之(单希曾、述之)1893. 11. 8；1895. 4. 5；1897. 9. 28

但弼(肖丞、但明府、弼、但、但效丞、但肖丞、汲县但)1886. 1. 26，3. 8，3. 9，4. 3，4. 26，4. 27

但湘良(少村)1879. 9. 6

澹台灭明 1893. 9. 3

到儿 1895. 6. 19；1896. 5. 26

盗跖(蹠、跖)1887. 5. 1；1895. 5. 13；1896. 12. 18

道镕　见任道镕

道远 1879. 9. 5

德椿(心泉、武定守、德心泉)1893. 12. 5，12. 18

德立斋 1893. 10. 5

德林 1887. 12. 15

德增　见刘德增

德斋　见黄仁政

邓峻山 1885. 9. 19

邓愈 1895. 5. 22

邓正扬 1879. 11. 27

狄建鳌 1897. 4. 14

狄考文 1895. 11. 22

狄云锦(伯绚、狄、狄明府)1887. 4. 19，5. 15

迪斋　见张恒吉

翟伯恒(翟保之)1885. 9. 29

翟贻芝 1896. 11. 27

翟云升(翟文泉)1894. 3. 25

棣村　见张骧

棣威　见赵仪年

殿一　见高金甲

丁秉燮(丁君秉燮)1879. 8. 11

丁崇雅(鹿村)1879. 7. 26

丁槐(丁军门、槐、衡三、丁衡三)1895. 1. 25，2. 2

丁立钧(丁叔衡、立钧、叔衡、丁太守、府)1893. 6. 28，7. 3；1896. 10. 3，10. 6；1897. 3. 30，3. 31，4. 7，4. 15

丁寿昌（丁乐山、寿昌、枭）1879. 7. 27；1880. 1. 1

丁谓 1896. 11. 11

丁希陶(菊畦)1879. 7. 26

丁兆德(丁、庸之、丁大令、兆德、荣之、丁荣之)1893. 7. 28，12. 2，12. 21

定夫　见刘镇

冯德华(实斋、冯实斋)1893. 10. 2,
11. 6,11. 12;1895. 8. 23;1896. 8. 31

冯尔炽 1886. 7. 15

冯姑老爷 1895. 6. 5

冯光元(冯叔惠、冯太守)1887. 1. 14,
1. 15,1. 19

冯汝骙(星岩、冯星岩、冯)1895. 12.
2;1896. 11. 11;1897. 1. 11,11. 22,11.
25,11. 26

冯绍京 1896. 6. 15

冯申甫 1885. 10. 6

冯唐(冯公、唐)1879. 12. 28

冯文蔚(冯莲塘、前学、前学冯、冯联
棠、冯莲堂)1885. 10. 5,11. 12,11.
17,11. 18,11. 22,11. 23,11. 24,11.
26;1886. 8. 3;1887. 8. 20

冯异(冯大树)1879. 7. 31

冯异 1887. 12. 18

冯振声 1897. 11. 14

冯镇庭(义德)1893. 10. 21

冯仲谦 1897. 5. 5

冯自新 1896. 7. 3

凤楼　见陈凤楼

凤孙　见柯劭忞

凤五　见何云诰

凤章　见华凤章

伏生 1894. 2. 28

伏胜(伏生)1895. 6. 21

伏羲(羲皇、太皞、太昊)1885. 11. 5;
1886. 5. 12,10. 5;1887. 2. 22,4. 18;
1894. 4. 8

符曾　见李焜瀛

符三　见嵩寿

福和生 1894. 7. 11

福年　见薛福年

福人　见邵守正

福润(福中丞、福少农、抚、抚军、中
丞、抚院、抚台、福、抚垣、抚部)1893.
7. 9,7. 10,7. 24,7. 30,7. 31,8. 1,8. 2,
8. 3,8. 5,8. 6,8. 7,9. 10,9. 11,9. 23,
10. 5,10. 6,10. 7,10. 8,10. 14,10. 19,
10. 22,10. 23,10. 29,11. 3,11. 10,11.
13,12. 24,12. 25,12. 27;1894. 1. 5,1.
6,1. 13,1. 23,1. 24,2. 6,2. 7,2. 11,2.
22,2. 24,2. 25,2. 27,5. 31,6. 3,6. 4,
6. 14,6. 25,6. 27,6. 30,7. 7,7. 9,7.
16,7. 18,7. 27,8. 2,8. 5,8. 7,8. 16,8.
19,8. 30,9. 2,9. 4,9. 14,9. 15,9. 18;
1897. 5. 3

福盛 1894. 7. 9

辅臣　见孙国桢

辅言　见何绍昌

黼鸿　见赵黼鸿

傅赍予(少梅、傅少梅)1895. 8. 26

傅绍岷 1894. 1. 31

傅说(说)1886. 5. 30;1893. 8. 9

傅锡桐 1897. 10. 18

傅叶唐 1897. 10. 27

傅橒(傅芝如、橒、芝如)1886. 2. 23,
5. 26,6. 14;1887. 2. 10,11. 12,11. 27;
1894. 10. 29

傅钟俊(傅明府、香泉、傅钟浚、松泉、

华世铎(华听桥、家听桥、听桥)1893.
11. 11,11. 12;1897. 1. 29,2. 8,2. 19;
1897. 4. 30

华世奎(彌臣)1893. 7. 1,7. 16,12. 25

华世铭(家允卿、允卿)1893. 7. 1,7.
6,7. 16;1897. 4. 30

华枢(枢、星垣、侄孙)1893. 8. 2;
1894. 1. 10,1. 12,2. 8;1895. 8. 16,8.
27,9. 14,9. 15;1896. 10. 12;1897. 6.
19,6. 20,8. 1,11. 4,11. 13,11. 14

华亭　见吴茂先

华锡三 1887. 8. 20

华轩　见陈本荣

华学澜(锐安、瑞安、锐庵、家瑞安、
瑞)1885. 9. 25,9. 30,10. 24;1886. 1.
30,5. 24,6. 12,7. 28;1886. 9. 1;1893.
8. 1,9. 2,9. 9,11. 26,11. 30,12. 25,
12. 26,12. 31;1894. 1. 8,2. 15,2. 18,
3. 7,3. 18,5. 28,6. 3,6. 6,6. 12,6. 17,
6. 20,7. 9,7. 19,7. 21,7. 31,9. 15,9.
26,9. 27,10. 9,10. 21,10. 25,10. 27,
11. 5,11. 17,12. 30;1895. 1. 2,1. 9,2.
14,3. 4,3. 27,5. 9,5. 12,6. 5,6. 23,7.
16,7. 26,7. 27,8. 21,8. 23,9. 12,9.
13,9. 16,11. 13,11. 15;1896. 1. 1,1.
6,1. 23,1. 24,2. 6,2. 29,3. 1,5. 13,7.
10,7. 30,8. 6,8. 28,8. 29,9. 23,10. 4,
11. 5,12. 5;1897. 1. 11,2. 20,2. 22,3.
11,4. 30,5. 13,5. 26,5. 29,6. 18,7. 5,
7. 16,7. 27,9. 22,10. 22

华学祺(卫瞻、三侄、卫占、卫)1885.

9. 18,12. 15;1886. 1. 11,7. 23,9. 1,9.
21,9. 22;1887. 2. 5,5. 11,5. 19,6. 2,
6. 9,11. 12;1888. 1. 4,1. 10,1. 11,1.
31,2. 29;1893. 7. 8,9. 14,9. 19,10.
10,10. 16,11. 5,11. 26,11. 30,12. 25,
12. 31;1894. 2. 14,2. 15,3. 7,4. 8,6.
11,6. 27,7. 5,7. 19,7. 26,7. 31,9. 2,
9. 11,9. 20,9. 24,9. 25,10. 9,11. 5,
12. 7,12. 30;1895. 1. 2,1. 15,2. 8,2.
14,4. 24,4. 25,6. 5,6. 7,6. 10,6. 19,
6. 26,7. 25,7. 27,8. 23,9. 3,9. 12,9.
13,11. 13,11. 15,12. 27;1896. 1. 1,1.
12,2. 6,2. 9,2. 29,3. 1,5. 13,6. 19,7.
10,7. 17,8. 5,8. 6,9. 1,10. 2,11. 5,
11. 11,12. 4,12. 5,12. 31;1897. 1. 4,
1. 11,2. 8,2. 20,2. 22,2. 24,4. 5,4.
13,4. 30,5. 13,5. 26,5. 29,6. 8,6. 16,
6. 26,6. 28,7. 16,7. 24,7. 27,8. 5,8.
6,8. 25,9. 3,9. 22,10. 21,10. 22

华学湜(湜、学湜)1895. 4. 7,8. 16

华学涑(学涑、涑儿、涑、华实甫)
1885. 12. 14;1888. 4. 2;1893. 8. 4,8.
5,8. 10,8. 15,8. 16,10. 9,10. 12,12.
26;1894. 2. 9,2. 25,2. 26,3. 11,3. 12,
3. 18,7. 26,7. 28,8. 3,8. 5,8. 12,8.
13,8. 19,9. 2,9. 4,9. 22,9. 29,10. 1,
10. 7,10. 8,10. 9,11. 5,11. 28,12. 18,
12. 31;1895. 2. 15,2. 17,3. 24,4. 7,5.
11,5. 18,5. 23,6. 19,6. 23,6. 26,7. 2,
7. 3,7. 12,8. 16,8. 21,9. 13,9. 14,9.
15,9. 20,10. 9,10. 12,10. 21,10. 31,

5.12

贾夫人（夫人、贾世兄之夫人）1885.
12.25；1886.1.12，1.13

贾联堂（贾君联堂、槐三、贾槐三）
1879.8.10，12.22；1886.4.28；1888.
2.26

贾鲁 1879.8.13；1886.9.8；1887.
4.17

贾琴轩 1896.12.25

贾廷琛 1896.9.29，10.3

贾孝彰（贾君孝彰、叔延、贾叔延、贾
叔言、贾）1879.7.30，7.31，12.29

贾业（亿轩）1885.11.12

贾谊（贾傅、贾公）1879.9.12，10.29，
10.30，11.3；1896.7.2

贾桢（贾文端、文端）1879.7.30

贾致恩（贾湛田、贾世兄、贾廉访、臬、
署臬贾、贾、贾臬、臬司贾、臬台、贾廉
舫）1885.12.7，12.19，12.25；1886.1.
12，2.16，3.5，7.18，7.19，9.7，10.5，
12.20，12.28；1887.1.24，1.29，2.17，
2.18，9.17，9.18；1888.1.26，2.5

贾仲文 1885.10.9

检予　见王兆骐

简玮卿 1894.10.26

建侯　见李寿康

剑泉　见贾敦宪

健甫　见俞象乾

健泉　见胡培厚

鉴泉　见周鉴泉

鉴堂　见白文清

鉴亭　见王立清

江　见藩江

姜淮（莲舫）1887.1.8

姜尚（姜太公、太公、太公望）1886.
11.2，11.6；1896.4.26

姜钟喆 1887.1.8

蒋茂斋 1888.2.28，3.1

蒋士修 1897.10.16

蒋式芬（蒋艺圃）1885.10.1，10.11

蒋文海（蒋晓楼、文海）1886.1.18

蒋文霖（月槎）1893.7.24

蒋锡彤 1897.3.17

蒋筠轩 1897.10.21

蒋兆奎（蒋观察、兆奎、蒋筠轩）1897.
6.12，6.13，10.21

蒋志乾（爱山、蒋）1897.11.9

蒋仲仁 1885.10.11

胶鬲 1887.10.28

焦丹丞（焦丹臣）1885.11.17，12.4，
12.6，12.28；1886.1.27，1.30，2.9，8.
24，9.7，12.27；1887.1.15，9.12；
1888.1.25

焦祐瀛（焦桂樵、祐瀛、焦桂翁）1885.
10.2，12.31

焦樾（丽松）1885.10.29

阶平　见姚阶平

洁　见张洁

桀溺（溺）1887.7.23；1888.3.9

捷昌　见鞠捷昌

捷卿　见舒敏

捷三　见张洁

解缙 1895.5.22

介臣　见葛圭藩

介臣　见葛圭藩

介臣　见郭鉴襄

介葛卢 1887.5.19

介如　见陈熙垲

戒之　见王金铭

金恩科 1897.10.22

金庚　见钮金庚

金林(品三)1896.6.1,6.18

金门　见沈金门

金寿　见华金寿

金粟　见许桂芬

金猷大(升卿)1888.1.4;1895.2.19

金斋　见李錤

金芝　见张金芝

锦川　见李务滋

荩臣　见陶立忠

晋平公(晋侯)1888.4.17;1893.11.24;1894.5.25

晋文公(重耳、文公、晋侯、晋文)1886.10.5;1887.11.8;1894.3.29;1895.6.21,6.30

晋羲　见王伯鹅

景川　见李务滋

景韩　见刘树堂

景荚生 1897.5.5

景孟　见杨景孟

景启夔 1893.7.29;1894.8.3;1895.8.6

景诗 1894.5.9

景熙 1896.10.7

景沂　见王其濬

景云　见承有庆

璟璐(佩卿)1897.10.26,10.31

警吾　见姚警吾

敬臣　见李廷镇

敬臣　见王敬臣

敬海　见刘永清

敬修　见李敬修

敬之　见方观法

静庵　见窦克勤

静庵　见王玉山

镜江　见白冠瀛

镜元　见逯蓉

裘斋　见赵锦章

鞠捷昌(鞠子联、捷昌、鞠观察、鞠、河道鞠、河、署臬鞠、署臬台鞠、臬鞠)1885.11.18,11.23,12.5,12.9,12.10,12.11;1886.2.11,2.12,9.1,12.21;1887.1.11,1.24,7.18,7.27,7.28,7.30,9.3,9.5,9.13

鞠人　见徐世昌

菊畦　见丁希陶

菊泉　见刘冠英

菊人　见徐世昌

菊仙　见姚丙然

菊庄　见崔辅常

巨川　见苏杰

巨卿　见刘占魁

巨山　见董国良

句践(勾践)1886.4.8

匡章(章子)1886.12.3,12.8

奎(文轩)1895.8.9

奎光 1895.8.23

奎恒(乐轩)1885.11.3

昆　见裕昆

崑生　见周源瀚

崑余　见玉兴

阔普通武(阔普通)1895.9.28

莱朱 1886.10.10;1894.9.11;1895.
3.22

兰舫　见张瑞芬

兰楫　见洪用舟

兰樵　见贺锡瑜

兰如　见濮贤恪

兰师　见李鸿藻

蓝志化 1896.11.27

郎益厚(郎明府益厚、玉昆、王昆)
1886.1.18;1887.2.16

琅圃　见濮瑗

朗轩　见姚延烺

老八 1896.11.27;1897.3.29,7.15

老五 1897.9.19

乐天　见白居易

乐庭　见容裕

乐轩　见奎恒

雷鹤鸣(仕亭)1885.11.5

雷允恭 1896.11.11

冷庆(冷、庆、冷景云、协)1879.7.27;
1880.1.1

离娄 1894.9.9

礼森　见陈守峙

李 1885.9.10

李 1886.7.27

李 1893.10.15

李昂(唐文宗)1896.12.6

李白(太白、李)1886.11.1;1895.4.
9,4.15,5.25;1896.5.4,11.12

李宝臣(渭滨)1885.11.6;1887.8.20

李标凤(翥霄)1887.10.22

李秉衡(新抚军、李鉴堂、李中丞、抚
院、抚、李抚台、抚李、抚台、中丞、李
健堂、抚军、抚院李)1894.9.25,9.
26,9.29,9.30,10.1;1895.1.10,8.
31,9.1,9.2,9.19,9.20,9.21,9.29,
10.16,10.21,12.27,12.29;1896.1.
12,2.5,2.24,2.25,3.1,7.7,7.8,7.
9,9.1,10.8,12.30;1897.1.13,1.16,
1.25,1.29,1.30,2.2,2.7,2.9,2.13,
2.16,2.23,2.25,2.26,3.22,6.20,6.
21,8.4,8.28,9.2,9.6,9.17,9.18,9.
20,9.28,9.29,10.2,10.3,10.4,10.
12,10.21,10.23,11.11,11.14

李昺(李中丞、李、昺)1894.5.31

李炳文 1896.12.24;1897.3.17

李伯勋(李令、伯勋)1886.7.25,8.
11,8.27,12.24;1887.2.17,7.31,9.
3,9.13

李步云(莲卿)1886.4.27

李策勋 1897.2.8

李常 1887.6.18;1894.9.19

李焯 1896.12.25

李诚保(子如)1896.5.30

李程 1886.11.1

李春锦 1896.11.5,11.6

李待时(聘珍、李君)1886.5.22,5.23

李德洞(酌卿、李、府、李酌卿)1887.4.19,5.15,5.16,6.8;1888.4.5,5.10

李德钧(李君德钧、李君)1879.8.10,12.22

李德裕 1895.9.27

李殿林(李、李荫墀)1885.9.10,9.28

李东阳 1895.5.22

李端棻(主考、李苾园)1894.9.3,9.5,9.7,9.25,10.4,10.5,10.6,10.7,10.12,10.14,10.15,10.16

李耳(老子)1886.7.13

李芳柳(李香陔、府、香陔、提调、李香陔)1895.12.23;1896.10.12,12.3,12.17,12.18,12.25

李福田(李君福田)1879.8.4

李恭辰(李菊溪、恭辰)1885.11.18

李古香 1879.12.16

李光第 1887.1.9,8.22

李广 1885.11.8

李广林 1885.10.12

李桂林(李子丹、子丹、主考)1885.12.23;1886.1.2;1894.11.5;1897.8.29,9.2,10.4,10.7,10.8,10.10,10.11,10.12

李国和(李守、国和)1886.8.27

李瀚章(制、筱荃、督)1879.12.2

李鸿涛 1897.9.22

李鸿藻(李兰师、兰师、高阳、李高阳、李、京高阳、兰翁、高阳相、高阳师、李高师、李兰孙、师、老师)1885.9.12,9.14,9.17,9.24,10.2,10.4,10.11,10.14,10.16,10.20,10.24,10.27,11.21;1886.1.16,7.28;1887.8.4,11.15,12.1;1888.1.3,1.27,2.10;1893.6.25,6.27,7.1,7.9,7.12,7.14,8.1,10.9,10.10;1894.1.16,6.13,7.26;1895.1.20,7.24,7.27;1896.7.25,8.8,9.3,10.3;1897.1.3,5.12,7.26

李鸿章(合肥爵相、李少荃、鸿章、督、合肥中堂、合肥相国、李)1879.12.2;1880.1.1;1885.10.3,10.14;1894.2.23

李焕新(明轩)1887.4.17

李季农(春瀛、李春瀛)1885.12.8;1886.12.26

李绩 1895.4.13

李价人 1885.9.30

李建山(李建三)1885.11.18,11.27,12.19,12.31;1886.1.29,2.7,3.2,9.3,9.7;1887.8.17;1888.1.31,2.8,2.19,2.23,2.25

李金海(北滨)1879.12.16

李锦江 1896.12.24

李景顺 1887.11.7

李敬修(李济生、敬修、李君、济生)1895.8.21;1896.3.29,10.9,12.29;1897.10.6

李聚奎(星阁)1887.4.17,9.2

刘沛然(刘润生、沛然)1885.10.2

刘荣椿 1896.11.22

刘汝翼(献夫)1885.11.3

刘瑞璘(绍闻)1897.9.28

刘瑞祺(藩、藩台刘、藩台、刘景臣、刘方伯、刘、刘藩台、藩刘、刘方伯、刘藩)1886.12.20,12.21,12.28;1887.1.2,1.15,1.19,1.24,1.29,2.14,2.17,6.9,7.27,7.28,7.29,7.31,8.3,8.22,9.3,9.5,9.11;1888.1.23,1.26,2.5,2.17,2.27,2.28

刘世省 1896.5.23

刘树槟 1896.5.2

刘树堂(刘景韩、树堂、景韩、道、桌)1879.7.27;1880.1.1;1885.11.3

刘思诚(子其、子真)1893.10.14;1894.1.20,2.9,8.3,12.12;1897.2.28

刘素庵(际唐、继唐、令、刘际唐、素庵)1885.12.19;1886.1.19;1887.7.21,7.22;1888.3.9

刘体恒(立斋、刘立斋、县、刘大令、汲令)1887.9.17,9.18,10.5,10.19;1888.1.20,3.2,3.3

刘天与 1885.11.4

刘味唐 1885.10.18

刘文煃(星伯)1896.10.10,12.28

刘闻远 1895.4.4

刘岘 1894.12.7

刘向 1894.11.18

刘协(汉献帝)1879.8.15

刘信庵 1896.9.1

刘秀(光武、光武帝)1879.7.31,8.1,8.25;1885.11.8;1886.5.23;1887.6.15,6.20,7.22;1888.3.9,3.10,4.1

刘学谦(刘益斋)1893.7.14,7.16,10.23;1894.1.16

刘晏 1895.4.13

刘宜勷 1896.12.24

刘荫弟 1897.4.14

刘应元(梅村)1894.6.27

刘永清(敬海)1885.11.13

刘禹锡(刘梦得)1887.10.25

刘毓楠(刘楠卿、刘南卿)1885.11.23,11.24,11.26;1888.2.28

刘豫立(平甫)1887.1.1,1.8,7.29,8.18,9.9

刘元亮(刘菊农、元亮、刘太史)1895.4.4

刘元卿(聚奎、刘聚奎、元卿)1893.7.14,10.16,10.20;1896.2.1

刘占鳌 1896.10.26

刘占魁(参将、巨卿、刘巨卿)1896.10.12,12.3,12.25

刘长庚(西垣、刘西垣)1897.6.18

刘振镕 1897.3.17

刘镇(定夫、刘定夫)1879.9.6,11.8

刘正谊 1896.9.29,10.1

刘枝彦(刘竹坡、枝彦)1885.10.31

刘智 1893.7.26;1897.11.18,11.19

刘竹春(竹春、刘)1885.9.24;1886.7.23;1893.11.5,12.17;1894.1.29,

萨承钰(幼恒)1894.2.28

桑彬(桑叔雅、彬、桑素雅)1885.10.
2,10.5

桑鹤轸 1896.7.3

僧格林沁(僧忠亲王、僧王)1894.7.
7;1895.7.26;1896.7.15,10.12;
1897.7.4

沙静斋(遂良、沙敬斋)1886.1.14,3.
2;1887.1.19

沙致良 1886.8.9,12.25

善堂　见陈宪

商辂 1895.5.22

商汤(汤、高后)1886.4.8,11.6;
1888.4.10;1894.12.17

上林　见徐嘉树

尚其亨(尚会臣、府、尚太守、会臣、提
调)1894.11.3,11.17,12.14,12.15,
12.30;1895.1.4,8.24;1897.1.27,3.
2,3.10,3.18

尚庆翰 1897.10.16

尚贤(尚雅珍)1885.10.17

茗生　见凌梦魁

少槎　见郭斌寿

少村　见但湘良

少村　见徐思勤

少峰　见耆绅

少甫　见曹西屏

少辅　见陈銎

少昊(金天氏)1896.4.1

少侯　见吴煜

少菊　见詹荣麟

少康 1887.2.21

少兰　见华俊声

少莲　见李树基

少陵　见杜甫

少梅　见傅赉予

少敏　见周绍敏

少坡　见张继轼

少浦　见袁鼎勋

少樵　见谭传瑄

少山　见李松

少唐　见李铨

少棠　见李铨

少田　见屠丙勋

少薇 1879.12.2

少文　见周少文

少湘　见胡昶英

少轩　见陈丕业

少轩　见刘宗瀚

少岩　见姚绳祖

少岩 1886.1.5

少旸　见程仁均

少玉　见张仁黼

邵承裕(叔曼、邵叔曼、县)1888.4.5,
4.23,5.10

邵亨豫(抚、汴生、监临、抚台邵、邵大
前辈、前任湘抚邵)1879.9.6,9.16,
9.17,9.21,9.23,9.25,9.29,9.30,
10.9,10.24,10.27,10.28,12.3

邵积诚(邵实夫)1893.10.16

邵景龙 1885.11.9

邵守正(福人)1893.10.16,11.3

1897.11.6

汪以和 1895.8.25

汪垣 1886.5.24

王 1885.10.26

王 1894.1.11,2.13

王 1894.1.12

王鏊 1895.5.22

王宝瑜(玉堂)1895.8.24

王豹 1887.12.2

王必名(王公必名、王、实卿、首县)
1879.9.13,9.18,9.19,9.29,10.24,
10.27,11.3,11.16

王宾王 1896.9.1

王秉愨(漱泉)1895.10.28,12.18,
12.19

王秉章 1894.8.6,8.9

王伯鹅(晋羲)1897.11.19

王勃(王子安)1887.10.25

王步庭 1894.1.22

王曾(王沂公)1894.3.5;1896.11.11

王曾俊(伯安、王君、王伯安)1894.5.
8;1897.10.5,11.14

王常 1879.8.25

王传镕 1896.12.24

王大经(藩、晓莲)1879.12.2

王道隆(王明府道隆、铁孙、王铁孙、
洛阳令)1886.1.18,5.24,6.16,7.
13;1887.2.16

王鼎和 1896.7.3

王鼎元 1885.11.30;1887.1.7

王恩保(梅臣)1887.8.22

王恩湉(王晋贤、王)1893.6.28,7.
15,8.1;1896.5.13,10.3

王恩庆(锡之)1894.5.8

王璠(珮珊)1885.11.30

王福 1880.1.1

王国宾 1897.3.17

王海山 1896.11.5

王翰琛 1895.9.11;1896.8.31,9.30

王鹤田 1885.10.1

王怀曾(王德亭)1894.12.7

王欢(右师、欢、子敖)1886.4.6;
1895.5.30

王蕙兰(仲芳)1893.7.20

王杰(王悒园)1897.10.16

王金铭(戒之)1893.7.19

王景元 1886.2.18

王敬臣(王、敬臣)1885.9.29;1893.
10.17,11.5,11.9,12.25,12.26;
1894.10.22,10.23;1895.5.18,8.9

王敬熙 1885.12.24

王敬勋(祝萱)1896.7.7;1897.2.26

王九如(祝庵)1886.1.15,12.31

王君 1896.2.9

王俊(王雕儿)1879.8.8

王骏文(小湘)1897.6.17,9.26,11.
7,11.14

王昆　见郎益厚

王来魁(王副将来魁、润身)1896.
11.7

王兰池 1885.10.1

王兰森(蔗香、王大令)1887.11.8,11.9

王豫征 1886.7.31

王元达 1893.7.2,7.13

王元璐 1897.10.16

王元瑞 1896.5.2

王蕴章 1894.10.8

王宰 1888.3.13

王泽同 1896.5.23

王兆骐(检予)1893.7.25

王照(王小航)1894.6.15

王桢(清甫)1886.3.9

王振声(王少农)1885.10.5

王之范 1896.7.3

王之篆 1897.9.22

王钟俊 1897.11.12

王卓生 1896.12.31

王子鹤 1885.10.5

王子兰(宝仪)1885.10.2

王宗元 1896.12.24

王遵南 1896.5.23

王作梅 1896.5.2

威　见苏威

微子 1888.3.14

韦炳(韦君炳、翰如)1879.8.25

韦煐 1879.8.25

维朴　见何维朴

伟如　见潘霨

玮人　见贺良槐

卫　见华学祺

卫桂森(卫观察、桂森、卫小山、卫、粮
道卫、署粮道卫、粮道、候补道卫、卫
候补道)1885.11.29,11.30,12.4;

1886.1.31,2.11,2.22,3.3,7.20,12.
21,12.23;1887.1.24,2.17,7.1,7.
31,9.5,9.13;1888.2.17,2.19

卫灵公 1887.6.27;1895.4.21,6.26

卫孝公 1895.4.21

卫瞻　见华学祺

卫占　见华学祺

味庵 1879.12.4

渭滨　见李宝臣

渭臣　见王梦熊

渭川　见吕佐周

蔚　见辛蔚如

蔚生　见张世卿

魏柏崖 1893.6.30

魏谟 1896.12.6

魏少程(起鹏、魏、魏令、县、魏大令)
1894.3.27,4.16,4.18,5.4

魏相 1895.4.13

魏野 1887.11.16

魏一德(咸亭)1886.12.24;1887.
7.31

魏徵(魏文贞、魏文、文贞公)1879.8.
7;1896.7.2,12.6

温舒　见路温舒

文庵　见杨蔚本

文海　见蒋文海

文会 1896.12.1

文锦　见王文锦

文俊(秋山)1879.8.5

文泉　见秦业进

文荣(欣甫)1888.1.15,3.7,5.15

9. 17，10. 10，10. 12，12. 15；1886. 7.
23，9. 21，9. 22；1887. 5. 19

薪传　见王薪传

信陵君 1886. 11. 26；1894. 3. 6

信余　见王扬芳

星伯　见刘文煃

星槎　见曹隽瀛

星槎　见黄源

星池　见范崇钤

星阁　见李聚奎

星阶　见崇福

星桥　见何福奎

星如　见余文炳

星如　见袁成惠

星石　见郭星石

星岩　见冯汝骙

星垣　见华枢

惺斋　见刘成身

雄　　见扬雄

熊奉章（芷怡、芷培、熊芷培）1886. 2.
12，2. 28，9. 6，9. 8，12. 25；1887. 7. 29

熊枚 1885. 11. 1

熊书林 1896. 9. 29，10. 1

秀生　见查嵩成

岫轩　见陈希谦

袖海　见杨锦江

胥臣 1886. 4. 5

徐◇◇1895. 12. 30

徐 1885. 9. 10

徐本立（绰云、徐倬云）1887. 2. 14，
2. 18

徐达 1895. 5. 22

徐凤藻（丹如）1893. 7. 29；1894. 6. 22

徐福谦（徐漱珊）1897. 9. 7

徐赓陛（次舟）1894. 3. 29

徐晃 1886. 9. 10

徐会澧（徐东甫、顺天学政）1894. 10.
9，11. 28；1897. 2. 18

徐继锵（若笙）1879. 9. 8，11. 27

徐家相（小堂）1895. 9. 24

徐嘉树（徐上林、上林）1885. 11. 28，
12. 28；1886. 2. 21，7. 25

徐嘉猷 1886. 2. 25；1887. 11. 29

徐鉴（徐仁甫、仁甫、徐巡检）1895. 3.
9；1897. 11. 18

徐金绶 1897. 1. 3

徐铭勋（徐、子澍）1885. 11. 6

徐少濂 1896. 9. 29，10. 3

徐士鋆（徐翰臣）1885. 9. 26

徐世昌（菊人、徐菊人、鞠人）1886.
12. 26；1893. 6. 29，7. 1，7. 14，7. 16，
10. 12，11. 5，11. 26；1895. 4. 24

徐世光（友梅、徐友梅、世光）1885.
12. 12；1893. 7. 29；1893. 10. 13；1894.
1. 15，6. 12，6. 14；1896. 2. 1；1897.
11. 6

徐书年 1896. 4. 14

徐庶 1879. 8. 15

徐思勤（少村）1893. 10. 12

徐桐（徐、徐相国）1893. 6. 27，7. 11

徐慰曾 1895. 12. 23

徐问点 1896. 5. 23

12.30,12.31;1897.1.1,2.2,2.7,2.
9,2.23,2.25,3.22,5.11,5.12,5.21,
5.22,5.23,6.5,6.12,6.13,8.15,9.
21,9.23,10.3,10.16

豫让 1879.8.3;1885.11.9

豫堂　见宋森荫

渊明　见陶潜

元结(元次山)1886.9.13

元亮　见刘元亮

元卿　见刘元卿

袁安(袁邵公、安)1887.5.17

袁保恒(袁)1885.12.9,12.11,12.21

袁成惠(袁星若、星如、袁承惠)1885.
11.28,12.12;1886.2.13,8.1,12.25;
1887.8.21

袁崇镇 1896.9.29,10.3

袁鼎勋(少浦)1885.11.14

袁际云 1893.7.3

袁荣光 1897.9.22

袁世猷 1894.6.28

袁桐(梦梧)1896.1.30

袁玉锡(季九)1886.12.22

袁镇南(葆臣、袁保臣)1886.4.29;
1887.10.23

原壤 1888.4.26

原宪(宪)1888.4.26

远崖　见康乃猷

苑介卿 1893.9.23,12.25;1897.1.14

月槎　见蒋文霖

月亭　见桂春

乐毅 1896.3.11

乐正裘 1895.7.4

乐正子(乐)1887.5.2,11.19;1895.
7.10

岳飞(岳忠武王、忠武、岳忠武)1879.
8.8,8.17;1885.11.13

岳亭　见恒山

岳永昌(永昌、忠武二十六世孙)
1879.8.8;1885.11.13

云迟　见吴国栋

云帆　见高袖海

云舫　见甘汝济

云舫　见张仲儒

云甫　见朱云甫

云阁　见华振

云衡　见史敬钧

云会　见刘济臣

云阶　见岑春煊

云门　见刘焌

云卿　见张承燮

云生　见何桐青

云师 1879.9.5

云溪　见薛福年

云芝　见汪庆长

芸圃　见曹佩兰

樗　见傅樗

允弼 1893.10.26;1896.7.30

允孚　见娄允孚

允卿　见华世铭

允卿　见朱乃恭

允堂 1887.8.11

恽彦琦(粮道、莘农)1879.12.2

伯、张藩台)1895.8.14,8.18,8.24,
9.2,9.20,9.21,12.29;1896.1.10,1.
22,2.24,7.8,7.9,8.31,10.5,10.8,
12.30,12.31;1897.1.1,1.26,2.2,2.
23,2.25,3.22,5.9,5.10,9.27,9.29,
10.3,11.12

张果老 1885.11.8

张海峰 1895.9.13

张恒吉(张君恒吉、迪斋)1879.7.30

张鸿顺(张公鸿顺、张、子遇、张子遇、
鸿顺)1879.9.13,11.15;1893.7.3,
12.24;1894.1.4,3.26

张鸿宪(张君、张、鸿宪、海珊、张大
令、张令)1894.3.26,5.5;1895.7.29

张集庆 1895.10.16

张际辰 1896.9.29,10.1

张继轼(少坡)1897.11.21

张建桢 1896.11.27

张洁(张锡三、洁、捷三)1885.12.11;
1886.1.11,1.23,2.8,3.2;1887.2.9,
2.16,8.30,9.11;1896.5.23

张金芝(张芗圃、金芝)1893.10.27,
11.6;1894.2.28,6.17

张橘坪 1885.11.8

张俊 1879.8.8

张俊哲 1896.4.14

张堪 1887.6.18

张琨(琢如)1886.7.26,12.27;1887.
2.16,8.19,9.13

张联薰 1896.5.23

张辽(张)1886.9.10

张琳(琳)1879.11.15

张明 1895.2.12

张沐(张仲诚)1887.6.11

张乃清 1896.6.15

张启盛(张佑臣、启盛)1894.7.8

张骞(博望侯)1887.7.19

张晴崖 1885.10.6

张人骏(张安圃、人骏)1885.10.2

张仁黼(少玉、张)1895.4.5,9.10

张荣恩 1888.3.30

张汝明(禹臣)1885.11.6

张瑞芬(兰舫、张兰舫、瑞棻)1893.7.
29,8.1,8.8,9.11;1894.2.9,8.12,
10.10;1897.7.11,9.27,10.11,11.6,
11.14

张润卿 1897.9.12

张上达(虞箴、济东道、首道、张虞箴、
道、运、张愚箴、观察张、张观察)
1893.8.6,10.4,10.5,10.7,12.24;
1894.2.6,7.11,8.14,9.25,9.26,10.
1,10.2,10.30,11.2,11.13;1895.1.
10,1.11,2.7

张绍华(张筱传)1887.5.12

张师俶(念慈、张)1888.5.16

张士惠(子骏)1888.5.14

张士佶 1896.9.29,10.3;1897.10.6,
10.16

张世卿(蔚生)1895.4.5

张释之(张公)1888.3.11

张守诚 1894.8.3

张守宪(张君守宪、亦山、一山、张明

1897. 4. 13,9. 4,9. 16,11. 23

周成王(成)1895. 5. 27

周传绪(伯延)1893. 7. 29

周大老爷 1894. 5. 31

周德润(顺天学)1888. 3. 20

周敦颐(周、周子)1887. 10. 20;1896. 7. 26

周二姑太太(二姑太太、周)1887. 8. 31,9. 1;1893. 9. 2,10. 10;1894. 2. 15, 3. 18,6. 17,9. 24;1895. 1. 2,1. 24,2. 8,4. 8,9. 1;1896. 7. 10,7. 28,8. 2,8. 29,11. 5;1897. 1. 11,2. 21,2. 22,6. 22

周凤鸣 1896. 1. 12

周黼平 1896. 2. 9

周公(周、元圣)1886. 4. 16,5. 9,9. 21,11. 2;1887. 2. 27,9. 23,10. 13; 1894. 5. 18,5. 19,9. 11,12. 21;1895. 4. 13,4. 23,5. 22,6. 22;1896. 9. 17, 12. 11

周鹤汀 1888. 1. 31

周厚仁 1896. 10. 7

周桓王(桓王)1886. 5. 23

周蕙 1886. 10. 31

周蕙孙(蕙孙)1888. 1. 4,1. 10,1. 11; 1893. 7. 24,7. 26,7. 27;1894. 1. 28,9. 1,9. 3,9. 11,10. 23;1895. 3. 18,6. 10, 7. 3,8. 14;1896. 3. 4,4. 14,5. 26; 1897. 3. 24,5. 6

周辑五 1894. 2. 15

周家齐(可均)1896. 3. 31

周鉴泉(鉴泉)1886. 1. 28,8. 20,8.

29,9. 5;1887. 1. 4,2. 10;1893. 7. 5,9. 8,9. 14,10. 17,10. 27,10. 28,12. 9; 1894. 1. 2,1. 12,2. 25,2. 26,3. 7,3. 11,3. 12,6. 18,6. 22,7. 6,7. 11,7. 18, 8. 5;1895. 1. 21,3. 9,4. 13,7. 27,7. 28,7. 29,7. 30,8. 7,8. 8,8. 30,10. 1, 10. 3,10. 8,10. 9,10. 17,11. 13;1896. 1. 1,3. 1,5. 13,5. 23,9. 1,11. 28; 1897. 6. 16,6. 18,8. 1,10. 12

周开济(周君开济、子奇)1879. 12. 13

周康王(康)1895. 5. 27

周堃山 1893. 11. 4

周厉王(厉)1895. 5. 27

周龄(周鹤亭、龄、周星使)1885. 11. 12

周荣浦(周)1886. 1. 2

周少莲 1885. 10. 29;1886. 8. 4,8. 13

周少年 1886. 8. 13

周少文(少文)1896. 2. 7,2. 21;1897. 3. 11,9. 16,10. 11,10. 13

周绍敏(绍敏、周少敏、少敏)1886. 1. 4,1. 6,1. 11,1. 14,1. 15,8. 13;1887. 3. 19,7. 1,8. 9,11. 10;1888. 4. 10; 1893. 7. 16,11. 1;1894. 1. 28,7. 6,7. 28,8. 19,9. 4,10. 9,10. 22;1895. 1. 2, 1. 15,2. 11,3. 27,8. 22,10. 17;1896. 2. 24,4. 14,11. 30;1897. 9. 8

周树桢 1896. 12. 24

周太王(大王、太王)1886. 4. 8;1887. 3. 3,3. 18,12. 2,12. 25;1895. 7. 14

周文麟 1896. 3. 21

周文王(文王、文、西伯)1879. 8. 8;

1885. 11. 13；1886. 4. 1，4. 8，11. 6；
1887. 5. 26，6. 24，7. 5，12. 2；1888. 4.
14；1893. 8. 19；1894. 11. 21，12. 19；
1895. 3. 17，10. 7，12. 1，12. 7；1896.
11. 2；1897. 3. 14，4. 9，8. 21

周武王（武王、武）1886. 5. 23；1887.
6. 24；1895. 10. 7

周襄王（襄王）1886. 9. 10

周秀东 1893. 11. 8，12. 17

周绪任（孙婿）1894. 1. 12，2. 8

周宣王（宣）1895. 5. 27

周亚夫 1896. 6. 4

周元理（周司空、元理、周）1879. 7.
27；1885. 11. 3

周元熙 1886. 7. 31；1887. 2. 9，9. 7

周元钊（勉轩、勉斋）1885. 11. 14；
1887. 9. 17；1888. 2. 20

周源瀚（崑生）1895. 4. 6；1896. 5. 29

周占魁（梅亭）1885. 11. 12

周郑表（周大令郑表、慕侨）1897.
6. 18

周子化（子化）1894. 2. 1；1895. 5. 3，
8. 26，12. 2；1896. 4. 6，9. 27

周子伦（子伦）1888. 1. 30；1893. 7.
14；1895. 10. 2，11. 17，12. 2

纣 1879. 8. 10；1886. 5. 23

朱百遂（朱适庵）1885. 10. 7

朱炳章（朱云卿、炳章）1895. 7. 29；
1897. 4. 15

朱邕侯（柜泉）1879. 9. 6

朱次帆 1897. 9. 10

朱大姑奶奶 1894. 10. 31；1896. 4. 6

朱大铺 1887. 8. 6，9. 3

朱德昌（小兰、朱小兰）1893. 7. 29，
10. 11，10. 12，10. 13，10. 14；1894. 2.
9；1897. 1. 31，10. 3

朱棣（成祖）1895. 5. 22

朱栋夫 1894. 1. 12，1. 13，1. 15

朱尔昌 1887. 1. 6，9. 10，9. 13

朱馥堂（朱绂堂、朱）1894. 1. 26，7.
13，7. 18，8. 5

朱光鉴（朱子衡）1885. 10. 6

朱厚熜（世宗）1895. 5. 22

朱吉甫（县、朱大令、朱吉夫）1895. 5.
8，5. 22，5. 23；1896. 1. 29，4. 1，4. 15

朱见深（宪宗）1895. 5. 22

朱靖旬（敏斋）1885. 11. 3

朱克生（桢彬）1894. 1. 4

朱乃恭（允卿）1885. 11. 3

朱佩言 1885. 11. 28，12. 6，12. 12，12.
18，12. 20，12. 31；1886. 1. 2，1. 17，2.
10，2. 14，2. 23，3. 1，7. 30，8. 16，9. 7；
1887. 2. 15

朱其焯（次卿）1887. 7. 28，7. 30

朱秋塘 1893. 6. 28

朱升吉（槐卿、朱槐卿、祥符朱、朱令、
祥符县、县、祥符县朱、朱）1886. 8.
10，9. 7，9. 8，11. 24，11. 25；1887. 2.
10，2. 19，7. 27，7. 29，9. 13

朱式曾（叔沂）1885. 9. 27

朱式钧（仲洪、朱仲洪）1885. 9. 27；
1893. 7. 2；1894. 1. 14，8. 7

子贡（赐、端木子）1879. 8. 8，8. 22；
1885. 11. 13；1888. 3. 22；1893. 8. 25，9.
2；1894. 9. 11；1895. 5. 22；1896. 5. 11，
10. 25

子鸿　见庄沅
子化　见周子化
子嘉　见方桂芬
子嘉　见萧启祥
子锦　见崔焕文
子敬　见方学海
子玖　见瞿鸿禨
子俊　见斌杰
子骏　见张士惠
子良　见赵贵
子路　见仲由
子伦　见周子伦
子眉　见王寿朋
子明　见王汝廉
子木　见李正荣
子培　见王维植
子佩　见沈昌宇
子皮 1887. 2. 28
子其　见刘思诚
子奇　见周开济
子禽 1887. 12. 4
子如　见李诚保
子生　见陈其昌
子澍　见徐铭勋
子思　见孔伋
子亭　见彭倬
子万　见崔钟善

子蔚　见曹星焕
子夏 1894. 9. 9；1895. 4. 9；1896. 4.
11；1896. 6. 22，6. 24
子襄 1895. 10. 5
子彝　见杨传书
子英　见杨谦柄
子游（偃）1887. 3. 28；1893. 9. 3
子余　见陈理裕
子遇　见张鸿顺
子张 1886. 5. 4；1893. 11. 21；1894. 9.
7；1896. 3. 24，6. 24
子真　见刘思诚
子周　见张子周
子庄　见李庆临
紫臣　见赵得华
紫峰　见杜越
紫玕　见吕申
紫绶　见刘昌禄
紫宣　见宋庚长
宗毓璞 1896. 5. 2
宗资 1887. 6. 18
邹崇澍（雨田、邹雨田）1879. 9. 6
邹道济（疯丐）1897. 9. 19，10. 4
邹金生（莘田）1886. 10. 29
邹凯甫 1897. 10. 5
邹铭恩（縠邻）1894. 8. 8
邹阳 1896. 10. 11
邹兆棠（甘泉）1879. 9. 4
邹振岳（邹岱东、振岳）1880. 1. 1
祖起　见吴祖起
祖源　见谢祖源

遵周　见王枚
琢如　见张琨
左化源 1897.5.5
左丘明（左氏）1895.9.27

佐周　见毛大猷
作哲　见刘明轩
胙勋　见方胙勋
祚甫　见张祖荫